Scarlet
스칼렛

www.bbulmedia.com

모란꽃
향기를
품다

모란꽃 향기를 품다

2

류도하 장편 소설

목차

09.

동강에서 시작된 일들

도성에서 한 달 남짓 말을 달리면 동강을 터전으로 삼은 너른 평야에 도달한다. 그곳은 비록 도성에서는 멀었지만 사람이 살기 좋은 땅이었다. 이른 새벽, 오랜만에 동강에 발을 들인 고진은 깊은 한숨을 쉬며 마을로 들어가길 꺼려했다.

　'다시는 동강에 오는 일이 없을 줄 알았더니⋯⋯. 후우.'

　연월부인의 악다구니에 어쩔 수 없이 등 떠밀려 여기까지 왔으나 아직도 썩 내키지가 않았다. 계속해서 일이 틀어지자 부인의 심사가 단단히 뒤틀린 듯했다. 심지 굳은 여인인 줄 알았더니 이만한 일로 악몽에 시달리며 저를 닦달하자 반발심이 들기도 했다.

　그날 밤은 특히나 심한 악몽을 꾸었는지 온 집안이 떠나가라

제 이름을 불러 댔다.

"고진……. 고진! 고진아아!"

한밤중에 이 무슨 난리일까. 시비들이 달려와 무슨 일인지 물었으나 앙칼진 부인의 목소리는 호위무사 고진만을 찾고 있었다. 잠이 확 달아난 고진이 무슨 일인가 뛰어 들어가자 그를 향해 베개가 날아왔다.

"왜, 왜 이러십니까, 마님!"

"마님? 마님? 내가 마님 같아!"

너무 흥분해 이성을 잃은 사람 같았다. 고진은 문 밖에 인기척이 없는지 살펴보고는 문을 닫았다.

"왜 이래? 누가 듣겠어."

"네 눈에는 내가 마님으로 보일지 몰라도 나는 아니야. 네가 일을 그딴 식으로 하는 바람에!"

"진정해! 갑자기 왜 이래?"

"불길해. 이상한 꿈을 꿨어. 뭔가 예감이 안 좋아. 그 노인네를 당장 찾아야겠어."

무슨 말인가 했더니 동강에서 도주한 매파를 아직도 마음에 두고 있었던 모양이다.

"찾긴 뭘 찾아? 찾는다고 도망간 사람이 찾아져?"

"도망을 쳤으니 찾아야지! 여태 손 놓고 있었던 게 병신 같은 짓이었어. 네가 놓쳤으니 네가 찾아. 시신이든 산 채로든 잡아 오란 말이야! 네 딸을 위해서라도. 알겠어?"

'네 딸'이라는 말이 자신을 또 한 번 움찔하게 만들었다.

"왜 가만히 서 있어! 당장 나가서 찾아보라니까!"

"대체 왜 이리 조급해해? 금비가 황제를 꼬득이기만 하면 더 잘될 거라 하지 않았어?"

"이상해. 뭔가 자꾸 꼬이는 것 같단 말이야. 매파가 도망갔던 것부터 잘못됐어!"

"알았다, 알았어! 내가 이 일을 마무리 짓고 올 테니, 너는 여태 해 온 대로 평정심을 좀 가져."

"어쩔 셈이야?"

"일단 동강으로 가 봐야지. 우리가 이곳으로 왔으니 다시 고향에 왔을지 누가 알아? 다녀올 테니 금비나 잘 좀 챙겨."

이렇게 해서 고진이 매파의 행적을 찾으러 이 먼 동강까지 오게 된 것이었다.

'하아! 어쩔 수 없다. 시작을 했으니 끝을 봐야지.'

이번처럼 부인이 발작을 일으켜 저를 내몰면 예전 일들이 후회가 되곤 했다. 오랫동안 잊고 살았던, 아니, 잊고자 했던 옛일들이 절로 머릿속에 펼쳐져 발걸음이 무거웠다.

어슴푸레한 새벽녘, 연월부인이 숨을 헐떡이며 침상에서 몸을 일으켰다. 벌써 수십 번을 반복한 악몽인데 도무지 적응이 되지 않았다. 혀를 가슴까지 빼물고 머리를 풀어헤친 귀신이 제 목을 조르는 섬뜩한 꿈이었다. 이불까지 다 젖을 만큼 땀을 흠뻑 흘렸으니 잠에서 깨고도 핏발 선 귀신의 눈동자가 아른거렸다.

'대체 고진은 어디서 뭘 하고 있기에 아직도 깜깜무소식이야!'

고진이 동강에 다녀오려면 꽤 많은 시간이 걸릴 줄 알면서도 부인은 괜히 그를 탓했다. 매파를 놓친 것도, 난비를 죽이지 못한 것도 모두가 고진의 실수 탓인 것만 같아서였다.

'한 번에 죽였어야 했는데, 질긴 목숨 같으니!'

그날 고진이 잘만 했으면 지금쯤 금비가 황후가 되었을 거란 아쉬움뿐이었다.

'약을 먹였으면 뒈지는 것까지 확인을 했어야지!'

다시 죽일까도 몇 번 생각했었지만 저렇게 망가진 년이 황후가 될 리가 없다고 내버려 둔 제 잘못도 있었다. 이제 와 이런 것을 따져 무엇 할까. 효문재의 처가 되기 위해 제가 무슨 짓을 저질러 왔는가. 그 일만 없었어도 이런 악몽에 시달리진 않았을 테지만 지금이라도 틀어진 일들을 바로잡으면 그만이다.

"내가 이렇게 당할 줄 할고? 모두 없애면 된다. 매파도, 난비도 다 없애면 그만이다!"

그래, 그러면 되는 일이다. 제가 여기까지 어떻게 왔는데 여기서 무너질 순 없었다.

❁

구하국 백성들은 유독 혹독한 겨울을 맞이하고 있었다. 그나마 조금 따뜻하다는 도성까지 찬 서리가 내려 땅이 얼어붙을 정도였으니 백성들의 고통은 나날이 심해졌다.

이 와중에 도성 안 빈민촌은 아침부터 한바탕 난리가 났다. 황제가 주고 간 곡식은 이미 떨어진 지 오래였고, 다시 시작된 배고픔과 추위에 날뛸 기운이 없을 만한데도 사람들은 기쁨이 충만한 외침으로 설치고 다녔다.

"살다 보니 정말 살아지는구먼!"

"그러게 말이야! 산목숨이 쉽게는 끊어지지 않는 게지!"

아침 일찍 빈민촌에 찾아온 관원이 도무지 믿기지 않을 황명을 전할 때만 해도 분위기가 이렇게 들뜨진 않았었다.

"황실의 논밭에 일꾼이 필요하니 모두가 나와 일을 하라는 명이시다."

"예? 노역을 하라 말씀이십니까?"

"노역이 아니라 소작 같은 것이다. 보수가 나쁘지 않을 것이니 굶어 죽기 싫으면 지금 당장 따라 나서거라."

"예에? 소작이라구요? 그렇다 해도 지금 같은 때에 논에 나가 무슨 할 일이 있사옵니까?"

"없지. 없으나 세경을 미리 줄 것이니 지금부터 일할 곳을 미리 보아 두고 봄에 나와 알아서 제 것처럼 논밭을 잘 일궈 놓으라는 명이시다."

반신반의하면서 관원을 따라갔더니 한때는 연월장의 논밭이었던 비옥한 땅이 그들 앞에 펼쳐졌고, 그들에게 준 세경은 올 겨울을 나기에 충분해 보였다.

"이, 이것을 정말 준단 말이옵니까?"

"누가 준다 했느냐? 이것이 다 빚인 것이다. 너희들이 일을 해서 갚아야 하는 것이지. 그렇지 않으면 감히 황실을 기만한 죄를 물을 것이다!"

"그럼 이것이 설마 일 년 치 세경은 아니겠지요?"

"황상께서 그리 박하신 줄 아느냐! 그것은 너희들이 가을에 받을 세경에서 제한 것이다. 올 가을 수확량에 따라 너희들이 받을 것도 달라질 것이니 열심히 해야 하느니."

자세히 들어 보니 열심히만 일한다면 일 년을 배부르게 먹을 수 있는 조건이었다. 지금 어디를 가도 이런 일을 구할 수 없었으니 모두가 기뻐서 서로를 얼싸 안았다. 그러다 누군가가 땅에 무릎을 꿇고 황궁을 향해 절을 하기 시작했다.

"마마!"

"마마, 이 은혜는 꼭 갚겠나이다!"

그들은 이 모든 것이 자신들을 진심으로 돌보아 주었던 황후마마의 뜻이리라 믿어 의심치 않았다.

오늘도 조회를 거를 뻔한 강위는 해가 중천을 넘기기 전에 간신히 정궁으로 들어서는 정성을 보여 주었다. 그러나 연월장의 전답으로 백성들에게 생색을 내고 조회에서도 이 일로 제법 거들먹거릴 수 있었다.

그 꼴이 보기 싫었던지 승상 해일주가 조심스럽게 불만을 토로
했다.

"폐하, 백성들을 돌보시는 폐하의 자애로움에 신들은 크게 감
격하고 있사옵니다. 다만 한 가지, 폐하께서 요즘 조회를 자주 거
르시거나 오늘처럼 조회가 늦으시는 것이 저어되옵니다. 신들의
마음을 헤아려 주시옵소서."

"무엇이 저어된다는 겐가? 나를 기다리는 게 그렇게 싫은가?
어차피 경들도 할 일이 별로 없는 것으로 아는데?"

"신들이 어찌 폐하를 기다리는 일을 싫어할 수 있겠나이까? 게
다가 폐하께서 아니 계신다 하여 신들이 국책을 논의하는 일을
게을리한 적은 없사옵니다. 폐하께서 신들과 함께하셔야 국책 안
을 결정하는 데 차질이 없을 것으로 아옵니다."

황제가 정무를 게을리하는 것을 반기면 반겼지 충심이랍시고
머리를 조아릴 대신들이 아니었다. 이들이 이러는 이유는 단 하나
였다. 황제가 대신들과 정무를 논하지 않고, 스스로 또는 은호와
함께 중요한 일들을 결정지어 버렸기 때문이었다. 전담 일만 해도
황실의 일이니 대신들은 신경 쓸 것 없다며 황제 혼자 벌인 일이
었다. 지금까지는 별 무리 없는 일들이었으나 하나둘씩 황제가 스
스로 정하는 일이 많아지게 되면, 후에는 자연스레 황권이 강해지
게 될 것이다. 이러니 황제가 대신들을 멀리하는 일을 어찌 두고
볼 수 있겠는가.

해일주가 펄쩍 뛰며 몸 둘 바를 몰라 하자 강위는 코웃음을 치며 되물었다.

"무슨 국책? 내 황위에 오르고 옥궤에 상소가 올라오는 일을 별로 본 적이 없다. 이런 평화로운 때에 무슨 그런 골치 아픈 국책안을 논하느라 머리를 맞댄단 말인가?"

상소를 가로챈 것에 대한 빈정거림인 줄 모르는 이가 없었다. 이럴 때는 가만히 해일주에게 맡겨 놓는 것이 좋거늘 대사농이 참지 못하고 변명을 해 댔다.

"그것은 오해이십니다, 폐하. 신들이 상소를 사전에 검열한 것은 불손하고 경망스럽고 사소한 상소들로 폐하의 심기를 어지럽히지 않으려는 충심이옵니다."

"그러니 말이다. 경들이 알아서 모두 다 잘하고 있는데, 내가 무슨 할 일이 있겠는가? 앞으로는 조회를 없애고 경들이 필요할 때만 나를 부르는 게 좋겠네."

"폐, 폐하! 그런 것이 아니오라……!"

놀란 대신들은 긁어 부스럼을 만든 대사농 서대호를 원망하며 노려보았다. 이래저래 요즘 대사농은 대신들에게 많은 미움을 사고 있었다.

강위는 더욱 빈정거리며 능청스럽게 조회를 파할 구실을 읊조렸다.

"경들이야말로 나를 좀 헤아려 주게. 불공까지 드렸는데 후사를 보는 일에 힘써야 하지 않겠는가? 설마 황실 적통의 대가 예서 끊어지길 바라는 것은 아니겠지?"

"폐하. 부디……."

"아! 나례! 대나례(大儺禮:섣달그믐 전날 밤에 잡귀(雜鬼)를 몰아내기 위해 궁중에서 벌였던 의식)가 얼마 남지 않았구나. 해마다 대나례는 특히나 공을 들였었지. 내게 붙은 악귀를 쫓아야 하니 말이다."

"황공하옵니다. 폐하! 신들은 그저 국무들의 참언을 그냥 지나칠 수 없었을 뿐이옵니다. 모두가 폐하의 안위를 걱정하는 신들의 어리석은 마음이었을 뿐이었나이다."

"그래, 그래. 다 안다. 해서 올해도 대나례를 성대히 치를 생각이다. 새로이 태상경이 된 은호가 모든 일을 알아서 하겠다 하니, 경들이나 나나 별로 할 일이 없을 걸세."

"하, 하오나……!"

"곤하니 오늘은 여기까지 하겠다. 앞으론 내가 없어도 기다리지 말고 알아서들 조회를 하도록 하게."

그 길로 난비를 만나러 간 강위는 때마침 황후전에서 새어 나오는 남녀의 웃음소리에 걸음을 멈추었다. 안내하던 공 상궁이 뭔가를 눈치챘는지 조심스럽게 아뢰었다.

"마마께서 황실의 법도와 제례에 너무 어두우신 듯하여 제가 태상경께 가르침을 부탁드렸나이다."

"잘하였다."

강위는 어찌 가르치면 공부를 웃으면서 할 수 있는지 되묻고 싶었지만 아무렇지 않은 척 안으로 들어갔다.

"화기애애하구려."

난비와 은호는 황제의 등장에 놀라지 않고 웃는 낯으로 인사를 올렸다. 그는 항상 이 시간이면 찾아와 밤이 돼서야 돌아가거나 아예 자고 가기 일쑤였기 때문이다.

성검은 어차피 황상께서 이렇게 붙어 계실 거, 왜 제가 호위무사가 되어야 하느냐며 종종 투덜거리곤 했다. 하지만 이도 말뿐일 뿐, 황후에게 농도 건네고 나인들과도 탈 없이 잘 지내면서 나름 즐겁게 보내고 있었다.

"폐하께서 오셨으니, 신은 이만 나가 보겠나이다."

"왜 더 있다 가지 않고?"

강위가 인사치레로 한 말에 난비는 고개를 크게 끄덕였다.

[함께 점심이라도 하시지 않고요?]

"명분밖에 없는 자리라곤 하나 그래도 제가 해야 할 일이 너무 많사옵니다. 곧 대나례도 있지 않습니까."

"할 수 없지. 그렇지 않아도 대신들이 이번 대나례에 관심이 큰 듯하오. 어서 가 보게."

황제가 두 번 묻지 않고 내보내려 하자 은호는 그의 속내를 눈치채고 몰래 웃음을 참았다.

그렇게 은호가 나가고 난 뒤 난비는 황제에게 눈을 흘겼다.

"눈에 뭐가 들어갔느냐?"

[왜 자꾸 스승님을 내쫓으십니까?]

"내쫓다니? 본인이 바쁘다 하지 않느냐?"

[아무리 바빠도 식사할 시간이 없겠습니까? 스승님 무안하시게 왜 매번 이러십니까?]

"이리하면 내가 무안할 거라는 생각은 않고?"

"……."

난비는 대답을 회피하고 새초롬하게 입을 삐죽거렸다.

"하여간 그 입이 문제다."

"……?"

"고 입 때문에 화도 못 내겠다."

말이 끝나기 무섭게 강위의 입술이 난비의 입술을 덮쳤다. 하지만 그 둘 입술 사이를 난비의 가느다란 손가락이 가로막았다.

"왜?"

일단은 뒤로 물러난 강위가 약간 긴장하여 물었다.

[체통을 지키십시오.]

"무슨 체통?"

[요즘 너무 여색을 탐하시는 게 아닙니까?]

"뭐? 여색?"

강위는 난비의 말이 하도 기막히고 우스워 할 말을 잃었다.

"무슨 말인지나 알고 하는 것이냐?"

[밤낮을 가리지 않고 저를 이리 괴롭히시니 저도 아랫것들 보기 부끄럽사옵니다.]

"쯧쯧쯧. 어디서 어설프게 주워들은 건 있는 모양이다만, 틀렸다. 황실에서는 자고로 황제가 찾지 않는 여인이 부끄러움을 느껴야 하는 법이지."

"……."

"게다가 우리는 한시바삐 황실의 대를 이어야 할 의무가 있다. 입맞춤 정도로는 아이가 생기지 않는 것을 모르진 않을 것이니 밤낮으로 노력한다 해서 허물이 될 리가 없다. 그럼에도 불구하고 나를 거부하는 것이 얼마나 큰 죄인 줄 모르느냐?"

난비는 황제의 엄한 말투에 살짝 기가 죽었다. 그가 원할 때마다 얼마든지 안겼고, 날마다 그가 오기만을 설레는 맘으로 기다렸다. 하지만 요즘 들어 그것이 불안해졌다. 너무 쉽게 저를 내주었으니 부끄러움도 모르는 계집이라고 욕하시는 건 아닐까, 제게 금방 질리지는 않을까 더럭 겁이 나는 것이다. 여인이 조금 물러나야 사내가 더 안달한다던 금비의 조언처럼 말이다.

"혹, 은호가 체통이니 법도니 그런 소릴 하더냐?"

[아니옵니다!]

"그럼 왜 갑자기 그런 허튼소리를 해서 사람 맘을 이리 심란하게 만드느냐?"

[심란하실 것까지…….]

"심란하지 않고! 자꾸 이러면 더 안고 싶어지지 않느냐!"

[예?]

"네 말대로 나도 그 체통인지 뭔지 때문에 얼마나 많이 참고 있는 줄 아느냐? 이거야 원. 보는 눈이 이리 많으니!"

"......."

난비가 가만히 들어 보니 여태 황상께서는 화난 척 저를 놀리신 것이었다.

"알았다. 네가 그리 원하니 오늘은 참아 보마."

"......."

그렇게 원했던 것은 아닌지라 난비는 그다지 기쁜 얼굴이 아니었다. 이를 눈치챈 강위는 오늘도 역시 난비를 끌어안고 놓아주지 않았다.

❀

동강은 효문재가 살던 시절과 그 풍경이 사뭇 달랐다. 인심 넉넉한 효문재가 가뭄이 들 때마다 동강의 백성들을 돌본 덕에 이웃 간의 나눔과 정이 돈독했었다. 그러나 지금은 따스했던 옛 기억이 무색해질 만큼 동강의 인심이 꽁꽁 얼어붙었다.

그러나 이 척박한 와중에도 사람들의 웃음이 끊이지 않는 허름한 객잔 하나가 있었다. 후미진 곳에 자리한 데다 건물이 워낙 좁아 마당에 탁자 몇 개 놓은 것이 다였고, 소박하고 거친 음식은 별미랄 것도 없었다. 하지만 손님도, 거지도 이곳에서는 뭐라도 하나 더 얻어먹고 갈 수 있었으니, 사람들은 감사히 먹고 웃으며 돌아갔다. 이 손 큰 객잔의 주인은 허리가 꾸부정한 노파였다. 깡마른 몸 어디에서 그런 힘이 나는지 도와주는 이도 없건만 혼자

바지런을 떨며 손님들의 탁자를 오고 갔다.

그런데 오늘따라 낯선 외지인들의 모습이 많이 보였다. 여행객이라기엔 행세가 그리 넉넉해 보이지 않았던 데다, 한겨울 동강에 뭐 볼 게 있다고 왔을까 사람들은 너도나도 그들을 보고 수군거렸다. 더군다나 그들 모두 인상이 좋지 않았다. 한 무리의 사람들은 얼굴에 산적이라 써 붙인 것처럼 생긴 것이 험악했고, 또 한쪽에는 검은 옷을 입은 죽립의 사내가 찬바람을 일으키고 있었다.

고진은 사람들이 저를 어찌 보든지 신경 쓰지 않았다. 그의 관심은 오로지 아직 죽지 않고 살아 있는 저 노파에게로 향해 있었다.

'살았으면 먼 곳에서 숨어 지낼 것이지, 다시 돌아와 명을 재촉하는군.'

연월장을 떠날 때만 해도 노파를 찾는 일이 헛수고일 거라 여기고 심약해진 연월부인을 탓했다. 그런데 오래전 동강을 떠났던 노파가 다시 이곳에 와 있을 줄이야! 생각보다 빨리 노파를 찾았으니 더 이상 후환을 남기지 말라는 하늘의 뜻인 것만 같았다. 그러고 보면 미앙의 꿈이 잘 들어맞는 모양이었다. 아니면 본래 계집들이 감이 좋다더니 그래서일지도 몰랐다.

"이보오. 뭐 더 필요한 게 있으신가?"

노파가 다가와 묻자 죽립 안에 감춰진 그의 눈이 살기로 빛났다. 하지만 아무리 그라도 이렇게 사람이 많은 곳에서 죽일 수야 없었다. 고진은 거의 손도 대지 않은 음식들 옆에 엽전 몇 개를 놓고는 객점 밖으로 나갔다.

"할멈, 여기 술하고 고기 좀 더!"

사람들의 고개가 일제히 털보장한에게로 돌아갔다. 이제 무사는 사라졌으니 벌써 몇 접시째 고기를 해치우는 털보 일행에게 모든 관심이 쏠렸다. 하지만 이들 또한 무사만큼이나 노골적인 시선에 아랑곳하지 않았다.

"야, 이놈아! 그만 좀 쳐 먹어! 노잣돈을 예서 다 쓸 작정이냐!"

"나 혼자 드셨냐! 니들도 같이 먹어 놓고 왜 이래!"

키가 작고 얍삽하게 생긴 사내가 통박을 주자 털보가 발끈했다. 하지만 남은 한 명도 털보 편이 아니었다. 유난히 얼굴이 넓고 커서 넙대라고 불리는 자가 키 작은 짱돌의 말을 거들었다.

"털보 자네가 제일 많이 먹긴 했지. 그러다 배 터지겠네. 고만 좀 먹어! 요새 너무 먹는다니까! 그러다 굴러다니겠네."

"이것들이…… 씨이……. 드럽고 치사해서 안 먹는다!"

생긴 것만 험악했지, 티격태격하는 꼴이 보통 사람들과 다르게 없는지라 사람들은 제 앞의 술과 안주로 고개를 돌렸다.

밤이 되어서야 노파는 고된 몸을 쉴 수 있었다. 고향인 동강으로 돌아온 것이 몇 년 전이었다. 죽을 때는 고향에서 죽자고 찾아왔으나 아는 이들은 죽거나 다른 곳으로 가고 없었다. 심지어 자식들마저 떼어 놓고 혼자 왔으니 죽음은 두렵지 않으나 외로움은 견디기 쉽지 않았다. 그러고 보니 주인나리가 계시던 동강이 아니었다. 간사한 미앙이 나리를 꼬드겨 도성으로 간 것이 분명했으니, 동강이 이리된 것은 미앙을 나리께 붙여 준 제 탓인 것만 같았다. 난비 아씨가 황후가 되었다는 소문을 들었으나 어릴 때 죽을 뻔해 말을 못 하게 되었다는 소식도 같이 들었다. 고진 일당이 두려워 멀리 도망쳐 살았는데 그 소식을 뒤늦게 듣고 가슴이 미어지는 듯했다.

'혹, 그 연놈들이 나리도 죽이고 아씨도 죽이려 했던 게 아닐까.'

만약 제가 생각하는 그것이 맞다면 저는 돌아가신 마님을 어찌 봐야 할지 견딜 수가 없었다. 하지만 죄책감은 죄책감이고, 제 아들들에게도 해코지를 할까 봐 차마 사실을 알릴 용기가 나지 않았다.

'나 하나 죽어 지옥에 떨어지면 된다.'

그런 마음으로 여태 견뎌 오기는 했으나 조금이나마 속죄하겠다고 객잔을 열어 있는 양껏 사람들을 도와오고 있었던 것이다.

'우리 아씨 이쁨받고 사셔야 할 터인데……. 우리 마마…….'

오늘따라 아기 때 뵌 마마의 얼굴이 자꾸 떠올라 잠이 오지 않았다. 이리저리 뒤척이는데 밖에서 사람의 그림자가 아른거리는 것 같았다.

"밖에 누구 있소?"

간혹 허름한 객잔이지만 급한 대로 하루 묵어가려는 객들이 있기에 놀라지 않고 몸을 일으켰다.

"잠시만 기다리시구려. 곧 나가리다."

노파가 주섬주섬 겉옷을 주워 입고 있을 때였다. 갑자기 문이 벌컥 열리자 낮에 보았던 죽립의 사내가 서 있었다.

"아이고! 왜 이리 성급하시오? 헉!"

노파는 지옥사자라도 본 마냥 놀라서 주저앉았다. 사내가 죽립을 들어 올리자 꿈에도 잊지 못할 얼굴이 보였기 때문이었다.

"너, 너, 너는……."

"주기로 약조한 금을 왜 받으러 안 오셨소?"

"피, 필요 없다."

고진이 비릿하게 웃으며 노파에게 한 발 다가갔다.

"왜, 왜 이러느냐. 나는 여태 누구에게도 그 일을 발설한 적이 없다. 앞으로도 그럴 것이니, 내게 이러지 말거라. 그 일은 무덤까지 가져가마. 약조하마!"

"그래서 내 직접 무덤으로 보내 주려 하오."

"헉! 사, 살려다오! 살려다오!"

노파는 고진의 시퍼런 칼날이 두려워 주저앉은 채로 물러섰다. 그러나 고진은 사람을 죽이는 일에 일말의 거리낌 없이 냉정하게 칼을 들어 올렸다.

"으악!"

퍽.

막 칼을 휘두르려던 고진은 둔탁한 소리와 함께 뒤통수에서 통증을 느꼈다. 칼을 든 채로 멈춰 선 그는 천천히 고개를 돌렸다. 하지만 채 돌아보기도 전에 고통스럽게 얼굴을 찡그리며 칼을 떨어트렸다.

"끅!"

짧은 신음을 뱉은 고진의 몸이 서서히 흔들렸다.

퍽.

"으윽!"

누군가의 발길질이 비틀거리던 그의 몸을 바닥으로 매몰차게 넘어트렸다. 그가 서 있던 자리 뒤에는 몽둥이를 든 털보가 떡 버티고 서 있었고, 그 양옆에서 짱돌과 넙대가 튀어나와 어리둥절하게 앉아 있는 노파에게로 달려갔다.

"빨리. 서둘러!"

넙대가 노파를 업자 세 사람은 뒤도 돌아보지 않고 도주하기 시작했다. 자세한 사정은 모르지만 노파를 데려가는 것이 자신들의 임무였다. 두 사람의 사연은 알 길이 없으나 일단 범상치 않은 기도의 무사에게서 도망치는 일이 급했다.

하지만 고진은 아직 정신을 잃지 않았다. 그는 간신히 흐려지는 의식을 붙잡고 비틀거리며 일어섰다. 그리고 도주하는 그들 뒤로 이를 악물고 단검을 던졌다.

"컥!"

"뭐야? 할멈! 할멈!"

불행히도 단검은 노파의 등에 정확하게 꽂히고 말았다. 세 사람이 우왕좌왕하는 사이 고진 역시 그 광경을 오래 보지 못하고 의식을 잃었다.

❀

황궁의 밤은 등불을 훤히 밝혀 그다지 어둡지 않았다. 그리고 오늘 밤은 시끄러운 소금 소리 덕분에 밤인지 낮인지 헤아리기 어려웠다. 연주가 괜찮다면 또 모를까 썩 듣기 좋지 않은 소리로 인해 황후전은 심란한 분위기였다.

푸오.

소금을 불던 강위가 눈을 번쩍 뜨고 입을 열었다.

"오, 어떠냐? 이번엔 소리가 괜찮지 않았느냐?"

"……."

난비가 제 목덜미를 긁적거리며 대답을 회피하자 강위는 소금이 이리저리 둘러보며 멋쩍게 중얼거렸다.

"흠……. 이번엔 소리가 제법 괜찮았던 것 같은데……."

강위는 여태 자신이 제법 악기를 다룰 줄 안다고 여겼지만 난비에게 대니 어린애 수준이었다. 그녀와 함께 연주하면 즐거울 듯해 쉽게 생각하고 배우겠다 했는데 차이가 많이 났다. 어린 시절부터 사모달이 황상을 추켜세우기만 해서 생긴 일이었다.

난비는 할 수만 있다면 황상을 말리고 싶었다. 소금을 제대로 배워 보고 싶다기에 저녁마다 황상을 가르치곤 있지만 성취가 늦으신 듯했다. 딱히 재능이 있는 것 같지 않으니, 너무 매달리지 마시라고 하고 싶지만 사모달이 위협적으로 보고 있어 그러지 못했다. 왜 꼭 소금을 배우실 때는 사람들을 내보내지 않으시는지 방 안엔 적운과 성검까지 있었다.

"뭐가 마음에 안 들었는지 알려다오."

'전부…… 다요.'

라고 말하고 싶었지만 가만히 서 있기만 하는 적운에게서조차 살기가 느껴져 차마 사실대로 고하지 못하고 붓을 잡았다.

[숨이 고르지 못하고 음이 불안하며 소리가 맑지 않사옵니다. 그러나 차츰 좋아지고 있사옵니다.]

"흐음……."

강위는 난비가 적은 평가를 보며 턱을 괴었다. 그때 성검이 얄밉게 끼어들었다.

"한마디로 총체적 난국이란 말씀이시네요."

"……."

황제가 한숨을 내쉬며 팔짱을 끼자 적절하게 사모달이 끼어들었다.

"이놈이 어디서 엄한 소리를! 총체적 난국이라니? 마마께서도 방금 좋아지셨다 하지 않았어!"

"그럼 뭐, 황상 앞에 대놓고 전부 엉망입니다 말할 리가 있겠습니까?"

"니놈이 그러고 있지 않느냐!"

사모달이 부들부들 떨며 소리를 지르자 난비는 잔뜩 위축되어 그들의 눈치를 살폈다. 그러자 또 그것을 놓치지 않고 제 방패로 삼는 성검이었다.

"왜 소리를 지르시고 그러십니까? 마마께서 놀라시지 않았소? 마마 괜찮으십니까?"

황후가 겁에 질린 표정으로 고개를 끄덕이는 걸 보고 사모달은 정말 부글부글 끓어오르는 심정을 억눌러야 했다. 이럴 때는 적운이 말이 없는 게 너무 원통했다. 제 편을 좀 들어주면 덧나느냐 말이다.

"하여간, 네가 뭘 안다고 감히 두 분 말씀에 끼어드느냐 말이다. 앞으로 주의하거라."

"왜 이러쇼? 나도 스승님 제자요. 소금을 못 불까 봐?"

그러자 모든 사람들의 시선이 성검을 향했다.

"왜, 왜 그리 보십니까들?"

성검의 의문에 대답한 이는 강위였다.

"네가 음을 할 줄 안다니, 통 어울려 보이지 않아서 그런다."

"왜 이러십니까? 음악에 귀천이 어딨답니까? 제가 폐하보다 훨씬 실력이 좋을 겁니다."

"어디 그럼 한번 해 보거라."

황제의 허락이 떨어지자 성검은 기다렸다는 듯이 소금을 집어 들었다.

사모달은 황상의 소금에 성검 따위의 입이 닿는 것이 싫었지만 말릴 도리가 없었다.

포오. 포.

"……!"

첫 음이 너무 맑고 높아 모두가 깜짝 놀랐다. 경쾌한 연주가 시작되는가 싶더니 성검의 손가락이 소금 위를 뛰어놀았다. 어찌 그리 빠른 음을 연주할 수 있는지 다들 눈이 휘둥그레졌다. 난비만큼은 아니었지만 현란한 기교가 돋보였다. 뛰고 넘어지고 날고 그의 기질이 고스란히 드러나는 흥겹고 재미있는 연주였다.

포오…….

"어떻습니까?"

짝짝짝.

연주를 끝낸 성검이 숨찬 기색이 전혀 없이 태연히 묻자 난비가 크게 박수를 쳐 주었다. 성검의 도도한 콧대가 뒤로 점점 젖혀지고 있을 때 불만 가득한 강위의 한마디가 난비를 질리게 만들었다.

"잘하는구나. 얼마쯤 하면 나도 저리되겠느냐?"

"……."

난비뿐만 아니라 모두가 섣불리 대답할 수 없었다.

"알았다. 그만두면 될 게 아니냐."

황제가 화를 낸 것은 아니지만 모두 그가 기분이 별로 좋지 않다는 것을 눈치챘다. 그러자 난비가 그의 손에 글귀를 적었다.

[폐하. 저와 술을 하지 않으시겠습니까?]

"갑자기 술은 왜?"

[생각해 보니 제가 술에 취하면 말을 할 수 있을 것도 같습니다. 잠꼬대나 술주정이나 뭐가 다르겠습니까?]

"아! 왜 그 생각을 못 했을까! 그래. 아무래도 내가 소금을 배우는 것보단 그대가 말을 하는 게 빠를 것 같다."

다시 분위기가 화기애애해지고 술까지 들이자 황후전 밖으로 웃음소리가 크게 터져 나갔다. 성검을 데리러 왔던 은호는 밖에서 그 소리를 듣고 한동안 가만히 서서 미소만 지었다.

'문재. 이 소리가 들린다면, 부디 이 행복이 오래오래 지속될 수 있도록 도와주게.'

은호는 믿기지 않게 평온한 요즘이 어쩐지 폭풍의 전야처럼 불안하게 느껴졌다.

늦은 밤 은호가 머무는 도성 안 자택에 인상이 험한 사내 한 명이 들어갔다. 가뜩이나 손님이 잘 드나들지 않는 집이었다. 야심한 시각에 찾아 온 수상한 자를 의심 없이 들이니 멀리서 감시하던 연월장의 수하들이 눈을 번뜩이며 주시했다.

그런 것도 모르고 은호와 성검은 달밤에 찾아온 털보를 기쁘게 맞이했다. 동강에 사람을 보내 노파를 찾아오라 한 것을 황상과 황후께 아뢰었더니, 하루빨리 만날 수 있기를 기대하고 계셨기 때문이었다. 노파는 연월부인을 압박할 산 증인이 되어 줄 자였다.

게다가 마마의 친모를 가장 가까이 모셨고, 효문재와 선황 폐하의 젊은 시절을 기억하는 이였으니 얼마나 반갑겠는가. 하지만 은호는 등불 앞에 앉은 털보의 어두운 표정을 보고 지레 실망하고 말았다.

"찾지 못하였나 보군."

"그게 아니라……."

"그게 아니라면 이미 죽었겠구나."

"그런 것도 아닙니다. 찾긴 찾았는데 여기로 데려올 수는 없었습니다. 지금 급히 함께 올라가셔야 할 것 같습니다……."

"무슨 일이기에?"

털보는 침을 꿀꺽 삼키고 그간 있었던 일을 설명하기 시작했다.

"동강에 가자마자 노파를 찾았습니다. 알아보니 효문재 나리가 재가를 하자마자 동강을 떴다가 최근에야 다시 돌아온 거라 했습니다. 그때 뭔가 이상하다 생각하긴 했었는데, 쫓기고 있었던 모양입니다."

"쫓기다니? 평생을 아씨를 모시며 살던 이가 누구에게 쫓길 만큼 원한을 살 일이 뭐가 있단 말이냐?"

"그러게 말입니다요. 그런데 저희보다 먼저 노파에 대해 캐묻고 다닌 이가 있었다지 뭡니까? 그래서 혹시나 하고 할멈의 집 주변을 지켰더니, 아니나 다를까 누군가 할멈을 죽이려 오지 않았겠습니까?"

"뭐라? 어찌 그런 일이! 그래서?"

"어찌 간신히 구해서 업고 뛰었는데, 아니 글쎄 그자가 뒤에서 단검을 던져 그 할멈 등에 꽂아 버렸지 뭡니까요?"

"이런!"

은호는 무릎을 치며 안타까워했다. 죽은 것은 아니라 했으니 필경 목숨은 구했으나 예까지 데리올 몸 상태는 아닌 모양이었다.

"혹시 그자가 정신이 들어서 쫓아올까 봐 한 곳에 머무르지도 못하고 의원과 약방을 전전하며 간신히 목숨만 붙여서 산채까지 왔습죠. 원래는 도성으로 오려 했는데 우연히 그자가 사람들에게 우리에 대해 캐묻고 다닌다는 것을 들었지 뭡니까. 어쩔 수 없이 산으로 숨어 들어갔습니다."

"잘했다. 어서 가보자꾸나."

"헌데, 말입니다요. 노파가 한 번씩 헛소리를 하는데, 그때마다 미앙과 고진이란 이름을 불렀습니다."

"뭐? 고진!"

은호보다 성검이 먼저 소리를 질렀다. 두 사람의 반응에 어안이 벙벙해진 털보가 어눌하게 물었다.

"아는 자입니까? 저희는 그 살수가 고진이란 자가 아닐까 추측하고 있었는뎁쇼."

"이런! 이게 무슨 일이란 말인가! 고진이라면 연월부인의 호위 무사다. 부인의 최측근이지!"

"예? 그자가 왜?"

"요즘 안 보인다 했더니 동강에 갔었군! 연월부인! 대체 무슨 꿍꿍이인가! 안 되겠다. 일단은 급히 가 보아야겠다."

"성검아!"

"예. 준비하겠습니다."

"아니다. 너는 내일 황상께 이를 알리고 태상시(大常寺:제사와 증시(贈諡)를 맡아 보던 곳)에 내가 준비 중이던 대나례를 마무리 짓도록 전달하거라."

"하지만……."

"너는 할 일이 있다. 연월장의 움직임이 아무래도 수상하구나. 고진을 왜 그리로 보냈는지 알 수 없으니 당분간은 연월장을 주시해야겠다."

"그건 다른 이에게 맡기고 저도 가겠습니다."

"성검아. 별일 없을 것이다. 모두와 함께 있는데 무슨 걱정이냐? 황상께 아뢰지도 않고 둘 다 사라질 순 없다. 게다가 지금으로서는 딱히 믿을 만한 자도 없지 않느냐?"

은호의 말이 옳았기에 성검도 더는 고집을 부릴 수가 없었다.

다음 날 성검은 밤새 잠도 자지 않고 기다렸다 해가 뜨기 무섭게 황제께 달려갔다.

그날도 황후전에서 깊이 잠들어 있던 황제는 성검이 급히 찾는다는 사모달의 전갈에 벌떡 일어났다. 덩달아 잠에서 깬 난비가 불안해하자 그녀를 안심시킨 후 성검에게 정궁에서 기다리라 일렀다.

잠시 후 정궁에서 성검을 만난 강위는 은호가 없는 것을 보고 무슨 일이 일어났음을 짐작했다.

"무슨 일이냐?"

"전에 데려오겠다던 노파에게 일이 생겨 스승님께서 그리로 가셨습니다."

"무슨 일? 대체 어디로 갔단 말이냐?"

"노파가 쫓기고 있는 것을 구하긴 했는데 부상을 입어 스승님께서 은신처로 직접 가셨습니다."

산채로 갔다 고할 수는 없으니 일단 성검은 적당히 둘러댔다.

"그 은신처가 어디기에?"

"그보다, 노파를 쫓던 자가 연월부인의 호위무사인 고진인 것 같습니다."

"뭐? 그자가 왜?"

"그것을 알 수 없으니 제가 연월장 주변을 감시하는 것이 좋겠다 하셨습니다."

"갑자기 또 무슨 일이 생기려고 이러는지……."

"그래도 우리 쪽에서 먼저 구했으니 별일이야 있겠습니까? 어쩌면 더 잘된 일인지도 모릅니다."

"그건 그렇지……. 알았다. 당분간 황후의 신변 보호는 다른 자에게 맡길 것이니, 너는 은호가 올 때까지 연월장을 감시하도록 해라. 태상경은 제례 준비로 해왕사에 다녀오는 것으로 해 두자."

이야기를 마무리 짓고 서둘러 나가려던 성검은 불현듯 떠오르는 생각에 걸음을 멈추고 황상을 돌아보았다.

"왜?"

"아무래도 다른 이에게 맡기는 것이 좋지 않을까요? 생각해 보십시오. 저는 황후의 호위무사장입니다. 제가 갑자기 며칠씩이나 사라지는데, 사람들이 의심하진 않겠습니까?"

"누가 네놈 따위를 신경 쓰겠느냐. 게을러빠진 놈이라고 소문이 자자하다. 술병으로 며칠 앓아누웠다고 하면 다들 믿을 것이다."

"제 존재감이 황상께서 생각하시는 것처럼 그렇게 미약하지 않다니까요!"

"그래. 내가 생각하는 것보다 더 미약하지. 그러니 염려 말고 다녀오너라."

머리를 긁적이던 성검은 그래도 영 개운치 않은 표정으로 밖으로 나갔다.

❁

금비는 요즘 통 웃는 일도 없었고, 잠도 편히 잘 수 없었다. 마지막으로 궁에 들어간 날 성검과 황제에게 굴욕을 당한 일이 내내 그녀를 괴롭혀 왔다. 처음엔 울분을 참지 못해 연월부인이 놀랄 만큼 발작적으로 화를 내며 울부짖었고, 그 후 며칠은 시름시름 앓아누울 정도였다. 겨우 마음을 추스르고 일어난 후로는 내내 방 안에 틀어박혀 책을 붙들었다. 그날 일을 생각하지 않으려는 나름의 방어책이었다. 하지만 눈은 책을 보고 있어도 마음에는 글귀 대신 성검의 충고가 자꾸만 떠올랐다.

'살을 도려내는 심정으로 목숨을 살려 줬으니, 나대지 않는 게 좋을 거요. 남의 가슴에 못 박고 그 가슴은 온전할지 내 즐거운 마음으로 지켜보리다.'

그런데 이상했다. 시간이 지날수록 성검의 말이 괘씸한 것이 아니라 서운했다. 서운하다는 것은 좋아하는 사람에게서, 혹은 가까운 사람에게서나 느끼는 감정이 아닌가? 그뿐만이 아니었다. 성검의 목소리, 성검의 눈빛, 무엇이 되었든 그의 잔상을 떠올릴 때마다 가슴이 떨리는 이상한 징후를 걱정해야 했다.

처음엔 그저 두려움인 줄 알았던 떨림이 여태 느껴보지 못한 낯선 감정에 기인한다는 것을 깨달았을 때는 눈앞이 캄캄해졌다. 이미 마르고 닳도록 익히고 외운 황실의 법도를 다시 한 번 익히며 황후가 될 거라 마음을 잡아 봤지만 소용없었다. 오히려 황후가 될 거라고 발버둥 칠수록 성검의 호통이 더 선명하게 들리는 것 같았다.

처음으로 제게 반기를 든 사내. 황제가 아니고서야 제 앞에서 주눅 들지 않을 사내는 없다고 생각했다. 그런데 존재했다. 신분도 알 수 없고, 예의범절도 모르는 천박한 사내가 세상의 꼭대기에 있는 것처럼 여유로워 보였다. 그의 표정에서 긴장감과 두려움을 보고 싶었다. 처음엔 그게 다였던 것 같다. 그런데 이제는 다른 걸 원하고 있었다. 신랄한 비난의 눈빛과 빈정거림 대신, 부드러운 표정과 반가운 인사를 받고 싶어졌다.

'어머니가 아시면 경을 칠 것이다. 정신 차려라, 금비야. 그 사람은 네게 눈곱만큼도 관심이 없어. 심지어 날 사람 취급도 안 하는데…… 지금이라면 떨쳐 버릴 수 있어.'

당분간은 궁에 들어가지도 못하니, 성검과 마주칠 리도 없었다. 보지 않으면 금방 잊혀질 인연일 것이다. 그러니 지금만 잘 견뎌 내면 될 일.

'안 되겠다. 책만 들여다보고 있으니 잡생각이 더 많아지나 보다. 뭐 다른 일에 정신을 팔면 낫지 않을까?'

밤새 잠을 설친 금비는 장신구나 잔뜩 사 모아야겠다며 아침부터 시비를 대동하고 나섰다. 오랜만에 금비답게 장신구를 사러 가겠다니 부인도 크게 기뻐하며 허락했다.

시전에는 금비를 알아보는 사람들이 많았다. 얼굴을 가리는 여인들이야 많았지만, 호위무사와 시비들을 여럿 거느리고 나타나니 왜 그렇지 않겠는가. 자유롭게 돌아다니고 싶었던 금비는 호위무사들을 서른 걸음이나 뒤에서 따라오도록 하고 얼굴만 가렸다.

"아이고, 아씨, 어서 오십시오. 요즘 왜 이리 뜸하셨습니까요."

배불뚝이 주인장은 금비를 보자마자 반색을 하며 귀한 보석들이 박힌 장신구들을 꺼내 놓았다.

"아씨 오실 때까지 팔지 않고 두었습죠. 마음에 드십니까?"

반짝거리는 옥잠 하나를 들고 햇빛에 비춰 보는 금비는 예전처럼 흥미로워 보이지 않았다. 햇빛에 투과된 보석의 광채가 감탄할 만한데도 그녀의 눈은 무심했고, 그녀가 보던 것을 내려놓을 때마다 주인장은 괜스레 무안해했다. 그런데 마침내 감흥 없던 금비의 눈에 이채가 서렸다. 주인장의 얼굴이 환하게 펴졌지만 사실 그녀의 시선은 반투명한 붉은 보석의 빛무리 뒤편을 향해 있었다. 금비는 인파 속으로 사라지는 낯익은 사내를 보고 저도 모르게 급히 그를 쫓기 시작했다.

"아씨!"

떨잠을 들고 그대로 사라지는 금비 때문에 시비가 깜짝 놀라 그녀를 불렀다. 하지만 금비는 자신이 손에 무언가를 들고 있다는 생각조차 할 틈이 없었다. 황후의 곁에 늘 붙어 있어야 할 자가 어째서 이런 시각 홀로 시전을 돌아다니는지, 생각지도 못한 만남에 그녀의 심장이 발걸음보다 먼저 달려가고 있었다.

"기, 기다려!"

아무리 쫓아가도 성검과의 거리가 좀처럼 가까워지지 않자, 결국 그녀는 말로써 그를 세우려 했다. 하지만 복잡하고 시끄러운 시전에서 그녀의 목소리는 어린애의 떼쓰는 소리에도 묻힐 만큼 작았다. 마음이 다급해진 금비는 용기를 내서 큰 목소리로 그의 이름을 불렀다.

"광.성.검!"

"……!"

성검의 등이 크게 움찔거렸다. 시전이 일순간 조용해졌고 금비의 얼굴이 붉어졌다. 천천히 뒤돌아본 성검의 표정에는 당혹감과 짜증이 가득해서 금비는 더 부끄러워졌다.

'내가 그렇게 싫어?'

이 순간 그녀는 얼굴을 가리고 있는 것이 다행이라는 생각이 들었다. 그에게 약한 모습을 보이고 싶지 않았으니까.

금비의 생각과 달리 성검이 난처해하는 이유는 다른 데 있었다. 연월장을 감시하러 가는데 금비를 만났으니 왜 그렇지 않겠는가. 이 시각에 황후를 호위해야 할 제가 밖에 있는 것을 연월장이 알아서 좋을 리가 없었다. 사실 존재감이니 뭐니 하는 소리는 뭔가 꺼림칙한 기분에 해 본 소리였다. 하는 일도 없이 궁에서 죽치고 있던 저를 누가 눈여겨봤겠는가. 그런데 말이 씨가 된다더니, 반갑지 않은 목소리가 발을 붙잡았다. 그나마 연월장 근처에서 마주치지 않은 것이 다행이었다.

"내가 불렀는데, 또 거기서 꼼짝을 안 하는구나!"

"아, 잠시 누군가 해서……. 아씨께서 부르셨습니까."

또 그녀와 시비에 휘말려 일에 차질이 생길까 봐 성검은 웃는 얼굴로 그녀에게 다가갔다.

이제 당황한 것은 그녀였다. 바짝 다가온 성검을 피해 금비가 한 걸음 물러섰지만, 성검은 전혀 눈치채지 못한 듯했다.

"어쩐 일이십니까? 호위무사들은 어디로 가고……."

성검의 말이 끝나기도 전에 이제야 두고 온 사람들이 생각난 금비가 뒤를 돌아보았다. 호위무사와 시비가 저를 찾아 뛰어오는 모습이 보였다. 마음이 급해진 금비가 대뜸 성검의 손목을 붙잡았다.

"아씨?"

"저리로 가자."

어리둥절한 성검의 부름을 듣지 못했는지, 금비는 그를 잡아끌고 인적이 드문 골목으로 데려갔다.

"왜 이러시오!"

금비가 하는 양을 잠자코 내버려 둔 성검은 둘밖에 없는 곳에 당도하자 그녀의 손을 매몰차게 뿌리쳤다. 시비에 휘말리지 않으려고 좋게 대했더니 더 꼬이는 것 같았다.

금비는 갑자기 차가워진 성검의 태도에 찬물을 끼얹은 듯 정신이 들었다.

'아니, 이게 원래 모습이었지.'

"왜 사람을 불러서 이리로 끌고 왔냐고요? 예!"

성검의 다그침에 금비가 눈을 날카롭게 치켜떴다.

"너야말로! 뿌리치면 될 걸 왜 여기까지 따라와 큰소리냐?"

"허! 적반하장도 유분수지!"

기막혀하는 성검을 물끄러미 바라보며 금비는 목소리를 가다듬었다.

"어딜 그리 바삐 가던 길이냐?"

"내가 어딜 가든, 그쪽이 무슨 상관인데? 내가 그쪽 허락 받고 다녀야 하나?"

성검은 이 제멋대로인 아씨를 좋게 대해서는 안 된다는 걸 방금 깨닫고 막말을 퍼붓기 시작했다. 이런 때에 말이 길어지는 것을 원치 않았기 때문이었다.

성검의 막말에 말문이 막힌 금비도 구차한 변명을 해야 했다.

"이, 이상하니 불렀지! 너는 호위무사 아니냐. 혹시 마마께서 이 근처에 있으신가, 구, 궁금해서……."

"나는……!"

이번엔 성검이 말문이 막혔다. 정말로 대답이 궁금해서 물은 것은 아니었던 금비였다. 그러나 그가 말을 잇지 못하고 당황하는 모습이 수상하면서도 재밌었다.

"어디 말 못 할 데라도 가야 하는 모양이지?"

"그, 그런 게 아니라!"

"아니라는 놈이 왜 이렇게 쩔쩔매는 것처럼 보일까?"

"큼! 그쪽한테 별로 알려 주고 싶지 않은 것 맞소. 알아봐야 유쾌할 것도 없으니, 그냥 가시죠."

성검이 성큼성큼 걸음을 옮겼지만 금비는 이렇게 물러설 순 없었다. 그가 처음으로 자신 앞에서 약한 모습을 보이고 있는데, 벌써 갈 수야 없지 않는가. 금비는 재빨리 그의 앞을 막아섰다.

"싫은데? 황후의 호위무사가 무슨 딴짓을 하기에 이 시각에 시전을 돌아다니는지 꼭 알아 가고 싶어지는구나."

"아, 거 참. 사람 당혹스럽게 하시네. 오랜만에 계집질 좀 해 보려고 나왔소. 안 되오? 한창 혈기 넘치는 사내 아니오! 꽃 같은 나인들이 득실거리는 황궁에서 딴짓도 못 하고 있기가 쉬운 줄 아시오?"

"뭐, 뭐…… 뭐라고?"

성검은 하얀 망사 아래로 비치는 붉어지는 그녀의 뺨을 보곤 득의양양한 미소를 지었다.

"거 보쇼. 불쾌할 거라 하지 않았소?"

"하! 황상도 네가 이리 돌아다니는 걸 아시는 게냐!"

"그럼 말을 하고 나왔지, 그냥 나왔겠습니까. 황상은 사내 아닙니까? 다 이해하시죠 뭐. 아……! 실수. 큼. 황상께서 우리 둘이 만나 이런 이야기를 나눈 것을 알면 좋아하실 것 같지 않으니 비밀로 합시다. 그럼!"

멍하니 서 있는 금비에게 속사포처럼 말을 쏟아 낸 성검은 재빨리 그녀에게서 벗어났다.

그가 사라진 직후, 호위무사들이 금비를 발견했다.

"아씨, 왜 여기 계십니까?"

"너, 지난번에 얻어맞았던, 광성검이란 녀석을 알지?"

호위무사는 '얻어맞았다'는 표현에서 안색이 굳어졌지만 내색하지 않았다.

"예. 황후의 호위무사라는……."

"그 녀석이 지금 기루로 간다면서 저쪽으로 달려갔다. 쫓아가

43

서 어느 기루에 어떤 계집을 안았는지, 알아오너라."

"예?"

"왜? 내 명이 어딘가 이상한 것 같으냐?"

"예. 왜 갑자기 그런 것을⋯⋯."

"어머니껜 비밀로 하거라. 내가 개인적으로 알고 싶은 게 있어 그러니. 어머니가 중간에 끼어드시면 더 알기가 힘들까 봐 그렇다."

금비는 그럴듯한 말로 호위무사를 포섭해 성검의 뒤를 밟게 했지만, 사실은 성검이 계집을 안고 있을 생각을 하니 피가 거꾸로 솟는 것 같았다.

'어떤 년인지, 재수가 없겠구나. 오늘부로 기적에서 이름을 파 주마.'

어느 기루에서 몸이 성치 못한 기녀를 받아 주겠는가. 금비의 입술에 잔인한 미소가 걸렸다.

성검은 금비를 이해할 수가 없었다. 금비의 수하들이 쫓아오는 바람에 어쩔 수 없이 궁으로 다시 돌아왔다. 쫓아다니면서까지 괴롭히는 걸 보면 어지간히 분했던 모양이었다. 다음에 만나면 한 번쯤 당해 주든지 해야 저에 대한 관심을 끊을 것 같으니 생각할수록 짜증나는 계집이었다.

"대체 금비와 무슨 악연이 있었기에⋯⋯ 쯧쯧⋯⋯."

지난번에 금비와 한바탕 하던 모습을 황상과 은호에게 들켜 이미 추궁을 당했었다. 그러나 남의 일에 끼어들어 호위무사를 몇이나 때려눕혔고 금비의 자존심까지 긁어 놓았다는 이야기는 차마 자세히 하지 못했다. 대충 둘러대길, 장터에서 서로 얼굴 붉힌 일이 있었라고 했는데 지금 황상의 눈초리에는 의심이 가득했다. 왜 안 그렇겠는가. 있으나 마나 한 놈이라고 내보냈더니 시작도 하기 전에 금비에게 쫓겨 돌아오질 않았나.

"일단 오늘은, 아니 당분간은 그냥 있는 게 좋겠다. 계속 널 찾고 있을지 모르니……."

성검이 더 이상 아무 말도 않겠다는 듯 입을 다물어 버리자 강위도 더는 캐묻진 않고 황후전으로 돌려보냈다.

경대 앞에서 몸단장 중이던 금비는 붉은색 보석이 박힌 떨잠을 이리저리 꽂아 보다 갑자기 그것을 바닥으로 집어던져 버렸다.

탁.

"어머, 아씨!"

"짜증나. 저딴 걸 왜 값을 치르고 온 거야!"

"그거야, 아씨께서 들고 가 버리셔서……."

"내가 사라고 했니? 왜 시키지도 않은 짓을 해!"

금비가 한 번 짜증을 부리기 시작하면 걷잡을 수 없으니, 겁에 질린 시비의 목소리는 조심스러웠다.

"가, 가서 무, 물러 달라 할까요?"

"넌 연월장이 이딴 일로 체면이 깎여야 속이 시원해! 엉?"

"흑. 아씨……. 그럼 어쩌라구요……."

"닥치고, 저거나 주어 오지 못해!"

시비가 눈물을 훔치며 떨잠을 주어 왔다. 신경질적으로 떨잠을 받아 든 금비는 그것을 다시 탁자 위에 던져 놓고 한참을 노려보았다. 온 힘을 다해 던졌건만, 일그러진 데도 없는 걸 보면 상품이긴 했다. 다만, 아무리 봐도 이 붉은 보석이 거슬렸다.

'나하고는 안 어울려.'

붉은색은 금색과 더불어 귀한 색이었다. 그런 색상이 저와 어울리지 않는다는 걸 깨닫자 화가 치밀어 올랐다.

'난 황후가 될 거야! 어울리지 않을 리 없어!'

시비가 보기에는 금비의 미모에 어떤 떨잠을 꽂아도 무리가 없었으니, 그것은 그저 금비의 자격지심일 뿐이었다. 그리고 또 하나 황후가 될 생각을 할 때마다 이름 하나가 가슴을 쿡쿡 찔러 왔다.

광성검. 이 떨잠을 볼 때마다 보석의 빛무리에 아른거리던 성검의 군청색 무복이 자꾸만 겹쳐 보였다.

'기방에 간다더니, 대체 어디로 샌 거지? 내가 싫어서 그딴 소리로 날 떼 놓으려고 한 게 틀림없어. 감히, 네까짓 게!'

금비는 벌써 손톱 하나를 흉하게 물어뜯어 놓았지만 성검의 뻔뻔한 얼굴을 떠올릴 때마다 약이 오르고 초조했다.

성검의 뒤를 밟으라고 보낸 놈들이 한참이나 있다 돌아와선 어디로 갔는지 알 수 없다고 했다.

"뭐? 기방이란 기방을 다 뒤져서라도 알아냈어야지!"

"그게…… 기방이 있는 쪽과 정반대로 갔습니다."

"반대? 그게 어느 쪽인데?"

"그것만 압니다. 어느 순간 사라져 버려서……."

"뭐가 어째? 이 쓸모없는 놈들! 여럿이서 그놈 하나를 못 찾아!"

"워낙 눈치가 빠른 놈이라, 더 따라갈 수가 없었습니다. 쫓아온다는 걸 눈치채고 갑자기 뛰는 바람에……."

곤란해하는 무사들을 추궁해 봤자, 알아지는 것은 없었다.

이미 자존심은 다 찢어발겨졌으니, 체면 차릴 것 없이 만나면 한바탕 퍼부어 줘야 속이 시원해질 것 같았다. 그러나 황제가 무서워서라도 당분간 궁에 들어가기 뭣하니 이러지도 저러지도 못하고 속만 끓어오르는 것이다.

다시 떨잠을 집어 든 금비는 그것을 한참 동안이나 만지작거렸다. 예쁘긴 하지만 아무리 좋게 봐 줘도 저와는 어울리지 않았다. 결국 그것을 머리에 꽂지 못하고 아쉽게 내려놓으려던 순간이었다.

쾅.

갑자기 세차게 열린 방문에 놀란 금비가 떨잠을 쥔 그대로 문을 바라보았다.

연월부인이 어깨에 힘을 잔뜩 주고 씩씩거리며 안으로 들어왔다.

"어머니?"

금비는 어머니의 그런 모습이 이해되지 않아 눈을 동그랗게 뜨고 의아함을 담아 불렀다.

짝.

"아악!"

의자에 앉아 있던 금비는 부인의 손찌검에 뺨을 부여잡고 바닥으로 넘어졌다.

"네 이년! 솔직히 말하지 못해!"

"어, 어머니?"

금비의 목소리가 심하게 떨렸다. 부인이 난비에게 하듯 그녀한테 손찌검을 하며 막말을 하자 믿기지 않을 만큼 충격을 받은 듯했다.

"어머니? 나를 어머니로 여기는 것이, 내게 그런 것을 숨겨?"

"어머니, 무, 무슨 말씀이신지 알아듣게 설명해 주세요."

"성검이란 사내에게 무슨 마음을 품었기에 그 뒤를 졸졸 쫓아다니는지 바른대로 말하지 못해!"

가슴이 철렁 내려앉는 일갈에 금비의 안색이 하얗게 질렸다.

"아, 아니에요. 어머니. 무슨 맘을 품겠어요? 그냥, 그놈 하는 짓이 하도 괘씸하고 괴상해서……. 그게 다예요. 혼내 주고 싶어서 그런 거예요."

"혼내 주고 싶어서 길에서 그놈 뒤꽁무니를 쫓는 걸로도 모자라, 기방까지 찾아보라 했다고? 너는 내가 바보인 줄 알아! 어느 계집이 그냥 궁금하단 이유로 사내가 안은 기녀를 찾는단

48

말이냐!"

"어머니……."

이미 제 마음을 들켜 버린 금비는 할 말을 잃고 훌쩍거렸다.

"다 그럴 수 있다 치자. 사람 마음이란 게 마음대로 안 되는 법이라 이해할 수 있다. 허나, 내겐 말했어야 했어! 진작 내게 말했다며 한층 일이 수월해질 수도 있었을 게 아니냐!"

"예?"

"네가 숨기라 했다면서? 내게 말하지 말라 했다면서! 황후의 호위무사가, 은호의 측근이 그리 급히 어디론가 사라졌는데 내게 말하지 말라 했다면서!"

"하지만 그놈은…… 그렇게 신경 쓸 만한……."

"니가 그걸 어찌 알아!"

똑똑하고 독할 줄 알았던 제 딸년이 이렇게 무디고 어리석을 줄 몰랐기에, 연월부인의 화는 쉬이 누그러지지 않았다. 하지만 금지옥엽 기른 딸년의 뺨에 붉은 손자국이 부어오르는 것을 보고는 잠시 마음을 가다듬었다.

"어차피 너도 그놈에게 진지하게 마음을 둔 건 아닐 테지? 혹 마음이 깊은 것이냐?"

"아닙니다, 어머니. 그럴 리가 있겠어요? 그냥 잠시 호기심에……. 아니, 이제 그런 호기심도 가지지 않겠습니다! 용서해 주세요, 어머니."

한결 부드러워진 어머니의 목소리에 금비가 냉큼 일어나 싹싹 빌었다.

"그래. 이제 네게도 말해야겠다. 요즘 일어나고 있는 일들을 너도 알아야겠어. 그랬더라면 네가 그런 일을 어미에게 숨길 리가 없었겠지."

"예? 무슨……?"

"요즘 나는 은호의 저택 주변을 밤낮으로 감시하던 중이었다. 그런데 바로 어제 누군가 야심한 밤에 찾아와 은호를 데리고 산으로 올라갔다. 대나례를 앞둔 태상경이 그 시각에 도성을 빠져나갔다니 수상한 일이 아니냐! 더군다나 그 뒤를 쫓았던 수하들 말로는 그들이 어느 순간 사라져 버렸다는구나."

"사라지다니요?"

"길이 없다는 얘기다. 들키지 않으려고 멀리서 쫓아왔는데 어느 순간 꽉 막혀 버려서 더 이상 쫓을 수 없었다는구나. 그렇다면 미행을 눈치채고 숨었거나 비밀스러운 은신처가 있거나 둘 중 하나가 아니겠느냐?"

"그래서 성검을……."

"그래! 그래서 오늘 일찍부터 성검을 감시하라 했는데 금비 네가 끼어들어 일을 망쳐 버린 게다!"

"……!"

이제야 제가 무슨 짓을 한 것인지 알게 될 금비는 더 이상 아무런 변명도 할 수가 없었다. 그리고 저와 성검은 결코 같은 편에 설 수 없음도 깨달았다.

"무사들에게 듣자하니, 그동안 녀석이랑 부딪친 적이 한두 번이 아니라더구나. 그런데 여태 내게 그런 것을 숨기다니 내 어찌 역정 나지 않겠느냐!"

"죄송합니다……."

"웃기지도 않은 네 사랑놀음 때문에 중요한 정보를 놓쳤으나 이번 한 번만 눈감아 주겠다. 앞으로는 그놈에게 관심을 끊는 것이 좋을 것이다. 알겠느냐!"

"예, 예! 물론입니다. 어머니. 저는 그냥 잠시, 아주 잠시 호기심을 가졌을 뿐이에요."

"암. 그래야지. 지금 우리는 불리한 처지에 있다. 하지만 숨기는 게 많은 놈들일수록 허점이 많은 법이다. 아무 염려 말아라. 단, 네가 약한 마음을 품거나 방심하면 일이 틀어지기 십상이니 황후가 될 때까지 한시도 흐트러져선 안 된다."

연월부인은 아직도 떨고 있는 금비에게로 다가갔다. 자애로운 어머니로 돌아가 금비의 손을 잡아 주다 그녀가 쥐고 있던 떨잠을 보았다.

"못 보던 건데, 새로 산 게냐?"

"예……."

떨잠을 들고 이리저리 살펴보던 부인은 금비의 머리에 그것을 꽂아 주었다.

"잘 어울리는구나. 붉은빛이 예사롭지 않아. 내일 이걸 하고 궁으로 가면 되겠다."

"구, 궁엔 왜……?"

"아직 황상을 뵙기는 그렇고, 난비에게 자주 얼굴을 비춰 주렴. 가서 은호가 궁에서는 어찌 지내는지 살짝 떠보기도 하고 당분간 난비와 친하게 지내도록 해. 그럴 일이 있으니."

금비의 헝클어진 머리카락을 쓸어 주는 부인은 언제 화를 냈을까 싶게 부드러운 눈길로 그녀를 다독여 주고 있었다.

하지만 금비는 어머니가 무슨 생각을 하고 있는지 알 수가 없어서 혹여 성검을 죽이실까 불안한 마음을 애써 감추고 있었다.

❀

하늘은 구름 한 점 없이 맑았다. 해가 고루 내리쬐어 주곤 있지만, 한겨울 찬 서리가 내린 땅은 여기저기가 꽁꽁 얼어붙어 보기만 해도 추웠다. 그러나 성검은 적당히 따뜻해 보이는 황후전 돌계단에 기대앉아 여유를 즐기고 있었다. 가끔 높으신 분들이 지나가면 눈치껏 일어나긴 했지만, 황후전을 드나드는 높으신 분들은 거의 없었다. 병사들과 내관들이 눈살을 찌푸리며 욕을 하거나 말거나, 나인들이 얼굴을 붉히며 쳐다보거나 말거나, 다리까지 쭉 뻗은 성검은 얼어 죽기 딱 좋은 날씨에 낮잠이라도 잘 기세였다.

하지만 언뜻 평화로워 보이는 성검의 속은 실상 시커멓게 타들어 가고 있었다. 스승님이 무사한지도 모르겠고, 제가 할 일도 제대로 못 하고 있으니 불안한 것이다. 그때 어깨를 톡톡 건드리는 부드러운 손길이 느껴져 고개를 돌렸다.

"마마!"

난비는 몸을 일으키려는 성검의 어깨를 누르며 무릎을 감싸고 앉았다.

"여기서 이러고 계시면 공 상궁이 세모눈을 하고 올 겁니다."

"풋."

"그렇게 웃으시면 이번엔 황상께서 뱁새눈을 하고 달려오실 걸요?"

"……?"

"음…… 그런 게 있습니다. 헌데, 왜 부르셨습니까?"

난비는 돌을 주워 들고 바닥에 글을 적었다.

[스승님이 왜 안 보이시나 해서…….]

대나례 행사 때문에 의복이니 뭐니 전부 은호가 주관하고 있었기에 최근 그는 황후전을 수시로 드나들었다. 그러다 어제 오늘은 온종일 보이지 않으니 이상하게 여기는 게 당연했다.

"뭐, 대나례에 해왕사의 도움을 받을 게 있다고 그리로 가셨습니다. 언제 오실지 모르니 기다리지 마십시오."

[그래…….]

황후의 얼굴에서 쓸쓸함과 서운함을 읽은 성검은 마른 코를 훌쩍이며 멋쩍게 둘러댔다.

"이게 다 폐하 때문 아닙니까. 마마께서 황후가 되시고 처음 맞이하는 대나례라며 온갖 공을 들여 성대하게, 할 수 있는 건 최대한 많이 하라는 명이 있으셔서 이리된 거죠."

[뭘 또 그렇게까지 하신다고……. 괜히 스승님만 힘드시게.]

성검의 생각과 달리 황후가 제 변명을 그다지 기뻐하지 않자 성검은 머리를 긁적이며 몸을 일으켰다.

"마마. 제가 두 분의 사생활에는 별로 관여하지 않으려 했는데, 제 한 몸의 안위를 위해 어쩔 수 없이 끼어들어야겠습니다."

"……?"

"마마께서 황상을 너무 모르시는 것 같은데, 황상 앞에서 자꾸 스승님을 위하는 말씀을 하시거나 지금처럼 스승님을 챙기느라 황상의 성의를 거절하시면 저희가 곤란합니다."

[안다.]

"네? 안다구요?"

[일부러 그러는 거다. 황상께서 질투하시라구.]

"허! 이래서 여인은 요물이라지. 믿으면 안 된다니까! 그럼 뭡니까? 괜히 나하고 스승님만 중간에서 피해 입는 거 아닙니까!"

[미안하게 됐다.]

황후가 전혀 미안한 기색 없이 웃는 낯으로 대답하니 성검이 고개를 절레절레 흔들었다.

"대체 그런 건 어디서 배우셨습니까? 내 알기론 그리 약은 분이 아니신데?"

[금비가.]

"하!"

대답을 듣는 순간 성검이 코웃음을 치며 기가 막혀 했다.

[왜?]

"무슨 의도로 그런 걸 알려 줬는진 모르겠습니다만, 웬만하면 동생분 이야기는 귀담아 듣지 않는 게 좋지 않을까 싶습니다. 마마께서 더 잘 아시다시피 동생분 성정이 좀 아니지 않습니까?"

[내 동생이 좀 못된 구석이 있긴 하지만, 설마하니 날 그렇게까지 골탕 먹일까? 그래도 난 제 언니잖아.]

"이러니 매번……."

황후를 나무라려던 성검은 그녀의 시선이 저를 보지 않고 있음을 눈치채고 앞쪽으로 고개를 돌렸다. 그리고는 다가오는 여인의 모습에 인상을 팍 쓰고 느릿느릿 몸을 일으켰다.

"오셨소?"

"……."

금비는 불쾌함이 역력한 성검의 얼굴을 보는 순간 울컥 화가 났다. 그렇지 않아도 난비와 다정하게 이야기를 나누는 모습을 보고 가슴에 찌릿한 통증을 느끼고 있었던 참이다.

'이러지 말자, 금비야. 이러면 안 돼.'

성검의 인사를 못 들은 척 난비의 앞으로 걸어간 금비는 조신하게 인사를 올렸다.

"마마, 오랜만에 뵙습니다."

'금비야!'

난비는 간만에 저를 찾아온 금비의 얼굴이 많이 여윈 것을 알아채고 이상하게 생각했다. 그동안 찾아오지 않은 것도 그렇고 무슨 일이 있었나 싶어 금비의 손을 잡아끌었다.

'날이 춥다. 들어가자꾸나.'

금비는 난비를 따라서 성검의 곁을 지나쳐 걸어갔다. 그 짧은 순간에도 수없이 많은 갈등이 머릿속을 뒤죽박죽 헝클어 놓았지만 간신히 복잡한 생각들을 떨쳐 버리고 안으로 들어갈 수 있었다.

[무슨 일이 있었던 거니? 표정이 좋지 않구나.]

"아닙니다. 날이 갑자기 추워져서 고뿔이 걸렸었어요. 지금은 많이 좋아졌어요."

[그랬었구나. 어쩐지 네가 오지 않는다 했다.]

"어머니가 혹 대나례 때 필요한 게 있으면 도움을 주시겠다고 스승님을 만나 보라고 하셨어요. 헌데 오늘은 해왕사에 가셨다네요. 내일 다시 와야 할까 봐요."

[아니다. 그럴 것 없어. 언제 오실지 모른다니, 오시면 내가 여쭤 보고 아랑을 통해 전해 주마.]

"네. 그럼 기다리고 있을게요. 저……. 그런데 말이에요……."

"……?"

"밖에 저 성검이란 호위무사 말입니다. 저리 하릴없이 빈둥거려도 되는 건가요? 마마의 곁을 지켜야 할 자가 한가롭게 볕이나 쬐고 있다니 저는 당최 이해가 가지 않습니다."

[저래 봬도 능력 있는 자란다. 노는 것처럼 보여도 제 할 일은 다 하고 있을 텐데 뭐.]

"그래도 당분간은 황상께 아뢰어 밤낮없이 궁에서 마마를 지키라 하는 게 좋을 듯싶습니다."

금비는 어머니의 감시에 성검이 걸려들까 걱정되어 이렇게라도 피할 수 있으면 피하라고 꾀를 내었다. 하지만 이를 알 리 없는 난비는 별 걱정을 다 하는구나, 웃어넘겼다.

"마마. 웃을 일이 아닙니다. 행사 준비로 가뜩이나 어수선한 궁에서 혹 마마께 무슨 일이 생기진 않을까 어머니와 저는 노심초사하고 있는데……."

[무슨 일이 생기다니? 왜 그런 걱정을…….]

"마마께서도 아시지 않습니까. 그간 궁을 흉흉하게 만들었던 그 소문들 말입니다. 아무리 효씨 가문의 여식이 저주를 푼다지만 그것도 다 믿을 수는 없고……."

[어머니께 너무 염려 마시라 전해다오. 폐하께서도 잘해 주시고, 성검도 나를 잘 지켜 주고 있으니 아무 걱정 마시라 해라.]

"하아……."

어머니가 꾸미는 일을 고할 수도 없고, 그렇다고 성검이 죽는 꼴을 보기도 싫으니 답답한 금비의 입에서는 한숨만 새어 나왔다. 그런 동생을 안심시키고 싶었는지 난비는 실없는 소리로 주제를 바꾸었다.

[오늘따라 더 예뻐 보인다 했더니 떨잠을 새로 샀나 보구나. 어디서 그런 걸 찾았니? 너무 곱다.]

"……."

[왜 또 시무룩하니? 예쁘다는데 좋아하지 않고?]

"이게…… 맘에 드세요?"

[그럼. 네가 하고 있어서 그런지 정말 이리 예쁜 걸 본 적이 없는 것 같구나.]

난비의 칭찬과 감탄이 이어졌지만 금비의 얼굴은 밝아지지 않았다. 잠시 뭔가를 고민하던 금비는 조심스레 떨잠을 빼내 난비의 앞에 놓았다.

"마마가 마음에 드신다니 가지세요."

[아니야! 달라는 뜻에서 한 말은 아니야. 귀한 것 같은데 가져가렴.]

"귀하니까, 마마가 가지시는 게 맞는 듯해요."

[왜 이러니? 난 정말 필요 없다. 내가 뺏는 것 같으니 이러지 마.]

"뺏으세요."

[뭐?]

"갖고 싶은 게 있으시면 달라 하세요. 황후의 자리에 있으니 마음껏 누리시라구요. 왜 그러질 못하세요? 마마께서 하도 답답하게 구시니까……!"

[금비야…….]

"송구합니다. 갑자기 흥분했어요. 사실 이 떨잠은 시비가 실수로 잘못 사 온 거라 계속 마음에 안 들던 건데, 마마께서 칭찬하시니까……. 그러니까 가지세요! 저는 정말 맘에 안 듭니다. 그리고 전 이만 가 볼게요. 아직 몸이 좋지 않아서……."

횡설수설하던 금비가 서둘러 나가고 나자 난비는 떨잠을 들고 고개를 갸웃거렸다. 오늘따라 금비가 유난히 이상하게 굴어서 주고 간 떡잠이 고맙지가 않고 찜찜하기만 했다.

밖으로 나온 금비는 아직도 계단에서 퍼질러 있는 성검의 곁을 빠른 걸음으로 지나쳤다.

금비가 모르는 척 계단을 다 내려오는 동안 성검 역시 그녀를 아는 체하지 않았다. 그 때문에 결국 부아가 치민 금비가 걸음을 멈추고 확 하니 돌아보았다.

"이보게, 호위무장!"

대답도 않고 고개만 스윽 들어 보인 성검의 얼굴엔 귀찮음이 한가득이었다.

"대답도 않느냐!"

"왜요?"

"허! 왜.요? 폐하께서도 네놈이 이리 고약하다는 걸 아시는지 모르겠구나!"

"너무 잘 아셔서 이젠 포기하신 듯하니, 아씨께서도 이놈과 괜히 말을 섞지 마시고 모르는 척하시는 게 상책이요."

"뭐어?"

금비는 성검이 자신을 손톱만큼도 어려워하지 않는 것과, 아무런 관심이 없다는 것을 읽었다. 자신은 성검의 말 한 마디에도 울컥하고 그가 해를 입을까 좀 전까지도 얼마나 신경을 썼는가! 헌데, 왜 저놈은 관심은커녕 조금도 돌아봐 주지 않는지 참을 수 없이 화가 났다.

이성을 잃은 금비가 성검의 앞으로 뚜벅뚜벅 걸어갔다.

그러자 성검이 눈썹을 찌푸리며 그녀를 주시했다. 성검은 금비가 이해되지 않았다. 도대체 마주칠 때마다 무슨 시빗거리가 저리 많은지, 길에서 나눈 악연이 참 질기다 싶었다.

'이러니 계집 속이 좁다는 말이 나오지.'

귀찮은 날파리처럼 금비를 탁 쳐 내 버리면 좋겠다 싶은 순간, 갑작스럽게 금비의 손바닥이 얼굴을 향해 날아왔다.

탁.

"……!"

아무리 부지불식간에 일어난 일이라지만 성검의 순발력과 방어 본능은 머리가 알아차리기도 전에 금비의 손목을 붙잡을 수 있었다.

약이 오른 금비가 입술을 깨물더니 반대 손도 들어 올렸다. 그러나 이번엔 더 빨리 잡혔다.

"놔라!"

"보는 눈이 많은데, 자꾸 이럴 거요? 대체 왜 나만 보면 시비요?"

"그러게 그냥 맞아 주면 되지 않느냐! 한 대도 못 맞아 줘?"

"허! 허허! 허허허허!"

기가 막힌 성검의 웃음에 금비의 얼굴이 빨갛게 달아올랐다.

실컷 웃고 난 성검은 그녀의 손을 뿌리치고 말했다.

"혹시 지난번에 내가 그쪽을 여러 번 쪽팔리게 해서 그런다면, 내 사과하겠소. 사내대장부가 무릎을 꿇긴 좀 그렇고, 뺨을 내주기도 그러니, 그냥 미안하게 됐소. 태어나서 처음 해 보는 사과요. 듣기 안 좋아도 그냥 좀 받아 주시죠."

"뭐? 쫙…… 뭐?"

금비는 머릿속이 멍해졌다. 정중함도, 진심도 느껴지지 않는 사과였다.

"아! 쪽팔린 게 아니라, 정정. 부끄럽게 해서 죄송합니다. 아씨."

성검이 허리를 깊이 숙이며 사죄를 올렸지만, 금비는 좀 전의 충격에서 벗어나지 못하고 눈을 부릅뜨고 있었다.

"너는, 너는 왜 나한테 이렇게, 이렇게……!"

"사과받았으면 갈 길 가시죠. 웬만하면 다시는 아는 척 마시고."

자신의 말이 채 끝나기도 전이었다. 왜 이런 천한 놈에게서 저런 소리를 들어야 하나, 제 처지가 한심해졌다.

'신기해서 그런 게다. 신기해서. 날 돌멩이 보듯 하는 게 신기해서……'

눈 안에 뜨거운 물기가 차오름을 느끼고 금비는 황급히 몸을 돌려 가던 길을 서둘렀다.

벌써 등을 돌리고 태연하게 주저앉은 성검은 금비가 완전히 사라지고 나서야 그녀가 간 쪽으로 눈길을 주었다.

"이런 주제에 마마를 가르쳤다고? 제 앞가림도 못 하는 처지에 여우 짓 하느라 너도 고생 많다."

오늘에야 그녀의 숨겨진 마음을 알게 된 성검은 머릴 박박 긁으며 심란해했다.

그런데 갑자기 사라졌던 금비가 살기 어린 표정으로 다시 나타났다. 그리고는 무시무시한 기세로 제게 다가오는 것을 보고 자리에서 벌떡 일어났다.

"……!"

성검의 예상과 달리 금비는 그를 지나쳐 다시 황후전 안으로 들어가 버렸다.

잠시 상황 파악이 되지 않아 멍하게 서 있던 성검이 아차 하는 표정으로 금비를 쫓았다. 홧김에 황후에게 해를 가할지도 모른다는 생각이 든 것이다.

그러나 문 밖까지 들리는 금비의 쩌렁쩌렁한 목소리를 듣고 그 자리에서 멈춰 섰다.

"송구합니다, 마마! 이 떨잠 다시 가져가겠습니다! 마음이 바뀌었으니 이해해 주세요!"

말이 끝나기가 무섭게 문을 열고 나온 금비는 표독스럽게 성검을 쏘아보고는 뒤도 돌아보지 않고 떠났다.

"나로선 이게 편하긴 한데……."

성검은 이제 앙심만 잔뜩 품은 금비가 무슨 짓을 할지가 좀 걱정스러워졌다.

10.

악귀들의 축제

은호가 없으니 황제가 바빠졌다. 강위는 태상시 관원들이 일을 제대로 하는지 염려되어 온종일 그곳에 가 있다가 저녁 즈음에나 난비를 만나러 갈 수 있었다.

"어서 따뜻해져야 저녁까지 날 기다리지 않고 밖에서 때때로 얼굴을 볼 수 있을 텐데, 겨울이 길구나."

난비는 황제의 손을 잡아 따뜻한 백자 다관(茶罐:차를 우려내는 찻주전자)에 올려놓았다.

손바닥이 뜨끈하게 데워지고 혈관에 스며든 열기가 빠르게 추위를 몰아냈다. 강위는 기분 좋게 몸서리를 치며 웃어 보였다. 얼마 만에 맛보는 평화로운 겨울인지 잠시 은호가 없는 불안감을 잊을 수 가 있었다.

"몇 번이나 끓인 게냐?"

[열 번도 넘게 끓였습니다.]

"설마 계속 우려낸 건 아니겠지?"

[왜 아니겠습니까? 많이 떫으실 겁니다.]

"알았다. 다음부턴 늦으면 늦겠다고 연통하마."

[차가 다 식겠습니다.]

난비가 따라 놓은 찻잔을 다시 권하자 강위는 짐짓 장난스럽게 눈살을 찌푸리며 잔을 받았다.

입으로 가져간 찻잔에서는 청량한 향이 났다. 떫긴커녕 맛 또한 향기만큼 맑았다. 다도를 무시하고 맛있게 찻잔을 비운 강위가 빈 잔을 들어 보이며 물었다.

"좋구나. 직접 끓였느냐?"

두 손으로 다관을 잡은 난비가 긍정의 의미로 고개를 끄덕였다.

"나날이 솜씨가 좋아지는구나."

새삼스러울 것도 없는 황상의 칭찬인데도 차를 따르는 난비의 뺨이 설핏 붉어졌다.

"금비가 왔었다고?"

무심하게 묻긴 했으나 사실 강위는 금비의 방문 의도가 궁금하던 차였다.

"와서 뭐라 하더냐?"

[특별한 말은 말 없었습니다.]

"그래? 뭘 묻거나 하지 않고?"

난비는 고개를 저었다. 금비가 이상하게 굴긴 했지만 황제께 그런 사소한 것까지 말할 필요가 없었다. 그런데 성검이 참지 못하고 끼어들었다.

"물어본 건 모르겠고, 줬다 뺏는 건 제가 보았습니다."

"줬다 뺏다니?"

난비가 입가에 손을 갖다 대며 눈치를 줬는데도 성검은 거침없이 고했다.

"떨잠이었나? 뭐 보석같이 반짝거리는 걸 가져와서는 마마께 드렸다가 마음이 바뀌었다면서 가지고 나가 버리더라구요. 치사하게."

아직 다 마시지 않은 찻잔을 내려놓으며 강위는 물끄러미 난비를 들여다보았다. 이제 보니 황후란 여인의 행색이 참으로 수수하지 않은가. 그 흔한 향낭주머니조차 없었고 장신구도 늘 보던 것들뿐인 듯했다. 그런데도 불구하고 투명한 피부와 흑요석 같은 눈동자는 꾸며 낸 치장 따위와 비교할 수 없었다.

"떨잠이 무슨 소용이겠느냐? 지금도 충분히 아름다우니 그런 건 잊어버려라."

눈을 깜빡이며 황제의 말을 기다리고 있던 난비는 동그란 눈을 반만 뜨고 새치름한 표정을 지었다. 예쁘다는 핑계로 떨잠을 안 사 주겠다는 말씀 아닌가. 바란 것도 아니었는데 이런 말을 듣고 보니 얄미워졌다.

"너도 알다시피 나는 가난하다. 국고가 텅 비지 않았느냐? 가난한 백성들을 구휼하기 전에 내가 굶게 되지나 않을까 걱정이다. 어찌 국고를 채워야 하나 고민이 많으니, 팔 게 있으면 차라리 날 좀 다오."

"훗."

황제의 엄살에 웃음을 참지 못한 난비는 오늘도 그의 너스레에 지고 말았다.

[예. 필요하신 게 있으시면 다 가져가십시오. 그래도 폐하께서 주신 이 소금만은 못 드립니다.]

"그래도 다행히 그대의 친정이 부자라는 것이 위안이 되는군."

[폐하께서 그것들을 전부 가져다 쓰신다 해도 어머니는 할 말이 없으실 겁니다.]

난비는 궁에 들어와서야 공 상궁과 황제를 통해 연월장의 비리를 알게 되었다. 어머니가 권세가들과 결탁하여 재물을 모으고, 또 그들과 함께 황후들을 시해하여 금비를 황후로 만들려 했으니 그 재물을 전부 황제께 바쳐도 모자랐다.

난비의 표정이 딱딱하게 굳어지자 강위는 제가 마시던 찻잔을 그녀의 뺨에 갖다 대고 슬슬 문질렀다.

"주름질라. 나는 네게 장신구 하나 사다 줄 형편이 못 되니, 오래도록 예뻐 보이려면 지금부터 신경 써서 가꾸어야지 않겠느냐?"

"후훗……."

"웃는 걸 봤으니 이제 됐다. 오늘은 바쁜 일이 있어 이만 가 봐야겠다."

"……?"

들어오실 때는 이제 일이 끝났다 하셨는데 갑자기 예정에도 없는 바쁜 일이 어찌 생겼을까, 난비뿐만 아니라 모두가 의아해했지만 나가겠다는 그를 말릴 수가 없었다.

"성검아, 넌 할 일이 있으니 따라오너라."

느닷없이 없던 일을 만들어 밖으로 나온 강위는 다급한 목소리로 사모달을 불렀다.

"오랜만에 잠행을 갈까 하니, 준비하도록 해라."

본래 황상께서는 잠행이 잦은 편이었으나 현 황후를 맞이하고는 한 번도 나서지 않았었기에 사모달이 조금 의아한 듯 물었다.

"지금…… 바로 말이옵니까?"

"지금 당장. 성검이 너도 같이 가야겠다."

"저는 또 왜 데리고 가시려구요?"

"금비가 다시 가져갔다던 떨잠 말이다. 자세히는 모르겠지만 마음이 바뀐 것이다. 좋은 마음인지 나쁜 마음인진 알 수 없지만……. 어쨌든, 저들도 당당히 궁을 살펴보러 드나들지 않느냐? 우리라고 그러지 말란 법은 없지."

"아! 대놓고 감시하시겠다는……!"

"설마하니 황제를 쫓아낼까. 가 보자."

파장 준비로 한창 바쁜 시전은 겨울의 추위를 잊을 만큼 정겨운 풍경이었다. 난비가 황후가 되고 몇 달 사이, 그다지 바뀐 일도 없는데 백성들의 인심이 훈훈해져 가고 있었다.

"내 느낌이 그러하냐? 어째 사람들 얼굴에 활기가 보이는구나."

황제가 동의를 구하자 사모달이 들뜬 목소리로 대답했다.

"제 생각도 그렇사옵니다."

"잠행을 나왔으니 좀 놀다 가자."

"예?"

"출출하구나. 성검이 자넨 술을 하는가?"

어째서인지 네놈에서 자네로 신분과 친분이 격상된 성검을 향해 사모달이 이글거리는 눈으로 못한다고 하라고 눈치를 줬다. 그러나 본래 남의 눈치를 보지 않는 성검은 입맛까지 다시며 사 주겠다는 술을 마다하지 않았다.

"폐하께서 내리시는 어사주를 마시는 겁니까?"

"내가 산다고 한 적은 없다."

오늘따라 두 사람이 제법 죽이 잘 맞아, 누가 돈을 내는가는 일단 뒤로하고 손님이 제법 많은 객점에 자리를 잡았다. 요리보다 술이 먼저 나오자 성검의 잔에 술을 따르던 황제가 무심하게 물었다.

"금비하고는 무슨 일이 있었느냐?"

"큼! 전에 말씀드렸지 않습니까."

강위는 술병을 성검에게 주고 자신의 잔을 들었다.

"은호에게 혼날까 그런다면 비밀로 해 주마."

성검은 황제의 잔에 술을 따르며 씁쓸한 경험을 간단하게 이야기했다.

"스승님과 도성에 들어왔을 때, 그 집 호위무사와 좋지 않은 일로 부딪힌 적이 있습니다."

"이겼느냐?"

"당연한 거 아니겠습니까?"

황제가 코웃음을 치고 있는데, 한 무리의 장사치들이 우르르 들어오더니 시끄럽게 떠들어 댔다.

"에잇, 드러워서 이 짓도 때려치우든지 해야지, 원!"

"왈패 놈들이 받아 가는 자릿세도 기가 막힌데, 나라에서 자릿세를 받는 경우는 또 뭐야? 세금은 세금대로 다 냈는데!"

"돈 나올 구멍이 백성들 똥구녕밖에 없나 보지! 세상이 어찌 되려고 나라에서 한다는 짓거리가 주먹패들이랑 다를 게 없냐고!"

상인들이 주변도 살피지 않고 격한 표현을 하는 걸 보면 단단히 화가 난 모양이었다. 거친 욕지거리에 사모달이 이를 바드득 갈았지만 욕을 먹는 게 익숙해진 강위는 담담하게 귀를 기울이고 있었다.

"우리 이거 이럴 게 아니라 이제는 참지 말고 폐하께 아뢰어 보는 건 어떨까? 가만 생각해 보니 폐하께서 우리 사정을 모르고 계시는 게 아닌가 싶어."

"모를 리가 있나! 벌써 이게 몇 년째야? 갈수록 자릿세가 비싸지는데 그럼 그게 전부 어디로 간단 말이야?"

"그 배불뚝이 대사농이 지 혼자 처먹는 돈일지도 모르잖아."

"그건 자네 말이 맞을 것 같기도 해. 폐하께서 빈민촌에 하신 일을 봐. 백성들 사정을 알고도 그리하실 것 같진 않아."

"그럼 한번 얘길 해 볼까?"

"밑져야 본전인데, 한번 해 보자!"

"근데, 어떻게?"

호기롭게 떠들던 장정들이 동시에 입을 다물고 술을 들이붓기 시작했다. 입만 걸었지, 순박한 사내들이 아닌가. 강위가 저도 모르게 웃음을 터트리자 성검이 씁쓸하게 물었다.

"웃음이 나오십니까?"

"우습지 않느냐? 다들 내가 뭐라고 내게 희망을 거는지 우습다."

"뭐긴요, 구하국의 황제 되시는 분이시죠."

사모달은 성검을 만나고 처음으로 마음에 드는 대답을 했다며 그를 크게 칭찬했다.

야심한 시각에 황제께서 왕림했는데도 연월장의 사람들은 당황한 기색이 전혀 없었다. 늘상 황제를 주시하는 연월부인 덕분임을 일행도 알고 있었지만 내색하지는 않고 장단에 맞춰 주었다. 금비는 성검을 보고 흠칫 놀라긴 했으나 금세 표정을 바꾸고 다소곳하고 기품이 넘치는 인사를 올렸다. 연월부인은 황송해서 어쩔 줄 모르겠다는 듯이 쩔쩔매며 일행을 안으로 모셨다.

"갑자기 찾아와 폐를 끼치는 건 아닌가?"

"그럴 리가 있겠사옵니까, 폐하! 다만 죄인의 집에 이리 찾아와 주시다니 황송할 뿐이옵니다."

"그 죄인들이 내 집에는 자주 드나드는데 내가 오지 못할 이유가 없지."

"……화, 황공하옵니다. 폐하……."

"술을 한잔 걸쳤는데 몸이 비틀거려 이리로 왔다. 어차피 예서 자고 가야 할 것 같으니 맘 놓고 더 마시고 싶은데, 괜찮겠는가?"

"예, 폐하. 곧 준비하겠나이다."

잠시 후 급히 준비한 것치고는 너무나 잘 차려진 요리와 귀한 술들이 일행의 앞에 올려졌다. 강위와 성검은 뭐가 그리 즐거운지 연신 술을 들이부었고, 사모달과 적운도 격식과 법도를 잠시 내려놓았다.

"근데 이 무위비사 나리는 언제부터 이렇게 말이 없었습니까?"

"내가 처음 만날 때부터 저랬다."

"말하는 게 귀찮아서 그러오? 아님 말주변이 없어 그러신가?"

제 얘기를 하는데도 남 얘기인 양 술만 마시던 적운은 모두의 시선이 저를 향하자 어렵게 입을 열었다.

"필요가 없어서."

"아니 누가 그쪽 필요해서 말하래? 듣는 우리가 필요하다고!"

성검이 흥분해서 떠들어 댔지만 적운의 닫힌 입은 다시 열릴 줄 몰랐고, 사모달은 귀를 막으며 성검에게 잔소리를 해 댔다.

"이놈아, 너는 듣는 우리도 필요하지 않으니 그 입 좀 닫아라!"

화기애애한 분위기 속에서 황제가 정말 즐겁다는 듯이 거하게 취해 갔지만 연월부인의 의심은 더 짙어졌다. 황제가 무슨 꿍꿍이로 이러시는가 더 유심히 지켜보며 자리를 지켰던 것이다. 그 와중에 조금 떨어져 앉은 금비는 성검의 웃음소리가 들릴 때마다 입 안을 잘근 깨물며 신경 쓰지 않으려고 애쓰고 있었으니, 이 묘한 신경전을 놓칠 강위가 아니었다.

"흠! 자자, 이만하면 충분히 즐겼겠다. 부부인과 긴히 할 말이 있으니 잠시 자리를 좀 내줘야겠다."

마침내 올 것이 왔다 여긴 부인은 사람들이 나가자마자 황제의 앞에 머리를 조아렸다.

"폐하. 혹 아직도 저희를 믿지 못하시는 것입니까! 저희 모녀는 오로지 황후마마와 황실의 평안을 바랄 뿐이옵니다. 황궁에 자주 드나드는 것이 의심스럽다 하시면 앞으로는 절대……."

"내 오늘 여기에 찾아온 것은……."

황제가 말을 끊자 부인은 침을 꿀꺽 삼킬 정도로 긴장하여 고개를 들고 그의 다음 말을 기다렸다.

"처제 되는 금비의 일로 왔네."

"예?"

"내 얼마 전에 금비를 너무 심하게 몰아세웠는데, 그 일로 맘이 상해 황후에게 자주 찾아오지도 못하고 이래저래 외롭게 보낸 모양일세."

"아니옵니다, 폐하. 그만한 일로 폐하께서 신경 쓰실……."

"해서, 금비를 위해 내가 중매를 서 볼까 하네."

"……!"

"궁 안에 전도유망한 젊은 관원들이 몇몇 있다네. 그들 중 괜찮은 자를 골라 짝을 맺어 주고 싶으니 어려워 말고 내 뜻을 받아 주게."

"폐, 폐, 폐하!"

"글쎄. 어려워 말래두. 내 하루빨리 이 일을 성사시켜 주겠네. 혼기 꽉 찬 아이를 언제까지 저리 둘 셈인가? 인물이나 재능이나 어디 한 군데 빠지는 데가 없는데, 더 늦기 전에 좋은 사람과 짝 지어 백년해로해야지."

"그, 그것은 저희가 알아서 하겠나이다. 폐하께서 어찌 그런 일에 나설 수가 있겠습니까!"

금비가 시집을 가 버리면 이제 부인이 할 수 있는 일은 아무것도 없었다. 당황한 그녀는 극구 사양하며 연신 식은땀을 흘렸다.

한편 문 밖에서 지키고 있던 일행은 황제의 의도를 알아차리고 성검에게 눈짓을 보냈다.

"음. 뒷간 좀 다녀오겠소."

"얼른 다녀와!"

밖은 이미 깜깜한 어둠에 물들어 있었으나 달과 별이 하도 빛나서 앞을 충분히 밝혀 주었다. 성검은 길을 모르겠다는 듯이 연월장 여기저기를 기웃거렸다.

'고진이 아직 돌아오지 않은 건 확실한 모양인데…….'

될 수 있으면 고진이 돌아오기 전에 스승이 매파에게 무슨 일이 있었는지 듣고 와야 했다. 사람을 죽이려 했으면 감출 일이 있다는 뜻이니, 연월장이 아무것도 모르고 있을 때 황제께서 그들의 약점을 틀어쥐는 것이 낫기 때문이었다.

'모레가 대나례. 그 안에는 스승님이 오셔야 할 텐데…….'

성검은 그림자에 숨어 빠른 걸음으로 이리저리 걷다 어느새 연월호까지 당도했다. 달이 비친다는 연월장의 명소는 오늘 밤에도 신비로운 아름다움을 뿜어내고 있었다. 여기서 황후가 될 어린 난비를 처음 만났을 때 얼마나 놀라고 안쓰러웠는지 모른다. 그런데 누군가 미동도 없이 연못가에 쪼그려 앉아 있었다. 자세히 보니 금비가 아닌가. 얼른 몸을 돌려 나가려는데 금비와 눈이 마주치고 말았다.

"너!"

무시하고 도망가려는데 등 뒤에서 악을 쓰는 금비 목소리가 거슬렸다.

"거기 안 서!"

결국 그 자리에 멈춰 선 성검은 고개를 푹 숙이며 한숨을 쉬었다.

"왜 또 시비요?"

성검의 지치고 풀 죽은 음성이 또 한 번 금비에게 상처를 주었다.

"시비라니? 아는 사람을 봤으니 인사를 나누는 게 예의지."

"서로 예의 차릴 관계는 아니지 않소? 모르는 척하는 게 상책이지 싶은데……."

성검의 말이 틀린 게 없었다. 그래서 금비는 더 서러웠다. 알면서도 뜻대로 되지 않는 마음을 어찌할까. 하지만 이렇게 만날 때마다 가슴이 쿵쿵 울리고, 또 언제 만날 수 있을까 안타까운 마음을 누를 수가 없었다.

'이 나쁜 놈. 난 니놈 때문에 얼마나 혼이 났는데, 얼마나 괴로운데…….'

울컥 서러움이 복받쳐 온 금비가 표정을 관리하느라 입술 안쪽을 슬쩍 깨물었다.

'어머니가 널 죽일 거야. 그럼 다시는 널 못 만나.'

이렇게 만나고 보니 모른 척할 수가 없다. 성검을 다시 못 본다고 생각하니 견딜 수가 없을 것 같았다. 하지만 은호와 성검이 감시받고 있다는 것을 말했다간 어머니가 위험해질 테고, 그건 저도 마찬가지일 테니 발만 동동 구르고 있었다.

"왜 사람을 빤히 보고 서 계시오? 부담스러워 죽겠네. 내가 이 집에 있는 게 싫어서 그러면 나가 드리리다. 집 밖에 나가 있으면 될 게 아니오!"

성검이 냉큼 그녀의 곁을 떠나자 당황한 금비의 눈이 크게 흔들리며 그의 등을 좇았다.

"화, 황상의 곁에 있어야지 호위무사가 어딜 나간다 하느냐!"

"내가 황상의 호위무사요? 적운이 있는데 뭐."

"그래도 그러는 게 아니다!"

성검은 대꾸도 하지 않고 대문을 향해 부지런히 걸어 나갔고, 금비는 다급하게 그를 불러 세웠다.

"너, 그날!"

그날이란 말에 예민해진 성검이 제자리에 우뚝 멈춰 섰다.

"그, 그날……."

'그날 어디 가던 길이었니? 정말 기루에 가려던 거야? 차라리 그런 거면 내가 어머니한테 말해 줄 수 있는데……. 넌 은호 선생과 아무 상관없다고…….'

목구멍으로 치밀고 올라오는 말을 도저히 할 수가 없었다.

그녀가 하도 우물쭈물하자 성검은 혹시 금비가 뭔가 눈치챈 건 아닐까 불안해서 뒤를 돌아보았다.

"그날 뭐?"

"그, 그날, 조, 좋았어? 기, 기루 말이야."

성검은 금비가 보낸 수하들 때문에 염탐은 시도도 못 해 보고 돌아갔다. 그런데도 기루에 갔냐고 묻는 것은 저를 떠보는 게 틀림없었다.

"아니. 기루엔 안 갔는뎁쇼?"

"왜, 왜?"

"애초에 기루에 간다는 게 거짓말이었으니까. 그쪽이 자꾸 따라붙는 게 짜증나서 해 본 소리요. 내가 어딜 가든 대체 무슨 상관이기에, 사람을 따라다니며 괴롭히시오?"

"상관이 왜 없어! 내가 너한테 관심이 있는데!"

버럭 소리를 지른 금비도, 대답을 들은 성검도 침묵했다. 바람조차 멎은 공간에서 두 사람은 한 동안 충격에서 벗어나지 못했다.

금비는 거친 숨을 몰아쉬며 방금 한 말을 후회했다. 짜증난다는 말에 크게 울컥한 건지도 모르겠다. 좋아하는 사람에게 무관심을 넘어서 혐오의 대상이라는 게 가슴에 대못을 박아 넣는 것처럼 아팠다. 어차피 이루지도 못할 텐데 뭐하러 이런 고백을 했을까, 할 수만 있다면 다시 주워 담고 싶었다. 그리고 지금 저를 보는 그의 무심한 눈빛이 가장 아팠다.

"알고 있었구나."

"……."

"그런 눈으로 보지 마라. 안다. 나도 안다. 알아도 안 되는 맘을 어쩌란 말이냐. 이게 다 네놈이 자꾸 날 피하니 이리된 것이다!"

"내가 해 줄 수 있는 대답은 하나밖에 없소. 나는 절대 스승님과 황후마마를 배신하는 일이 없을 거란 거."

"안다."

"그럼 이제부터 어찌해야 할지 잘 알겠군요. 나는 아무것도 듣지 못했으니, 앞으로 날 보게 되면 부디 모르는 척해 주시길."

성검은 더 이상 차가워질 수 없을 만큼 냉랭하게 자리를 떠났다. 홀로 남은 금비는 한동안 그 자리에서 꽁꽁 얼어붙은 듯 움직이지 않았다.

황제와 연월부인이 밖으로 나오자 기다리고 있던 일행이 모두 자리에서 일어났다. 때마침 성검까지 도착해 처음부터 있었던 것처럼 일행에 스윽 끼어들었다. 연월부인은 호의로 가장한 황상의 명을 사양하느라 완전히 지쳐 성검이 사라졌다 온 것을 눈치채지 못했다.

"그럼 내 천천히 알아봄세. 그대 성에 찰 만한 좋은 혼처를 알아보려면 그리 쉽지는 않을 듯 해."

"예, 예. 폐하. 금비마저 가면 저는 혼자입니다. 이왕 외롭게 보낼 처지라면 금비를 남부럽지 않은 집안으로 보내고 싶사옵니다."

부인은 이제 황제와 더 말씨름을 하고 싶지 않았기에 대충 둘러 대답하며 이 이야기를 끝내려 했다.

"그래. 알았네. 그런 걱정은 말고 내 잘 곳이나 내주게."

"그렇잖아도 제일 좋은 방을 준비해 두었습니다."

"아니다. 그래도 내가 혼례를 한 몸이니, 황후가 쓰던 방에서 자는 게 좋겠구나."

"그럼 황상께서 편히 쉬실 수 있도록 준비를 시키겠습니다."

"대충 하게. 황후의 방이라니 그대로가 더 좋네."

급히 준비한 난비의 방은 몇 개월이나 사람이 살지 않은 티가 역력했다. 강위는 탁자를 쓰다듬으며 이곳에서 소금을 불고 있었을 난비의 모습을 상상했다.

"저희는 이만 나가 보겠나이다. 편히 침수 드시옵소서."

"많이 괴로워하더냐?"

사모달이 인사를 올리며 일행과 나가려 하자 강위는 조용한 음성으로 성검을 향해 물었다.

"……."

"목소리를 잃을 만큼? 다시는 약을 못 마실 만큼?"

"어린아이 얼굴에 죽고 싶다는 의지가 보이면 그런 게 아니겠습니까?"

"그랬군."

"그럼 쉬십시오."

강위는 난비가 잠들곤 했던 침상에 등을 대고 누워 그녀가 보았을 검은 천장을 보다 눈을 감았다. 눈을 감았는데도 어쩐지 어린 난비가 독을 먹고 괴로워하는 모습이 선명하게 떠올랐다. 숨이 막히고, 속이 타들어 가는 고통과 암흑 속에서 빨리 죽는 것만이 희망이던 그 순간이…….

미간을 찌푸린 강위는 한쪽 팔을 들어 올려 감은 눈마저 가려 버렸지만, 밤새 잠을 이룰 수가 없었다.

연월장은 대문장가로 이름을 날렸던 효문재의 정서를 빼닮아, 그윽한 자연의 정취를 품고 있었다. 어차피 해뜨기 전에 입궁할 맘이 없었던 강위는 새벽 일찍 일어났음에도 한가로이 연월장을 산책하고 있었다. 안개가 자욱한 작은 솔숲을 지나니 연월장의 이름을 만들어 준 연못가에 다다랐다. 조그만 연못이 사뭇 운치 있는 정경이었다.

"효문재는 가엾은 사람이 아닌가. 이토록 멋들어진 집에서 얼마 살지도 못하였으니……."

"폐하의 저택인 궁은 이보다 더욱 화려하고 멋이 있사온데, 어째서 돌아가지 않으시옵니까?"

해가 떠오르는 것을 발을 동동 구르며 지켜보던 사모달이 간곡히 돌아갈 것을 청했지만 강위는 모르는 척 딴소리만 했다.

"여기서 황후를 처음 만났었지. 그날도 고즈넉하고 신비로워 보였는데, 아침에 보니 또 풍경이 다르군. 이런 곳에 살면 절로 문장이 떠오르겠어. 황후의 음이 뛰어난 것 또한 이런 곳에서 산 덕이 아닌가 싶군."

"아이고, 폐하. 글쎄, 궁은 이런 연못이 수도 없이 많이 있습니다."

"이곳과 똑같은 곳은 없었지! 아! 황후의 처소 근처에 이와 똑

같은 연못과 솔숲을 만들라 해야겠다. 황후가 좋아하겠군."

"폐하. 그것은 차후에 생각하시고 지금은 우선 조회에 참석하시는 것이……."

"성검아, 너는 오늘부터 낮에는 궁에서 쉬고, 밤에는 이 집 주변을 감시해야겠다."

"궁에서 쉬라뇨?"

"원래 아무 데서나 잘 자지 않느냐? 알아서 쉬어라."

"예에? 아니 제가 무슨……!"

"가자. 조회에 늦겠다."

"제가 범상치 않은 놈이라는 거 저도 인정합니다만, 아무리 그래도 저도 사람입니다!"

성검이 뒤에서 투덜거리며 따라왔지만 강위는 못 들은 척하고 성큼성큼 걸어갔다. 대문 앞에는 떠나는 황제 일행을 배웅하러 온 집안사람들이 죄다 모여 기다리고 있었다.

"좋은 소식을 기대하고 있게나."

그렇게 마지막까지 부인의 속을 뒤집고 환궁한 강위는 오랜만에 대신들과 한 마음이 되어 내일 있을 대나례 준비로 조회를 마쳤다.

조회가 파하기 직전 대사농이 농담 삼아 웃으며 말을 꺼냈다.

"폐하. 헌데 어젯밤 연월장에서 지내셨다면서 어찌 신들을 불러 주지 않으셨사옵니까?"

그러자 강위는 생각났다는 듯이 모두에게 말했다.

"아! 그렇지 않아도 그 얘기를 한다는 게 잊을 뻔했군. 사적인 이야기이긴 하나, 어제 내가 부부인에게 찾아간 것은 금비의 혼사 문제 때문이라네."

"예에?"

"어째서 경들은 황후의 동생을 저리 그냥 두는가? 누가 봐도 탐날 여인인데, 혹 자신이 없어 그러는가?"

"폐하! 금비라면 모두가 안달내는 아이가 아니옵니까. 폐하께서 다리를 놓아주신다면 신들도 용기를 내 적극 나서 보겠나이다."

연월부인과 황제 사이에 무슨 거래가 있었는지 알 길 없는 대신들은 금비의 혼사를 주선하시겠다는 황상의 뜻이 고맙기만 했다. 잘만 하면 연월장의 재녀와 연을 맺을 수 있게 되었으니 말이다.

조회에서 나눈 이 이야기는 발 빠르게 연월장에 전해졌다. 대사농이 찾아와 부인의 속도 모르고 떠들어 댄 것이다. 그 앞에서야 함께 즐거운 얼굴로 맞장구를 쳤지만 대사농이 돌아가자마자 부인의 얼굴은 무섭게 굳어졌다.

'금비를 혼인시켜 두 번 다시는 황후의 자리를 넘보지 못하게 하려는 수작이지! 시간이 없다. 시간이 없어!'

서둘러 은호의 약점을 잡아 끌어내리고 황후도 싸잡아 폐할 셈이었던 부인은 생각보다 강수를 두는 황제 때문에 골치가 아파

왔다.

"마님! 마님!"

"뭐냐? 내가 조용히 하라 하지 않았느냐!"

부인은 시비가 부르는 소리에 신경질적으로 대답하며 다시 한 번 주의를 주었다. 생각할 게 많아 아무도 들이지 말라 했는데 호들갑 떠는 계집종이 답답했다.

"그게 아니라요……."

하지만 시비는 아직도 떠날 생각을 하지 않았고, 부인이 막 짜증을 내려던 때였다.

"접니다."

부인은 묵직한 사내의 목소리에 반색이 되어 일어났다.

"고진!"

방문이 열린 후 죽립을 손에 든 고진이 떠날 때보다 많이 초라해진 몰골로 들어섰다.

"지금 막 당도하였습니다."

"어서 오너라! 얼마나 기다렸는지 모른다!"

부인은 이제 황제가 와도 찾지 말라 시비에게 이른 후 서둘러 방문을 닫았다.

"어찌 됐어?"

"매파를 찾긴 했는데, 놓쳤다."

"뭐? 놓쳐? 어쩌다가!"

"흥분하지 마. 일이 아주 재밌게 됐다. 은호가 선황의 교지를 가져왔다지? 그것 때문에 곤란했을 게다."

"그래! 안 그래도 이제 금비를 혼인시키겠다고 나서 더 골치 아프게 됐다."

"지금 은호가 매파를 치료하고 있는 중이다."

부인은 가슴이 철렁 내려앉았다.

"뭐? 그럼 더 큰일이지 않아! 어째서 넌 여기 와 있는 거야! 당장 그것들을 죽여 버리지 않고!"

"내가 아무래도 좋은 건수를 건진 듯하다. 넌 당장 녹상서사를 불러 도적 토벌을 준비해라."

"무슨 헛소리야? 지금이 그럴 때야?"

"걱정 마. 그 매파는 쉽게 깨어날 것 같지 않아. 그보다 매파를 데리고 있는 놈들이 아주 구린 놈들이란 말이지."

"매파를 데리고 있는 놈들이라면 은호를 말하는 게야?"

"깊은 산속에 비밀 근거지를 만들어 놓고 장정들을 모았다면 도적떼가 아니면 뭐겠어? 창고를 지키는 자들까지 있고, 길을 모르면 절대 들어오지도, 나가지도 못하는 곳이야. 단순한 화전민은 아니지."

"은호가 거기 있다는 얘기야?"

"있는 게 아니라 수장인 듯해."

"처음부터 제대로 말해 봐!"

고진은 답답해하는 부인에게 동강에서부터 일을 자세히 설명하기 시작했다.

매파를 납치한 이들을 쫓아 깊은 산까지 가게 된 고진은 산 중턱에서 그만 그들을 놓쳐 버리고 말았다. 길까지 잃고 며칠을 헤맸는데, 뜻밖에 은호를 발견하게 된 것이다. 게다가 은호와 함께 있는 놈은 자신이 쫓던 자들 중 한 명이었다. 멀리서 그들을 지켜보았더니 놀랍게도 숨겨진 길이 열리는 게 아닌가.

"그래서 들어갔더니 규모가 어마어마하더라고. 나라에서 그걸 안다면 단순한 화전민들이라 할 수 없을 게야. 뭐, 화전민이라 해도 벌을 받겠지만, 도적이라 해 두는 게 더 좋겠지."

이야기를 모두 들은 부인은 크게 기뻐하지 않고 뭔가 골똘히 생각에 잠겼다.

고진은 그런 그녀에게 말을 걸지 않고 내버려 두었다. 부인이 뭔가 더 좋은 계략을 꾸미는 중이란 걸 알기 때문이었다.

곧 흐뭇한 미소를 지으며 여유롭게 일어선 부인이 혼잣말처럼 중얼거렸다.

"내일이 마침 대나례지."

"그렇지. 일을 치르기가 좋을 때다."

부인은 말하지 않아도 제 맘을 알아주는 고진이 반가워서 오랜만에 밝게 웃어 주었다. 그리곤 시비를 불러 녹상서사 양자문에게 급한 전갈을 보냈다.

대나례가 바로 내일로 닥쳤지만 은호는 오지 않았다. 하지만 궁 안 사람들 모두 하나같이 자신들 일만으로도 바빠 태상경이 왜 오지 않는지에 신경 쓸 겨를이 없었다. 난비도 마찬가지였다.
아침나절에는 제게 아무 언질도 없이 황상께서 연월장에 다녀오
신 일이 신경 쓰이고 있었다. 바쁘시다며 통 오지 않으셨는데 그
렇게 싫어하는 연월장에 짬을 내 다녀오시다니 무슨 일이 있는
건가 조금 불안했던 것이다. 하지만 예복을 입어 보고, 절차를 확
인하며 정신없이 휘둘리다 보니 저녁에는 녹초가 돼서 그 일을
까마득히 잊고 말았다.

금세 밤이 찾아왔고, 오늘도 황상도 많이 바쁘실 테니 오시지
않을 줄 알았다. 난비는 이런 때에 불쑥 찾아온 황제의 용안을 커
다란 눈을 더욱 크게 뜨고 바라보았다.

강위가 목을 긁적이며 말했다.

"밤새 술을 마셨더니, 목이 마르네. 시원한 차라도 마셨으면 하
는데……."

그 말에 정신이 든 난비가 문 밖에 있는 아랑을 찾겠다고 나서
자, 강위가 그녀의 팔을 붙잡아 세웠다.

"됐다. 어차피 오래 있을 건 아니니, 불편하게 그럴 것 없다."

"……."

왜 금방 가신다고 하실까 난비는 그를 올려다보며 서운한 기색
을 감추지 않았다.

"너무 피곤해 보이는데, 내가 함께 있으면 잠을 설치지 않겠느
냐. 내일 마음껏 즐기려면 오늘은 푹 쉬는 게 좋을 것이다."

'그리 피곤하지 않습니다.'

강위는 투정이 담긴 난비의 눈빛을 못 본 척하고 의자에 앉혔다.

"그대 집에 다녀온 것은 알고 있을 테지?"

'정말 재물이라도 얻으러 다녀오신 겁니까?'

"금비의 혼사 문제를 의논했다."

'네? 어떻게 그런 생각을 다 하셨습니까?'

"부부인의 눈에 나만큼 차는 사윗감이 있을까 싶지만."

농담인지 진담인지 모를 소리에도 난비는 웃지 않았다. 그것이 굳이 일부러 연월장에 다녀올 만한 이유는 아닌 것 같았다.

'그게 정말 다입니까?'

강위는 난비의 깍지 낀 손을 잡아 주었다.

"방이 단출하고 좋더구나. 한 가지만 빼고."

"……?"

"대들보에 매인 끊어진 줄이 내가 상상하는 그것인가 싶어 잠을 이룰 수가 없더군."

가슴이 철렁할 정도로 놀란 난비가 입까지 벌리고 황상을 바라보았다.

그러나 강위는 무심할 정도로 태연한 얼굴로 다시 물었다.

"목을 매려다 실패한 것이냐?"

"……."

"그런 맹랑한 짓을 실천하려면 아주 어릴 땐 아닐 것 같은데……."

난비는 쿵쿵거리는 가슴을 꾹 눌렀다. 기억을 떠올리는 것만으로도 우울하고 두려웠던 그날의 기분이 엄습해 왔다.

연월장 난비의 방 대들보에는 열여섯의 난비가 매어 둔 줄이 남아 있었다. 탁자 위에 의자를 올려 줄을 매는 데는 성공했지만, 밖에서 주워 온 줄이 썩어 있던 것이 다행이었다. 그녀가 목을 매고 발버둥을 치자, 대들보에 긁힌 줄은 매듭을 남기고 툭 끊어져 버렸던 것이다. 덕분에 목숨을 구하긴 했지만, 떨어질 때 충격으로 다리를 다쳐 단정치 못하다고 야단만 맞았었다. 아무도 대들보에 남겨진 줄에 대해 신경 쓰지 않았는데, 황제께서 이를 보셨다니 난비는 묘한 기분이 들었다.

'어째서 폐하는 저의 불쌍한 모습만을 잘도 찾아내십니까?'

첫 만남도 그랬다. 여태 그에게 보여 준 모습이라곤, 비참하고 초라한 것밖에 없었으니 자신은 그저 황제에게 동정받는 가엾은 백성이 아닐까 걱정되었다. 저도 금비처럼 아름답고 밝은 모습으로 황제를 웃게 하는 여인이고 싶었다.

난비의 마음을 눈치챈 강위가 그녀를 안고 등을 쓸어 주었다.

"이제 보니 너는 죽을 고비를 많이 넘겨 죽는 것이 두렵지 않았나 보구나. 나는 그토록 많은 이들을 떠나보내고도, 늘 누군가 죽을까 봐 전전긍긍하지. 아무래도 내가 겁이 많은 사람인가 보다."

어쩐지 황제의 목소리가 젖어 가는 것 같았다. 난비는 그를 살짝 밀쳐 품에서 벗어나 그의 얼굴을 쓰다듬었다.

'사는 것이 더 어려우니, 제가 겁이 많은 여인입니다.'

"앞으로 만들어 갈 기억에는 적어도 누군가의 죽음을 걱정하는 날은 없었으면 좋겠다."

두 사람은 서로를 향한 가여운 눈길로 위로를 주고받았다.

결국 일찍 돌아가겠다던 황제는 난비를 껴안고 깊은 단잠에 빠졌다.

그들을 덮고 있는 검은 하늘은 그믐달 한 조각을 남기며 야금야금 달빛을 앗아 가고 있었다. 하지만 아무도 달을 잃어 가는 상실감을 느끼지 못하고 있었다. 오히려 내일의 축제를 기다리는 사람들은 설레는 눈으로 그믐달을 올려다보았다.

✾

섣달그믐날이 밝아 왔다. 새벽부터 도성 안 백성들은 하얀 입김을 내뿜으며 가축우리와 거름을 치워 내고 집 안팎을 청소하며 정돈하느라 분주했다. 집 안에 있는 잡기와 사귀를 말끔히 몰아내고 새해를 맞이하기 위해서였다.

이는 궁도 다르지 않았다. 의식은 저녁부터 시작되지만 궁중의 잔칫날이다 보니 하루 종일 궁 안에는 한가한 이가 없었다. 백성들보다 더하면 더했지 치우고 닦고 버리고 들이며 벽사(辟邪:요사스러운 귀신을 물리침)를 위해 정성을 다했다.

황제 부부도 각자 해야 할 준비로 분주해서 아침 수라를 들자마자 헤어졌다. 난비는 정신없는 와중에도 황상이 그렇게 자랑하는 대나례 행사가 기대되어 하루 종일 맘이 설레었다. 악귀를 쫓는 의식이라지만 실상은 한바탕 잔치를 벌이는 것이었다. 특별히 저를 위해 성대하고 화려하게 준비했다니, 처음 보는 대나례가 더욱 기다려지는 것이다.

해가 떨어지기 시작하자 난비는 이제 예복을 입고 몸단장을 하며 한숨 돌리는 중이었다.

"너무 잘 어울리십니다! 피부가 백옥이시니 붉은색이 정말 잘 받으세요. 구하국의 역대 황후마마들 중 가장 아름다운 황후마마가 되실 거예요!"

아랑이 난비를 한껏 띄워 주자 아직 뺨에 붉은 칠을 하지 않았는데도 홍조가 올라왔다. 그때 밖에서 차분한 목소리로 고하는 소리가 들렸다.

"마마, 금비 아씨가 왔습니다."

궁중행사로 바쁜 오늘 같은 날 무슨 일로 금비가 찾아왔을까 의아해했다. 그런데…….

"마마……."

금비는 울 것 같은 표정으로 들어왔다. 누가 봐도 초췌하고 불안한 기색이라 난비는 화들짝 놀라 금비의 손을 잡았다.

'왜? 무슨 일이 있니?'

주변을 둘러보던 금비는 난비의 몸단장을 해 주던 아랑과 나인들 모두를 내보내고서야 그녀의 앞에 앉았다.

"마마. 마마께서 도와주셔야 합니다."

"……?"

"고, 곧 도적 토벌이 있을 거랍니다."

'도적…… 토벌?'

난비는 도적이라는 말에 스승님의 얼굴이 떠올랐지만 금비가 말하는 도적이 스승님일 리는 없을 테니 당황한 기색을 금세 지워 버렸다.

"아, 아시죠? 마마는 알고 계시죠? 은호 선생님이 자주 사라지는 이유를요. 맞죠? 그렇죠?"

'뭐!'

"알고 계시잖아요! 스승님이 지금도 산채에 계신 거잖아요! 지금 모르는 척하실 때가 아니에요! 산채로, 스승님이 계신 산채로 군사들이 몰려간다구요!"

"……!"

횡설수설 두서없이 다그치는 금비의 말을 난비는 모두 알아들을 수 있었다. 충격으로 온몸에 핏기가 가신 난비는 저도 모르게 살벌한 표정으로 금비를 노려보았다.

'네가 그걸 어찌 아느냐!'

"전 지금 알았어요. 어머니가…… 어머니가 어떻게 아셨는지 산채 위치를 아셨어요. 녹상서사에게 위치를 일러 주고 오늘 토벌하라 하는 것을 우연히 들어 버렸는데……. 나례 행사로 다들 정신없을 때 기습할 작정이에요. 폐하께서 아시면 어찌 나오실지 몰라 폐하께도 비밀로 하고…… 어, 어쩌죠? 네?"

난비는 두렵고 놀라서 손까지 떨렸지만 당장은 혼란스러워서 아무 생각도 할 수 없었다.

'말도 안 돼……. 어머니가 그걸 어떻게 알아……. 어떻게?'

"마마! 성검. 성검한테 알려 주세요. 군사들이 치기 전에 얼른 먼저 알려서 스승님을 피하도록 하세요. 그럼 되잖아요. 성검이 여기 있죠? 네?"

넋이 나간 난비의 표정을 본 금비가 매우 다급하게 금비의 손을 잡았다.

"언니! 이럴 때가 아니라고요! 성검, 그자한테 알리세요! 스승님의 제자라면서요. 우리처럼!"

금비가 자매의 정으로 호소하며 우리라고 외치자 난비는 천천히 그녀를 돌아보았다. 덕분에 침착함을 찾은 난비는 뭔가 이상한 것을 눈치챘다. 금비의 눈동자에 걱정과 초조함이 촉촉하게 차오르고 있었던 것이다. 하지만 제가 알기로 금비는 스승님을 이토록 애틋하게 생각하지도 않았었다.

"마마, 제발……."

난비는 아직 탁자 위에 어지러이 널려 있는 화장 도구들을 훑어보다 연지를 손가락에 찍어 탁자 위에 글을 쓰기 시작했다.

'네가 정말 원하는 게 무엇이냐? 스승님의 안위 말고 말이다.'

"어, 언니……."

'무슨 속셈이냐? 내게 눈물까지 보이며 하소연할 정도로 스승

님을 살리고자 하는 저의가 무엇이야?'

"……."

'말해. 그렇지 않으면 나는 널 믿을 수가 없어.'

"그, 그건……."

금비가 하얗게 질려서 머뭇거릴 때였다.

"마마, 부부인이 들었사옵니다."

"……!"

난비도, 금비도 동시에 가슴이 철렁해지는 소리였다. 문이 열리고 연월부인이 싸늘한 얼굴로 들어섰다.

"마마, 오랜만에 뵙습니다."

"어, 어머니……."

금비는 예상 못 한 어머니의 등장에 크게 놀란 것처럼 보였다. 그러나 부인은 금비에게 눈길조차 주지 않고 난비를 향해 딱딱한 음성으로 말하기 시작했다.

"금비가 어디까지 말씀을 드렸는지 모르겠습니다. 허나 못 들은 척하시는 것이 마마의 신상에 이로울 것입니다. 은호와 광성검. 그 두 자는 연월장과 황상을 속이고 도적질을 일삼은 극악한 무리들이니, 혹 우리 연월장이 그들과 연계될까 두렵습니다. 해서 그들을 잡아 황상께 바칠 것이니 마마께서는 오늘 들은 이야기에 대해 아는 바가 없는 것으로 해 두셔야 할 겁니다. 아시겠습니까?"

"……."

난비는 떨리는 눈을 고집스럽게 치켜뜨고 어머니에게 대항해 보았지만 곧 눈을 감아야 했다. 연월부인의 차갑고 날카로운 기운을 감당해 낼 수가 없었기 때문이다.

"이 모자란 계집이 천한 도적놈 나부랭이를 가엾게 여겨 마마께 청을 하러 온 모양입니다. 부디 다 잊으시고 이번 일에 관여하는 일이 없어야 할 겝니다."

"……!"

폭탄 같은 말을 뱉어 놓기 무섭게 연월부인은 금비의 팔목을 낚아채고는 밖으로 나가려 했다.

"윽! 어머니!"

금비가 끌려 나가면서 돌아보자 그 순간 다급해진 난비가 부인의 앞을 막아섰다.

"왜 이러십니까?"

'어, 어머니……. 제발 스승님을…….'

난비가 왜 이러는지 뻔히 알면서도 부인의 표정에는 일말의 자비심도 비치지 않았다. 아무리 애원해도 소용없으리라. 난비가 아무것도 못 하고 어깨를 늘어뜨리자 부인은 그 길로 문을 열고 나가 버렸다.

뒤이어 아랑이 들어와 무슨 소동이냐고 물었지만 난비는 멍하니 서서 지금 제가 들은 이야기들을 정리하느라 속으로 중얼거리고 있었다.

'금비가 성검을 좋아해? 군사들이 스승님이 계신 산채를……!

하지만 스승님은 폐하께서 해왕사에 보내셨다고 했는데? 설마, 설마 스승님이 폐하를 속이시고······! 대체 누굴 믿어야 하는가? 폐하께 말씀드려 볼까? 안 돼. 그랬다간 내 입으로 스승님이 도적이라고 고변하는 것밖에 더 돼? 역시 성검한테 물어보는 것밖에 방법이 없구나.'

"마마. 무슨 생각을 그리 골똘히 하세요? 다들 기다리고 있습니다."

아랑이 부르는 소리에 둘러보니 나인들이 문 밖에서 서성이고 있었다. 그 문을 닫아 버리고 탁자로 간 난비는 탁자에 적은 글귀들을 손으로 지워 버리고 아랑을 향해 다른 글귀를 적었다.

'성검이 어디 있느냐?'

"호위무사요? 좀 전에 퇴궐했습니다."

'뭐?'

"왜 그러십니까, 마마?"

'아랑아, 심부름 좀 해야겠다.'

난비는 잠시 아랑을 내보내 놓고 서둘러 서찰을 썼다. 어머니가 금비를 끌고 가시는 걸 보면 그녀의 말이 다 사실임이 분명했다. 그게 아니라 해도 지금으로서는 스승님이 살 길이 이것밖에 없는 듯했다. 폐하께 말씀드릴까도 생각해 봤지만 스승이 도적들의 수장이라 어찌 폐하 앞에 고할 수가 있겠는가.

[스승님을 모시고 서둘러 산채를 떠나 피신해야 한다.]

서찰을 잘 밀봉한 후 다시 아랑을 부른 난비는 비밀리에 성검에게 전할 것을 몇 번이나 신신당부했다.

'꼭 네가 직접 성검에게 전해야 한다. 누구에게도 서찰을 보여선 안 된다. 알겠니?'

"마마, 무슨 일인데 이러십니까?"

'성검한테만 전해야 한다. 알았느냐? 어서. 어서 가거라.'

의식까지는 이제 시간이 얼마 남지 않았다. 조금 전까지 설레었던 난비는 갑자기, 그리고 예상치 못한 곳에서 엄습해 오는 불길함에 마음을 졸이며 기다릴 도리밖에 없었다.

사택으로 들어간 성검은 급히 관복을 벗고 눈에 띄지 않는 재색 평복으로 갈아입는 중이었다. 오늘부터 밤마다 연월장 주변을 감시해야 하니 관복으로는 무리였다. 그런데 누군가 다급하게 대문을 두드리는 소리가 들렸다.

쾅. 쾅.

"계세요? 호위무사님 계세요?"

여인의 목소리가 낯설지 않았다.

"누구요?"

"무사님, 저 아랑입니다."

"니가 여기 웬일이냐?"

황후의 시비가 호위무사인 저를 찾아왔다는 것은 급박한 일이 일어났음이었다. 서둘러 내려가 대문을 열었다.

"마마께 무슨……!"

성검은 더는 한 마디도 하지 못하고 그 자리에 굳어 버렸다. 버릇처럼 허리춤에 손을 얹었지만 허전했다. 옷을 갈아입느라 검을 빼 둔 것이다. 가만 보니 아랑의 목에 칼을 겨눈 자는 예전에 금비와 말썽을 일으켜 제가 때려눕힌 적 있는 그자였다.

"무, 무사니임……."

저놈 정도라면 맨손으로 치고 들어가도 아랑을 빼낼 자신이 있었다. 그를 제압하기 위해 허점을 노리고 있을 때였다. 갑자기 또 한 명의 사내가 등장해 성검을 찔러 왔다.

"……!"

대경하여 뒤로 물러섰지만 사내의 검 끝은 성검을 바짝 쫓아와, 결국 검 끝이 목을 스치고 말았다. 가는 핏줄기가 새어 나왔지만 아픔은 문제 될 게 아니었다.

"고진……."

"내 얼굴을 아는 걸 보니 네놈들도 우리를 감시한 것은 마찬가지겠군. 피차일반이니 맘에 두지 말자."

검에서 풍기는 살기가 빈틈없이 조여 왔다.

"이게 무슨 짓이냐!"

고진은 느긋한 웃음을 지으며 아랑을 돌아보았다.

"뭘 하고 있느냐? 마마께서 시킨 일을 하지 않고?"

"무, 무슨 일요? 그런 건 없습니다."

"그럼 내가 직접 네년 몸을 뒤져 꺼내면 되겠느냐?"

"네? 이, 이러지 마십시오. 왜 이러십니까? 마마께서 뭘 주셨다고 이러시는 건지 모르겠습니다!"

아랑은 울먹거리면서도 가슴께를 꽉 눌러 뭔가를 감추고 있었다. 성검은 아랑이 가지고 있는 물건이 함정임을 눈치챘다. 더욱이 마마와 관련 있는 일이라면 저 혼자 살겠다고 도망칠 수도 없었다.

"뭐냐? 이리 다오."

"흑. 그게요……. 마마께서 꼭 호위무사님께만 드리라고…… 그러셨는데, 이자들이 저를…… 흑."

"알았다. 알았으니 다치기 전에 어서 줘."

성검이 부드럽게 타이르자 조금 안심이 되었는지, 아랑은 품속에서 주섬주섬 서찰을 꺼냈다. 그리고 그것을 성검에게 건네려는 순간 고진이 중간에서 가로채 버렸다.

"어디 보자. 마마께서 뭐라 쓰셨을까 궁금하군."

"보, 보면 안 돼요! 마마께서 호위무사에게만 전하라고!"

"그래? 그렇다면 어디 한번 읽어 봐."

고진은 성검이 볼 수 있게 서신을 펼쳐 보였다. 글을 읽어 가던 성검이 낯빛이 딱딱하게 굳었다.

"……!"

"왜? 글자를 모르지는 않겠지? 뭐라 적혀 있더냐?"

"……."

"설마 산채 위치가 들켰으니 스승을 구하라 하신 건 아니겠지?"

"네놈들······."

스승님과 산채 식구들의 걱정으로 그렇잖아도 분노한 성검은 더 이상 고진의 비아냥을 참아 줄 수 없어 으르렁거리며 서신을 빼앗으려 들었다. 하지만 고진은 그럴 줄 알았다는 듯이 서신을 얼른 접어 품속으로 집어넣어 버렸다.

"황후께서 도적들과 연통한다는 중요한 증좌를 넘겨 줄 수야 없지."

"네놈들, 대체 무슨 짓을 꾸미는 게냐!"

"그건 그냥 알게 될 게다. 순순히 따라갈 테냐?"

"미친놈들! 그럴 것 같아?"

"아니. 그래서 준비했다."

고진이 아랑을 붙잡은 무사에게 눈짓을 보내자, 갑자기 무사가 아랑의 팔을 스윽 베어 버렸다.

"······!"

"아악!"

아랑의 소매에서 시뻘건 피가 새어 나왔고 그녀는 자지러질 듯 비명을 질렀다.

"자, 이제 어쩔 테냐?"

이를 악문 성검은 고진을 노려보는 것밖에 아무것도 할 수가 없었다. 성검이 주먹을 꽉 쥐고 눈을 감자 고진이 이를 비웃으며 말했다.

"그래. 그래야지. 허나 우리는 그리 순순히 데려갈 수가 없겠구

나. 시작해라!"

"꺄악!"

아랑을 잡고 있던 무사가 그녀를 고진에게 던져 놓고는 성검에게 달려들었다.

퍽.

"윽."

복부에 꽂히는 무자비한 발길질에 성검의 허리가 굽혀졌다. 그것이 시작이었는지 갑자기 여기저기서 무사들이 담을 넘어와 성검을 치기 시작했다.

"으윽. 끅!"

"하아, 흑. 왜들 이러세요. 그만하세요! 흑. 어떡해……."

자존심에 이를 악물고 버티던 성검도 매에는 장사가 없어 결국 땅에 쓰러져 차이고 밟히다 정신을 잃고 말았다.

"그만됐다. 벌써 죽으면 곤란하다."

사람 하나를 예닐곱 명이나 둘러싸고 때려눕힌 것이 뭐 그리 뿌듯하다고 무사들은 부끄러운 줄도 모르며 희희낙락거렸다. 아랑은 퉁퉁 부어오른 성검의 얼굴을 보며 눈물을 흘렸지만 도와줄 사람이 아무도 없었다.

붉은 노을이 피어올랐다. 태화전으로 나온 난비의 시선은 노을이 닿은 산을 향하고 있었다. 소식을 전하러 간 아랑이 돌아오지 않는 것이, 필경 무슨 일이 닥칠 조짐이리라. 불안한 심장이 쿵쾅

거리는 소리가 둥둥 북소리와 함께 울렸다.

대나례를 알리는 북소리는 도성 멀리까지 퍼져 귀신들을 벌벌 떨게 할 것 같았다.

"황궁이 정해야 나라가 정하고 태평하니 백성들의 평안을 기원하노라."

황상의 축사로 드디어 나례의식이 거행되었다.

닭 다섯 마리가 목에 피를 흘리며 희생되자 북소리는 점점 더 커졌다.

난비는 뜨거운 핏물을 흘리며 목을 늘어뜨리는 닭들을 보곤 눈을 감았다. 대나례에 희생된 목숨이 저 닭들뿐이기를 빌고 빌며…….

강위가 힐끗 고개를 돌리다 그 모습을 보고 난비의 속도 모르고 웃으며 말했다.

"이런 걸 무서워하는 줄 몰랐다. 죽는 건 두렵지 않다면서."

난비는 황제에게 불안한 내색이 들킬까 봐 얼른 눈을 뜨고 억지웃음을 지었지만 떨리는 제 손을 감추느라 옷을 꽉 쥐고 있었다.

이제 곰 가죽을 걸치고 붉은 치마를 입은 방상시(方相氏:악귀를 쫓던 사람)가 네 개의 황금색 눈을 번뜩이며 등장했다. 오른손에는 창, 왼손에는 방패를 잡은 그 위용이 긴장감 넘치는 북소리로 인해 더 북돋아졌다.

창수(唱帥:주문을 외우는 사람)가 몽둥이를 거머쥐고 고각군(鼓角軍:북을 두드리고 피리를 부는 사람)이 기를 잡고 북과 퉁소를 불어 대며 귀신을 내몰아 가기 시작했다.

난비는 처음 들어 보는 구나곡(驅儺曲:궁중에서 역귀를 쫓던 의식에서 쓰인 곡)에 숨이 차올랐다. 북소리는 속을 울렁거리게 하고, 퉁소에 맞춰 춤추는 방상시의 창이 가슴을 찌르는 것만 같았다.

'괜찮아. 아무 일 없을 거야. 스승님은 무사하실 거고, 아랑은 성검을 찾느라 좀 늦는 것뿐이야. 지금쯤 황후전에 와 있을 거야.'

그런 난비의 생각을 비웃기라도 하듯 붉은 옷을 입은 가면 쓴 자들이 사방을 오고 가며 그녀의 앞에서 어지러이 춤을 추었다. 그 적색 옷이 펄럭일 때마다 핏물이 넘실대는 산채의 모습이 떠올랐다. 그뿐인가. 구나곡과 섞인 창수의 목소리는 악귀를 쫓는 것이 아니라 도적들을 몰아내는 병사들의 함성 같았다.

북소리. 병장기가 부딪치는 소리. 구나곡. 비명. 주문. 함성. 곡소리.

난비는 귀를 틀어막고 싶은 것을 간신히 참아 내며 식은땀을 흘렸다.

"왜? 몸이 좋지 않아?"

"하아……하……."

강위는 쓰러질 것처럼 창백해진 난비를 보고 가슴이 철렁했다. 혹시 누군가 난비의 술잔에 독을 탄 건 아닐까, 제가 잠시 나례를 감상하는 사이에 누군가가 해한 건 아닐까 그녀의 몸을 샅샅이 살펴보았다.

"어디가 이상한 건지 말하거라. 아, 아니. 말을 못 하지……. 이런!"

난비는 초조해하는 황상의 손을 잡으며 별일 아니라는 듯 웃어 보였다.

'괜찮습니다.'

"안색이 좋지 않다. 어디 아픈 것이냐?"

강위는 조금 안도하긴 했지만 여전히 난비가 잘못될까 두려워했다.

난비는 고개를 저으며 밝은 표정으로 강위를 안심시켰다.

'아프지 않습니다. 이 멋진 대나례를 너무 집중해서 보느라 놀랐을 뿐입니다. 짐승 탈이 진짜 같아 깜짝 놀랐지 뭡니까.'

"……."

뭔가 이상한 낌새를 챈 강위가 말없이 그녀를 들여다볼 때였다.

핑. 슈우. 펑! 타다타닥.

폭죽 소리가 요란하게 울렸다. 어느새 어둠이 내려앉은 하늘 위로 불꽃이 별빛을 흉내 내 사방에 흩뿌려졌다. 새까만 밤하늘에 피어난 찬란한 꽃은 그 순간의 아름다움을 위해 풍성하고 흐드러지게 피어났다가 순식간에 재로 화했다. 그러나 불꽃이 빛나는 그 찰나의 밤하늘은 오랫동안 어쩌면 영원히 기억에 남는 장관이었으니 난비도, 황제도 한동안 불꽃에서 눈을 뗄 수가 없었다.

한기를 느낀 성검이 눈을 떴다. 순간 너무 밝은 빛에 놀라 다시 눈을 찡그리며 감았다.

"아파? 아파서 그래?"

'누구야?'

많이 듣던 목소리 같은데 순간 누구였는지 떠오르지 않았다.

"괜찮아? 눈 좀 떠 봐."

아. 차츰 머리가 맑아지자 목소리의 주인이 또렷이 기억났다.

"그 불이나 치워. 눈을 뜰 수가 없잖아."

"아! 미안!"

당황한 금비가 성검의 얼굴 앞에 들이댔던 등불을 바닥에 내려 놓았다.

"치웠어. 눈 떠 봐. 정신 든 거 맞지? 어디 부러지거나 한 데는 없어? 괜찮아?"

금비가 한 번에 많은 질문들을 쏟아 냈지만 성검은 대답하지 않고 움직이지 않는 제 몸을 살피는 데만 신경 쓰고 있었다.

'묶였군.'

다행히 어딘가 잘려 나가거나 부러지거나 한 건 아닌 모양이었다. 오랫동안 묶여 있었는지 몸의 감각이 없었다. 애써 몸을 일으키던 성검은 온몸이 욱신욱신 쑤셔 대자 잔뜩 인상을 찌푸리며 끙끙댔다.

"왜 그래? 어디가 안 좋은데?"

다급하게 다가온 금비를 성검이 어깨로 막았다. 그리고 찡그린 눈을 뜨고 금비를 노려보았다. 그러나 펑펑, 하는 굉음과 함께 눈앞이 다시 번쩍거려 고개를 팍 숙이고 눈을 감았다.

　"폭죽 소리야. 지금 밖에는 나례 때문에……."

　오늘은 밤에도 시전이 섰다. 귀신을 쫓는 폭죽 소리는 유난히 크고 밝았다. 궁에서 쓰는 것과 그 질이 달라 잠시 번쩍하는 것뿐이지만 그래도 몰려든 사람들은 신기한 구경으로 밤을 새우곤 했기에 시전은 북새통이었다.

　성검은 이제 주변을 찬찬히 둘러보았다. 바닥은 금비가 내려놓은 등불 때문에 은은한 빛이 감돌았지만 사실은 차디찬 땅 위였고, 한 번씩 밖에서 터지는 불꽃 때문에 밝아지곤 했지만 사방이 꽉 막힌 검은 벽이었다. 감옥은 아닌 걸 보니 아직 스승님이나 다른 식구들이 잡혀 온 것은 아닌 모양이었다.

　"여기, 연월장이냐?"

　"어……."

　"넌 여기 어떻게 들어왔어?"

　부인이 얼마나 치밀한데 금비를 여기까지 들어오도록 내버려두었겠는가.

　"무사들한테 약을……."

　"하! 지 어미 하는 짓거리를 그대로 배웠네."

　"아니야! 죽인 게 아니라 난 그냥 잠드는 약을 탔을 뿐이야!"

　성검의 눈빛이 날카롭게 변했다.

"니 어미가 마마에게 독을 먹인 걸 너도 알고 있었구나."

"······!"

"사람 같지 않은 것들!"

금비는 경멸을 담은 성검의 눈을 보며 입을 뗄 용기가 나지 않아 고개를 숙였다.

그사이에 성검은 금비의 등불을 향해 몸을 옮겼다. 그리고는 등 뒤로 돌려진 손으로 힘들게 등불의 갓을 떼어 내고 밧줄에 불을 붙였다.

치지직. 밧줄이 타들어 가면서 성검의 등에도 열기가 전해졌다.

"으음······."

"뭐하는 짓이야!"

그제야 성검이 하려는 짓을 눈치챈 금비가 서둘러 불이 붙은 밧줄을 손으로 쳤다. 성검은 그녀가 맨손으로 뜨거운 불을 끄려 하자 조금 놀라고 있었다. 하지만 일부러 못 본 척하고 몸에 힘을 꽉 줘 밧줄을 끊어 버렸다.

"안 돼. 가지 마."

성검이 일어나자 금비가 애타게 붙잡았다. 그러나 성검은 그녀를 매몰차게 뿌리쳤다.

"지금 가면 죽어. 내 말 들어! 못 가."

"꺼져."

"기다려! 내 얘기 좀 들어 봐."

"비켜."

"황후가 될 거야. 그것밖에 방법이 없어. 널 살리려면 내가 황후가 돼야 해."

"……."

"너야? 황후마마께 서찰을 쓰도록 한 게?"

금비는 성검의 시선을 피하며 아랫입술을 잘근 깨물었다. 눈치 빠른 성검을 어찌 속이겠는가.

"그, 그렇게 하면 너는 살 수 있다고…… 어, 어머니가……."

"꺼져."

성검은 경멸에 찬 목소리로 그녀를 뿌리쳤다.

"어머니가 너는 살려 주시겠다 약조했어!"

"비키라고 했을 텐데요, 아씨?"

"못 비켜! 난 널 살릴 거니까!"

금비의 말이 끝나기 무섭게 성검은 그녀의 팔을 등 뒤로 꺾어 놓고 입을 틀어막았다.

"으읍! 읍! 읍!"

"네 도움 없이도 살길을 만들어 볼까 했는데, 어디 네가 쓸모가 있을지 한번 써 보지."

"으읍!"

성검은 금비를 끌고 밖으로 나왔다. 연월장의 길은 성검이 훤히 기억하고 있었다. 고진에게 빼앗긴 황후의 서찰을 다시 찾아야 했다.

'어딜 가는 거야? 도망가려면 문으로 가. 차라리!'

길을 모르는 자가 아닌데 성검이 향하는 곳은 어머니의 방이었다.

'이러지 마. 왜 이러는 거야? 차라리 도망가!'

금비의 소리 없는 외침은 몸부림으로 전해졌지만 성검은 못 들은 척 부인의 방 앞까지 다가갔다. 그런데 이 야심한 밤 안에서는 고진의 목소리가 함께 들렸다. 큰 목소리는 아니지만 분명 고진의 말소리였다. 성검은 두 사람의 대화를 들으려고 귀를 바짝 붙였다.

"왜 녹상서사는 아직도 소식이 없는 거야? 지도를 잘못 그려 준 건 아니고?"

"그럴 리가 있나? 분명 제대로 된 지도였다. 허나 산세가 험하니 병사들이 빨리 가지 못하는 게지. 내가 고생할 정도였으니 너무 초조해하지 마라."

함께 듣고 있던 금비는 고진의 이야기를 듣고 크게 놀랐다. 평상시 고진이 쓰는 말투가 아니었다. 일개 호위무사가 모시는 주인께 존대를 하지 않다니 놀라는 게 당연했다.

"하아. 그때 매파를 죽이지 않은 것이 화근이라 생각했는데, 일이 이렇게 되고 보니 차라리 잘되지 않았어? 매파 덕분에 은호의 정체를 알게 됐으니 말이야."

"아직은 방심하기 일러. 매파가 살아 있는 게 걸리거든. 역시 내가 따라갔어야 했나……."

"넌 여기 있어야 해. 성검인지 하는 저놈이 아주 골칫거리야.

이번에도 네가 따라가지 않았다면 그놈을 그리 쉽게 잡아 올 수 없었을지도 몰라. 그깟 죽어 가는 노인네 하나 없애는데 널 쓸 수 야 없지. 게다가 아직 의식도 없는 노파야. 은호는 아직 우리가 그 노인네를 죽이려 한 이유를 모르고 있어."

"미앙."

"왜 또 그렇게 불러?"

미앙이라는 이름을 듣는 순간 성검도, 금비도 고개를 갸웃했다. 금비는 소연이라는 어머니의 이름을 놔두고 생전 처음 듣는 이름 이 불리자 이상해서였고, 성검은 얼마 전 미앙이라는 이름을 어디 선가 들어 본 것 같아서였다.

"미앙아. 이번 일이 성공하면 말이다……. 금비에게 사실대로 말해 주는 게 어떨까? 금비가 황후가 된다면 나는 두 번 다시 도 성에 나타나지 않아도 좋다. 다만 한 가지, 금비에게 내가 아버지 라는 것만 알게 해 주고 싶어."

고진의 청천벽력 같은 말에 성검은 물론이거니와 금비는 제 귀 를 의심하며 넋이 나갈 정도로 놀라고 있었다.

'뭐? 누가 아버지라고? 그게 무슨 소리야?'

안에서는 연월부인의 나지막한 호통 소리가 들렸다.

"미쳤어? 두 번 다시 그런 소리는 입 밖에도 꺼내지 마! 니가 진짜 아버지 노릇을 하고 싶다면 딸년에게 그런 충격을 주지는 말아야지!"

"하아. 너는 내 심정을 몰라. 평생을 이렇게 그림자처럼 살아야 하는 심정을! 너야 소연 아씨로 위장하고 사니까 마님 소리 들으며 편안하겠지만, 나는 딸자식을 상전으로 모시면서……!"

흥분한 고진이 갑자기 말을 멈추자 성검은 바짝 긴장했다.

'들킨 건가!'

문 하나를 사이에 두고 성검과 고진이 대치하고 있었다. 성검은 가진 무기가 없었다. 결단을 내린 성검은 문을 확 열어젖히고 고진을 발로 차 넘어뜨렸다.

챙.

"윽!"

고진은 바닥에 떨어트린 검마저 성검에게 빼앗기자 큰 소리로 무사들을 불렀다. 순식간에 무사들에게 둘러싸인 성검은 아직도 넋이 나간 금비의 목에 칼을 겨눴다.

"입장이 바뀐 것 같은데. 귀한 여식의 목숨이 여기서 끝나는 걸 보고 싶지 않다면 서찰을 내놔라."

"이……놈!"

고진이 이를 가는 것과 달리 부인은 침착한 표정으로 한 발 다가왔다.

"그 서찰이 아직 여기 있다 보느냐? 우리가 그리 어리석어 보였던 모양이지."

"내놔! 그렇지 않으면 네놈들이 그리 애지중지하는 이 계집의 모가지가 떨어지는 걸 보게 될 테니까."

"그러려무나."

부인의 예상치 못한 대답은 성검을 난감하게 만들었다.

"니가 그 아이를 죽인다면 나는 당연히 슬프고 원통할 테지만 어쩔 수가 없다. 내게는 그 서찰이 없어. 이미 녹상서사에게 간 서찰을 어찌 내어 줄 수 있겠어? 그에게 이 믿기지 않는 일을 알리려면 황후의 서신보다 더 좋은 증거가 있었겠느냐?"

성검은 금비를 죽일 수도, 부인의 말을 곧이곧대로 믿을 수도 없었다. 하지만 만약 서찰이 정말 이곳에 없다면 차라리 한시바삐 산채로 가 스승님과 노파를 빼돌리는 편이 나았다. 노파를 매파로 불렀으니 효문재의 재혼에 관여한 이가 분명했다. 그러니 저들이 노파를 죽여 사실을 은폐하려 한 것일 테니 말이다.

이제 방법을 바꾼 성검은 금비의 목에 더욱 바짝 칼을 대고 뒤로 물러났다. 무사들이 너도나도 칼을 빼 들었지만 금비 때문에 함부로 달려들지 못했다.

"보내 줘라."

"미…… 마님!"

다급했던 고진이 미앙이라 부를 뻔하다 다시 고쳐 불렀다. 그러자 여태 멍하게 서 있던 금비가 분노한 표정으로 고진을 쏘아보았다. 고진은 차마 금비를 똑바로 보지 못했고, 그사이에 성검은 금비를 끌고 대문 밖으로 나갔다.

"아버지라……."

부인이 금비가 사라진 곳에서 눈을 떼지 않고 중얼거렸다. 섬뜩한 느낌에 고진이 그녀를 바라보았다.

"……어찌 이리 하나같이 어리석을까!"

아니나 다를까 부인은 고진을 향해 도끼눈을 뜨고 큰소리를 쳤다.

"……."

고진은 고개를 들지 못했다. 어쨌거나 제가 그 일을 입에 올린 것이 죄였다.

"뭐하고 있어! 당장 가서 아씨를 구해 오지 않고!"

"예! 예! 마님!"

정신을 차린 고진은 곧장 달려 나가 성검을 쫓았다. 문득 미앙의 사냥개 신세가 된 제 모습을 발견하고 한심하단 생각이 들었다. 금비가 황후가 되어도 자신은 딸년에게 죽을 때까지 천한 종놈 대접밖에 못 받을 테니 말이다. 그때는 몰랐었다. 제 아이가 자라나는 걸 지켜보면서 아버지가 되지 못한다는 게 어떤 것인지. 그 앙증맞은 아이를 한 번 안아 보지도 못한다는 게 얼마나 안타까운지……. 그리고 이제 그 아이는 자신을 경멸하고 있었다. 시간을 돌릴 수 있다면 효문재에게 가겠다던 미앙을 막아 보련만, 이제는 다 부질 없는 후회였다.

한때 동강의 대지주였던 효문재에게는 연월부인 전에 처가 있었다. 그런데 난비를 얻고 얼마 후, 몸이 약했던 부인이 병사를 하고 만 것이다. 큰 슬픔에 잠겼던 효문재는 완벽하게 제 딸의 어미 노릇을 해 줄 마음 착한 여인을 찾기로 했다. 죽은 부인의 몸종이었던 할멈이 발 벗고 나서서 수소문한 끝에 부모님의 묘를 지키고 혼자 사는 효심 깊은 여인을 찾아냈다. 동강에 돌던 전염병으로 가족을 잃고 혼자가 된 소연 아씨는 산 밑에 집을 짓고 부모님의 무덤가를 떠나지 않았다. 그 당시 소연 아씨의 곁에는 호위무사인 고진과 계집종 미앙밖에 없었는데, 졸지에 산에서 지내게 된 미앙과 고진은 불만이 극에 달해 있었다.

때마침 효문재의 재가를 위해 매파가 된 할멈이 그 움막을 찾아왔다. 미앙은 드디어 고생이 끝났다고 기뻐했으나 이 꽉 막힌 소연 아씨는 부모님의 무덤가를 더 지켜야 한다며 혼인을 할 마음이 없다 했다. 비극은 여기서 시작되었다.

"아씨는 어찌 된 것이 분명해! 효문재라면 어마어마한 부자에다 명가의 자손 아니야! 어찌 이런 혼처를 마다할 생각을 하실 수 있지!"

미앙은 화가 나서 발을 동동 굴렸다.

"그러게 말이다. 나도 이 산골짜기에서 벗어나 볼까 했더니, 제길!"

사실 고진이 가세가 기운 그 집안에 붙어 있을 이유가 없었다. 의리를 지킬 맘도 없었으나 미앙 때문에 떠나지 못하고 있었다. 그의 마음을 잘 알고 있었던 미앙은 그 순간 사악한 제안을 해 왔다.

"고진아! 생각해 봐라. 소연 아씨야 워낙 음침한 사람이고, 사람들과 왕래도 별로 없지 않았어?"

"그랬지, 뭐."

"그럼, 누가 소연 아씨일지 알아볼 사람이 있을까?"

미앙의 섬뜩한 미소는 사람을 홀리는 묘한 매력이 있었다. 고진은 처음부터 찬성하지는 않았다. 제가 좋아하는 미앙이 감히 넘보지 못할 효씨 가문의 안주인이 된다니 펄쩍 뛸 일이었다. 그러나 미앙은 예상했다는 듯이 다음과 같은 달콤한 제안을 해 왔다.

"생각해 봐. 너와 나의 아이가 공자나 아씨로 자라게 될 거야."

"나와…… 너의 아이?"

"왜? 설마 내가 그런 먹물 냄새 나는 샌님한테 진짜 빠지기라도 할까 봐 그래? 난 전부터 너처럼 강한 사내가 더 좋았다니까."

효문재에게 미앙이 시집갈 수만 있다면 평생 그녀의 곁에 머물며 호의호식할 수 있었다. 그러면서 그녀를 품을 수 있다니 고진의 귀가 솔깃해졌다. 그뿐인가! 자신들의 아이는 효씨 가문의 아이로 자랄 것이다. 남의 집 호위무사로 전전하며 개 취급이나 받는 신세, 어차피 제대로 가정을 이루고 살기란 힘들었다.

결심이 서자 이들은 일단 매파를 다시 불러 소연 아씨의 마음이 바뀌었다고 전했다. 그리고는 소연을 대신해서 혼례 준비를 해나갔다. 혼례날이 다가오자 아무것도 모르는 소연은 두 사람에게 목이 졸려 산속에 파묻혔다. 이제 매파 차례였다. 소연과 미앙의 얼굴을 모두 아는 매파를 꼭 죽여야만 했다. 하지만 혼례를 무사히 치르려면 며칠 더 매파가 살아 있어 줘야 했으니, 어쩔 수 없이 협박을 섞어 구슬려야 했다.

"어찌 그런 거짓을 고한단 말이냐……!"

"소연 아씨가 갑자기 급사를 한 걸 어쩌란 말이오? 혼례 준비를 다 마쳐 놓고 물리면 효문재 나리의 상심은 또 얼마나 크시겠소?"

"허나……"

"이보오, 할멈. 아들이 남의 집 종살이를 한다던데, 그런 거 대물리고 싶소? 서로 팔자 한번 고쳐서 편히 살아 봅시다. 일단 이거 받고, 나머지는 혼례 후에 섭섭지 않게 드리지."

펄쩍 뛰던 매파도 어차피 이리된 일, 자식들을 위해서라도 잘 살아 보자니 흔들리기 시작했다. 건강한 소연 아씨가 급사했다는 것은 아무래도 저들의 소행인 것 같았고 저 또한 개죽음을 당할 수 있는 노릇 아닌가.

결국 매파를 설득하는 데 성공한 미앙은 효문재의 부인으로 성대한 혼례를 치렀다.

매파가 도망간 것이 찜찜하긴 했지만 이듬해 금비가 태어나자 고진은 세상을 다 얻은 것만 같았다.

거기서 멈췄어야 했다. 하지만 미앙의 욕심은 끝이 없었다. 병환이 깊어진 선황이 동강으로 피접을 오신 것이 화근이었다. 설마 효문재와 선황께서 그리 절친한 벗일 줄 누가 알았겠는가?

"난새가 봉황임을 잊지 말게. 내가 믿을 이는 친우밖에 없으니……. 태자의 곁에서 자네가 이 못난 아비의 노릇을 대신 해 준다면 얼마나 든든하겠는가."

"폐하. 전하께서는 태자비마마가 계시온데, 황후를 새로 간택하시는 것은 혼란만 초래할 것이옵니다. 게다가 폐하께서는 아직

강건하시옵니다. 벌써 이리 나약해지시면 아니 되옵니다."

"난 이미 틀렸네. 부탁일세. 어린 태자에게 지금은 의지할 사람이 없어. 외척을 견제해 지금의 태자비를 간택한 것이 나의 실수였네. 내가 내린 교지를 아직 가지고 있지 않은가."

"폐하…… 그것은 제게 없사옵니다. 또한 저는 그럴 만한 힘도, 재주도 없사옵니다……."

대화를 엿들은 미앙은 난비가 아니라면 금비라도 황후를 만들고 싶다는 욕망을 품기 시작했다. 얼마 후 선황께서 환궁하시자 미앙은 효문재를 밤낮으로 설득해 결국 도성에 입성할 수 있었다. 그러나 그들이 도착했을 때쯤에는 이미 선황은 승하하셨고, 태자비는 황후가 되어 있었다.

"여기까지 왔는데, 멍청한 서방이 꾸물대는 사이에 태자비가 황후가 되고 말았어!"

깊은 밤, 울분을 참지 못한 미앙의 목소리가 문 밖으로 새어 나갔다. 하필 그때 효문재가 그곳을 지나고 있었던 것이 그에게는 불행이었다.

"진정해. 생각해 보면 당장 금비를 황후로 만들기란 어려웠어. 고지식한 효문재를 도성까지 오게 한 것만으로도 용했지."

"그럼 여기서 포기하자는 거야!"

"그럴 리가 있나? 내 딸이 황후가 될지도 모른다는데, 여기서 멈추라고?"

효문재는 제 딸 금비가 호위무사 고진의 딸이라는 말에 이미 큰 충격을 받았을 것이다.

"무슨 방법이 있어?"

"흐흐. 잊었어? 소연 아씨의 외척 되시는 분 중에 도성에서 큰 벼슬을 한다던 이가 있었지. 자금을 대 주면 궁에 연줄이 닿는 게 무에 어려울까? 소연 아씨도 사람이고 황후도 사람인데, 황후 목숨 줄은 더 질기다던?"

"후훗. 역시 당신은 배포가 남달라. 장군이 되었어야 했는데 말이지. 그나저나 소연 아씨는 죽어서도 날 도우시는 걸 보니 제사라도 챙겨 드려야 사람의 도리가 아닐까?"

미앙의 천박하고 요사스러운 웃음소리를 듣고 효문재는 당장이라도 문을 열고 자신들을 쳐 죽이고 싶었을 테지만 그때쯤 이미 그는 심장을 움켜쥐고 부르르 떨고 있었으리라.

"미앙이 네년이야말로 참으로 대인배다운 배포다. 누가 너를 계집종이었다 믿겠느냐? 어디 오늘은 널 닮은 아드님을 한번 시도해 보는 게 어떨까?"

미앙이 막 자신의 품에서 앙탈을 부릴 때였다. 문 밖에서 누군가 털썩 쓰러지며 신음하는 소리가 들렸다. 두 사람이 동시에 뛰쳐나가자 효문재가 심장을 움켜쥐고 부르르 떨고 있었다.

죽어 가는 효문재의 증오에 찬 눈빛을 그때는 비웃었다. 헌데 지금 그것을 떠올리자 고진은 어쩐지 불길한 예감이 들었다.

✺

금비는 성검이 이끄는 대로 힘없이 끌려가고 있었다. 오늘 하루 겪은 일이 하도 다채롭고 어마어마해서 생각들이 폭발할 것 같았다. 얼마쯤 왔을까. 따라오는 무사들과도 제법 멀어져 산 입구까지 도착하자 성검이 그녀를 놔주었다.

"어, 어디 가려구? 산채에 가려고? 거긴 지금쯤 난리 났을 거야!"

성검이 들은 척도 않고 산을 오르기 시작하자 금비는 그의 팔을 붙잡고 울먹이며 사정했다.

"나, 오늘 너무 힘들어. 널 살리려다 들으면 안 되는 이야기까지 들었어. 근데 넌 꼭 죽으러 가야겠어?"

"누가 죽으러 간대? 모두 살리려고 가는 거다. 물론 너와 연월장 일가가 산 사람이 될지는 모르겠지만."

"지금 산채로 간다 해도 어차피 모두 죽을 거야. 네가 가면 너도 죽을 뿐이야. 알잖아. 이러지 마. 나도 어쩔 수가 없었어. 이것밖에 방법이 없었어. 내가 황후가 되면 너는 내 곁에서 호위무사가 되면 돼. 그렇게 살자. 난 오늘 아무것도 못 들은 거야. 너도 스승님이건 황후건 아무것도 모르는 거야. 그냥 내 곁에서 네가 원하는 대로 마음껏 살면 되잖아."

"네 곁에서 호위무사로?"

"그래, 그래. 다 잊고 살아남자. 응?"

"아주 날 웃겨 죽이려고 작정하셨군요. 아씨. 아니, 가짜 아씨."

"……!"

"나더러 너랑 함께 네 어미와 고진처럼 더럽게 살자고?"

"뭐, 뭐?"

"맞잖아. 황후가 돼서 호위무사와 사랑놀음을 하시겠다? 그러다 내 아이가 황제가 되는 건가? 너처럼?"

"……!"

"생각하는 게 어찌 이리 지 어미처럼 추잡스러울까. 아까도 얘기했지만 네 어미 하는 짓을 그대로 빼닮았구나. 아무튼 덕분에 빠져나왔으니 고맙소, 아씨!"

성검은 금비의 손을 뿌리치고 산을 올라갔다. 충격으로 굳어 있던 금비가 뒤늦게 그를 쫓았지만, 넘어지기만 할 뿐 아무리 쫓아가도 성검의 등은 가까워지지 않았다.

11.

난새의 둥지에 서리가 내리다

약재 창고에 있던 은호는 문득 바깥에서 들려오는 소리가 심상
치 않음을 느꼈다. 산채 역시 사람 사는 곳이라 늦도록 나례를 즐
기며 시끌벅적했다. 그런데 폭죽과 함성 소리 대신 비명과 병장기
소리가 들리는 것 같았다. 그 소리는 매우 작았지만 금세 명확하
게 들리기 시작했다.

"……!"

가슴 철렁한 불길함에 문을 열었더니, 아니나 다를까 저 멀리
마을 입구에서부터 횃불을 든 병사들이 사람들을 몰아가고 있었
다.

"스승님!"

때마침 은호를 찾아온 짱돌과 털보가 숨을 헐떡이며 그의 손을

잡아끌었다. 그러나 은호는 이 급박한 순간에도 제 일을 잊지 않았다.

"매파는?"

"지금 넙대가 먼저 업고 도망갔습니다. 발이 빠른 놈이니 걱정 마시고 얼른 저와 함께 피하셔야 합니다."

"허면, 다른 자들은?"

"아이고, 다 제명입니다요. 지금 다른 사람 신경 쓸 때입니까!"

"저대로 두고 가잔 말이냐! 한 명이라도 구해서 갈 생각을 해야지!"

"발 느린 게 스승님 탓입니까! 어찌 저들을 구할 겁니까? 지금은 스승님이 사시는 게 우선입니다요, 어서요! 어서!"

싸워 봐야 한 놈도 이기지 못할 거면서 왜 이리 고집을 부리시는지 참다못한 털보가 은호를 업고 뛰기 시작했다.

"이게 무슨 짓이냐!"

"황후마마를 지켜 드리지 않을 것입니까? 그리 원하시던 일 아닙니까? 눈 감으십시오. 보지 않으면 덜 아픈 법입니다요."

털보의 충고가 은호의 가슴을 후벼 팠다. 그의 말이 틀린 건 없지만 제가 이리로 데려와 살게 했으니 죽어 가는 식구들을 어찌 외면할까. 은호는 죽어 가는 산채 식구들을 돌아보며 끝까지 눈을 감지 않았다.

그때 병사들 중 한 명이 도주하는 은호 일행을 보았다.

"은호다! 은호를 잡아야 한다!"

그 외침 소리를 듣자 병사들은 자신들과 싸우던 도적들을 내버려 두고 은호를 뒤쫓기 시작했다. 그러나 그것은 그들의 실수였다. 기습으로 속수무책당하고 있던 산채 사람들은 병사들이 등을 보이자 도주할 생각은 않고 그들을 역으로 치기 시작했다.

"으악!"

"킥!"

"은호를 쫓지 말고 도적들부터 상대하라!"

당황한 토벌장이 아수라장이 된 전열을 가다듬으려고 목이 터져라 소리를 질렀지만 한동안은 병사들의 비명 소리가 끊이지 않았다. 하지만 그 와중에도 날렵하게 은호를 쫓는 무리들이 있었으니, 바로 연월장의 수하들이었다.

은호 일행은 이럴 때를 대비해 준비해 두었던 토굴 안으로 들어갔다. 이 긴 토굴을 지나면 커다란 바위를 굴려 입구를 막을 수가 있었다. 게다가 이 토굴은 폭이 넓지 않아서 아무리 많은 병사들이 쫓아온다 해도 결국 일대일로 싸울 수밖에 없었기에 도주하는 데는 그만이었다.

모진 마음을 먹고 털보의 등에서 내린 은호는 그들과 함께 전력을 다해 뛰었다. 그러나 처음부터 은호만을 노리고 있었던 연월장의 호위무사들은 훈련받은 무사들답게 빠른 속도로 그들을 따라잡을 수 있었다.

"망할! 뭐 이리 빨라!"

생긴 것만큼 한 힘쓰는 털보가 짱돌과 은호를 먼저 보내고 뒤를 맡았다. 좁고 깜깜한 굴에서 커다란 몽둥이를 휘두르며 무사들을 막아 냈지만 아무리 쳐 내도 혼자서는 무리였다.

"이야아! 죽어라, 이놈들아!"

괴성과 함께 죽기 살기로 덤벼 한 놈을 쓰러트렸다. 그러나 바로 그 직후에 등을 훤히 내주고 칼을 맞게 생겼다. 무사가 칼을 높이 치켜들었으나 털보는 눈을 부릅뜨며 죽기를 두려워하지 않았다. 그때였다. 무사는 검을 그어 내리지 못하고 스르르 무너졌다.

"성검아!"

쓰러진 무사의 뒤에는 피를 뒤집어쓴 성검이 숨을 헐떡이며 서 있었다. 그가 눈물 나게 반가웠던 털보가 한달음에 달려가 껴안으려는데, 성검이 휘청거리며 그의 어깨로 쓰러졌다.

"성검아! 왜 이러냐, 이놈아!"

"끄응……. 스승님은……?"

성검이 뒤집어쓴 피는 제 것도 섞였는지 몸 여기저기가 크고 작은 상처투성이였고, 연월장 놈들에게 맞은 데 역시 붓고 멍들어 있었다.

"바로 앞에 짱돌이랑 같이 있다. 어서 가자, 이놈아! 엄살 부리지 말고!"

"끙……."

매정하게 말하긴 했어도 성검을 부축한 털보는 어깨에 힘을 주고 조심스럽게 걸었다. 토굴 밖에는 기다리겠다는 은호와 가자는 짱돌이 실랑이 중이다가 나오는 두 사람을 발견했다.

"성검아! 다쳤느냐?"

은호가 대경하여 달려오자 짱돌도 반가움을 싫은 소리로 대신했다.

"야, 이놈아! 늦게 온 주제에 왜 피범벅이야!"

"이 씨……. 늦었으니 개고생 아니요!"

스승이 무사한 걸 확인해서인지 성검의 지친 얼굴에 화색이 돌았다.

"이놈 봐라. 그래도 제법 존댓말이 늘었다?"

"성검아! 네가 여기 어쩐 일이냐?"

짱돌이 애써 분위기를 밝게 해 주려 했지만 은호는 다급했다. 성검이 무사한 것을 안 은호는 이제 그가 어떻게 여기 오게 되었는지를 캐묻기 시작했다. 무슨 변고가 생기지 않고야 성검이 왜 이곳에 왔단 말인가.

"마마께서 서찰을 보내셨습니다. 덕분에 앉은 채로 당하진 않았으나 걱정입니다. 스승님과 제가 붙잡히면 마마의 입장이 더 난처해지실 겁니다."

"마마께선 어찌 아시고 서찰을 보냈다더냐?"

"자세한 것은 모르겠으나, 그들이 마마의 서찰을 빼앗았으니 큰일입니다."

"뭐? 어쩌자고 그런 것을 빼겨! 이 일을 어쩌면 좋단 말이냐!"

"송구합니다. 허나, 그런 것은 나중에 생각하시고 일단은 우리가 잡히지 않는 것이 더 중요합니다. 어서 몸을 피하십시오."

하지만 근심 가득한 은호의 표정은 펴지지 않았다. 차라리 저와 성검이 붙잡혀 죽는 것이 마마에게는 더 이로울 것인데, 또 그리 생각하자니 성검에게 미안했다.

"스승님께서 무슨 생각하시는지 잘 압니다. 허나 마마께서 이리하신 것을 탓하지 마십시오. 제가 죽는 것은 아깝지 않으나 제게도, 마마께도 스승님은 소중하신 분입니다. 그러니 헛된 생각 마십시오."

은호는 장성한 성검이 제 생각을 이리해 주는 것이 뿌듯하고 고마워 그의 어깨를 툭 치며 좀 전의 생각을 지워 버렸다.

"알았다. 그래. 산채 안의 사정은 어떻더냐?"

"최악은 아닙니다. 죽은 놈들도 많지만……. 제법 많이들 도망간 모양이니, 우리도 어서 자리를 옮겨야 합니다."

일행은 서둘러 산길을 내려갔다. 더 이상 돌아보았자 사람들을 구할 방법이 없었다. 이제는 자신들과 황후를 위해 살아야 한다는 생각뿐이었다.

그러나 위기는 금방 다시 찾아왔다. 도주로 앞에 고진과 그가 끌고 온 무사들이 막고 서 있었던 것이다.

"고진!"

"여, 여긴 어떻게?"

"네놈들이 이 길을 알려 주지 않았나?"

"……!"

짱돌과 털보는 매파를 죽이려던 인물을 마주 보게 되자 자신들의 실수였다는 것을 알아차리고 미안함과 분노로 얼굴이 시뻘겋게 달아올랐다.

"되도록 은호와 저 성검이란 놈은 산 채로 잡아들이라는 명이다. 쳐라!"

고진은 더 기다려 주지 않았다.

털보와 짱돌, 성검이 재빠르게 은호를 둘러싸고 연월장의 무사들을 막아 냈다. 하지만 제법 잘 버티던 일행도 고진이 합세하고부터는 힘들어지기 시작했다. 미앙의 곁에서 살아가느라 이름을 날리진 못했지만 실은 고진은 오랫동안 검을 갈고닦아 온 검사였다. 게다가 실전 경험이 많아 노련함까지 갖추고 있었으니 은호 일행에게는 낭패였다.

"윽!"

몸이 성치 않은 성검은 고진의 칼에 망신창이가 되어 가고 있었다. 고진에게 밀려난 성검이 결국 한쪽 무릎을 땅에 대고 말았다.

"성검아!"

은호의 다급한 외침에도 불구하고 고진은 성검의 목을 베기 위해 검을 그었다.

"이노옴!"

은호가 고진에게 달려들 거라는 건 누구도 예상 못 한 일이었다.

"크윽······끄······윽······."

고진의 숨넘어가는 신음 소리에 주변은 갑자기 쥐 죽은 듯 조용해졌다. 고진의 품으로 뛰어든 은호가 그의 가슴에 단검을 꽂았던 것이다. 그러나 문제는 그게 다가 아니었다. 은호의 등 뒤로 가슴을 뚫고 나온 긴 칼이 피를 뚝뚝 떨어트리고 있었다.

성검은 자신의 머리 위로 떨어지는 스승님의 뜨거운 피가 믿어지지 않았다.

"스, 스······ 스승님?"

"너는 괜찮으냐?"

그 말이 끝나자마자 은호의 몸이 무너졌다.

성검은 쓰러지는 스승을 받아 제 몸 쪽으로 끌어안았다. 스승의 어깨에서부터 허리까지 고진의 검이 길고 깊은 궤적을 남겨놓은 게 아닌가!

"하아······. 이, 이걸 어, 어, 어찌해야 합니까······. 아, 알려주십시오. 뭐부터 하면 됩니까. 예?"

숨넘어가게 놀란 성검과 달리 은호는 부드러운 표정으로 그의 손을 더듬었다. 성검이 그 손을 꽉 붙잡았다.

"어······ 어, 괘, 괜찮을 겁니다. 제가 지, 지혈을 할 테니 조금만 참으십시오."

은호를 안심시킨 성검은 바들바들 떨며 아무 풀이나 뜯기 시작했다. 스승의 상처와 초연한 표정을 보기가 두려웠다.

"성검아."

스승의 목소리는 먼 여정을 앞에 둔 사람 같았다. 붙잡은 스승의 손아귀에서 서서히 힘이 빠져나가는 것 같았다.

"말하지 마십시오!"

"성검아……. 마마를 부탁한다."

"말하지 말라니까!"

"……."

지혈을 하던 성검은 갑자기 뚝 말이 끊어진 스승을 돌아보았다. 웃는 얼굴은 평안해 보였지만 떨림조차 없는 창백한 얼굴은 스승님이 아닌 것만 같았다. 당장이라도 눈을 치켜뜨고 반말했다 호통을 치셔야 하는데, 그래야 스승님이신데……. 붙잡고 있던 스승의 손은 점점 딱딱해져 갔다. 하지만 아직도 따뜻했다.

스승의 미약한 온기를 붙들고 성검은 그가 저를 떠났다는 사실을 부정하고 있었다.

이렇게나 가까이 계신데……. 어린 제 손을 잡아 주시던 처음 그때와 하나도 변함없으신데…….

울컥 감당하기 힘든 슬픔이 코끝을 관통하며 치밀어 올랐다.

"어, 어……. 하아……! 흐읍……."

성검은 뜨거운 눈물을 은호의 얼굴로 떨어트리며 그의 식어 가는 몸을 흔들었다.

그동안 털보와 짱돌은 성검의 통곡 소리를 들으며 미친 듯이 고진의 수하들에게 달려들었다.

"이놈들!"

이성을 잃은 두 사람과 쓰러진 고진 때문에 적들은 적잖이 당황하여 고진을 부축해 물러났다. 짱돌과 털보가 그들을 몰아내자마자 은호에게 달려왔으나 이미 차디찬 육신만 남은 뒤였다.

"스승님!"

"은호 선생님!"

은호는 성검의 무릎 위에 머리를 대고 자는 듯이 누워 있었다. 두 사람의 무릎이 털썩 꺾였다. 이렇게나 갑자기 은호를 잃을 줄 몰랐기에 아무 말도 생각나지 않았다.

두 사람까지 합세해 스승의 죽음을 인정하자 성검은 스승의 가슴에 머리를 묻고 오열하기 시작했다.

"흐……윽. 말하지 말란다고……. 정말 그리 입을 다무시면 어쩌란 말입니까. 으윽. 윽. 흐으윽."

하지만 그것도 오래가지 못했다. 오열하던 성검에게는 더 이상의 슬픔도 용납되지 않았다. 털보가 몸을 일으키며 다그쳤다.

"일어나라."

물기 하나 없이 건조한 음성이었다. 어찌 이리 매정하고 인정머리가 없을까 싶을 만치 텁텁한 목소리였다.

"으윽. 흐윽……!"

"일어나라니까!"

털보는 울고 있는 성검의 목덜미를 잡고 끌어 올렸다. 짱돌은 그런 털보의 팔을 치면서 안타까운 듯이 성검을 달랬다.

"이놈아! 가야 한다. 어서!"

"으윽. 스승님을 여기 찬 바닥에 그냥 놓고 갈 순 없잖아."

"다 죽는 꼴 보고 싶어? 닥치고 안 일어나?"

"이게 뭐야! 그러게 내가 하지 말자고 했잖아! 이 바보 같은 스승아!"

"안 되겠다. 털보 니가 이놈 좀 업어라. 지금 제정신이 아닌 것 같다."

털보는 한숨을 푹 내쉬고 반항하는 성검을 들쳐 멨다.

"놔! 놓으라고! 안 놔! 놔, 이거!"

"시끄러, 이 자식아! 우린 뭐 맘이 편한 줄 아냐! 살아서 복수해야 할 거 아니야!"

성검이 털보의 등에서 발버둥을 치자 보다 못한 짱돌이 큰 목소리로 야단을 쳤다. 그 소리에 깨닫는 바가 있었는지 그냥 지친 것인지 성검은 털보의 등에 축 늘어졌다.

"허억. 하아. 윽……."

털보는 등이 뜨겁게 젖어 가는 것을 느끼고 눈시울이 붉어졌다.

"내가…… 헉……. 어, 업어 드려야 하는데……. 헉……."

정신을 잃기 전, 성검은 스승을 등에 업고 산을 내려오던 때를 기억하며 저도 모르게 중얼거렸다.

❀

대나례가 끝나고 아직 축제의 여운이 남은 사람들은 쨍쨍한 아침 해가 원망스러웠다. 조금만 더 눈을 붙이면 좋겠다고 이불 속으로 파고드는 것은 천민이나 황제나 마찬가지였다.

강위는 녹상서사가 가져온 긴급한 사안으로 인해 더 게으름을 부리지 못하고 꼬물꼬물 일어나 아직 자고 있던 난비의 뺨에 입을 맞추고 나갔다.

그가 나간 직후 여태 자는 척했던 난비가 눈을 뜨고 불안하게 문 밖을 바라보았다.

그녀의 예상은 틀리지 않았다. 궁을 발칵 뒤집어 놓고 한동안 구하국의 민심을 뒤숭숭하게 만들 어마어마한 사건이 터진 것이다. 한낱 도적 토벌로 인해 세상이 이렇게나 들썩이게 될 줄 이날은 아무도 예상하지 못했다.

녹상서사가 전날 황상의 윤허도 없이 군권을 이용해 도적을 토벌한 일은 대신들이 나서서 감싸 주었기에 문제가 되지 않았다. 황제인 강위가 이 일로 꼬투리를 잡고자 해도 가벼운 징계밖에 내릴 수가 없었고, 오리무중이던 신출귀몰한 도적들을 소탕했으니 상을 내려도 부족할 판이었다. 하지만 강위는 기뻐할 수 없었다. 도적들의 수장이 태상경 은호라는 말을 어찌 곧이곧대로 믿겠는가. 부르르 떨며 누군가의 모함이라 호통을 쳤지만 녹상서사가 가져온 두 개의 증좌 앞에서 강위는 큰 혼란에 빠지고 말았다.

녹상서사가 가져온 첫 번째 증좌는 태화전 밖 멍석 위에 말려 있던 은호의 시신이었다. 처참한 상처를 드러낸 은호는 믿을 수 없이 편안한 얼굴로 잠들어 있었다.

"이, 이…… 이게 무슨 짓이냐!"

"폐하……. 신도 믿기지가 않았사옵니다!"

"믿기지가 않아? 믿기지가 않아! 심문도 하지 않고 누구 마음대로 죄인으로 몰아 죽인단 말이냐!"

"폐하! 신은 그저 고변이 있어 병사들에게 산채의 위치를 알려 주었을 뿐 은호가 거기 있다는 것은 알지도 못했나이다. 그들이 은호인 줄도 모르고 죽인 것이니 어찌 나무랄 수 있었겠나이까. 통촉하여 주시옵소서!"

"닥쳐라! 허면, 너는 은호가 어떤 경로로 그곳에 있었는 줄도 모르고 도적들과 함께 있었단 이유로 나의 신하를 대역죄인으로 모함하고 있는 것이 아니냐!"

"그럴 리가 있겠사옵니까……. 신이 한발 늦게 믿기 힘든 또 다른 고변을 받고 이를 폐하께 알려 드려야 할지 고민이 많았사옵니다. 헌데 태상경이 이렇게 주검이 되어 돌아왔으니 이제 두 번째 고변이 틀리지 않았음을 알고 아뢰는 것이옵니다."

"두 번째 고변? 그것이 무엇이기에?"

녹상서사는 머뭇거림 없이 품속에서 서찰 하나를 꺼내 들었다. 강위는 눈에 익은 필체에 갸웃거리다 점점 창백해져 갔다.

"황후마마께서 호위무사인 광성검이란 자에게 보내신 밀지이옵니다. 태상경에게 위험이 닥쳤으니 산채를 보호하라는 밀명이 담겨 있었나이다."

녹상서사의 목소리가 오늘따라 힘이 있어 실외임에도 불구하고 모두가 들을 수 있었다. 그의 충격적인 발언에 대신들의 웅성거림이 커졌고, 승상 해일주와 대사농 서대호는 놀람과 함께 경계와 질시의 눈빛을 보냈다. 녹상서사 양자문은 그들의 시선을 즐기며 어깨를 폈다.

급한 일이 있다며 연월장이 사람을 보냈을 때만 해도 이런 횡재수가 있을 줄은 예상 못 했었다. 부부인을 찾아간 그는 은호가 도적의 우두머리이며 그들의 은신처를 찾아냈다는 말을 듣고 믿을 수가 없었다. 고진이라는 호위무사가 직접 본 것을 생생하게 일러 주지 않았다면 끝까지 믿지 않았으리라. 도적을 잡아 공을 세우고 눈엣가시 같던 은호를 처단했으니 이제 자신의 앞날은 승승장구였다.

강위는 눈에 띄게 부들부들 떨며 그 서찰을 움켜쥐었다. 녹상서사를 노려보는 강위의 충혈된 눈은 살기가 득실거렸다.

"이 서신을 전한 자는 누구이며, 산채의 위치를 고변한 자는 누구인가?"

"폐하. 그것이 바로 신이 이번 일에 확신을 갖고 있는 가장 큰 증거이옵니다."

"그러니 말하라지 않느냐! 대체 어떤 이의 고변이기에 그토록 믿는 것인지!"

"부부인이자 연월장의 안주인인 연월부인의 고변이었나이다.

또한 그 밀지를 전한 자는 마마의 나인인 아랑이란 계집이었으며, 이 또한 부부인이 아니었으면 잡지 못했을 것이옵니다."

태화전이 또 한 번 크게 술렁였으나 강위는 놀라지 않았다. 그는 이미 예상하고 있던 대답을 확인했으니 그것으로 족했다.

"폐하!"

강위는 수많은 대신들을 그대로 뒤로하고 황후전을 향해 걸었다.

'치밀한 모함일 뿐이다. 황후에게 직접 듣기 전에는 누구의 말도 듣지 않겠다!'

대신들도 그의 심정을 느꼈는지 황제를 붙잡지 않고 녹상서사에게 몰려들었다. 어찌 된 일인지 자세한 이야기를 들어야 하니 말이다.

그 시각 난비는 소식 없는 아랑과 성검을 기다리고 있었다. 만약 스승이 도적들의 우두머리인 게 밝혀지면, 참수 정도로 끝날 것 같지 않았다. 황상을 기만하고 조정을 능멸한 죄로 상상만으로도 두려운 형벌을 받을 것이다.

'스승님이 잘 정리하고 오셨을 텐데, 무슨 걱정이냐. 설마, 태상경이 되셨는데 도적질을 하실 리가 없지. 성검이 오지 않는 것도 바빠서일 테고, 아랑이 오지 않는 것은 다른 사정이 있을 테지……'

떨리는 마음을 추스르던 그녀의 눈에 황제가 하사하신 소금이 들어왔다. 버릇처럼 손으로 대나무의 마디를 쓰다듬다가 황금 테두리에 새겨진 모란꽃을 보았다. 아마도 이 모란은 황상의 지시로 새겨진 것이리라. 스승께서 주신 오죽 소금이 어쩌면 제게는 더 어울리는 것일지도 몰랐다. 황상이 주신 모란 소금은 너무나 귀하고 애틋해서 시커먼 오죽 소금보다 편하지가 않았다.

"황후마마, 폐하께서 드셨사옵니다."

문이 열리자 한 걸음 안으로 들어오시는 황상의 모습을 보고 난비는 얼음처럼 제자리에서 얼어 버리고 말았다. 황제가 나간 지 그리 오래되지 않았다. 그런데 그가 또 야차 같은 표정이 되어 돌아왔으니 제가 불안하게 여겼던 그 일이 결국 터진 게 아닐까 두려움에 사로잡혔다.

황제는 성난 걸음으로 그녀의 앞으로 다가가 그녀의 양팔을 꽉 쥐었다. 통증이 느껴질 만큼 아팠지만 난비는 인상을 찌푸리지 않았다.

"아는 게 있는 표정이구나."

"……."

이곳에 오기 전까지만 해도 그녀가 무슨 말을 해도 믿어 주리라 마음먹었던 강위는 난비의 허허로운 표정을 맞닥뜨리자 배신감이 느껴졌다.

난비는 황제의 그런 심정을 이해했다. 자포자기하는 심정으로 처분을 기다리고 있었지만 소금을 쥔 손에 땀이 촉촉하게 배어 나왔다.

그때쯤 그가 입을 열었다. 강위의 손가락은 더욱 깊이 그녀의 팔에 파고들었다.

"은호가 죽었다."

"……!"

난비는 눈을 깜빡거렸다. 죽다니? 누가?

"은호, 너의 스승이자 나의 태상경이 지금 저 태화전에 싸늘한 주검이 되어 돌아왔다."

"어……어……! 하아……!"

난비가 입을 다물지 못하고 뒷걸음질 치려 하자 강위는 그녀의 팔을 끌어당겨 제 품에 안았다.

"넌 아무것도 모른다. 성검에게 보낸 밀지는 누군가가 네 필체를 흉내 낸 것이다. 아니, 누군가가 아니라 연월장이. 그래, 연월장. 연월장이라면 그럴 이유가 있다. 모두가 납득할 것이다. 넌 모함당한 것뿐이다. 알겠느냐?"

"……!"

스승의 죽음을 듣고 머리가 하얗게 비워졌던 난비는 강위의 횡설수설에 오히려 정신이 돌아왔다. 그날 금비가 찾아온 것이 전부 계획된 일이었을 거란 생각이 퍼뜩 떠올랐다. 그동안 금비가 제게 보여 준 모습들이 하나둘 펼쳐지며 모든 일이 끼워 맞춰졌다.

'금비! 황후가 되고 싶어 했던 금비……. 내가 이 자리를 빼앗았다 여기고……!'

성검을 좋아한다고 했을 때 믿지 않았어야 했다. 금비처럼 허영심 많은 아이가 출신 성분도 알 수 없는 무사를 좋아할 리가 없

141

었다.

하지만 난비는 잘못 생각하고 있었다. 모든 것이 연월장과는 상관없이 금비의 질투로 벌어진 일이라고만 여기고 있었기 때문이다.

"내가 지금 얼마나 화가 났는지 아느냐? 얼마나 더 나를 속일 셈이었느냐? 언제까지 황제를 기만할 셈이었느냐? 아니, 밝힐 생각도 없었던 게다! 나는 너희들을 믿었다. 헌데 돌아온 것은 결국 내게 이런 상실감과 허탈감밖에 남기지 않았구나."

화난 줄 알았던 황제가 오히려 저보다 더 겁에 질려 있었던 것이다. 더군다나 제가 보낸 밀지까지 알고 계시다면 이미 조정에도 다 알려진 일일 것인데 저를 감싸 주고 계신 것이다.

'폐, 폐하!'

말하고 싶었다. 폐하라고 불러 보고 싶었다. 하지만 아무리 입을 오물거려도 알아들을 수 없는 추한 소리만 웅얼웅얼 뱉어질 뿐이었다.

"그래, 황제인 내게 도적임을 밝히기가 쉬웠겠는가? 안다. 알지만, 내가 모든 걸 잊고 너를 갖겠다 했을 때는……. 그 뒤로도 얼마든지, 언제든지…… 털어놓을 수가 있었다……. 아니냐? 그러니까 은호는 그 벌을 받은 것뿐이다. 그런 게다. 너하고는 아무 상관도 없는 일이다. 제발 그렇다고 해야 한다! 너마저 잃을 순 없다……."

'폐하…….'

흥분한 황제의 목소리가 점점 떨리며 잦아들어 갔다. 난비는 감당 못 할 슬픔과 충격에 휩싸여 그만 그의 품에서 정신을 잃고 말았다.

강위는 쓰러진 난비를 침상에 뉘이고는 바닥에 떨어진 모란 소금을 주워 들었다.

"네가 나를 정말 나락으로 떨어트리려 작정했구나……."

강위는 우는 것도, 웃는 것도 아닌 묘한 표정으로 중얼거렸다. 이제 어찌해야 할지를 강구해야 하거늘, 난비의 얼굴을 아무리 쳐다보아도 머릿속은 온통 깜깜할 뿐이었다.

그날 밤 살아서 끌려온 몇몇의 도적들과 아랑이 의금부로 압송되었다. 황제를 비롯한 여러 대신들이 지켜보는 가운데 은호의 죄를 밝히기 위한 심문이 시작되었다. 의외로 강하게 맞선 도적들로 인해 생포한 이는 몇 명 되지 않았다. 대부분은 죽거나 뿔뿔이 흩어져 도망갔고, 잡으러 갔던 병사들만 더 큰 피해를 입었다. 그러니 토벌대장으로 임명받은 장수는 더욱 독기를 품고 도적들에게 고신을 가했다.

"은호가 네놈들의 수장이었음이 이미 만천하에 드러났다! 조금이나마 죄를 사할 기회를 주는 것이니 사실대로 고하렷다!"

"으으…… 은호가 대체 누구란 말이오!"

"이 시신을 모른단 말이냐!"

"모른다지 않소! 으악!"

그렇지 않아도 초췌해진 아랑은 고신을 당하는 도적들의 비명 소리에 혼이 나갈 만큼 겁에 질려 부들부들 떨었다. 도적들이 하나둘 기절하여 나가떨어지자 녹상서사가 아랑의 앞으로 다가갔다.

"쯧쯧쯧. 네가 고생이 많구나. 너는 다만 심부름을 했을 뿐인데…… 그렇지 않느냐?"

"흑! 흐윽. 흑!"

아무리 머리 나쁜 아랑이라도 심부름한 죄로 여기 끌려 나온 것이 무슨 의미인지 알고 있었다. 주인이 시킨 일이 잘못된 일인 것이다. 억울하고 무서웠지만 그렇다고 어떻게 주인을 배신할 수 있을까. 하지만 도저히 저런 고신을 이겨 낼 자신이 없었다.

"괜찮다. 우리는 이미 네가 전했던 그 서찰을 가지고 있다. 그저 확인을 하고 싶을 뿐이다. 사실대로 말한다고 해서 아무도 너를 탓하지 못할 게다."

"흐엉. 엉엉. 살려 주십시오. 살려 주십시오."

"그래, 그래. 살려 줄 테니 말하거라. 이 서찰은 황후께서 네게 직접 주신 것이 맞다. 그렇지?"

"살려 주십시오. 제발 살려 주세요!"

녹상서사는 슬슬 짜증이 치밀었다. 어차피 말할 거면 뜸 들이지 말고 토해 내면 오죽 좋으련만 이 더러운 계집이 제 발을 붙잡고 비는 것이 불쾌했다.

"네 이년! 살려 줄 테니 말하라지 않아!"

"마마는, 마마는 아무 죄가 없으십니다. 마마께서는 나쁜 짓을 할 분이 아니십니다. 살려 주십시오!"

"뭐라? 허면 너에게 이 서찰을 누가 주었단 말이냐?"

"모릅니다. 모릅니다. 아! 주웠습니다. 주웠습니다! 흐엉. 모르겠습니다. 모릅니다. 저는!"

"뭐? 이런 고얀! 어느 안전이라고 거짓을 고하느냐! 네가 정녕 매를 맞아 봐야 정신을……!"

"그만!"

"예?"

호통 소리에 놀라 모두의 시선이 황제에게로 모아졌다.

"어디서 모자란 계집을 데려와 심문이랍시고 억지를 부리는가!"

"예. 예? 폐하, 이 아이는 마마의 측근인……."

"누가 몰라서 하는 소리냐! 그대보다 내가 더 저 아이를 자주 보았다. 황후가 밀지를 맡길 정도로 영특한 아이가 아니라는 것도 잘 알지!"

"마, 맞습니다. 저는 좀 모자랍니다. 어릴 때부터 멍청하단 얘기를 수도 없이 듣고 자랐습니다. 저는 아무것도 모릅니다. 살려 주십시오. 살려 주십시오!"

"허, 허허!"

녹상서사가 허탈하게 웃었다. 황상이 억지를 부리고 있었지만 지금 조급한 것은 황상이지 자신이 아니었다. 한발 물러난 녹상서 사가 조심스럽게 아뢰었다.

"폐하. 밤이 깊었사오니, 오늘은 여기까지 하는 것이 어떻겠사 옵니까?"

강위는 아무 대답도 하지 않고 싸늘하게 일어섰다. 헌데 먼저 자리를 뜨려는 와중에 대사농 서대호가 육중한 몸집을 좌우로 흔 들며 급히 들어섰다.

"이 사람아! 이제야 오면 어찌 하는가!"

해일주가 호통을 쳤으나 대사농은 들은 척도 않고 황상을 향해 침통하게 외쳤다.

"폐하! 소신이 방금 연월장에서 새로운 사실을 알게 되어 황상 께 이 사실을 고하기 위해 황급히 달려왔나이다."

"무슨 일인가?"

강위는 자리에 다시 앉을 생각을 않고 태연하게 물었다. 지금 보다 더 최악의 상황이 생길 리가 없었기 때문이다.

그러나 잠시 후 대사농이 풀어놓는 이야기에 모두가 경악하는 것은 물론, 강위 역시 의자에 털썩 주저앉고 말았다.

'당했다!'

대사농의 이야기는 강위가 잘 알고 있는 사실이었기에 놀랍지 않았다. 연월부인이 스스로 계모임을 밝힐 리가 없다 여기고 있었 는데, 역으로 당하고 만 것이다. 이렇게 많은 사람들 앞에서 이를 밝힌 것은 난비를 효씨 가문에서 내쫓고 연좌제를 피해 보려는 심산이었다. 금비를 황후로 만들려면 효난비가 죄인이 되어선 안 되는 일.

"이보시오, 대사농. 정말 부부인께서 그리 말했단 말이오? 황후마마께서 부부인의 친딸이 아니라고?"

승상 해일주가 믿기지 않는다는 투로 물었다.

"예. 이는 마마도 모르고 있는 일이라 합니다만, 동강 사람들이 알고 있을 거라니 한번 알아보는 것도 나쁘지 않을 듯합니다."

"그럼 이제 와서 이런 사실을 폭로하는 것은 무슨 의도란 말이오?"

"부부인께서 이 사실을 폐하께 알려 드리라 한 연유는 그동안 황후마마의 여러 만행들을 묵과해 왔으나 이번 일로 가문이 피해를 입는 것만큼은 있어선 안 된다고 여겼기 때문이라 하였습니다."

두 사람의 대화를 듣고 있던 강위가 눈을 치켜뜨며 끼어들었다.

"그동안의 만행?"

"예, 폐하. 은호와 짜고 본래 황후가 되었어야 할 금비 대신 스스로 황후에 올랐으며 감히 선황 폐하의 교지를 위조하여 조정을 능멸한 죄라 하옵니다."

"뭐라? 이 무슨 망말이란 말인가! 감히 어디서 그런 헛소리를 지껄이는 게냐! 당장 연월부인을 내 앞에 끌고 오지 못할까!"

강위는 숨이 넘어갈 듯 핏대를 세우며 분노했다.

"폐하, 고정하시옵소서!"

"고정하시옵소서, 폐하!"

"한 번만 더 그딴 소리를 내뱉는다면 극형을 각오하라!"

강위는 씩씩거리며 그곳을 떠났다. 황제가 이렇게 화를 내는 것을 한 번도 본 적이 없는 대신들이었지만 두려워하지 않았다. 황제께서 이렇게 분노하시는 것은 이 상황을 타개할 방책이 없다는 뜻이니 말이다.

사약을 앞에 두고 난비는 잠시 회상에 빠져들었다. 그녀가 그약을 마시길 기다리는 이들에게는 짧은 순간이지만, 그녀의 머릿속에는 고단했던 지난 일들이 하나씩 떠올랐다. 차라리 참수를 시켜 달라 울부짖고 싶었다. 탕약을 못 먹는 줄 알면서 굳이 사약을 내리실 게 뭐람. 목젖이 타들어 가던 극독의 기억이 뇌리에 선명한데. 신경이 가닥가닥 끊어지는 것만 같던 그날을 아직도 잊지 못했는데. 황제가 내린 사약을 앞에 두고 변명 한 번 해 보지 못하는 게 누구 때문인데. 이제 이 약사발로부터 자신이 벗어날 길은 없어 보였다.

이 순간 가장 원망스러운 것은 새어머니도, 금비도, 저를 혼자 둔 아버지도 아니었다.

'폐하. 어쩌자고 제게 정을 알게 하셨습니까? 왜 이런 미련이 남게 하셨습니까?'

죽고 싶지 않았다. 살아서 그의 품에 안기고 싶었다. 그를 어루

만지고 상처를 보듬어 주며 사랑받고 싶었다.

'살고 싶습니다! 살고 싶습니다. 폐하. 차라리 모르고 가게 하시지 그러셨습니까!'

죽은 황후들이 이런 기분이었을 것이다. 결국 저도 황후감이 아니었다. 세 황후는 어머니가 죽게 하더니, 저는 황제의 손에 죽게 되었다.

가슴속에 슬픈 안개가 피어올랐다.

'제게 너무 성급하게 정을 주셨습니다. 하지만 폐하. 저는 폐하께서 선택하신 황후이옵니다. 제게 노여워하지 마십시오. 아십니까, 폐하? 저의 죽음도, 세 명의 황후들의 죽음도 모두 다 폐하 탓입니다. 폐하께서 약한 탓입니다. 그러니 제가 죽거든 더 강해지셔야 합니다. 그걸 믿고 저는 죽어 드릴 것입니다. 황제의 책임을 내려놓으시려던 벌입니다. 모두가 폐하의 잘못입니다.'

깊이를 알 수 없는 붉은 호수만큼 제 앞날도 먹먹했다.

'하늘이시여. 제가 가진 것을 다 빼앗고자 생을 주셨나이까.'

그녀는 약사발을 앞에 두고 모질게 제 손가락을 깨물었다. 손톱 사이로 이를 넣어 깨물자 피가 넘치듯이 흘렀다.

"마마!"

제 하얀 모시옷에 글귀를 적어 갔다.

[스승님을 살리고자 한 죄, 도적을 감싼 죄가 가볍지 않으니, 죽음으로 그 죄를 씻겠나이다.]

그때였다. 교지를 가지고 온 무관이 문득 제 앞에 낯익은 소금을 내밀었다. 폐하께서 하사하셨던 금테를 두른 그 황죽 소금이었다.

'죽기 전에 원 없이 불어 보라 주셨는가. 한때의 정을 이렇게 돌려주시는구나.'

그러나 소금을 받으려던 난비는 갑자기 무관의 얼굴이 황상으로 바뀌는 것을 보고 심장이 덜컥 내려앉았다.

황제께서 제가 죽는 모습을 그리 지켜보고 싶었던가, 그를 원망스럽게 바라보다 고개를 떨구었다.

"불어 보거라."

"⋯⋯?"

"지금 네 심정이 어떤지 불어 보란 말이다. 말도 못 하고 글도 쓸 줄 모르니 네가 잘하는 그 음악으로 말해 보거라. 내가 너를 살려야 할지, 죽여야 할지 그 음을 듣고 판단할 터!"

또 이러신다. 살고 싶은 마음을 이리 갖고 노신다. 난비는 살기를 포기하고 피리를 주저 없이 양손으로 받았다.

죽음을 목전에 둔 그녀의 피리 소리는 밝고 영화로웠다.

황후로서 죽는 날이다. 난비는 죽음을 비참하게 만들고 싶지 않았다. 피리에서 모란꽃이 피고, 피리 향기에 취한 사람들은 그녀가 피리를 부는 이유를 잊었다. 피리에는 억울함도, 구슬픔도, 서러움도, 미움도, 단 한 자락의 부정한 마음도 없었다. 그러나 사람들은 울어야 했다.

"됐다. 그만하면 됐어."

'폐하. 무엇이 되었단 말씀이십니까?'

난비는 침상이 축축해질 만큼 땀을 흘리며 잠에서 깨어났다.

긴 꿈에서 깨어났지만 쉬이 눈이 떠지지 않았다. 햇살이 그녀의 눈을 따갑게 찔러 왔기 때문이었다. 벌써 며칠째인가. 날이 밝고, 또 날이 밝았다. 난비는 황후전에서 꼼짝도 하지 않았다. 이미 목이 쉴 정도로 울었고, 이제는 세상에 대한 원망을 되씹고 있었다. 저를 향한 수많은 모함과 폐비를 주청하는 상소들이 황제의 앞에 올라가고 있었지만 그녀는 침묵했다.

모함들은 구체적이었다. 본래 난비황후께서는 황후가 될 자질이 부족하고 교활하고 덕이 없는 성품이니 폐하는 것이 마땅하다. 오랫동안 부부인 모녀를 핍박하고 연월장의 주인 행세를 해 온 것으로도 모자라 교활한 계책으로 황후의 자리에 올랐으니 크게 벌하라는 상소도 있었다. 말을 못 하는 것이지 귀가 먹은 것은 아닌지라, 저를 두고 하는 소리를 왜 모를까.

얼토당토않은 말들에 한 번쯤 파르르 떨 만한데도 난비는 그러지 않았다. 은호의 서찰에 대해 직접 해명을 하라는 대신들의 청도 모두 물리고 제 방에만 틀어박혀 지난날의 아픔들을 꺼내 상처를 후벼 파고 있을 뿐이었다. 지금 난비는 스승님의 죽음을 슬퍼할 겨를도 없었다. 며칠 동안 받은 충격과 절망이 너무나 커서 오로지 복수하고 싶은 마음만 끓어올랐다.

그러다 그녀는 마침내 큰 결심을 했다. 공 상궁이 가져온 음식들을 모두 치워 버리고 그 자리에 서둘러 지필묵을 깔았다.

"마마!"

'나가라!'

"마마, 이러다 정말 큰일 나시옵니다."

'나가라 했다!'

이제 공 상궁은 제 힘으로 황후를 모실 자신이 없었다. 결국 그녀는 며칠 동안 발걸음을 끊으신 황제를 직접 찾아뵙기로 마음먹고 방을 나갔다.

그녀가 나가자마자 난비는 붓을 들고 정신없이 무언가를 쓰기 시작했다. 하지만 마음에 들지 않아 얼른 구겨 버리고 다시, 또다시, 수도 없이 새 종이 위에 글을 써 내려갔다.

얼마쯤 지났을까 퀭한 눈으로 글을 써 가던 난비는 누군가가 손목을 잡는 것에 화들짝 놀라 고개를 들었다.

'폐하!'

난비의 방과 입고 있는 옷은 종이와 먹물로 엉망이었다. 오죽 정신을 빼놓았으면 황제가 들어오는 것도 모르고 있었을까. 강위는 그녀의 몰골을 보며 울컥 치밀어 오르는 안쓰러움과 답답함을 긴 한숨으로 다스리고 힘들게 입을 뗐다.

"폐비가 될 생각이더냐?"

난비는 눈을 꼭 감고 고개를 떨어트렸다.

"아니지. 원래 죽는 것을 우습게 여기는 이였지. 폐비로 치욕스럽게 사느니 죽을 맘을 품었겠군."

황제는 숨도 쉬지 않고 단숨에 이와 같이 말하며 그녀를 나무랐다. 정곡을 찔린 난비의 가슴이 철렁 내려앉았다.

"그래. 좋은 생각이다. 어떤 감동적인 글로 나를 위로하고 죽을지, 기대되는구나."

강위는 신경질적으로 탁자 위에 글을 집어 들어 난비의 가슴에 거칠게 안겨 주었다.

"어디 구구절절 애절하게 써 보거라. 계모의 만행도 하나 빠짐없이 기록하고, 왜 죽을 수밖에 없었는지, 참담한 심정을 남겨 보라!"

황제가 불같이 화를 내는데도 난비는 꿈쩍도 하지 않았다. 어쨌든 그가 자신을 속였다. 어머니, 아니 연월부인이 계모임을 알았다면, 그들이 그동안 황후의 자리를 위해 저를 위험에 빠뜨려 왔음을 알았다면, 그들의 술수에 걸려들어 멍청하게 서찰을 쓰는 짓 따위는 하지 않았을 것이다. 아니! 스승님의 안위가 걱정되는 마음에 무슨 짓이든 했을 테지만 그것이 서찰은 아니었을 것이다.

분명 황상께 의논했을 것이다. 그가 모든 것을 털어놓았다면 서로간의 더 이상 무슨 비밀을 남겨 두었겠나? 자신에게 황상은 그저 황상일 뿐이었다. 그런 분께 어찌 스승이 도적임을 밝히고 구해 달라 말할 수가 있었겠는가! 당사자인 자신에게 진작 모든 사실을 알려 줬다면 일이 이렇게 되진 않았을 것만 같다.

'그래. 그랬다면 스승님이 사셨을지도 몰라. 그럴지도 몰라⋯⋯.'

스승의 죽음이 저 때문인 것만 같다. 자신의 실수가 죽고 싶을 만큼 부끄럽고 화가 났다.

난비의 맘에 이런 폭풍우가 휘몰아치는 줄도 모르고 강위는 더욱 화를 냈다.

"네가 죽고 없는 세상에서 그깟 글이 무슨 힘이 있을 것 같으냐? 과연 그것이 알려지기나 할 것 같으냐!"

'허면, 이제 와 제가 어찌해야 합니까? 알려 주십시오. 무엇을 하면 됩니까?'

"……."

난비가 전에 없이 강한 눈빛으로 다그쳐 오자 강위는 일순 말문이 막혀 버렸다.

'저를 속이셨습니다. 저를 위한다는 명목으로 저를 더 힘들게 만드셨습니다. 예, 압니다. 저 또한 그랬습니다. 저 또한 폐하를 속였습니다. 말해야 했지요. 그랬어야 했습니다. 하지만 아닙니까? 폐하는…… 폐하는 제 지아비시기보다 구하국의 황상이십니다. 제게는 아직 두려운 분이시란 말입니다!'

말을 못 하는 난비는 눈물만 주룩주룩 흘리며 소리 없이 외쳤고, 강위는 그녀의 소리가 귓가를 쟁쟁하게 울리는 것만 같았지만 안아 주지 않았다.

"나는 분명, 네게 살아 있으라 명했다. 나보다 먼저 죽지 말라 했거늘, 황제의 명이 우스웠구나. 네가 죽으면 내 맘에 오래오래 남을 줄 알았던 모양이다!"

난비는 입술을 깨물고 눈물을 참고 있었다. 황상께서 모진 말씀을 하시는 게 서운해서가 아니었다. 그가 이렇게까지 화내는 이유를 알기에 그 뜻을 받들 수 없음이 슬퍼서였다. 저라고 왜 그의 진심을 모를까. 알면서도, 저 역시 그를 연모하면서도 잔인한 결심을 했기에, 마음이 찢어질 듯 아팠다.

'차라리 폐하께서 그냥 황상이셨으면 좋겠습니다. 제가 연모하는 이가 아닌 두려운 황제시라면 좋겠습니다. 예, 폐하의 생각대로입니다. 저도 죽은 황후들처럼 폐하의 황후가 되고 싶어서, 폐하의 기억 속에 폐비가 아닌 황후로 남고 싶은 욕심이 있어서입니다. 그래서 폐하께서 가실 길을 열어 드리고 싶었습니다. 폐하께서 그토록 증오하시는 연월장과 더 이상 얽히는 일이 없도록 말입니다……'

난비의 아픈 마음이, 못났으나 귀한 마음이 강위에게도 전해졌다. 하지만 그는 짧은 한마디를 남기며 탄식했다.

"너는 나를 조금도 생각하지 않았구나……!"

자신이 어떤 심정으로 이곳에 왔는가! 난비에게 믿음을 주지 못한 것이, 저를 이렇게 비참하게 만드는 난비가, 지금은 너무 화가 나서 그녀를 위로해 줄 수가 없었다.

대나례가 있던 날도 그녀는 아팠을 것이다. 불안하고 두려운 마음으로 저를 보며 억지로 웃었을 것이다. 그런 줄도 모르고 함께 행복하다고 믿었던 자신의 안일한 생각이 미치도록 부끄럽고 분했다. 그래서 그녀를 붙잡고 두서없이 감정을 쏟아 냈건만, 조금도 풀리지가 않는다.

"말을 못 해도 바보는 아닌 줄 안다. 죽을 마음을 먹었다 하더라도 내 앞에선 아니라고 거짓이라도 고해야 하는 게 아니냐! 나는 그리했다. 너를 위해 너를 속인 것이다! 그 결과가…… 이렇게 되었더라도 말이다……."

제 실수가 못내 후회스러웠던 강위는 쓸쓸하게 돌아서서 나가 버렸다.

그가 나가고 나자 난비는 바닥에 털썩 주저앉아 제가 쓴 종이들을 껴안고 꺽꺽대며 울기 시작했다.

'저라고 왜 살고 싶지 않겠습니까……. 저라고 왜 말하고 싶지 않았겠습니까.'

밤늦도록 황후의 통곡 소리는 멎지 않았다. 그녀의 울음이 가슴 아팠던 나인들은 황후전을 밝혀 주는 등불을 모두 꺼 버리고 함께 울먹거렸다. 지나다니는 내관들이며 번을 서는 보초병들 또한 코끝이 아려 왔다. 황후전에서 들렸단 달콤한 소금 소리가 벌써부터 그리워지는 밤이었다.

또 하루가 더 지났다. 하루하루 당사자인 황후보다 지켜보는 아랫것들이 더 초조해했다. 며칠째 식음을 전폐하신 황후는 살짝 건드리기만 해도 넘어갈 듯 위태롭게 말라 가고 있었다. 보다 못한 공 상궁이 진심 어린 말로 어르기 시작했다.

"수많은 황궁의 여인들이 황제의 눈 밖에 나지 않으려고 목숨을 걸고 모략을 일삼지 않았습니까. 그것은 권력의 욕망이 아니라, 살고자 하는 데서 비롯된 것입니다. 폐하께 찾아가 모든 것이 연월장의 계책이라 고하시고 서찰은 모르는 일이라 하시옵소서. 이제 방법은 그것밖에 없나이다. 아랑은…… 하아……. 아랑이나 저나 이미 목숨을 마마께 내놓은 자들입니다. 그것이 궁에 들어온 이들의 숙명이 아니옵니까."

"……."

난비는 공 상궁의 조언을 듣고도 움직이지 않았다.

"마마, 우선은 용서를 빌어 폐하의 심기를 풀어 드리셔야 하옵니다."

답답했던 공 상궁이 재촉하여 부르자 난비가 작은 한숨을 쉬었다.

'용서를 빈다고 될 일이 아니다…….'

"폐하께서는 마마를 돕고자 하십니다. 분명 그런 마음 때문에 더욱 화가 나셨을 것입니다."

공 상궁의 말대로 먼저 가서 사죄를 올리지 않으면 또 다른 죄를 짓는 것이 아닐까. 제가 상처받지 않게 하기 위해 저를 속이신 것과 제가 폐하를 속인 것은 달랐다. 서로가 서로에게 배신감을 느끼는 것은 다를 바가 없지만, 제 잘못이 더 크긴 했다. 국법을 지키며 모범이 되어야 할 황후가 도적들을 보호하려 한 것은 분명 큰 죄니 말이다. 비록 그 도적들이 의적이라 해도…….

생각을 정리한 난비가 일어서자, 공 상궁이 서둘러 의관을 올렸다.

황후 일행이 정궁에 계신 황제를 알현하고자 청했더니, 내관들이 난색을 표했다. 정궁에 이미 손님이 들었으니 기다리시란 대답을 들은 공 상궁이 당황해했다.

"황후마마이시네. 손님이 뉘신진 모르나, 폐하께 아뢰어는 주게."

"그것이, 폐하께서 아무도, 그 누구도 들이지 말라 하셨나이다."

"황후마마가 어찌 그 누구에 들어간단 말인가!"

"허나, 절대 아무도 들이지 말라 하셨습니다."

"누가 들어가겠다 했는가? 오셨다 고해만 달라질 않는가!"

'이러지 말게.'

공 상궁이 목소리를 높이려 하자 난비가 그녀의 옷깃을 잡고 만류했다.

"마마, 이런 일에 물러서시면 아니 되십니다."

단호한 공 상궁이 내관들을 노려보자, 한 명이 마지못한 표정으로 고하러 갔다. 잠시 후 달려 나온 내관이 안으로 드시라 하자, 공 상궁이 턱을 치켜 올리고 차가운 눈으로 그들을 쏘아보았다.

"드시옵소서, 마마."

제 체면을 차려 주느라 꼬장꼬장하게 굴어 준 공 상궁이 고마워 난비는 부드러운 미소를 보여 주고 안으로 들어갔다. 문 앞에서 기다리던 사모달이 그녀의 방문을 알리자 좌우로 문이 활짝 열렸다. 그런데 방 안의 풍경을 보는 순간 난비는 뒤로 주춤 물러나고 말았다. 방 안에는 한껏 아름다움을 뽐낸 금비가 황제와 마주 앉아 있었기 때문이다.

황제는 여기까지 찾아온 난비를 그다지 반기는 표정이 아니었다.

"중요한 일이 아니면 나중에 오는 것이 어떻겠나?"

"……!"

무안했던 난비가 황급히 허리를 숙이고 나가려 하자, 금비가 싸늘한 목소리로 그녀를 잡아 세웠다.

"폐하, 마마께서도 들으셔야 하는 게 아니옵니까? 폐비가 되느냐, 후궁이 되느냐, 마마께서 결정하시는 편이 더 좋을 듯하온데……."

'후……궁?'

"왜요? 놀라셨습니까? 자결이라도 해야 하는 마당에 후궁이라니, 한결 마음이 놓이십니까?"

"그만."

"왜 말하지 말라 하십니까? 후궁이 될지도 모른다 알려 드려야 살아갈 희망을 품으시지 않겠습니까?"

"그 입 계속 놀릴 셈이냐?"

강위가 낮은 목소리로 위협하자 그제야 금비는 입을 닫았다. 하지만 황제를 두려워하는 기색은 없었다.

난비는 그녀가 어딘가 변했음을 알았다. 얄미웠던 동생이 악랄한 정적이 된 것이다.

"제 얘기는 다 끝났사오니 이만 물러가겠나이다. 마마께서 힘든 걸음을 하신 듯한데, 자리를 비켜 드리는 것이 도리가 아니겠습니까."

난비는 제 곁을 스쳐 지나가는 금비를 쳐다보지 않았다. 이는 금비 역시 마찬가지였다. 하지만 눈을 한 번 깜빡인 난비는 팔만을 뻗어 이미 지나간 금비의 손목을 잡았다.

우뚝 멈춰 선 금비가 말없이 난비 쪽으로 몸을 돌렸지만 그녀는 고개를 돌리지 않았다.

'내게 찾아왔던 날. 그날 너는 진심으로 성검을 걱정하는 것 같았다. 나는 아직도 그게 이해되지 않아…….'

금비는 아플 정도로 힘이 느껴지는 손목을 힐끗 보다가 무미건조한 목소리로 말했다.

"마마 덕분에 그 도적놈을 사로잡았는데, 저희 연월장이 그만 실수하여 그놈이 도주하였지 뭡니까? 광성검이라 했던가요, 그놈 이름이?"

"……!"

성검이 도주했다는 말에 붙잡은 손에서 힘이 빠졌다.

"그놈 덕분에 도적을 소탕하는 데 힘을 보탠 우리 연월장의 호위무사들이 여럿 다치고 죽었습니다. 부디 폐하께서 그 악랄한 죄인을 붙잡는 데 힘을 보태 주시기를 기대하겠나이다."

금비는 힘이 빠진 난비의 손아귀를 뿌리치고 찬바람을 일으키며 밖으로 나갔다.

그동안 멍하니 서 있던 난비는 설명해 달라는 눈빛으로 바라보았다.

'힘을…… 보태다니요?'

"다시 나갈 것이 아니면 들어오너라."

아직도 문 밖에 서 있던 난비가 한 걸음 들어서자 조용히 문이 닫혔다.

'무엇을 해 주기로 하셨습니까? 무슨 약조를 하셨나이까?'

"뭘 잘했다고 그런 눈으로 황제를 노려보느냐?"

야단하는 목소리치고는 너무나 기운이 없었고 조심스러웠다. 오히려 야단맞는 난비가 그를 질책하고 있었다.

'후궁? 제가 후궁으로 궁에 남기 위해 무엇을 해 주시겠다 하셨습니까?'

"그리 보지 마라. 아직 결정 난 것은 아무것도 없다."

'설마 성검을 잡아 오라 합니까? 남은 도적들…… 아니, 폐하의 불쌍한 백성들을 다 죽이라 하였습니까?'

"도적을 잡는 일에 황군을 요청했다. 성검은 도적의 수장이었던 은호의 오른팔이니 후환을 없애려면 그를 잡아야 한다, 틀린 말은 아니지."

161

'그것이 제가 후궁으로 궁에 남는 방법인 것입니까?'

"어차피 은호와 성검은 도적이다. 진작 알았다면 내가 어떤 식으로든 그들의 죄를 덮어 줄 수 있었지만 이제는 도리가 없다. 그렇다면 너라도 곁에 두고 싶은 것이 내 솔직한 심정이다."

'스승님과 성검은 사람을 해친 흉악한 산적 따위가 아닙니다. 폐하와 대신들이 아무것도 못 할 때 그들이 나서서 양민들을 구제해 왔습니다!'

"네 생각은 어떠하냐? 다 잊고 나와 함께하는 것이 어떠하냐?"

'그들이 죄인이면, 저 또한 죄인입니다.'

황제에게서 등을 돌린 난비는 눈물을 흘리며 밖으로 뛰쳐나갔다. 냉정한 황상도 미웠고, 일을 이렇게 만든 자신이 너무 한심했다. 연월장의 요구를 들어줄 수도, 그러지 않을 수도 없는 이 상황에서 할 수만 있다면 도망치고 싶은 마음뿐이었다.

한편, 황궁 밖으로 나온 금비는 황제 앞에서 품었던 독기는 어쩌고 터덜터덜 혼이 나간 사람처럼 걷고 있었다. 황제는 아마 후궁으로 난비를 두고자 할 것이다. 그러면 저는 평생 두 사람을 감시하고 질투하며 위태롭게 살아가게 될 것이다. 그리고 죄인을 벌하지 못한 황제는 앞으로도 연월장과 대신들의 꼭두각시가 될 테니, 저는 최고의 권력을 지닐 수 있을 것이다.

그런데 기쁘지가 않다. 난비가 모든 것을 빼앗아 갔다 여겼는데 그 반대였다. 악착같이 제 것을 찾으려고 발버둥 쳤거늘, 주제도 모르고 하늘 위로 오르겠다 설쳐 댄 꼴이었다. 왜 모두들 그렇게까지 해서 난비를 지키려고 하는 걸까? 모두가 목숨을 걸고 난비를 구하려 들었다. 그것이 천한 신분의 저와 명가의 후손인 난비의 차이였던 것일까?

성검도 그랬다. 기껏 살려 주려 했더니 굳이 난비를 위해서 서찰을 찾으러 가지 않았나. 성검이 어머니의 방에 가지 않았다면 그딴 말을 듣지 않았을 것이다. 몰랐으면 좋았을 이야기들. 그리고 그 치부를 성검에게 들킨 것이 죽고 싶을 만큼 자존심이 상했다.

'사람 같지 않아? 추잡스러워? 오냐. 그 사람 같지 않고 추잡스러운 것들에게 당해 보거라. 네놈이 언제까지 그리 당당할 수 있을지 지켜보마!'

성검에게 끌려갔던 날, 무사들이 산 밑에 버려진 저를 찾았을 때 이미 그런 각오를 다지고 있었다.

"금비야, 많이 놀랬느냐?"

"……."

금비는 무사들을 따라 헐레벌떡 찾아온 연월부인과 고진을 매서운 눈으로 노려보았다.

"금비야……."

짝.

고진이 제 이름을 부르자 그녀는 그의 뺨을 매섭게 올려 붙였다.

"감히 누구의 이름을 함부로 부르느냐!"

163

"……죄, 죄송합니다. 아씨……."

생각보다 더욱 모질고 강경한 금비의 태도가 고진은 서운하고 무안했으나 부인은 오히려 매우 흡족해했다.

"그래. 그리 살면 되는 것이다. 네 아비는 효문재다. 그 성검이란 자만 입을 다물면 아무도 모를 일이니 더욱 단단히 마음먹도록 해라."

"왜 성검뿐이겠습니까? 매파를 놓쳤다 하지 않았나요? 고진! 넌 내가 네 딸로 살아가길 바라는 모양이다. 그깟 노인네 하나를 처리 못 하고 어딜 뻔뻔스럽게 돌아와!"

"소, 송구하옵니다. 아씨."

"그 두 사람이 살아 있는 한 너 또한 이곳에 돌아올 생각을 말아야 할 것이다!"

금비의 이러한 태도는 고진뿐만 아니라 연월부인도 놀랄 정도였다. 부인은 자신의 딸을 달래지도 못하고 그녀에게 휘둘려 고진을 다시 성검을 쫓도록 보내야만 했다.

그리고 그 뒤로 아직도 연락이 없는 걸 보면 성검에게 죽었거나 그를 아직 찾지 못했다는 것이었다.

'고진이 안 온다는 건 성검이 무사하다는 거야…….'

어쨌든 피를 나눈 혈육이며 어릴 때부터 저를 지켜 준 고진인데, 그의 안위보다 성검이 살아 있다는 것이 더 안도가 되니 이를 어쩌면 좋단 말인가.

'잠깐, 둘 다 죽은 거면 어떡하지? 그래. 그래서 못 올 수도 있잖아! 내가 지금 무슨 생각을……. 금비야, 이러지 마. 그놈은 널 죽일 수도 있는 놈이야. 네가 걱정해 줄 놈이 아니야…….'

죽이겠다고, 꼭 제 앞에서 굴종시켜 보겠다고 다짐했던 것이 엊그제거늘, 좀처럼 갈팡질팡 마음을 잡지 못하니 자신의 나약함이 답답하기만 했다.

❀

다음 날. 칼바람이 부는 시린 날. 난비는 가슴을 치고 울다 혼절하고 말았다. 하지만 그녀가 그러거나 말거나 도적들의 형은 예정대로 집행되었다.

몇 년 만이었다. 도성에 까마귀가 들끓는 흉한 풍경을 보게 된 것이…….

붙잡힌 도적들은 이미 고신으로 망신창이가 되었으니 목이 잘리는 순간 차라리 행복했을 지도 몰랐다. 그냥 참수되어 야산에 버려지는 것이 보통이거늘, 이번 도적들은 태상경 은호와 결탁하여 혹세무민하였다며 성문에 효수되는 극형에 처해졌다. 물론 이는 시신이 된 은호도 마찬가지였다. 하지만 은호를 비롯한 도적들의 표정은 믿기지 않을 만큼 평온하고 미련이 없어 보였다. 은호를 보기 위해 몰려든 백성들은 가끔 저희를 돌봐주곤 했던 은호가 도적, 아니 의적임을 알게 되자 남몰래 그의 가는 길을 애도했다.

해가 기울고 검푸른 하늘 위에 실오라기 같은 초승달이 내비치더니, 황후전 용마루 끝에 위태로운 모양으로 걸렸다.

불을 밝힌 방 안에선 강위가 암울한 표정으로 창밖의 초승달을 바라보고 있었다. 어둠에 파 먹힌 만월은 다시 채울 수 있지만 은호를 잃은 상실감은 그럴 수 없었다. 침상에서 잠들었던 난비가 부스럭거리며 일어나는 인기척이 느껴져 고개를 돌렸다.

눈을 뜬 난비는 붉은 빛이 은은한 등잔불에 밤이라는 것은 알았으나, 안에 누가 있으리라곤 생각 못 하고 있었다. 그러다 창가에 서 있는 그와 눈이 마주쳤다.

황상의 얼굴을 뵙는 순간 울컥 슬픔과 분노가 치밀어 올랐다. 입술을 꽉 깨물며 참아 보려 했지만, 눈물이 자꾸만 차올라 넘치고 말았다.

"편히, 고통 없이 갔으리라 믿자……."

황제의 위로는 난비를 더욱 복받치게 만들었다. 금비 말에 휘둘리지 않았다면, 황제가 제 맘을 아프게 하지 않았다면, 난비는 꽉 쥔 주먹으로 가슴을 꾹꾹 눌러 대며 절절하게 울었다.

"으으윽…… 흐으윽."

강위는 침상에 걸터앉아 웅크린 난비의 등을 어루만져 주었다. 자신이라고 안타깝지 않을 리 없었다. 무슨 말로 그녀의 슬픔과 억울함을 달래 줄 수 있단 말인가.

더군다나 이것이 끝이 아니었다. 이제 내일부터는 본격적으로 황후에게 쏟아질 비난, 모함과 싸워야 했다. 또다시 무거운 시련을 안겨 주어야 한다니, 강위는 마음이 만 갈래로 찢어지는 듯 아팠다.

"흐윽……."

그가 말없이 곁을 지켜 주었기 때문일까. 난비의 흐느낌이 조금 잦아들었다. 헝클어진 머리카락과 눈물로 얼룩진 뺨은 그간의 마음고생이 어땠을지 짐작 갈 만큼 처연해 보였다. 난비는 아직도 눈에 가득 담은 눈물을 주르륵 떨어트렸다.

강위는 천천히 손을 뻗어 난비의 눈 위에 손바닥으로 그늘을 만들었다.

"오늘 밤엔 초승달이 걸렸다."

"……?"

"달이 다시 차오르고 있다는 뜻이다."

난비는 그의 갑작스런 행동에 어리둥절해서 어둠 속에서 눈을 깜빡이며 귀를 기울였다.

"본디 삭은 보름을 품고 있어 잠시 숨은 것일 뿐, 으스러지는 법이 없지 않느냐."

강위는 차마 난비의 눈을 보고는 이런 당부를 할 수가 없었다. 그 역시 조금 전까지 달이 차오름을 부러워하고 있었으니 말이다. 죽은 사람을 무엇으로 다시 살릴 수 있단 말인가. 하지만 지금 그녀에게 마땅히 해 줄 위로가 없었다.

황제가 간신히 말을 끝내고 손을 내렸다. 그러자 난비의 뺨에 다시 눈물 줄기가 흘렀다.

"그대는 난새라지? 천자가 아니면 누가 그대를 안을 수 있겠으며, 누가 그대에게서 둥지를 뺏을 수 있단 말이냐?"

이번엔 난비가 눈을 감고 그를 보려 하지 않았다. 그러자 강위는 차가워진 난비의 손을 잡고 지난번 무심코 가지고 나왔던 모란 소금을 쥐여 주었다.

난비가 그것을 움켜쥐자 익숙한 대나무 마디가 손바닥에 파고 드는 것을 느끼고 눈을 떴다.

"이걸 잃어버린 줄도 모르고 있었던 모양이구나."

난비는 새삼스럽게 소금을 바라보며 그것을 쓰다듬었다.

"실수는 이제 그만하자. 너도, 나도."

난비가 고개를 들었다.

'어찌해야 실수하지 않을 수 있습니까? 제가 폐비가 되는 것, 후궁이 되는 것, 혹은 자결로 명예를 찾는 것. 어떤 것이 옳은 일인지 폐하는 그 결과를 알 수 있으신지요?'

"하늘이 무심하지 않다면 다 잘될 것이다. 너는 아무 생각 말고 지금처럼 나서지도 말고 이곳에서 나를 기다리면 된다."

난비가 있을 수 없는 일이라며 그의 말에 부정을 내비치자 강위는 서둘러 일어났다.

"이만 가 보겠다. 내일 다시 오마."

이제 창밖은 꽤 어두워졌다. 꼼짝 않고 앉아 있던 난비는 황제의 발소리가 멀어지자 힘없이 들어 올린 손을 그의 옷자락을 향해뻗었다.

'가지 마십시오. 오늘은 함께 있어 주십시오.'

하지만 옷자락에 스치지도 못하고 그는 멀어지기만 했다.

'폐하, 가지 마십시오. 무섭습니다. 오늘은 혼자 있기 싫습니다. 폐하!'

오늘은, 오늘만큼은 혼자 있고 싶지 않았다. 누군가가 옆에 있어 주지 않으면 죽고 싶을 만큼 괴로울 것 같았다.

'폐하! 돌아봐 주십시오. 가지 마십시오!'

난비가 등 뒤에서 애타게 저를 부르고 있는 것도 모르고 강위는 벌써 문 앞까지 다가갔다.

"폐……으……폐, 폐……!"

"……!"

문을 열려던 강위는 제 귀를 의심하며 홱 돌아보았다. 난비는 숨이 넘어갈 듯 힘겹게 입을 열고 있었다.

"폐……하. 가……가지…… 마, 마세……요."

어눌하지만 분명 제 의지로 말을 하고 있었다. 말을 한 난비보다 목소리를 들은 강위가 더욱 놀라서 말을 잃고 가쁜 숨만 몰아쉬고 있었다.

"하아……. 하! 하아……."

"폐하……."

"하! 내가 미친 게 아니었지!"

한달음에 난비에게로 달려간 강위가 그녀를 으스러져라 껴안았다. 그 바람에 소금을 놓칠 뻔한 난비는 그것을 잃어버릴까 봐 다시금 꽉 움켜쥐었다. 그리고 소금보다 더 귀한 것. 자신의 목소리를 또 잃게 될까 봐 가느다란 목소리를, 그 단 한 마디를 계속해서 붙잡았다.

"폐하……."

"다행이다. 다행이야……."

이제 와서 말을 할 수 있다는 게 다 무슨 소용일까 싶지만 많은 것을 잃어버린 오늘 같은 날 난비가 목소리를 찾은 것은 절망 속에서 찾아낸 한 자락의 희망 같은 것이었다.

"폐하……."

"그래. 들린다. 똑똑히 잘 들려."

난비의 눈물이 강위의 어깨를 적셨다.

난비는 더 많은 말을 하고 싶었는데 울음 때문인지, 할 말이 정리가 되지 않아서인지, 아직 목소리가 어눌해서인지, 고작 그를 부르른 것밖에 할 수 없었다.

"폐하……."

그러나 얼마나 불러 보고 싶었던가. 다시 말문이 닫힐까 두려웠던 난비는 밤새 그를 부르고 또 불렀다. 그러면 강위는 지치지도 않고 그래, 그래, 라고 조용히 대답해주었다.

며칠 동안 강위의 예상대로 조정은 시끄러웠다. 애당초 은호를 벌하는 것이 목적이 아니었으니 황후를 폐하여 이 나라 국법의

존엄함을 보이고 민심을 다스려야 한다는 주장들이 팽배했다. 그러나 강위는 똑같은 말을 되풀이하며 그들의 주장을 일축하고 있었다.

"경들의 주장대로라면 황후가 은호와 오래전부터 결탁해 왔다는 것인데, 이를 뒷받침해 줄 증좌가 불충분하다. 그리 따지자면 애초에 금비가 황후에게 이 사실을 알린 것부터가 잘못되지 않았느냐? 황후에게 그 서신을 쓰도록 종용한 것이 아닌가부터 조사해야 하지 않겠느냔 말일세."

"폐하, 그럴 리가 있겠사옵니까? 금비는 단지 스승의 정체를 알고 놀란 마음에 황후께 고했을 뿐이라 하였습니다."

"허면, 황후의 서찰도 그렇지 않은가? 금비의 말을 그대로 옮겨 적은 것일 뿐, 이것만으로 황후가 도적들과 결탁했다 어찌 장담할 수 있단 말인가! 경들이야말로 무고한 황후를 음해하려 하는구나!"

"허나 마마께서 도적들을 피신시키려 한 것만은 사실이지 않사옵니까."

"그렇다 해도 금비의 말도, 황후가 은호와 결탁했다는 정황도 모두 다 증좌가 불충분하니 이번 일은 덮어야 마땅하다."

"폐하! 국본을 바로 세워야 할 때이옵니다!"

"그만! 효씨 가문의 여식을 황후로 올려야 한다며 나를 괴롭힐 때는 언제고 이제는 또 황후를 폐하라 핍박하는가! 진정 국본을 바로 세울 요량이라면 이 이상 나라를 시끄럽게 하는 일이 없어야 할 것이다!"

흥분한 황제가 자리에서 일어나 호통을 쳤다. 일순 정적이 감돌며 누가 나서서 또 반박을 해야 하나 눈치를 살피는데, 밖에서 뜻밖에도 황후의 왕림을 알렸다. 곧 난비는 여느 때보다 더 기품 있게 치장을 하고 대전으로 들어섰다.

"황후가 예까지 무슨 일인가!"

강위는 예정에 없던 그녀의 등장이 불안했다.

"폐하, 이 일은 제가 직접 나서야 할 일인 듯하여 오게 되었나이다."

난비의 맑은 목소리는 비록 빠르지도, 크지도 않았으나 모두에게 또랑또랑하게 들렸다. 황후가 다시 말을 할 수 있게 되었다는 이야기를 들었지만 실제로 들어 본 적이 없는 대신들은 새삼스러운 눈으로 그녀를 바라보았다.

"그대가 나서서 될 일이 아니다. 돌아가게."

"폐하. 대신들의 의심은 쉬이 가시지 않을 것입니다. 아랑에게 보낸 밀지가 저의 필체임이 명확하고, 그 내용 또한 국법에 어긋난 것이 사실이옵니다."

"더 이상 아무 말도 하지 말라!"

"이는 명백히 저의 죄가 맞다고 생각하옵니다."

"당장 황후를 끌어내지 않고 뭘 하느냐!"

"폐하! 폐하가 믿고 계시는 것처럼 저는 도적들과 결탁한 바가 없사옵니다. 폐하께서 믿어 주시니 그것으로 족합니다. 허나 아무리 스승님의 안위가 걱정되었다 한들 도적들의 수장을 도우려 했으니 벌을 받아 마땅합니다. 법이 만인에게 공평하지 않다면 누가 이를 믿고 따르겠나이까? 저로 인해 폐하의 권위가 떨어지는 것을 두고 볼 수 없사오니 저를 폐하여 황실의 위엄을 바로 세우소서."

황후가 눈물로 호소하며 변명이나 해 댈 줄 알았던 대신들은 이 상황이 믿기지가 않아 서로를 마주 보며 술렁였다.

"황후를…… 끌어내라."

황제의 꽉 움켜쥔 주먹을 보는 순간 사모달이 서둘러 황후를 밖으로 모셨다.

대충 조회를 끝낸 강위는 잔뜩 화난 걸음으로 황후전을 향했다.

"말을 하게 되더니 더 사고를 치는구나!"

"이걸 외웠습니다."

난비는 대전에서 낭랑하게 말했던 내용을 보여 주었다.

"왜 이렇게까지 하는 것이냐!"

"제가 다시 목소리를 찾은 것이 꼭 스승님의 마지막 선물인 것만 같습니다. 스승님께서 살아 계시다면 절 대신해서 저리 말하셨을 것입니다."

"누가 그리 말했든 내 뜻은 변하지 않을 것이다!"

"연월장이 원하는 것은 저의 폐비가 아니라 황권을 좌지우지하는 것입니다. 저를 감싸실수록 폐하의 권위가 떨어지고, 명분을 쥐는 것은 그들이 될 것을 모르십니까?"

"안다. 하지만 나는 너를 지키는 것이 내게 더 중요하고 힘이 되는 일이라 생각한다."

"그것은 폐하의 이기적이고 안일한 생각일 뿐입니다. 넓고 크게 보시옵소서."

"이런! 차라리 말을 못 할 때가 훨씬 낫구나!"

강위는 진심으로 난비의 입을 봉해 버리고 싶었다. 말을 다시 시작한 지 얼마나 됐다고 청산유수인지 당해 낼 길이 없었다.

"폐하께서 연월장을 벌하실 것 아닙니까? 곧 그들의 죄상을 밝혀 주실 게 아닙니까?"

"!"

"새로 시작하고 싶습니다. 폐하께서 저를 다시 불러 주실 때 저는 제게 씌워진 허물들을 모두 벗고 당당한 모습으로 돌아오고 싶습니다."

"황후로 복권이 된다 해도 그동안 서로의 마음이 변하면 어쩔 것이냐? 다시 만났을 때 우리가 지금처럼 애틋하리라 어찌 장담하느냐? 또, 그동안 누군가 병에 걸려 죽으면? 얼마가 될지 모르는 시간이다. 그동안 무슨 일이 있을 줄 알고 헤어짐을 그리 쉽게 말한단 말이냐!"

"지금 제 마음을 솔직히 아뢰자면 애틋한 이 심정이 불행하게만 느껴집니다. 연정을 안고 두근거릴 때는 좋았으나 지금은 못 모르고 설레었던 마음이 부끄럽습니다."

"그리 독하게 말한다고 속을 줄 아느냐? 차라리 저들이 원하는 대로 해 주자. 금비를 황후 자리에 올려 주고, 그다음에 다시 생각하자."

"이미 세 명의 황후와 사별하신 폐하를 생각하면 저는 죽지도 못합니다. 오로지 폐하만을 생각하며 버티겠습니다. 언젠가 폐하께서 저를 다시 불러 주실 날을 기다리겠습니다. 그러니 믿고 보내 주십시오."

"너를 믿지 못해서가 아니다. 네가 말한 그 불행 속에 홀로 외로이 던져 놓는 것이 싫어서다. 적어도 여기선 나와 함께 있을 수가 있으니, 저들이 뭐라 해도 여기서 나와 버텨 보자."

강위는 애절하게 난비를 붙잡았으나 그녀는 편안하게 웃으며 대답했다.

"그동안 구름 속을 거닐었습니다. 이제 꿈에서 깨어날 때지요."

"······."

"금비는 결코 폐하의 사랑을 얻지 못할 것입니다. 그 믿음이 제게는 가장 튼튼한 버팀목이 되어 줄 것입니다. 잊지 마십시오. 저는 의외로 질투 많은 여인입니다."

강위는 이미 돌이킬 수 없이 단단해진 난비의 결심이 원망스러웠다. 그러나 그녀가 그 결정을 내리기까지 얼마나 아팠을지 알기에 그녀를 안아 주는 것으로 허락을 하고 말았다.

폐비가 거의 확실시되어 가는 와중에, 공 상궁은 침착하고 의연한 황후를 보며 나날이 감탄하고 있었다. 자신이야 궁 생활이 진저리가 나서 그렇다지만, 황제의 사랑을 듬뿍 받던 황후가 그러기는 쉽지 않았다. 하루아침에 내쳐지게 되었는데도 동요하는 기색이 없었다. 그러나 동생에게 자리를 내주고 쫓겨나는 꽃다운 황후의 심정이 오죽할까.

"저, 마마님."

황후의 눈치를 살피던 아랑이 공 상궁에게 다가와 낮은 목소리로 불렀다. 며칠 전 옥에서 풀려난 아랑은 다행히 다친 곳은 많이 없었다. 다만 그동안 마음고생이 심했던 데다 저 때문에 황후가 잘못될까 전전긍긍했다. 그것이 조금 불쌍했던 공 상궁이 전과 다르게 그녀를 따뜻하게 대해 주고 있었다.

"왜 그러느냐?"

"정말로 황후마마께서 폐비가 되나요?"

"그걸 내가 어찌 알겠느냐?"

아랑은 울상이 돼서 공 상궁의 팔에 매달렸다.

"마마님! 이러고 있을 때가 아니잖습니까? 다들 우리를 손가락질하면서 쑥덕대는데, 황후마마가 폐비가 되시면 전 어찌 되는 겁니까? 저도 같이 갈 수 있나요? 전 연월장으로 다시 돌아가고 싶지 않습니다."

그동안 제가 너무 잘해 준 모양이라고 생각한 공 상궁이 아랑의 팔을 뿌리치고 야단을 쳤다.

"이것이 그래도! 마마께서도 정작 저리 흐트러짐이 없으신데, 아랫것이 이리 나대서야! 네년을 연월장으로 다시 내치고 싶은 것은 나도 마찬가지다. 네 잘못으로 지금의 사달을 만들었는데, 반성하는 기색은 고사하고 이 무슨 추태냐!"

"마마님은 아무것도 모르십니다. 저라고 무슨 수가 있다고……."

기어이 울먹이는 아랑을 보며 공 상궁은 땅이 꺼져라 한숨을 쉬었다. 그래, 어쩌면 황후께 믿음을 드리지 못한 제 잘못도 있었다. 아랑이 아니라 제가 그 서찰을 받았다면 그 자리에서 죽는 한이 있더라도 서찰을 입 속에 넣고 말았을 것을…….

공 상궁은 신중한 사람이었다. 하지만 그녀는 가엾은 황후를 위해 황상을 알현하기로 마음먹었다.

황제는 사모달과 적운과 함께 밀담을 나누는 중이었다.

"금비와의 국혼은 최대한 시간을 끌어야 한다."

"육 개월 정도는 가능할 듯싶사옵니다."

"적운은 그동안 성검을 찾아오너라. 흩어진 도적 무리들을 모으고 있을 것이니, 엄한 짓을 저지르기 전에 네가 가서 먼저 찾아야 한다."

"성검을 찾아 어찌하실 생각이십니까? 지금은 그들을 멀리하시는 편이 폐하의 명분을 지키는 길입니다."

일의 심각성을 잘 알고 있는 적운이 전에 없이 제 생각을 상세히 아뢰었다.

"은호가 산채로 가야 했던 이유, 그것이 신경 쓰인다. 연월장이 강수를 둔 것은 그만큼 감추고 싶은 것이 있다는 이야기다. 성검이 알고 있을지도 모르니 꼭 찾아야 한다. 국혼을 올리기 전에 연월장을 무너뜨려야 해."

세 사람이 머리를 싸매고 연월장에 맞설 계책을 꾸미고 있을 때였다. 황후전의 공 상궁이 황제를 알현하기를 청해 왔다.

강위는 혹시 난비에게 무슨 일이 생긴 걸까 급히 안으로 들게 했다.

"무슨 일로 왔느냐?"

"폐하!"

공 상궁은 무릎을 꿇고 비통한 외침으로 황상을 불렀다. 그리고는 울먹거리며 황후의 무고함을 호소하기 시작했다.

"폐하, 부디 마마의 억울함을 헤아려 주시옵소서! 소인은 짧은 시간이지만, 마마를 바로 곁에서 모셔 왔사옵니다. 마마의 품행이 바르지 못하다는 세간의 소문은 사실과 다르오니, 부디 진상을 조사하여 마마께 억울함을 풀 기회를 주시옵소서."

"억울함을 풀 기회라……. 너는 청을 할 사람을 잘못 골랐다."

"폐하!"

"이는 황후의 뜻이다. 그러니 끝까지 황후를 잘 모셔야 한다. 알겠느냐?"

"예? 그, 그럼……."

강위는 좀 전과 달리 부드러운 음성으로 말했다.

"다시 복권할 때까지…… 나의 황후를 잘 보필해다오."

"……!"

공 상궁은 '나의 황후'라는 황상의 말에 크게 깨달은 바가 있어 고개를 번쩍 쳐들었다.

"이번이 제가 모시는 마지막 주인이라 여기고 있사오니, 염려 놓으시옵소서."

공 상궁의 음성은 침착하고 단정해서, 강위는 황후를 지켜 줄 든든한 사람을 얻은 것 같아 한시름 덜 수 있었다.

밤늦게 찾아온 황제는 차 한 모금 나눌 새도 없이 청천벽력 같은 소리를 내뱉었다.

"폐비를 준비하라."

"……."

그러나 난비는 눈 하나 깜짝하지 않고 미소로 화답했다.

"아무리 오래 걸려도 기다려 줄 것이라 약조해다오."

난비는 힘든 길이 될 것이란 걸 알면서도 고개를 끄덕였다. 이제 자신도 마음 놓고 황제에게 의지하고 싶었다. 설마 이제껏 겪은 고난들보다 더 험한 일들을 겪기야 할까. 질기게 이어 온 목숨이 과연 어디까지 갈 것인지 두고 보리라. 난비의 가슴속에서 모질고 강한 생의 집착이 싹을 틔웠다. 반드시 궁으로 돌아와 살아 있는 황후로서 사랑받는 여인이 되고 싶었다.

"그렇게 쉽게 고개를 끄덕일 일이 아닐 텐데."

강위는 난비의 손을 잡아끌어 침상에 나란히 앉았다.

"폐비가 얼마나 굴욕적이고 비참한 벌인 줄 아는가? 명문가에서 폐비가 된다는 것은 자결을 할 만큼 수치로 여긴다."

난비가 피식 웃으며 고개를 끄덕였다.

"그런 것은 아무렇지도 않습니다. 다만, 폐하께서도 한 가지 약조를 해 주십시오."

"금비에게 마음을 주지 말라는 그 약조?"

"그것은 약조가 아니라 의무입니다."

"그래, 안다. 네가 질투가 많다 한 걸 똑똑히 기억하고 있다. 허면 무엇을 약조해 주면 되겠느냐?"

"제가 복권되면 폐하께서도 저를 황후로 대해 주십시오."

"그 말은 여태 그러지 않았다는 뜻이냐?"

"예. 저를 전혀 존중해 주시지 않으셨습니다."

"흐음……. 그랬단 말이지……. 알았다! 그건 오늘부터 바꿔 주마."

"예?"

갑자기 벌떡 일어난 황제가 난비를 번쩍 들더니 등에 업었다. 눈이 휘둥그레진 난비가 뭐라 말하기도 전에 강위가 너스레를 떨었다.

"황후의 가마다. 네 전용이니 아무도 태우지 않겠다."

뺨을 붉힌 난비가 싫지는 않은지 황상의 목을 끌어안고 앙탈을 부렸다.

"제가 원하는 것은 이런 것이 아닙니다."

"네가 원하는 것은 넣어 두어라. 그것은 좋은 날이 왔을 때를 위해 남겨 두자. 오늘은 내가 원하는 것만 할 테다."

"내려 주십시오. 누가 볼까 무섭습니다."

"내가 원하는 것은 이게 다가 아니다."

"네?"

"산책. 황궁을 얼마나 떠나 있을지 모르는데 잊어버리지 않게 길을 익혀 두어야지."

말도 안 되는 핑계를 댄 강위는 아랫것들의 놀람을 신경 쓰지 않고 황후를 업은 채 당당히 밖으로 나왔다.

쌀쌀한 바람을 느낀 난비가 그의 등에 얼굴을 파묻었다.

"춥겠구나."

"그보다 깜깜해서 아무것도 보이지 않습니다."

"그럴 리가. 원래 어두울 때 보는 풍경이 참 풍경인 법이다. 어둠 속에서도 빛을 잃지 않는 것들이 더 아름다운 법이지."

난비는 고개를 돌려 한쪽 뺨을 황상의 등에 대고 하늘을 올려다보았다.

"별이 참 곱습니다."

강위는 싱긋 웃어 보이며 저도 밤하늘을 바라보았다. 등이 뜨겁게 적셔지고 있었지만 모르는 척 깜깜한 밤하늘에서 눈을 떼지 않았다.

다음 날, 난비에게 폐비의 교지가 내려졌다. 얼마 전 금비가 꿇어앉았던 태화전 바닥에는 난비가 앉아 있었다. 날씨는 그날보다 더 싸늘했고, 폐비가 되는 난비를 향한 사람들의 눈빛에는 따뜻한 동정이라곤 찾아볼 수 없었다. 난비의 머리에서 봉황비녀를 뽑아가는 상궁들의 손놀림은 가차 없었다.

아무리 흉례라지만 궁궐의 예식이 이처럼 초라할 수 있을까, 공 상궁이 입술을 깨물었다. 그러나 난비는 의연하게 앉아 저 안에 계실 황상을 향해 아련한 눈빛을 보내고 있었다. 자신은 나가면 그만이지만, 앞으로 힘겨운 싸움을 하실 황상의 안위가 염려스러웠다.

'너무 조급해하지 마십시오.'

황후의 화려한 적의가 벗겨지자, 검은 가마가 그녀의 앞에 대령했다. 난비는 태화전을 향해 깊이 허리를 숙여 황제에게 마지막 인사를 올리고 미련 없이 가마에 올랐다.

그러나 막상 태화전 안에 있는 황제는 난비의 인사를 받지 않겠다는 듯 등을 돌리고 있었다.

"폐하, 그래도 잠시 나가셔서 가는 모습이라도 보시는 것이 좋지 않겠사옵니까?"

사모달은 황제의 결심이 안타까워 전전긍긍했으나, 강위는 끝끝내 등을 돌리지 않고 창밖만 내다보았다.

'인사를 받으면 정말 마지막이 될까 두려우니, 서운하다 하지 마라.'

황제의 그 마음을 난비도 읽었던 게 분명했다. 문턱을 넘는 가마의 흔들림에도 난비는 꼿꼿이 앉아 단 한 번도 뒤를 돌아보지 않았다.

찬 서리를 피해 난새가 잠시 둥지를 떠나던 날이었다.

12.

고드름을 기다리는 겨울

연월장의 연못이 얼어붙었다. 가뭄으로 수위가 낮아진 구하국의 강물 역시, 여느 때보다 추운 겨울을 이기지 못하고 얼음으로 덮였다. 백성들의 시린 설움마저 하얗게 묻어 버린 구하국은 겨울 잠에 빠진 산짐승의 동굴처럼 기괴한 적막감이 돌았다. 간혹 귀기 서린 바람이 산골짝에 부딪쳐 커다랗게 메아리 치곤 했지만, 뼈를 에이는 찬 공기는 밤낮 할 것 없이 무겁게 침묵하고 있었다.

그러나 멈춘 듯한 강물은 여전히 얼음 아래에서 세차게 흘러가고 있었고 구하국의 민심도 정세도 바로 그런 모양새였다. 난비가 황후가 되고 은호가 태상경이 되면서 짧은 시간이나마 희망을 맛본 백성들은 그들의 빈자리가 제 일처럼 억울하고 분했다. 하지만 그런 소리를 공공연히 떠들고 다녔다간 무슨 일을 당할지 모르는 법이니 다들 쉬쉬하면서 언덕 위만 안타깝게 쳐다보았다.

사람들이 올려다보는 언덕 위에는 폐비의 사가가 있었다. 마을에서 조금 떨어진 언덕은 생계를 걱정하는 가난한 백성들에게는 쉬이 걸음하기 힘든 곳이었다. 이렇게 꽁꽁 얼어붙은 날 자칫 언덕길을 오르다 미끄러지기라도 했다간 내년 봄까지 누워 지내야 하니 말이다. 물론 개구진 아이들에겐 달랐다. 요 며칠 서리가 날리는 칼바람이 불어 방구석에 틀어박혀 있던 아이들은 잿빛 하늘에 해가 걸리자 너나 할 것 없이 우르르 뛰쳐나와 콧물을 훌쩍이면서도 언덕을 올랐다.

며칠 전 내린 눈이 아직도 언덕길 좌우로 한가득이었다. 어디서 구해 왔는지 거적때기에 올라탄 녀석들이 얼음이 깨져라 소리를 지르며 언덕을 타고 놀기 시작했다.

요란법석한 아이들 웃음소리가 폐비의 사가로 흘러 들어왔다.

공 상궁의 이마에 주름이 일었다.

"여기가 어딘 줄 알고 밖이 이리 소란스럽단 말이냐. 아랑은 어서 나가서 아이들에게 주의를 주거라."

폐비가 되었다고는 하나 황상의 여인이 계신 곳이니 누군가는 저 아이들에게 조심하라 가르쳐야 했다. 괄시를 받더라도 당하고만 있는 것은 공 상궁의 자존심이 허락하지 않았다.

그런데, 나가려는 아랑의 팔을 난비가 붙잡았다.

"마마, 그냥 가게 두십시오. 따끔하게 혼내지 않으면 앞으로 더욱 시달릴 것입니다."

사가 밖을 나갈 수 없는 난비는 아이들의 웃음소리가 심심치 않아 좋았다.

"나도 아이가 있었으면⋯⋯."

공 상궁은 폐비의 입꼬리에 쓸쓸한 그늘이 멍울진 것을 보고 그녀가 숨긴 말이 무엇인지 짐작할 수 있었다. 아이가 있었다면 폐비가 되지 않았을지도 모르지⋯⋯.

"저도 아이가 갖고 싶습니다. 하아⋯⋯."

아랑의 안쓰러운 탄식이 상념에 빠졌던 두 사람을 웃게 만들었다.

"바람이나 좀 쐬어야겠다."

방 안의 공기가 너무 따뜻해서였다. 공 상궁은 일어나는 폐비를 말리시 않았다가 열린 문으로 스며드는 찬바람에 정신이 번쩍 들었다.

'이러다 또 감환에 드시겠다!'

걸칠 옷을 챙겨들고 냉큼 따라나섰다. 폐비가 감환이라도 드시면 황상을 뵐 낯이 없었다. 언제 황상을 뵙게 될지는 기약할 수 없지만, 그래서 더욱 내일이라도 당장 환궁하실 수 있도록 귀히 모시고 싶은 마음이었다.

담 앞에서 고개를 들고 있던 난비는 어깨를 감싸는 보드라운 촉감에 공 상궁을 돌아보았다.

"못 보던 옷인데⋯⋯?"

"폐하께서 챙겨 보내 주셨습니다."

황상께서 몰래 뒤를 봐주고 계신 것은 잘 알지만 무슨 사내가 이렇게 꼼꼼하게 잘 챙기시는지 한 번씩 놀랄 때가 있었다.

'역시 경험이 많아 그러신가…….'

난비는 황제가 들으면 억울하다 펄쩍 뛸 생각을 곱씹으면서도 옷을 단단히 껴입었다. 담비 털을 덧댄 새 옷은 폐비가 입기에는 과한 듯했으나 당장에 한기를 막아 주니 다시 벗고 싶은 맘이 싹 달아났다. 그 옷을 입고 난비는 뒤꿈치를 들고 껑충거렸다.

폐비를 위해 둘러친 사가의 담은 꽤 높았다. 아무리 애를 써도 아이들 노는 모습을 구경할 수 없게 되자 난비는 담 주변을 어슬렁거리기 시작했다. 그러다 담 옆에 오래 뿌리내린 검은 오동나무를 쓰다듬더니, 돌연 치마를 들어 올리고 나무를 오르기 시작했다.

"마마!"

엄격한 궁궐의 법도가 몸에 밴 공 상궁이 까무러치게 놀라 뛰어갔으나 아랑이 대수롭지 않은 말로 이를 만류했다.

"걱정 마세요. 우리 마마는 어릴 때부터 나무를 잘 타셔서 저 위에서 피리도 불고 그러셨는걸요."

"이것아! 위험하지 않다고 어찌 장담하느냐? 게다가 위험하지 않다고 해서 뭐든 해도 되는 것이 아니다. 여인네가 사내처럼 나무에 오르다니, 그것도 일국의 황후께서!"

"에이……. 이젠 폐비가 되셨잖아요."

"닥치지 못해!"

두 사람의 다투는 소리를 듣는 둥 마는 둥 한 귀로 흘려버린 난비는 그 틈에 벌써 굵은 가지가 갈라지는 곳까지 올라가 둥지를 틀고 앉았다.

밖을 내려다보니 거적을 깔고 앉은 아이들이 눈 위에서 미끄럼을 타고 내려가고 있었다. 신나게 내려가던 아이들은 간혹 데굴데굴 뒹굴다가 부딪치곤 했다. 그런데도 아픈 것도 모르고 웃기에 바빴으니 지켜보는 재미가 있었다. 꽁꽁 언 뺨이 터질 듯이 붉어진 아이들이 우스워 저도 모르게 그들을 따라 웃던 난비는 담 밑에 서 있는 한 사내아이와 눈이 마주치고 말았다.

아홉 살 남짓 된 아이는 여동생으로 보이는 더 어린 여자아이를 데리고 저를 이상한 눈으로 보고 있었다. 잔뜩 경계한 눈으로 올려다보는 여자아이와 달리 남자아이는 자신에게 손가락질을 했다.

"나 말이니?"

"거기 고드름 따 줄 수 있어요?"

나무에 쌓인 눈이 녹아내리다 꽁꽁 얼어 고드름 열매가 되었다. 난비는 손가락 두 개를 합친 것 같은 고드름을 따서 아이에게 살짝 던졌다.

"고맙습니다."

사내아이는 그것을 잘도 받아 여자아이에게 건넸다.

"동생인데, 말을 못 해요."

고개만 까딱하는 동생이 오해받을까 봐 염려된 모양이었다.

난비는 말을 못 한다는 소리에 마음이 일렁거렸다.

"어머니가 그러시는데, 동생도 마마처럼 다시 말할 수 있을 거래요."

"……."

두 아이는 자신들의 희망을 확인받으려는 듯 기대와 걱정을 반반씩 담은 눈으로 저를 뚫어져라 보고 있었다. 아마 아이들의 어미는 그렇게라도 해야 아이들이 기를 펴고 살아갈 거라 생각했을 것이다. 그리고 정말 말을 할 수 있을지는 아무도 모르는 일이니까. 제가 그런 것처럼…….

"어머니들은 틀린 말을 하지 않으신단다."

그 말을 하면서 난비는 부끄럽고 아팠다. 어머니라 믿었던 여인, 그 여인을 따르던 인생, 그 모든 것이 거짓이었다. 송두리째 잘못된 삶이 되었으니 어머니의 정을 제가 어찌 안다 할 수 있겠는가.

하지만 아이들의 표정은 밝아졌다. 난비가 마주 웃어 주자 여자아이는 고맙다고 고개를 숙였다. 아이들은 아무 맛도 안 나는 고드름을 맛나게 빨아먹으며 돌아섰다.

난비는 깡마르고 추워 보이는 아이들의 뒷모습에 마음이 안 좋았다. 그러고 보니 곧 밥때다. 점심때에 놀러 나온 아이들이 배고픈 것을 몰라 이러고 있을 린 없을 테고, 굶는 것이 당연한 생활을 하고 있는 게다. 참으로 안쓰러운 일이었다. 스승님께서 보셨다면 그냥 저리 보내진 않으셨을 텐데…….

"마마, 언제까지 거기 계실 것입니까? 어서 내려오십시오! 자꾸 이러시면 폐하께 고하겠습니다."

강경한 공 상궁의 채근에 못 이긴 난비가 조심조심 나무에서 내려왔다.

하지만, 그날 밤 황제의 서찰을 받게 된 난비는 그것을 가슴에 품고 그 나무 위로 다시 올라갔다. 물론 공 상궁이 잠든 틈을 타서.

헐벗은 나무는 사람보다 온기가 있었다. 튼튼한 오동나무 줄기에 기대 따뜻해진 황상의 서신을 펼쳤다. 밤보다 진한 먹이 어둠 속에서도 한눈에 들어왔다. 한 자 한 자에 공을 들인 필체는 그의 성품처럼 정갈했다.

[선대의 약조를 모르고도 이어졌던 우리이니, 필연의 만남이 비극으로 끝날 리가 없지 않겠냐만, 간악한 무리들의 술수를 이겨 낼 수 있을지 때론 두렵다. 그러나 그것은 내가 이겨 낼 수 있는 두려움이며 해결할 수 있는 근심이라 자신한다. 내가 가장 견디기 힘든 것은 오늘 같은 밤에 너를 안지 못하는 것. 그리고 너 또한 그런 밤을 보낼까 하는 것. 내가 어찌지 못하는 그런 것들이다.]

몽글몽글 피어나는 열기가 가슴을 간질이며 코끝에 매달렸다. 마음을 데워 주는 기분 좋은 그것이 행여 어디론가 달아날까 봐 숨조차 아껴서 내쉬며 서찰을 고이 접었다. 얼마나 많이 읽었는지 외워 버린 글귀를 품으며 모란 소금을 꺼냈다. 이 추운 날에도 온기가 서린 소금은 청초한 대나무 향까지 은은히 풍겼다. 폐비가 된 후 황상이 주신 귀한 황죽 소금과 입을 맞추는 것은 이번이 처음이었다. 입술에 닿는 익숙한 황죽의 매끄러움이 그리운 마음을 잠시나마 벅찬 설렘으로 만들어 주었다.

포오.

차가운 날일수록 음은 티 하나 없이 청명했다. 잔바람에 떨던 가지들조차 맑은 첫 음에 귀 기울이느라 멈춘 것 같았다.

포오, 포오오……

저 멀리 겹겹이 둘러싸인 담벼락 너머, 홀로 계신 님을 이곳으로 불러와 입 맞추고 싶었다. 노래로 꾀어내면 오실까, 애타게 부르면 돌아보실까. 오지 못하시면 이 맘이라도 보내 드리고 싶어서, 이 소리 들리시면 안고 주무시라고……

눈물방울처럼 영롱하게 굴러 가는 음들이 눈 덮인 하얀 밤에 먹처럼 스며들어 갔다.

고요한 가운데 선명한 음악이 그려졌다. 공 상궁의 입가에 미소가 걸리더니 곧 잠에서 깨어났다. 잠에 취하고 음에 젖은 공 상궁은 폐비가 몰래 빠져나간 것을 알고도 한동안 자리에서 일어나지 않았다. 하지만 후두둑 하는 다른 소리가 음악에 섞이기 시작하자 황급히 밖으로 뛰쳐나갔다.

후두둑. 쏴아.

비 오는 줄도 모르고 음을 싣던 난비는 물방울에 음이 튀고 나서야 연주를 멈출 수 있었다.

'이런, 내일은 정말 언덕이 꽁꽁 얼겠구나.'

아이들이 놀러 오지 않을 것이다. 또다시 온종일 썰렁해질 집 주변을 생각하자니 벌써부터 아쉽다. 나무를 내려갈 준비를 하다 문득 낮에 만난 아이의 부탁이 떠올랐다.

'거기 고드름 따 줄 수 있어요?'

고드름! 비를 흠뻑 맞으면서도 난비의 눈이 반짝였다.

'고드름이라……. 그거 재밌겠다!'

재밌는 장난을 발견한 아이처럼 난비는 개구진 표정으로 어두운 하늘을 올려다보았다. 점점 굵어지는 빗방울이 눈을 찡그리게 만드는데도 웃음이 난다.

"마마! 어서 내려오십시오! 또 감환에 드시면 묶어서라도 탕약을 드시게 할 겁니다!"

공 상궁의 목소리는 빗소리에 가닥가닥 끊겨 들렸지만, 탕약이라는 말만으로도 난비를 위협하기에는 충분했다.

밤사이 내린 겨울비를 누가 반가워하겠냐만, 얼음을 덮어쓴 세상은 아침 햇살에 투명하게 빛나는 장관을 보여 주었다. 황궁의 누각들도 검은 용마루가 번쩍번쩍 위엄을 빛내며 으스대고 있었다. 하지만 그 지붕의 주인은 바깥의 풍경이 어찌 됐건 축 처진 어깨로 의자에 기대 있었다.

한 손에 턱을 괸 강위는 넘쳐나는 상소들을 읽을 생각이 없는지 그 두루마리를 가지고 옥궤 위에 탑을 쌓고 있었다. 맨 꼭대기에 마지막 두루마리를 올리자 사모달의 눈도 제 머리보다 높이 쌓인 탑의 정점을 향했다.

"폐하, 결정하셨습니까?"

강위가 대답 대신 긴 한숨을 쉬자 기껏 쌓은 탑이 흔들렸다. 사모달이 냉큼 달려와 손으로 그것을 달래 놓고 다시 황제를 쳐다보았다. 강위는 제가 쌓은 탑에 관심이 없는지 사모달의 정성을 못 본 척하고 무심하게 말했다.

"태상경을 불러오너라."

사모달이 종종걸음으로 새로 책봉된 태상경을 데리러 가는 동안 강위는 중간쯤에 꽂아 둔 거무튀튀한 두루마리 하나를 뽑아냈다. 그 바람에 사모달이 애쓴 보람도 없이 두루마리 탑은 와르르 무너져 바닥을 어지럽혔다.

뽑아 든 상소를 펼친 강위는 난감하고 씁쓸한 웃음을 지었다. 셀 수도 없이 많이 읽은 상소지만 요즘 강위에게 새로운 걱정거리를 안겨 준 상소였다.

[태상경 은호의 수급을 가져가는 것은 도적된 자의 마땅한 의무라 여겨지오니, 부디 위험을 무릅쓰고 이를 행할 수밖에 없었던 소인들의 고충을 헤아려 주시길 바라옵니다.]

난비가 폐비 되던 날 밤, 효수된 은호의 수급이 사라졌음이 보고되었다. 그리고 정궁의 옥궤 위에 이 상소가 올려져 있었다. 옥궤에 물이 고일 만큼 흠뻑 젖은 두루마리에 먹 대신 자수로 이와 같은 글귀를 새겨 놓았으니 누가 한 짓인지 짐작이 갔다.

'성검이 살아 있구나!'

하지만 그의 생존을 마냥 기뻐할 일은 아니었다. 은호의 목을 효수하고 난비를 폐한 일로 단단히 서운한 모양이었다. 그러니 황궁까지 와서 저를 보지도 않고 빈정거리는 글귀만을 던져 놓은 게 아니겠는가.

'날 포기한 모양이구나. 하기야 네가 은호도 없이 날 도울 이유가 없지. 그렇다면 이제 복수만 남았겠구나. 어디서 무슨 엄한 짓으로 연월장을 공격할지 걱정스럽다.'

한동안 적운이 성검을 찾아 헤맸었지만 눈에 보여도 잡기 힘든 녀석이 그리 쉬이 찾아질 리가 없었다.

"이놈을 어찌 불러들여야 한다……?"

제 발로 찾아오게 만드는 것이 최선인데 뾰족한 계책이 떠오르지가 않았다.

그러던 참에 사모달이 태상경을 데려왔다.

"폐하, 부르셨나이……까……."

"가까이 오라."

태상경은 바닥에 어지러이 널려 있는 상소문들을 보고 흠칫 몸을 떨다 더욱 허리를 굽히고 종종걸음으로 다가갔다. 황상의 심기가 불편하다 짐작한 것이다.

"국혼 말이다."

"예, 폐하."

"내가 요 근래 매우 기이한 흉몽들에 시달리느라 잠을 설치지 않았겠는가."

"휴, 흉몽이라시면……."

"황후의 처소에 죽은 황후들이 번갈아 가며 찾아와 대례복을 입고 앉아 있는 게 아니냐. 내 어찌나 놀랐던지……."

"그, 그런 꿈이……."

"그래서 말이다. 이 국혼이 괜찮은지 묻고 싶구나. 네 생각은 어떠하냐?"

"그, 그저 평범한 악몽이 아닐까 싶사옵니다. 폐하께서 연이어 황후마마를 잃으신 충격이 꿈에 보여지는 게 아니겠사옵니까. 흉몽이라 하여도 아무 의미 없는 꿈일 때가 많으니 너무 심려치 마시옵소서."

새로 태상경에 오른 초로의 학자는 황제와 대신들의 사이에서 하루하루 야위어 갔다. 대답은 대수롭지 않다 했지만 황제의 의중을 모르는 바가 아니었다. 단지 대신들이 금비와 황상의 국혼을 서두르며 저를 잡아먹을 듯이 하는 통에 두루뭉술한 답을 올릴 수밖에 없었던 것이다.

사실 굳이 말하자면 자신은 황상의 편이었다. 저뿐만 아니라 일부 보수적이고 고지식한 선비와 신하들은 이번 국혼에 불만이 많았다. 왜 아니겠는가. 난비황후를 폐한 것이 아무리 연월장이라 해도 또다시 연월장의 여식을 황후로 세우니 황제의 국혼치고는 볼썽사나운 모양새였다. 연월장에서 아무리 폐비를 내쳤다고는 하나 폐비 역시 효씨 가문의 핏줄임은 틀림없었고, 금비와 폐비가 이복자매임도 분명하니 이 국혼을 반대하는 이들이 많을 수밖에 없었다.

하지만 연월부인의 친척 되는 대사농을 주축으로, 실권자들이 주장하고 있는 국무들의 참언은 아직도 유효했다. 실제로 난비황후도 죽지는 않았으니, 죽지 않는 황후가 효씨 가문에서 나온다는 말이 옳았다고 받아들여지고 있는 추세였다.

"흐음……. 꿈은 해석하기 나름이다. 이것인가?"

"예, 폐하. 흉몽이 때론 길몽일 수도 있으며, 길몽 같아도 흉몽인 일이 비일비재하옵니다. 꿈은 그저 좋을 대로 해석되는 것일 뿐이니다."

"그럼 혹 별자리도 그러하냐?"

"예에?"

"별자리도 원하는 대로 끌어다 해석할 수 있지 않느냐 말이다."

"꼭 끌어다 해석했다기보다는……."

"허허! 할 수 있느냐, 없느냐?"

"늘 그렇진 않사오나 가끔 그런 경우도 이, 있사옵니다."

"그래, 그럴 줄 알았다. 듣거라. 나 역시 국혼을 더 미룰 수 없음을 잘 알고 있다. 해야지, 암. 하루라도 빨리 효씨 가문의 여식을 정비로 받아들여 정세와 민심을 바로잡아야……. 그러나 말이다. 당장은 국혼이 어렵지 않겠느냐? 한 삼 개월쯤 뒤로 날짜를 잡았으면 하는구나. 네 생각은 어떠하냐?"

여태 이 말씀을 하고 싶어 흉몽이니 별자리니 말을 돌리신 모양이었다. 나이 들어 좋은 것은 이럴 때 눈치껏 행동을 잘한다는 것이다.

"예, 폐하. 그때가 딱 좋을 때이옵니다. 신도 그리 생각하고 있었사옵니다!"

"그랬는가?"

"당분간은 길일이 없사오니, 국혼은 봄이나 되어야 가능한 줄 아뢰옵니다. 지금이 정월 말이니 삼 개월 뒤 사월이면 더할 나위 없는 길일이옵니다. 황제의 명궁(命宮)은 칠살성(七殺星)인데, 요즘 재백궁(財帛宮)에 염정화기(廉貞化忌)가 붙어 있어 모든 행사가 불리합니다. 칠살이 기해궁(己亥宮)으로 들어가 운수에 변화가 생기는 사월 보름이 좋겠습니다."

"대신들이 너무 늦었다 하지 않을까 걱정이네만……."

"소신도 빠른 시일 내에 국혼을 올림이 옳다 여기고는 있사옵니다. 헌데, 국혼을 어찌 아무 날을 잡아 올릴 수 있겠나이까. 더군다나 이번 황후는……. 아뢰옵기 황공하옵니다. 폐하, 이번 황후는 진정 마지막 황후가 되어야 하지 않겠사옵니까. 대신들도 이해할 것이옵니다."

태상경은 진심으로 황제께서 이쯤에서 물러나 국혼을 치르겠다 하신 것만으로도 고마워 그 정도 늦추는 것은 얼마든지 할 수 있다 여겼다. 제 생각이 어떻든 이제야 대신들의 등쌀에서 벗어날 수 있으니 말이다.

기쁜 듯이 빠져나가는 태상경의 뒷모습을 바라보며 강위는 깊은 한숨을 내쉬었다. 성검이든 매파든 어서 찾아내야 뭘 해 보든지 할 텐데 말이다.

얼마 지나지 않아 연월장에 국혼의 날짜가 전해졌다. 황제가 직접 내린 교지에는 사월 보름날 국혼을 올린다는 내용이 쓰여 있었다. 교지와 거의 동시에 찾아온 대사농이 조급해하는 연월부인을 달랬다.

"본래 정식으로 국혼을 올릴 때는 그보다 더 오래 걸려야 맞는 것일세. 저번 난비황후나 이번의 경우 하루빨리 황실의 건재함을 알려 민심을 바로잡고자 서두르는 것일 뿐, 빨리한다고 좋은 게 아니지 않는가? 경사스러운 일일수록 절차를 밟아 웅장하게 예식을 치르는 것이 옳지 않나. 그동안 금비에게 황실의 법도와 몸가짐이나 가르치며 마음을 편히 하시게."

"그래야지요. 별수가 있겠습니까. 하아. 그런데, 왜 이렇게 찜찜한 기분이 드는지 모르겠습니다. 아무래도 제가 황상을 한번 알현해 보는 것이……."

"어머니!"

여태 조용히 듣고 있던 금비가 큰 소리로 부르자, 대사농과 연월부인이 동시에 깜짝 놀라 금비를 바라보았다.

"왜 갑자기 큰 소리를 내느냐!"

"어머니. 어머니께서 가시면 황상의 마음이 어찌 변하실지 알 수가 없습니다. 황상께서 정하신 날짜에 이상한 점은 없습니다. 정식으로 태상경에게 받은 날 아닙니까. 가셔서 무어라 하실 작정이세요?"

"그야……."

"그 기간은 황상의 마지막 자존심이기도 합니다. 고작 삼 개월. 그동안 대세를 뒤엎을 만한 계책이 있으리라 여기세요? 저는 오히려 어머니의 조바심이 이해 가지 않습니다."

아무것도 모르는 대사농마저 금비의 말속에 뼈가 있음이 느껴졌으니 연월부인은 오죽할까. 그녀가 스스로 난비의 계모임을 밝힌 것은 구석으로 몰린 황상이 폭로하기 전에 먼저 고백해 상황을 유리한 쪽으로 이끌려는 의도였을 뿐, 사실 밝히고 싶지 않았다. 어쨌든 이는 자신들에게 약점이 되는 사실이기에 국혼이 미뤄질수록 불안한 것이다. 게다가 아직도 오지 않은 고진 때문에 불안감은 더 커져 갔다. 다 죽어 가던 노파는 어디로 갔는지 시체조차 보이지 않았고, 성검을 잡으러 간 고진은 감감무소식이었다. 그리고 금비는 그런 과거를 만든 자신들을 저런 식으로 비난하고 있는 것이 분명했다.

"그래. 네 말이 맞구나. 네 꽉 찬 혼기를 생각하니 내가 좀 초조했나 보다."

금비는 어머니의 부드러운 말투에 더욱 반발심이 일었지만 내색하지 않고 자리에서 일어났다.

밖으로 나오자 입김마저 얼 것 같은 한기가 느껴졌다. 꽁꽁 얼어 있는 헐벗은 나무들을 보니 마음 한구석이 이유 없이 아려 왔다.

'산에 먹을 건 있을까⋯⋯.'

누구를 걱정해서 하는 말인지 무심코 한 생각을 본인도 눈치채지 못하고 있었다.

'사월이라⋯⋯. 정말 얼마 안 남았구나.'

오랫동안 손꼽아 온 국혼의 날이 멀지 않았다. 모두가 너무 긴 시간이라고 투덜대는 그날이⋯⋯.

늦은 아침 눈을 뜨자마자 밖으로 나온 난비는 뿌듯하게 손가락질을 하며 바깥까지 들리도록 큰 소리로 외쳤다.

"이것 좀 봐! 내 말이 맞지? 된다. 돼!"

사가의 담 바깥에서 나무를 올려다보던 공 상궁은 기쁨에 찬 난비와 대조적으로 건조하게 대답했다.

"예, 잘 보이옵니다. 이제 어쩔실 작정이십니까."

난비는 자신이 만들어 놓은 작품을 보며 함박웃음을 지었다. 오동나무 가지에는 기다란 고드름이 매달려 있었다. 전날 밤 폭우로 인해 다른 나무들에도 고드름이 매달렸지만, 유독 담 밖으로 나간 굵은 가지에만 더 긴 고드름이 주렁주렁 매달렸다.

"콜록콜록. 마마. 이제 된다는 거 아셨으니까 다시 가져가도 되죠?"

기침을 하던 아랑이 코를 훌쩍이며 고드름에 손을 대려 할 때였다.

"안 돼!"

"예? 왜요?"

"그냥 뭐."

밤새 비를 맞으며 난비의 알 수 없는 장난질에 동참해야 했던 아랑은 고드름을 그냥 두고 오라는 그녀의 명을 따르기 싫은 눈치였다.

사실 뜬금없이 자고 있던 자신을 깨워 억새풀을 모아 오라 할 때부터 불만이었다. 그렇게 모아 온 억새풀에 집 안에 남은 엽전들을 하나씩 묶으실 때만 해도 하도 심심하셔서 그러시나 보다 이해해 보려 했다. 그런데 그 억새풀을 가지고 나무에 오르시는 게 아닌가. 빗속에 나무를 오르는 마마를 그냥 두고 볼 공 상궁이 아니었지만, 내려오시라고 소리쳐도 소용이 없었다. 결국 마마는 담을 넘어간 가지에 억새풀을 모두 매어 놓고 나서야 나무를 내려왔고, 나무를 탈 줄 모르는 공 상궁과 자신은 밤새 나무 밑에서 기다려야 했던 것이다.

"콜록콜록!"

"마마!"

난비의 기침 소리를 들은 공 상궁이 대문 안으로 뛰어 들어갔다. 그렇게 말렸는데도 빗속에 계시더니 기어이 감환이 드신 것이다.

기침은 시작이었다. 공 상궁이 방에 불을 더 때고 수선을 피우는 동안 난비의 뺨에 열이 발갛게 피어났다.

"탕약도 안 된다 하시면서 어쩌려고 몸을 이리 함부로 하십니까. 아랑아, 너는 의원을 불러오너라. 어서!"

"마마님……. 무슨 돈으로 의원을 부릅니까?"

"뭐?"

그러고 보니 엽전이 전부 고드름 속으로 들어가지 않았나! 당장 먹을 거라곤 쌀과 마른 음식밖에 없는데, 이 달은 밥만 먹어야 할 것 같았다.

"할 수 없다. 고드름을 따서……."

"콜록! 안 돼."

"마마!"

"어차피 난 탕약도 못 먹고……. 그저 고뿔인데 뭐……."

난비의 고집을 잘 아는 공 상궁이 지친 표정으로 밖으로 나갔다. 두 사람이 아프니 저라도 움직여 죽을 쑤어야 했다.

그러나 곧 세 사람 모두 기침을 하며 앓아야 했다. 그 와중에 아이들이 떠드는 소리가 들렸다. 그리고 곧 그 소리는 함성처럼 커졌다. 시끌벅적한 바깥의 소리에 아랑이 쉬어 빠진 목소리로 다급하게 외쳤다.

"마마, 콜록콜록! 우리 고드름을 아이들이 다 가져갈 모양입니다. 제가 가서 못 가져가게 하겠습니다."

"아니. 그냥 둬……."

열에 시달리던 난비는 까르르 터지는 아이들의 웃음을 들으며 편안하게 잠이 들었다.

때를 알 수 없는 컴컴한 방에 들창이 열렸다. 뿌연 먼지 낀 빛살이 한꺼번에 몰려들어 성검의 눈가를 간질였다.

"으음……."

"일어나라, 이놈아. 해가 벌써 넘어갔다!"

"스승님!"

성검은 창을 등진 검은 인영이 반가워 눈이 따가운 줄도 모르고 벌떡 일어났다.

"내가 언제부터 니 스승이냐?"

털보는 굵직한 목소리로 퉁명스럽게 되물었다. 여태 스승을 보내지 못한 성검의 마음을 알지만 사내들끼리 위로하고 다독여 주는 것은 볼썽사납고 서로 원치 않은 짓이었다.

"……."

대체 뭘 기대했는지 잔뜩 실망하고 풀 죽은 성검을 보며 털보는 울화가 치밀었다. 제 손으로 스승의 목을 거둬 묻어 줬으면서 무슨 천지조화를 바란단 말인가?

울컥한 털보가 성난 곰처럼 어깨를 펴고 성검에게 달려들려는데, 짱돌이 목덜미를 잡더니 고개를 젓는다. 건드려 봐야 지금은 좋을 게 없다는 짱돌의 눈빛에 털보는 한층 누그러져 실없는 농담으로 입맛을 다시고 말았다.

"뭐, 이제라도 스승으로 부르고 싶다면야 나야 좋지……."

"……."

털보의 농에도 성검은 제 곁에 두고 잔 검을 꽉 움켜쥘 뿐 대꾸하지 않았다.

성검은 한동안 검을 내려놓지 않았다. 검을 이룬다. 그 이름을 지어 주신 스승님 때문만은 아니었다.

구하국의 아홉 명가 중 하나였다는 광씨 일가의 검문은 가장 먼저 스러진 명가였다. 선황과 함께 검으로 나라를 일으킨 공신이 일대 문주였고 대대로 장수를 배출했으나 성검의 조부께서 역모로 사사되며 일가가 뿔뿔이 흩어지고 말았다. 그때 막 태어난 성검을 거둬 준 것이 은호였다. 죽은 어미에게서 태어난 성검을 은호가 받아 키워 왔으니, 성검에게 은호는 그냥 스승님이 아니었다. 남의 집 노비로 비천하게 살 운명을 거둬 주셨는데 그 은인을 지키지 못했다는 죄책감이 나날이 성검을 짓눌렀다.

그래서 검을 놓지 못했다. 복수가 끝날 때까지는 결코 놓지 않을 생각이었다.

"너무 마셨나. 속이 영……. 해장이나 하러 가자."

괴로운 건 뱃속이 아니라 그냥 속이었지만 세 사람은 그게 그거려니 하고 쓰리고 허전한 속을 움켜쥐고 객점 아래층으로 내려갔다.

객점은 일찍부터 술꾼들로 득실거렸다. 요즘 들어 손님이 없었는데 오늘은 유난히 사람들이 북적댔다. 짱돌은 자신들 기분과 달리 즐거워 보이는 사람들이 못마땅해 사내들 입이 계집보다 가볍다고 혼잣말로 투덜댔다.

우중충한 세 사람의 등장에 잠시 조용해졌던 객점은 이내 무슨 재미난 일이 있는지 떠들썩하게 입을 놀리기 시작했다.

"사도 나리가 골치 아프게 됐지. 어린것들을 죄다 문초할 수도 없고. 큰일이네."

"근데, 애들이 하나같이 훔친 게 아니라고 하는데, 진짜 그럴 수도 있지 않나?"

"그렇다 쳐도, 고드름에서 엽전이 열리는 돈 나무가 어디 있냐고. 차라리 누가 줬다고 하면 믿지. 어디서 그런 허무맹랑한 말들을 지어냈는지, 나 원 참."

사람들의 얼굴엔 안타까움과 괘씸함이 변덕스럽게 변하고 있었고, 간혹 어떤 사람들은 아이들이 그럴 수도 있지 않겠냐며 씁쓸한 표정으로 입맛을 다시곤 했다. 어쨌거나 여기도 저기도 다들 그 얘기뿐이니, 호기심을 참지 못한 짱돌이 슬그머니 끼어들었다.

"저, 이보게들. 대체 돈 나무라니 그게 무슨 소리들인가?"

"엥? 아직도 모르오? 벌써 도성 안에 파다하게 퍼졌는데?"

짱돌은 새벽까지 술을 퍼마시고 여태 일어났단 얘기는 차마 하지 못하고 코를 벌렁대며 이야기를 재촉했다.

"그리됐소만. 무슨 말인지 같이 좀 압시다."

사람들이 가만 보니, 새까만 옷으로 맞춰 입은 세 사람은 도성 사람들이 아닌 것처럼 보였다. 세 사람 모두 이 일에 지대한 관심을 보이니 말하기 좋아하는 사내는 신이 나서 목소리를 높이기 시작했다.

정오 무렵, 열 명 남짓한 아이들이 엽전을 들고 시전에 나온 것이 문제였다. 다들 하나같이 가난한 소작농의 아이들이었는데, 끼니를 거르는 집구석에 무슨 돈이 있다고 아이들에게 엽전을 준단 말인가. 한두 명이 그랬다면야 어디서 훔쳤다 해도 모르는 척해 주고 말 텐데 떼거리로 몰려다니며 돈 자랑질이니 고약한 몇몇이 아이들을 붙잡고 캐묻기 시작했다. 당연히 겁에 질린 아이들은 횡설수설했는데, 이상하게도 하나같이 고드름에 엽전이 들어 있었다고 말했다. 함께 어디서 돈을 훔치고 입을 맞추기로 한 것이라고 여긴 사람들은 그 어린아이들을 모조리 관청에 끌고 갔다. 곧 부모들까지도 불려 와 관청은 호통과 울음 소리로 난전이 되고 말았던 것이다. 어르고 달래고 협박까지 해도 아이들은 하나같이 입을 모아 다음과 같이 말했다.

'언덕 위에 있는 마마 집에 커다란 나무가 있는데요, 거기서 고드름이 열렸어요. 고드름 안에 엽전이 하나씩 들어 있었지, 훔친 게 아니에요.'

거기까지 들은 짱돌이 크게 놀라 소리쳤다.

"언덕 위의 마마라면…… 폐비마마를 일컫는 게 아니오!"

"그렇지. 폐비마마밖에 없지. 헌데, 이 애들 말을 믿을 수가 있겠냔 말이지. 무턱대고 폐비의 사가에 들이닥쳐 캐물을 수도 없는 노릇이니, 난감할 수밖에."

근거 없는 뜬소문도 아니고, 그렇다고 코흘리개 말을 그냥 믿

을 수도 없는데 하필이면 문제의 고드름 나무가 폐비의 사가에
있다는 것은 관청 입장에선 굉장히 골치 아픈 일이었다. 미신이나
사소한 일로도 민심의 향방이 바뀌는데, 이 일로 백성들의 관심이
폐비에게 향하는 것을 대신들이 좋아할 리 없었다.

"하, 하하, 하하하!"

처음엔 가볍게 실소를 터트리던 성검이 큰 소리로 웃기 시작했
다. 은호가 죽고 난 뒤 그가 웃는 모습을 보여 준 적이 없었으니
털보와 짱돌은 서로를 마주 보며 어리둥절해했다.

"그게…… 그렇게 웃긴 얘긴 아닌데……. 설마 우리 말을 못
믿겠다 이거요?"

이야기를 해 주던 사람도 성검의 이상한 반응이 무안해서 말을
흘리며 투덜댔다.

"아니오. 그런 게 아니니 신경 쓰지 마시고 식사들 하세요. 뭐
해요? 뭘 봐? 밥들 안 먹고."

모두가 저를 쳐다보자 성검이 그 특유의 싸가지 없는 말투로
저보다 연배가 높아 보이는 사내들의 시선을 걷어 냈다. 개중 성
질 좀 부려 본 사내들도 성검이 쥐고 있는 검을 힐끗 보고는 부라
리던 눈을 냉큼 자신들의 요리로 돌려놓았다.

"너, 정말 어디 아프냐? 머리가 좀 이상해?"

"그래, 인마. 말해라. 우리가 무슨 수를 써서라도 고쳐 줄 테니
까 어디 안 좋은 데 있으면 말해. 머리야? 머리가 아파?"

"쉰 소리 집어치우고 오늘 하기로 했던 일, 그거 접습니다."

"뭐? 뭘 접어? 연……."

털보는 제 목소리가 너무 컸던 것이 의식되어 허리를 낮추고는 덩치와 어울리지 않게 속삭이듯 말했다.

"연월장을 안 치겠다고?"

"어. 안 해. 다른 일 할려고."

"야잇, 쌍놈아! 그렇게 처 말릴 때는 하겠다더니, 왜 준비를 다 해 놓고 안 하겠대!"

"그렇게 하고 싶음 둘이 하든가. 난 안 해."

털보도, 짱돌도 가슴을 치며 분해했다. 연월장에 불을 질러 부인과 고진을 죽여 버리겠다고 길길이 날뛸 땐 언제고 자신들이 죽음을 각오하고 함께해 주기로 마음먹은 이때에 변덕을 부리며 저는 빠지겠단 말인가!

"그래. 그, 하고 싶은 일이 뭔데?"

짱돌이 백보 양보해 꾹 참고 물었더니 성검은 요리나 시키며 여유를 부렸다.

"이놈아! 말을 해야 같이 하든지 말든지 할 거 아니냐! 또 무슨 더 악랄한 복수법이 생각난 거야? 엉?"

"남은 애들 좀 끌어 모아 보자. 최대한 빨리 다들 모이라고 해. 그때 얘기해 줄게."

"하아……. 우리가 참자. 이놈은 지금 정신이 온전치 못하니까. 참자, 참아."

이제 숨어 있는 도적들을 전부 모으겠다니 짱돌과 털보는 진정으로 이놈이 역모를 일으키려나 보다 겁이 덜컥 났다. 하지만 이왕에 남은 인생, 마지막을 멋지게 장식해 보자며 기름진 음식과 달콤한 술로 뱃속을 든든하게 채워 갔다.

백성들에게 빠르게 퍼진 고드름 사건이 황제의 귀에 들어가기까지는 하루라는 시간이 더 걸렸다.

"폐하, 요즘 마마의 사가에 재미난 일이 생긴 모양입니다."

"재미난 일?"

어린 내관들이 저희들끼리 쑥덕대는 것을 들은 사모달이 이야기 전말을 탁탁 털어 상세히 전해 듣고 달려오는 길이었다.

사모달의 이야기를 모두 들은 황제는 이 일이 난비가 꾸며 낸 일임을 눈치챘다.

"적잖이 심심했던 모양이군."

말은 그렇게 했지만 그도 난비가 한 일이 어떤 것인지 잘 알고 있었다. 빈민촌에 공양을 하러 가자고 조르던 모습이 눈에 선했다. 은호가 죽어서 못 하는 일을, 폐비가 되어 할 수 없는 일을 그렇게라도 하고 있는 것이다.

"나는 고작 국혼날을 미루는 것밖에 할 수 있는 일이 없는데……."

괘씸하게도 제게 무력감을 안겨 주려 작정했거나, 어서 서두르라고 재촉하는 것만 같았다.

"폐하. 폐하께서도 밤낮으로 고심하고 계시지 않사옵니까? 마마께서도 알고 계실 것입니다."

"어쨌든, 황후가 즐겁게 지내고 있는 모양이니 다행이다. 그러나 두 번 다시 이런 짓을 말라고 전해야겠다. 고뿔에라도 걸리면…… 가만! 벌써 걸렸을지도……!"

"아니 되옵니다! 지금처럼 폐비의 사가에 이목이 집중되었을 때는 더더욱 조심해야 하옵니다."

"난 아직 아무 말도 하지 않았다."

"아니 되옵니다!"

완고한 사모달과 고집쟁이 강위는 한참이나 더 실랑이를 벌여야 했다.

온갖 잡스런 말들이 오고 가는 시전에서조차 엽전 고드름 이야기가 뜸해져 있었다. 잠시나마 사람들의 시름을 잊게 해 주었던 그 일은 더욱 각박한 현실 앞에 잊혀져 가고 있었다. 국혼을 앞두고 재정을 채우느라 세금이 더욱 무거워졌기 때문이었다.

"가뜩이나 자릿세에 등골이 빠지는데 그걸 더 내라고? 나라에 망조가 들었지! 제 놈들 곳간에 곡식이 썩어 가는데 왜 세금은 우리더러 내래! 황후들 죽은 게 백성들 탓인가? 안 그래!"

"우리도 못 살겠어. 가을 곡식 그거 얼마 남았다고 그걸 더 내 놓으래? 산에 가서 화전이나 일구는 게 낫지! 제기랄. 아무리 황제라지만 혼례를 다섯 번이나 치르면 그까짓 것 그냥 한 번 정도는 대충 해도 되지 않아? 그게 뭐 그리 자랑스럽다고!"

격해진 것은 상인들뿐만 아니었다. 구하국의 백성들은 귀족들을 제외하고는 죄다 무거운 세금에 허덕이느라 죽을 날을 받아 놓은 사람들처럼 국혼일을 저주하고 있었다.

객점에서 사람들의 한탄을 듣던 사모달은 곧 폭동이라도 일어날 것처럼 들끓는 분위기를 보며 전전긍긍했다. 그러다 그는 태연하게 요리를 맛보는 황제에게 이 불편한 문제를 일깨워 주고자 했다.

"폐하, 대신들에게 내라 하신 영화세인가 뭔가 하는 그 세금이 아무래도 문제가 된 듯싶습니다."

얼마 전 황제가 이르기를, 심각하게 탕진된 국고로 인해 국혼이 어려울지도 모르게 되었으니 나라의 특별한 행사 때마다 귀족들에게 세금을 매기는 영화세라는 것을 만들자 했다. 물론 귀족들의 반발이 심했으나, 황제는 황실의 은혜를 입은 자들이 황실을 외면하려 든다며 전에 없이 크게 노하시며 강경한 태도를 보이셨다. 당장 국혼을 없는 것으로 하겠고까지 하시니 대신들이 어쩔 수 없이 이를 받아들였다. 그런데 결국 그것이 다 백성들에게 돌아간 모양이었다.

"이리될 줄 알고 있었다."

"예에? 알면서 왜 이리하셨사옵니까?"

"돈이 필요하니까."

"예? 폐하……."

사모달은 황상께서 백성들의 아픔을 모르시는 분이 아니셨는데 충격으로 총기를 잃으신 게 아닐까 심장이 떨렸다. 그때였다.

"봉황의 높은 둥지에 까마귀 날아들었다."

객점 한구석에서 발그레 취한 공자가 젓가락을 튕기며 노래를 시작했다. 이 와중에 흥겨운 노래가 반가울 리 없으니 사람들은 눈에 쌍심지를 켜고 대낮부터 술에 취한 한심한 작자를 노려보았다. 헌데, 이 노래를 듣다 보니 마냥 흥겨운 술꾼의 노래가 아니었다. 듣고 있던 황제 일행도 예사롭지 않은 노랫말에 집중했다.

봉황의 높은 둥지에 까마귀 날아들었다.
금빛이 탐난 흑오(黑烏:까마귀)가 둥지를 틀고 앉았네.

새까만 까마귀 새끼 금빛에 탐을 내더니
봉황의 어린 깃털을 부리로 쪼아 뽑누나.

더러운 흑오의 탐욕 봉황을 떨어트리네.
봉황의 슬픈 울음이 더 높은 하늘에 닿아

헐벗은 날개 황금색 깃털로 날게 하시니
난새의 둥지 찾아서 힘차게 날갯짓 하네.

둥지를 찾은 난새의 노래가 꽃비가 되고,

찬란한 난새의 날개 세상을 품어 주노라.

"봉황의 슬픈 울음이 더 높은 하늘에 닿아, 찬란한 난새의 날개 세상을 품어 주노라."

노래가 끝나자 객점은 한바탕 어수선해졌다. 사람들이 한 번 더 불러 보라며 공자를 졸라 대고 있었기 때문이다.

그 소란을 지켜보던 강위가 적운을 불렀다.

"저자를 만나 봐야겠다."

적운은 대답 대신 즉각 행동을 옮겼다. 사람들에게 둘러싸여 있던 취객의 멱살을 잡고 다짜고짜 황상 앞에 데려다 놓은 것이다.

"왜, 왜 이러시오!"

칼을 든 무사가 저를 끌고 가니 공자는 취기가 확 달아났다. 그러나 아무리 발버둥치고 도움을 요청해도 사람들은 저를 모르는 척하고 고개를 돌려 버렸고, 결국 웬 젊은 사내의 앞에 앉혀지게 되었다.

"너는 뭐하는 놈이냐?"

"뭐? 너?"

제가 아무리 행색이 추레해도 나름 명문가의 자손이었다. 신분으로 따지자면 꿀릴 것 없는 공자는 갑자기 꼿꼿이 허리를 펴고 앉아 저보다 어려 보이는 사내에게 손가락질을 해 댔다.

"강호의 질서가 아무리 약육강식이라고 하나, 나 같은 선비님에게는 예를 갖춰야 하는 법이다!"

공자의 손가락질을 받은 강위는 조용히 웃으며 말했다.

"그 손 치우지 않으면 나는 괜찮으나 너는 괜찮지가 않을 것 같다."

적운은 당장에라도 손가락을 잘라 버릴 기세였고, 사모달 역시 그 손가락을 부러뜨리지 못해 눈에 핏줄이 서 있었으니 살기를 느낀 공자는 다시금 비굴하게 허리를 낮추었다.

"이제야 조용히 얘기할 수 있겠구나."

"그전에도 조용히 얘기가 될 것 같았습니다만……."

강위는 투덜대는 공자의 말을 묵살했다.

"그 노래는 네가 만든 것이냐?"

"그, 그렇소만."

"그렇구나. 허면 조금 수정을 해야겠다."

"예에?"

"서러운 봉황 노래에 금빛이 깃들어 있어, 사악한 흑오 두 마리 기어이 목을 쪼더라. 이걸 좀 넣었으면 하는데?"

"그, 그건 왜?"

"돈이 필요한 낯짝인데……."

강위가 노골적으로 그를 훑어보자 가뜩이나 술독 오른 얼굴이 터질 듯 붉어졌다.

"하! 사람을 어찌 보고 내가 이래 봬도 단씨 가문의 3대 독자요!"

"아, 그…… 단우현이라는 개망나니?"

"그……! 그렇지. 내가 그 유명한 개망나니 단우현이오."

화를 내려던 단우현은 제가 생각해도 소문이 틀린 건 아니라 시원하게 인정했다. 사실 어릴 때는 가문을 다시 일으킬 거라 집안의 기대를 한 몸에 받았던 영재였다. 세상을 잘못 만나 과거길이 막힌 데다 마음 준 계집에게 사기까지 당하고는 삶의 의미를 잃고 피폐해졌을 뿐이라 변명하고 싶었지만 말이다. 사연이야 어쨌든 제가 재산을 탕진하고 막 살고 있는 것은 도성 바닥에 유명한 이야기였으니 숨겨 뭐하겠는가.

"그럼 돈을 받겠단 얘긴가?"

"됐소. 그깟 돈 때문이 아니라도 그 계집 욕은 얼마든지 지어낼 수 있소. 돈을 받고 욕을 하는 것은 내 진심이 충분히 우러나오지 않을 것 같으니 그냥 술이나 사시오."

"계집이라면 금비를 말하는가?"

"그년 말고 누가 있소?"

"무슨 원한이 있기에 곧 황후가 될 여인을 향해 그런 몹쓸 노래를 지었는가?"

강위가 술을 한 잔 따라 주자 단우현은 잔을 맛있게 비우고 금비에게 맺힌 원한을 털어놓았다.

"내가 그년 얼굴 한 번 쳐다본 죄로 얻어맞다 죽을 뻔했소. 이 귀한 단씨 가문의 삼대독자가 하마터면 대를 잇지 못하고 죽을 뻔했다 이 말이오! 황후가 되면 욕도 못 하게 될 텐데 그전에 실컷 욕 좀 해 두려고."

"아마 너는 그 욕을 평생 해도 문제 되지 않을 것이다."

"응?"

강위가 일어나자 사모달과 적운 역시 따라 일어섰다.

"아무튼 내가 말한 가사를 꼭 넣어 주게. 돈보다 명예가 따를 것이다."

단우현은 알 듯 말 듯 한 말을 남기고 떠나는 사내의 등을 보다 불현듯 등줄기가 싸해지며 소름이 돋았다. 언젠가 저 목소리와 뒷모습을 본 적이 있었다.

'화, 황제?'

술이 덜 깬 빈민촌에서 노숙하던 때였다. 흥분한 사람들에게 둘러싸인 황상의 목소리를 들은 적이 있었다.

"에이 씨. 그럼 돈을 좀 달라고 할걸."

귀한 만남이 너무 짧아 아쉬웠을까. 단우현은 투덜대며 꿀꺽 삼킨 술잔을 내려놓고 목청 높여 좀 전의 노래를 다시 불렀다. 바뀐 게 있다면 황제가 알려 준 가사가 추가되었을 뿐인데, 객점의 사람들은 더욱 환호하며 단우현을 추켜세웠다.

난비는 하루 종일 자고도 밤에 또 자고 있었다. 중간에 일어나 공 상궁이 끓여 준 죽으로 배를 따뜻하게 데웠더니 잠이 더 달았던 것 같았다. 그러나 너무 오래 잔 탓에 한밤중에 목이 말라 설핏 깨고 말았다.

'목말라……'

잠결에 손을 허우적대며 자리끼를 찾는데 누군가가 덥석 제 손을 잡더니 사기그릇을 쥐여줬다.

"헉!"

"쉿!"

익숙한 목소리였다.

'폐하?'

어둠에 눈이 적응되어 가자 그의 윤곽이 점점 또렷하게 보였다. 꿈이라기엔 너무 생생한데 있을 수 없는 사람이 와 있으니 눈을 비볐다.

"꿈이 아니다."

난비는 그제야 눈앞에 계신 분이 황제임을 확신할 수 있었다. 그러나 곧 대경하여 물었다.

"여긴 어쩐 일이십니까?"

"사모달은 생각보다 쓸 만한 놈이다."

황제가 옷소매를 들어 난비의 얼굴 앞에 흔들자 난비는 그만 입을 다물지 못하고 실소를 터트렸다. 내관의 옷을 입고 뭐가 그리 자랑스러우실까 황당할 뿐이었다.

"아무리 그래도……."

"걱정할 것 없다. 사모달이 다 알아서 잘하고 있을 것이니."

물론, 용포를 입고 황제의 침전에 누워 있는 사모달에겐 피가 마르는 시간이 지나고 있었다. 잠행을 나서고도 폐비의 사가에 가겠다고 조르지 않으신다 했더니 환궁하자마자 이런 꾀를 내셨던 것이다. 사모달이 아무리 말려도 연정에 눈이 먼 황제를 이길 수는 없었다.

"우리가 황제도, 황후도 아닌 보통 사람이라면, 그대의 부모에게 들킬까 봐 조마조마한 마음으로 월담을 했을 테지. 그러다 결국 들켜서 흠씬 두들겨 맞고 혼례를 올린다면 얼마나 부럽고 행복한 결말일까……."

"후훗……."

난비는 황상의 꿈이 눈앞에 아른거려 즐거운 웃음을 터트렸다.

"백성들이 말하던 월담의 낭만이 이런 거로군."

"버릇되시겠습니다."

난비가 짐짓 황제의 무모함을 나무라자, 황제는 그녀의 뺨을 손등으로 쓸었다.

"열이 나는구나. 다시는 그런 짓 말아라."

"별로 아프지 않습니다."

"아쉽구나. 많이 아프면 약을 먹여 주고 가려고 했더니."

"……."

난비는 수줍게 고개를 숙였다. 그가 자신에게 어찌 약을 먹여 주었는지 이제는 너무나 잘 알고 있는 터라 자꾸만 그의 입술로 시선이 갔기 때문이었다.

"갑자기 뺨이 더 뜨거워지는데. 아무래도 탕약을 먹어야겠다."

황제가 그녀의 얼굴에 피어난 수줍은 열꽃을 느끼며 놀려 대자 난비는 어쩔 줄 몰라 했다.

웃음을 머금은 강위가 손가락으로 그녀의 거친 입술을 매만지 며 다가왔다.

순간 난비는 숨조차 쉬지 못하고 바짝 긴장하고 있었다.

"목말라서 깬 것이 아닌가? 물부터 마셔라."

난비는 제 입술을 떠난 그의 손이 물그릇을 내밀자 얼떨결에 그것을 받아 들었다. 어쩐지 맥이 빠졌지만 까슬한 입 안으로 흘 러 들어오는 물은 달짝지근했다. 그런데 갑자기 물그릇이 치워지 고 그 대신 황상의 입술이 부딪쳐 왔다.

"흡!"

찬바람을 헤치고 온 황제의 입술은 차가웠고, 열이 오른 난비 의 입술은 뜨거웠다.

난비는 그의 차디찬 입술을 뜨겁게 달구어 놓고 그에게 순순히 제 입술을 열어 주었다. 붉은 혀가 엉켜들며 겨우 한 모금의 물로 가시지 못한 갈증이 탐욕스럽게 끓어올랐다. 이 달콤함을 삼키지 못해 안달이 났다. 그의 혀를 휘어 감고, 그를 움켜쥐고 놓아주고 싶지 않았다.

'안 돼.'

도를 넘을 것 같았다. 여기서 멈추지 않으면 날이 밝을 때까지 그를 보내지 못할 것만 같았다. 눈을 뜬 난비는 그의 가슴팍에 손 을 대고 힘껏 그를 밀어냈다.

"……."

강위는 갑자기 멈춘 입맞춤에 몽롱했던 정신이 돌아왔다. 하지

222

만 서운해하지 않았다. 둘 중 하나라도 정신을 차리고 있는 것이 그나마 다행이라고 생각하고 웃을 뿐이었다.

그 웃음에 난비는 그의 품속에 푹 안겼다. 이제 황제의 품은 따뜻하다 못해 더워졌고, 황제가 그녀를 떼어 놓았다.

"이제, 가야겠다."

아쉬움이 질척이는 인사에 그녀가 따라 일어났다.

"어딜 가려고?"

"어찌 그냥 보내 드립니까? 배웅하게 해 주십시오."

"됐다. 얼굴을 봤으니 충분하다."

"그래도……. 아! 제게 보내 주신 털옷이 있지 않습니까!"

난비는 주섬주섬 털옷을 찾아 걸쳐 입었다.

"이러면 하나도 춥지 않습……."

뿌듯하게 돌아본 난비는 아무도 없는 방 안을 둘러보며 말을 다 잇지 못했다. 마치 모든 것이 꿈이었던 것처럼 황제는 사라지고 없었다. 하지만 입술은 아직도 촉촉했고, 가슴에 남아 있는 온풍은 거짓이 아니었다.

멍하니 서 있던 난비는 황제의 뒤를 쫓아 밖으로 뛰쳐나갔다. 추운 줄도 모르고 마당을 가로지르던 난비는 갑자기 하얀 눈가루가 날리기 시작하자 그 자리에 우뚝 멈춰 하늘을 쳐다보며 눈을 깜빡거렸다.

"안 되는데……."

굵어지는 눈이 황상이 가시는 길을 어렵게 만들까 봐 난비는 저도 모르게 걱정스럽게 중얼거렸다. 그때 반가운 목소리가 들렸다.

"그래, 안 된다. 나오지 말라 했거늘⋯⋯."

강위와 난비. 두 사람은 누가 먼저랄 것도 없이 서로를 마주 보며 활짝 웃음을 터트렸다.

강위는 어쩔 수 없다는 듯이 그녀를 번쩍 안아 걸어갔다. 강위의 목에 팔을 두른 난비는 그의 얼굴에서 눈을 떼지 못했다. 강위는 그녀를 담 위에 올려 앉혀 놓고 저도 담벼락을 가볍게 올라탔다. 담벼락에 나란히 앉은 두 사람은 손을 꼭 붙들고 앞이 보이지 않는 적막한 세상을 둘러보았다.

아름다운 겨울밤의 풍경에 살을 에는 추위도, 불안한 처지도 잊었다. 불행을 모르는 아이처럼 천진난만하게 웃고 있으려니, 경계심도, 체면도, 막연한 두려움도 모두 사라지는 것 같았다.

강위의 시선이 난비의 도톰한 입술을 돌아보자 난비 역시 살포시 눈을 감았다. 벌어진 입술은 서둘러 다가가지 않고 하얀 입김을 내뿜어 서로의 입술을 간지럽게 녹였다. 강위가 먼저 그녀의 입술을 베어 물자 난비도 그의 입술을 삼켰다.

떨어질 줄 모르는 두 사람은 함박눈이 내리는 깊은 밤을 숨죽이게 만들었고, 땅 위의 모든 것이 넙죽 엎드려 고고한 입맞춤에 경의를 표하는 듯했다.

난비의 기다란 속눈썹에 하얀 눈송이가 앉았다. 눈꺼풀이 파르르 떨리자 눈송이도 뺨 위로 흩어졌다. 뺨에 떨어진 싸라기들은 금세 녹아 버렸다. 난비의 입술은 청량했으나, 뜨거운 강위를 더욱 달구어 놓았다. 입맞춤으로 젖은 입술이 찬 공기에 얼어붙으면 따뜻한 혀가 다시 이를 녹였다. 강위의 어깨 위에도 조금씩 눈이 쌓여 갔지만, 두 사람은 추위를 느낄 수가 없었다.

신비로운 풍광 속에서 소리 없이 흩날리는 눈만이 시간이 멈춘 것이 아님을 알 수 있게 해 주었다. 두 사람이 동시에 몽롱함에서 깨어났다. 난비의 눈에는 초조함이, 강위의 눈에는 아쉬움이 맺혔다.

"이제 진짜 가셔야 합니다."

"또 오겠다."

"……."

그 약속이 지켜지기 어려울 것을 알기에 난비는 그저 소리 없는 웃음을 보내며 그를 재촉했다.

담에서 뛰어내린 강위는 난비를 올려다보며 섣불리 자리를 떠나지 못했다.

남은 사람이야 기다리면 된다지만, 떠나야 하는 사람은 무거운 발을 옮기기가 쉽지 않았다. 강위의 그윽한 눈을 안타깝게 내려다보던 난비는 품속에서 소금을 꺼냈다.

"이 소리를 벗 삼아 어서 돌아가십시오."

난비는 소금 연주로 황제를 배웅했다. 행여나 밤의 적막을 깰까 봐 고요하게 스며드는 소리로 황상의 어두운 밤길을 밝혔다.

강위는 홀린 듯이 가벼운 걸음으로 나아갔다. 시간이 좀 걸리면 어떠한가. 마음이 같은 길을 걸어가고, 그 길이 바른 길인 것을.

소금 연주가 멀어지고 강위의 발걸음도 느려졌다. 적운이 기다리기로 한 길목에 들어서자 이제 소리는 거의 들리지 않았다.

"누구냐!"

뒤돌아선 인영은 오랫동안 봐온 적운이 아니었다. 대신 강위는 다른 이를 떠올리며 사내가 돌아서길 기다렸다. 서서히 고개를 돌린 사내는 강위의 예상대로 얼마 전 헤어진 앳된 얼굴의 성검이었다.

"골이 단단히 난 표정이구나."

"⋯⋯."

늘 풀어진 성검의 얼굴이 마음에 들지 않았었는데 웃음기가 싹 사라진 얼굴은 더 맘에 들지 않았다.

"찾아도 찾아지지 않아 기다리고 있던 참이었다."

"⋯⋯."

"한 명이 말을 찾으면 한 명은 말을 잃는 게 세상의 이치인가 보구나."

원망에 찬 성검의 눈빛이 반짝 빛이 났다. 참으려 했는데 울컥 억울함이 복받쳐 올라 눈물이 맺힌 것이다.

"어차피 죽은 사람이다. 살아 있었다면 나는 무슨 오명을 뒤집어쓰고라도 은호를 살렸을 것이다. 허나 이미 죽은 사람의 명예를 위해 앞날을 망칠 수는 없었다."

"황후께서 폐비가 되셨는데 무슨 영화로운 앞날을 생각하셨습니까! 황상 홀로 명예롭게 나아갈 길? 아니면 무슨 뾰족한 수라도 있으셨나 봅니다!"

"왜 없다고 생각하느냐? 황후를 폐비로 만든 것은 훗날 그녀를 떳떳이 복권시키기 위함이다."

"그래서 그 방책이 무엇입니까?"

강위는 성검의 날카로운 물음을 마치 기다리고 있었던 사람처럼 망설임 없이 대답했다.

"너."

"……."

"너와 네가 가져다 줄 방책을 기다리고 있었다."

성검은 본래 그의 말을 다 믿어 주고 싶지 않았으나 폐비의 사가를 드나드는 황상의 진심을 본 터라 입술을 깨물고 고심에 빠졌다.

"어디 한번 풀어놔 보거라. 그간 무슨 일이 있었는지? 은호가 구하고자 한 매파가 어찌 되었는지?"

"그럼 제게 무엇을 주실 것입니까?"

강위는 아직도 분노가 가라앉지 않은 성검의 두 눈을 보며 싱긋 인자한 웃음을 지었다. 그리고 낮에도 한 번 누군가에게 했던 말을 서슴없이 꺼냈다.

"돈이 필요한 낯짝이구나."

단우현과 달리 성검은 눈썹을 움찔 끌어 올리며 정곡을 찔린 표정을 감추지 못했다.

"얼마면 되겠느냐?"

"얼마나…… 주실 수 있습니까?"

"네가 필요한 만큼."

"가난하시다면서요?"

"그동안 열심히 벌었더니 살림이 좀 나아졌다. 눈감아 줄 테니 알아서 내가거라."

"네?"

"설마 나더러 그걸 옮겨 달라는 건 아닐 테지?"

성검은 황상의 말만 믿고 목숨을 걸어도 될지 잔뜩 경계하는 눈초리로 쏘아보았다.

"정말 믿어도 됩니까?"

"어차피 난비를 위해 써 줄 돈이 아니냐?"

"저를 이용할 생각이십니까?"

"물론 너 역시 네 복수에 날 이용해도 좋다. 이제 네가 아는 것을 내게 말해다오."

성검은 곰곰이 생각에 잠겼다. 황제를 믿고 싶었다. 하지만 만약 황제가 저를 배신한다면 많은 사람들을 위험에 빠트리게 되는 것이니 섣불리 판단할 수 없었다.

"크게 한바탕 놀아 보거라. 그리고 그것이 마지막이 되어야 한다. 내가 백성들에게 도둑질한 것이니 네가 그것을 다시 돌려주는 것. 그것으로 더 이상의 도적질은 없어야 한다."

지금까지와 달리 유독 힘이 실린 황제의 당부가 성검에게는 더 믿음이 갔다.

"도성 밖 산길 입구에 이름 없는 허름한 객잔이 하나 있사옵니다. 우리가 일을 끝내면 그곳으로 오십시오."

성검이 바람처럼 몸을 날려 사라졌다.

"영악한 놈! 그냥은 가르쳐 주는 법이 없구나."

적운이 몰래 성검을 쫓는 듯했으나 결국 그냥 돌아왔다. 하지만 강위는 안달하지 않았다. 금방 다시 만날 수 있으니 말이다.

겨울비가 눈으로 바뀌고, 추악했던 세상이 순백으로 뒤덮였다. 고드름 사건으로 아이들의 웃음소리를 듣기는 힘들었으나 난비는 또 코를 훌쩍이며 나무 위로 올라갔다. 언덕 위에 지어진 난비의 사가는 백성들이 사는 도성의 풍경을 내려다보기 좋았다. 오늘 같은 날은 밤새 내린 눈이 지붕을 덮어 순백의 절경을 구경할 수 있었다. 오도카니 앉아 있던 난비는 소금을 꺼냈다.

"아무래도 우리 마마께서 높은 자리에 있다 오시더니, 거기가 그리우신 모양입니다. 만날 저리 높은 데 올라가 계시는 걸 보면 말이죠."

소금을 연주하는 난비를 보며 아랑이 딴에는 농담이랍시고 불편한 이야기를 꺼냈다. 당연히 공 상궁이 이를 나무랐다.

"너는 쉰 소리는 집어치우고, 가서 식사나 준비해라."

"뭐 특별히 준비할 게 있나요? 특별히 만들 것도 없는데."

"소고기가 있을 것이다. 맵게 볶아 올리거라."

"네에? 소고기요? 그게 갑자기 어디서 떨어졌습니까?"

"어디긴, 하늘이지."

"네?"

"말하기 귀찮으니 어서 가거라."

공 상궁은 눈치 없는 아랑에게 일일이 설명해 주고 싶은 맘이 없었다. 아랑이 투덜투덜 사라지자 공 상궁은 소금 연주를 끝낸 난비에게 슬그머니 말을 건넸다.

"마마, 밤사이 손님이 다녀가신 모양입니다."

난비는 어깨를 움찔했으나 돌아보지 않았다.

"다음에 또 손님이 오시거든 젖은 신을 벗어 놓고 오라 전해 주십시오."

공 상궁이 웃으며 돌아서자, 난비는 모르는 척 소금을 잡았다.

바람 한 점 없는 맑은 날 난비의 소금 소리는 막힘없이 멀리멀리 음이 가고 싶은 곳으로 자유롭게 날아갔다. 그러다 언덕 아래 양지바른 곳에 앉아 지나가는 사람들의 귀를 즐겁게 해 주었다.

"허이구야. 어째 이런 소리가 다 날까?"

"그러게 말일세. 이 소리 듣고 있자니 배고픈 줄도 모르겠네……."

"근데 정말 저 위에서 엽전 고드름이 열리긴 한 걸까?"

"왜 언제 또 고드름이 열리나 가서 기다려 보게?"

사람들은 한바탕 웃으며 지나갔다. 소금으로 외로움을 달래던 난비가 그들의 웃음소리를 듣지 못한 것이 아쉬운 일이었다.

❀

뽀득뽀득 눈 밟는 소리가 다급했다. 고진이 돌아왔다는 소리를
듣자마자 금비는 헐레벌떡 부인의 방을 향해 뛰어갔다. 부인의 전
각 앞에 멈춰 선 금비는 숨을 고르며 땅을 내려다보았다. 하얀 눈
을 깊이 짓밟은 사내의 발자국이 밖에서부터 길게 이어져 있었다.
금비가 채 숨을 고르기도 전에 문이 열리고 고진이 걸어 나왔다.
그는 금비를 보고 흠칫 놀랐으나 머리를 숙여 인사했다.

"오랜만에 뵙습니다, 아씨."

"아씨라……. 버릇이 돼서 그런가. 아무렇지도 않게 들리네."

고진은 못 들은 척하고 금비를 지나쳤다.

"잠깐!"

"……?"

"일은……. 잘 끝난 거야?"

"별로 그렇지가 않습니다. 매파를 찾지 못했으니 말입니다."

"그럼, 혹, 혹시 성검이 그 아이가 매파를 데려간 거야?"

"……."

어둡게 가라앉은 고진의 눈은 매서웠다.

"왜? 왜 그렇게 보느냐!"

두려움을 들킬까 봐 더욱 화를 내 보지만 고진은 더욱 강하게

그녀를 노려보며 싸늘한 목소리로 말했다.

"성검이란 놈은 죽었습니다. 죽은 놈에게 관심을 두어 봤자 헛수고니, 아씨께서 해야 할 일에만 신경 쓰는 게 좋을 겁니다."

"……."

성검이 죽었다. 성검이…… 성검이…… 죽었다!

"차, 참이냐?"

"왜 거짓이라 여기십니까?"

"참이냐! 어찌 죽었느냐! 왜 시신이 없느냐!"

"그깟 놈 시신을 왜 거둬 와야 하는지 나야말로 묻고 싶습니다. 정신 똑바로 차리십시오. 아씨."

고진이 떠나고 난 후에도 금비는 돌덩이처럼 꼼짝할 수 없었다. 가슴에 시커먼 구멍이 생긴 것 같았다. 온몸이 덜덜 떨릴 만큼 추웠다. 누군가의 죽음이 이토록 가슴을 시리게 만들 줄 꿈에도 생각지 못했다.

'죽었다고? 정말 다시는 볼 수가 없다고……? 말도 안 돼. 어떻게 그럴 수가 있어? 어떻게? 내가, 내가 보고 싶은데 볼 수가 없다고? 만나고 싶은데 못 만난다고? 왜?'

막연하게 성검의 죽음을 떠올릴 때와 달랐다. 성검을 처음 만난 날부터 그 앞에 무릎을 꿇고 원망한 일, 그리고 제 목에 칼을 대고 산 아래까지 도주했던 일이 차례차례 떠올랐다. 전부 부끄럽고 아쉽고 후회되는 일밖에 없었다.

'다 돌려놓고 싶어. 다……. 전부 다. 전부 처음부터 다시 하고

싫어. 아무것도 못 해 봤는데……. 나한테 기회조차 주지 않고 어떻게 그럴 수가 있어!'

갑자기 금비는 고진의 뒤를 쫓아 뛰어갔다. 어떻게 죽었는지 소상히 듣고 싶었다. 남긴 말은 없었는지, 마지막으로 무슨 이야기를 주고받았는지, 그에 대해서는 하나도 남김없이 듣고 싶었다. 정신없이 뛰던 금비는 저 앞에 고진의 뒷모습을 발견했다. 하지만 갑자기 그가 큰 소리로 호통치는 것을 듣고 조용히 가까이 다가 갔다.

"감히 어디서 그따위 노래를 지껄이는 게냐!"

"저희는 그냥…… 장터에서……."

"어디서 어느 놈이 그랬건! 네년들은 연월장의 밥을 먹는 것들이 아니냐! 설마 그 노래가 무슨 뜻인지 모르고 부르진 않았을 것 아니냐!"

"몰랐습니다. 정말 몰랐습니다. 그냥 재밌어서!"

"이런 머저리 같은 년들! 난새가 뭔지 몰라? 엉! 난새의 둥지가 뭔지 모르냔 말이다!"

난새, 난새의 둥지……. 고진의 호통을 듣던 금비는 순간 난비가 떠올랐다. 게다가 무슨 노래인진 모르나 연월장과 연관이 있는 것 같았다. 물론 화난 고진의 음성으로 미루어 보아 좋은 뜻은 아닐 것이다.

"무슨 노래를 불렀다고 이 아이들에게 함부로 큰 소리를 내는 게냐? 호위무사가 무슨 벼슬이라도 되는 줄 아느냐?"

"아씨……! 소, 송구합니다. 하도 어이없는 노래를 불러서…….
순간 화가 나……. 뭣들 하느냐? 어서 가 보지 않고!"

"네, 네!"

고진이 서둘러 계집들을 내보내려는 것이 더욱 수상했다.

"잠깐. 내 얘기는 안 끝났는데?"

"아씨, 더 들을 얘기도 없습니다. 제가 말씀드리……."

"넌 가 봐. 너한텐 볼일 없으니까. 말해 봐. 어디서 무슨 노래
를 듣고 온 거야?"

금비가 고진을 냉대하는 모습에 시비들은 꽤나 당황한 눈치였
다. 두 사람이 평소에 사이가 좋았기 때문에 금비의 심기가 무척
사납다는 반증이나 다름없었다. 그래서 그녀들은 이 노래를 금비
가 들으면 얼마나 화를 낼까 감히 두려워 입을 열 수가 없었다.

"우물쭈물하지 말고 어서 말하지 못해!"

"어, 어제 장을 보러 나갔는데요. 술주정뱅이들이 우르르 몰려
나오더니 이런 노래를 부르지 않겠어요……. 근데 정말 처음엔
별뜻 없는 줄 알고 따라 불렀던 겁니다. 믿어 주세요."

"알았으니까 불러 봐!"

두 시비들은 서로 눈짓을 주고받다가 마지못해 동시에 입을 열
었다. 그녀들의 떨리는 노래 소리를 듣던 금비는 하얗게 질려 갔
다.

"……새까만 까마귀 새끼 금빛에 탐을 내더니, 봉황의 어린 깃
털을 부리로 쪼아 뽑누나. 서러운 봉황 노래에 금빛이 깃들어 있

어, 사악한 흑오 두 마리 기어이 목을 쪼더라……."

"허, 허억!"

금비는 심장이 멎는 것만 같아 가슴을 꾹 누르며 비틀거렸다.

"아씨!"

아직 가지 않고 있던 고진은 시비들보다 먼저 달려가 금비를
부축했다.

"놔!"

고진의 손길을 세차게 거부한 금비가 붉게 충혈된 눈동자로 고
진을 노려보았다.

"왜 내가 저런 소리를 들어야 해! 이게 다 너 때문이 아니냐!"

"아씨. 흥분을 가라앉히시고……."

"꺼져! 꺼져! 다들 꺼지라고! 너, 특히 고진 너는 꼴도 보기 싫어!"

금비는 제 처소로 달려가며 눈물을 흩뿌렸다. 가뜩이나 성검을
살리지 못한 이 마당에 어머니와 고진의 잘못이 만천하에 드러나
자신이 손가락질 받아야 하는 것이 억울해 견딜 수가 없었다. 그
런 일이 없었다면 성검을 그렇게 보내지 않아도 되었을 것이다.
그 앞에서 부끄럽지 않을 수 있었을 것이다. 그가 자신을 믿어 주
고 살아 주었을 것이다.

하지만 아무리 울고 분노해 보아도 성검은 다시 살아오지 않을
것이다. 그것이 금비를 가장 절망하게 만든 이유였다.

13.

짐승들이 노래하는 밤

황제가 주고 가신 소고기는 금방 동이 났다. 세 식구가 먹을 곡식은 매달 황궁에서 보내 주지만 찬거리며 그밖에 필요한 것들을 사려면 곡식만 가지고는 턱도 없었다. 황상이 눈치껏 보내 주신 엽전 꾸러미는 얼마 전 모두 날려 버렸으니 공 상궁은 요즘 부쩍 늙어 갔다.

　"마마님. 요새 뭐 안 좋은 일 있으십니까? 어쩨 나이 들어 보이십니다."

　"후우……."

　눈치 없는 아랑에게 잔소리하는 것도 이젠 지쳤다.

　"왜 또 그러십니까?"

　"아랑아, 너 나가서 삯바느질거리라도 있는지 좀 알아봐라."

"네에? 설마 저더러 하라고 하시는 건 아니시죠? 전 바느질 자신 없습니다."

"안다. 내가 할 테니 찾아나 와라."

"근데, 요즘 같은 때에 그런 일거리가 있겠습니까……. 다들 그런 일이 있으면 환장하고 달려들 텐데."

"그래도 어쩌겠니. 마마의 상을 이렇게 초라하게 올려서야 어디……. 후……. 이왕 가져오실 것이면 많이 가져오시지……."

공 상궁은 다른 때는 알아서 잘도 챙겨 주시더니 요번 참엔 왜 이리 손이 작아지셨을까 황상을 원망했다. 그러자 아무것도 모르는 아랑이 고개를 갸웃했다.

"네? 뭘요?"

"됐다. 어서 나가 보거라."

그러나 심부름 간다며 죽을상을 하고 나간 아랑은 일각도 못 돼 헐레벌떡 뛰어 들어왔다.

"마마님! 마마님!"

"왜 또 방정이냐?"

"마마님 글쎄, 글쎄, 저기 언덕 아래서 사람들이 이상한 노래를 부르고 다니지 뭐예요!"

"이상한 노래라니?"

"뭐더라…… 시작이……. 잠시만요, 제가 외워 왔거든요. 음…… 봉황으로 시작하는데, 아! 생각났다."

아랑의 요란한 말소리에 난비가 밖으로 나왔다. 무슨 재미난 노래를 부르려나 난간에 엉덩이를 걸치고 앉았는데, 노래를 듣던 난비의 얼굴에서 핏기가 사라져 갔다.

봉황의 높은 둥지에 까마귀 날아들더니
황금색 날개가 탐나 봉황을 시샘하누나.

더러운 까마귀 모녀 봉황을 말라 죽이고
봉황의 어린 깃털을 부리로 쪼아 뽑는다.

서러운 봉황 노래에 금빛이 깃들어 있어,
간악한 흑오 두 마리 그조차 탐을 내더라.

어얄꼬 빼앗긴 소리 어얄꼬 서글피 우니,
봉황의 한스런 사연 하늘이 알아주었네.

헐벗은 날개 황금색 깃털로 날게 하시고
고결한 봉황의 노래 온 세상 듣게 하셨네.

둥지를 찾은 난새의 노래가 꽃비가 되고,
찬란한 난새의 날개 세상을 품어 주노라.

이들이 들은 노래는 처음 단우현이 만든 노래와 많이 달라져 있었다. 그러나 그 뜻은 아둔한 아랑이 한 번에 알아들을 만큼 노골적인 연월장의 비난과 폐비의 복권을 담고 있었다.

"마마, 이 일을 어쩌면 좋습니까?"

공 상궁 역시 창백해졌다. 이 노래가 고드름 사건 때문이라면 연월장이 무슨 말로 폐비를 모함하려 할지 알 수가 없었다. 게다가 노래는 폐비가 목소리를 잃은 것도 연월장의 짓이라며, 계모의 치 떨리는 죄상을 고발하고 있었으니 연월부인의 분노가 어떨지 상상이 갔다.

"마마, 아무래도 그 고드름이……."

"좋은 노래다. 누가 만들었는지……. 참 좋구나."

"마마!"

공 상궁은 어느새 평정을 찾고 미소까지 짓고 있는 난비를 이해할 수 없었다. 백성들의 이런 동요는 연월장의 엄한 짓을 부추길 뿐인데, 어찌 저리 태연하실 수 있단 말인가.

"잘됐다. 이제 연월장이 어찌 나오는지 지켜보자. 백성들이 원하는 나를 모함할지, 죽이려 할지……. 뭐가 되었든 폐하께는 잘된 일이구나."

"마마! 일이 더 커질 뿐이옵니다."

"공 상궁. 나는 저 노래가 너무 마음에 든다네. 너무…… 좋아."

혼자 앓아 왔던 세월들. 아무도 몰라주었던 억울한 일들을 이토록 많은 사람들이 함께 아파하고 분노해 준다니, 꽁꽁 싸매 두었던 한이 스르르 녹아 절로 눈물이 났다.

"마마, 좋다면서 왜 우십니까…… 흑."

아랑 역시 뭔지 모르게 난비의 마음이 와 닿아 울음을 터트렸다.

"나도 이제 가만히 손 놓고 있지는 않겠다. 뭐든 황상께 도움이 되어 드려야 해. 이곳에서 아무것도 못 하고 바보처럼 당하고 있지는 않을 것이다."

사람들이 알아주었다. 그러니 이제 못 할 일이 없을 것 같았다. 저 노래를 연월장이 모를 리가 없었고, 위험은 시작된 것이나 마찬가지였다. 가만히 숨죽여 지내는 것이 능사는 아니리라.

그날부터 며칠간 난비는 소금도 붙지 않고 밤낮으로 무언가에 몰두하기 시작했고, 방 안에는 진한 먹향과 흥얼거리는 노랫가락이 끊이지 않았다.

새벽닭이 우는 소리가 짜증나는 계절이었다. 할 일도 없는데 일찍 눈을 떠 봐야 배만 고플 뿐이었으니 사람들은 너나 할 것 없이 밍기적거리며 지루한 아침을 맞이했다. 그러나 오늘 아침은 누군가의 탄성으로부터 시작해서 여기저기 한바탕 흥분으로 들썩였다. 가난한 백성들의 집집마다 나무며 처마에 엉성한 고드름이 하나둘씩 매달렸기 때문이었다. 하룻밤 사이에 일어난 괴이한 일이었다. 사람들은 실없이 주고받던 농담이 실현된 것이 놀라워 눈이 휘둥그레졌다. 게다가 수천 그루의 나무에 매달린 고드름은 엽전

보다 더 귀한 것을 씨앗처럼 품고 있었다. 햇빛을 받은 금은보화 고드름이 번쩍번쩍 빛나는 진풍경에 도둑질을 의심받았던 아이들 도 덩달아 신이 났다.

그 시각, 백성들이 즐거운 비명을 지르고 있는 것과 반대로 황 궁 안은 경악에 찬 비명이 울렸다. 영화세로 든든히 채워 놓았던 창고 안 보화가 하룻밤 사이에 반 이상 줄어들었기 때문이다. 게 다가 이는 도둑의 짓이라는 확실한 증거도 있었다.

[백성들에게서 훔쳐 낸 것을 백성들이 다시 받아 가니 벌을 하 시려거든 만백성들을 벌하여 주시옵소서.]

황궁에 도둑이 들다니! 이 일을 황제에게 어찌 고해야 할지 창 고책임자는 막막했다. 한 가지 위안이 되는 것은 이것이 한 사람 만의 잘못은 아니라는 것이었다. 번을 서던 창고지기에게 덮어씌 울 수도 없는 것이, 그 역시 피해자였다. 찬물을 들이부어 깨어난 창고지기가 간밤에 귀신을 보았다며 헛소리를 해 댔다. 귀신의 탈 을 쓴 누군가가 신출귀몰한 움직임으로 그를 겁에 질리게 한 것 이다. 황궁을 월담한 실력은 소름 끼치는 것이었고, 성벽을 경계 하던 병사들은 옷이 벗겨진 채 구석에서 정신을 잃고 있었다. 창 고 주변을 지키던 병사들은 소리 소문 없이 혈을 제압당해 잠들 었으니 보통 실력이 아니며, 옷을 벗겨 간 것으로 보아 한 사람의 짓도 아니었다. 한마디로 탓을 하고 책임을 지려면 수십 수백 명 의 잘못이 아니겠는가.

소식이 전해지자 황제는 크게 노하고 상심했다. 국혼을 위해 기껏 마련한 재물을 도둑맞다니! 더군다나 황궁에서! 아침나절 대전에는 황제의 호통 소리가 끊이지 않았다.

"하! 금위장! 그대는 뭘 했기에 도적들이 황궁을 월담하여 감히 황실의 재물에 손대는 것조차 막지 못했단 말인가! 그 도적들이 나를 해하려 했다면 얼마나 쉽게 나를 죽였겠는가!"

금위장 왕정이 시퍼레진 얼굴로 납작 엎드려 변명을 시작했다.

"폐하! 어찌 그런 일이 있을 수 있단 말이옵니까. 소장은 폐하를 지키기 위해……."

"닥쳐라! 네놈들이 직무를 소홀히 하였거나, 본래가 도적들보다 무능하다는 것이 알려졌으니 부끄러운 줄 알고 입을 다물어야 할 것이다. 이러니 내 어찌 지난 황후들의 죽음을 의심하지 않을 수 있겠는가! 황후가 아니라 나 또한 얼마든지 병사나 사고사로 죽어 나갈 수 있겠구나!"

"폐하! 결단코 그런 일은 없었으며 앞으로도 없을 것이옵니다. 소장을 믿어 주시옵소서, 폐하!"

해일주는 돌아가는 분위기에 눈을 감았다. 황제는 이번 일을 계기로 해 지난 황후들의 죽음까지도 재조사할 기세였다. 물론 그것은 쉽지 않은 일이었으나 다시 한 번 그 일을 들먹인 것 자체가 좋은 조짐이 아니었다. 그만큼 황제에게 명분이 생겼으니 말이다.

"대사농은 들으라! 내가 걷으라던 영화세를 누구에게서 걷었기에 이런 글귀가 나온 것인가!"

금위장을 한심하게 바라보며 혀를 차던 대사농 서대호는 갑자기 불똥이 저에게 튀자 어쩔 줄 몰라 했다.

"폐, 폐하. 그것은 도적놈의 얄팍한 핑계일 뿐이옵니다. 지금은 도적을 잡는 데 주력하사옵고, 군의 경계가 흐트러져 오늘과 같은 참담한 일을 불러일으켰으니 금위장의 책임을 물으심이 마땅하다 여겨지옵니다."

"핑계? 도적들이 그 재물들을 어찌 썼는지 그대는 듣지 못했나 보구나! 그놈의 말대로 백성들에게 훔쳐 낸 것을 백성들이 다시 받았으니! 내가 어찌 백성들을 벌할 수 있으며, 도적을 잡아 일벌 백계를 할 수 있단 말이냐! 네놈이 정녕 나를 폭군으로 몰아가고 싶은 것이냐!"

대신들이 입궁하는 길은 고드름에 신이 난 백성들의 노랫소리로 가득했다. 난새를 칭송하고 연월장을 욕하는 노랫말이 어수선한 민심을 반증해 주었으니 다들 꿀 먹은 벙어리처럼 입을 다물었다. 대사농이 재정을 관리하는 책임자이긴 하나 어쨌건 이 중에 영화세를 제대로 낸 이들이 없었다. 대부분 대사농과 짜고 백성들에게 받아 낸 것에 제 이름을 올렸을 뿐이었다.

"폐, 폐하……."

대사농이 아무리 눈을 굴리며 도움을 요청해 보아도 모두가 하나같이 그를 외면하고 있었다. 이렇게 된 이상 누구에게라도 죄를 덮어씌워야 살아날 수 있었다.

"폐하. 그 고드름은 폐비의 사가에서부터 비롯된 것이 아니옵니까? 신의 생각으로는 폐비와 폐비를 추종하는 자들이 일으킨…… 그, 은호의 잔당이 아닐까 생각되옵니다!"

"뭐라? 지금 뭐라 하였느냐? 폐비의 추종자? 은호의 잔당? 네 이놈!"

"폐, 폐하…… 신은……."

"황후는 스승의 안위를 걱정한 죄밖에 없으나 국법에 따라 스스로 폐비가 되기를 자청하였다. 그런데 이제 와 그 가엾은 폐비를 은호와 함께 도적의 잔당으로 모는 저의가 무엇이냐!"

말문이 막힌 대사농만이 당황하는 게 아니었다. 승상 해일주와 녹상서사 양자문의 얼굴이 샐쭉해졌다. 가엾은 폐비라니……. 이제 대놓고 폐비를 두둔하며 황후가 될 금비의 측근이라 할 수 있는 대사농을 핍박하고 계시니 말이다. 국혼까지 정해진 마당에 이 무슨 날벼락 같은 일인가!

"이번 일로 황실의 위엄이 땅으로 떨어졌다! 군의 기강은 해이하고 관리들은 썩어 빠졌음이 드러났는데, 그래도 부끄러운 줄 모르고 변명이나 해 대다니…… 참으로 한심한 작태가 아니더냐!"

더 이상 두고만 볼 수 없었던 해일주가 무거운 입을 열었다.

"폐하. 폐하의 말씀이 백번 지당하다 여겨지옵니다. 이번 일은 황상의 눈을 가려 황명을 어긴 대사농의 독단적인 결정임은 변명의 여지가 없는 대죄라 사료되옵니다. 다시 백성들에게 그것을 돌려 달라 할 수는 없는 일이오니, 착오가 있다 공표하시옵고, 대사농에게 그것에 관한 책임을 물으시옵소서."

"스, 승상!"

대사농은 해일주가 저를 버리려고 하자 펄쩍 뛰며 입을 쩍 벌렸다. 그러나 해일주는 그런 서대호를 못 본 척하고 자신의 말을 이어 갔다.

"하오나, 이는 오랫동안 죄의식 없이 행해지던 관례였으니 대사농의 말을 따른 우리 모두에게 그 죄가 있나이다. 일단은 없어진 영화세를 이번에야말로 제대로 거둬들여 국고를 다시 채우시는 것이 옳은 줄 아뢰옵니다. 그러나…… 대신들 모두의 관복을 벗게 하실 의향이 아니시라면 자비를 베풀어 주시옵소서."

"자비라? 암, 그래야지. 대신들이 황제의 명을 이리 우습게 여기게 된 것은 내 책임도 있으니 말이다! 그래서 나는 더더욱 대사농에게만큼은 자비를 베풀 수 없다. 대사농은 제 직무를 소홀히 하고 황명을 수행하는 과정에서 비리를 저질렀으니 재산을 몰수하고 관직을 파할 것이다. 또한, 이미 죄를 인정하고 벌을 받고 있는 폐비를 이번 일에 끌어들이려 한 저의를 물어 엄중하게 죄를 다스릴 것이다!"

"폐하! 억울하옵니다. 폐하! 통촉하여 주시옵소서!"

일이 점점 커져 갔다. 황상의 의중을 정확히 알 수 없으나 대사농에게 큰 죄를 덮어씌울 것은 확실했다. 그리되면 줄줄이 피를 볼 자들이 한둘이 아닐 것이다. 겨우 안정된 국정에 피바람이 불고, 새로운 관리가 등용된다면 황권이 강해질 것이다.

"폐하. 아뢰옵기 황공하오나 대사농의 말도 일리가 있사옵니다. 폐비의 뜻이 아니라 해도 누군가가 폐비를 이용해 이 같은 짓을 꾸미고 있을지도 모르는 일 아니옵니까? 그 노래만 해도 어리석은 백성들의 놀이라고 보기에는 도가 지나친 데가 있사옵니다. 누군가 악의적으로 만든 노래가 아닐런지요? 이를 철저히 조사하시어 도적들을 색출하셔야 하옵니다. 누가 뭐라 해도 폐비는 은호를 아비처럼 따랐사옵니다. 그들이 폐비를 부추길 수도 있사오니 폐비의 사가를 엄중히 경계하시고, 이 같은 일이 또 일어나지 않도록 방비함이 옳다 여겨지옵니다."

"철저히 조사하라? 좋은 생각이다. 그대들이 모두 폐비를 모함하려 하니 내가 당장 그곳에 가 그대들과 함께 공정하게 이번 일을 조사할 것이다! 당장 채비를 하라!"

바람을 펄럭이며 일어나는 황제를 아무도 말릴 수가 없었다. 그러나 일단은 모두가 안심했다. 폐비의 사가에서 실제로 도적들과 내통하였음이 밝혀질 수도 있는 일이었고, 아니라고 하더라도 승상과 주고받은 말로 미루어 황상 역시 큰 벌을 내릴 것 같지는 않았기 때문이었다.

폐비의 사가가 있는 언덕길에는 많은 사람이 모여 있었다. 혹시나 오늘 아침 일어난 기적이 폐비의 힘이 아닐까 고마운 마음에 기웃거린 것이다. 그러다 보니 아예 자리를 깔고 앉아서 술판을 벌여 놓고 있던 참이었다. 하지만 그들의 술판은 금세 파장이났다. 갑작스럽게 황제의 행렬이 들이닥친 것이다. 그 자리에 모인 사람들은 엉덩이에 불이라도 붙은 양 벌떡 일어나 허겁지겁 마을로 도망을 쳤다.

그리고 곧 폐비의 사가에도 간발의 시간 차를 두고 연통이 왔다.

"뭐? 그게 무슨 소리냐? 폐하께서 오시다니? 여기를?"

공 상궁은 아랑이 뛰어 들어와 하는 소리를 믿을 수가 없었다.

"예, 참입니다. 방금 내관이 와서 폐하께서 오고 계시니 폐비는 황상을 맞을 준비를 하라. 이리 말하고 갔다니까요."

"마마, 이게 어찌 된 일일까요?"

공 상궁이 모르는 일을 난비라고 알겠는가. 그녀 역시 폐하가 어찌 이리 당당하게 찾아오시는가 걱정이 되어 표정이 어두워졌다. 그러나 이러고 있을 때가 아니었다. 그녀와 공 상궁은 황급히 밖으로 나가 대문이 열리기를 초조하게 기다렸다. 그리고 얼마 지나지 않아 낡은 대문이 삐걱대는 소리를 내며 천천히 열렸다.

'폐하.'

훤한 날 그의 용안을 뵙는 것이 얼마만인가. 난비가 정신을 차리지 못하고 그를 빤히 바라보자 공 상궁이 그녀의 옷깃을 당겨 정신이 들게 했다. 그러고 보니, 황상은 화난 것처럼 자신을 쏘아보고 있었다. 난비는 서둘러 허리를 숙여 예를 갖추었다.

"내가 이곳에 왜 온 것 같으냐?"

가시 돋친 황상의 물음이 예전 거칠었던 그의 모습을 떠올리게 했다. 이해할 수 없는 일이었으나 사람들의 앞이라 그런 것 같아 더욱 허리를 낮추어 대답했다.

"폐하. 저는 폐하의 뜻을 짐작조차 할 수 없사옵니다. 이 누추한 죄인의 처소에 어쩐 일로 방문하셨는지 알려 주시옵소서."

"백성들의 노래 소리를 듣지 못하였느냐?"

"……."

"듣지 못하였느냐!"

황상의 목소리에 무서운 질책이 숨어 있었다. 단순히 저들 앞이라고 싸늘하게 대하는 것 같지 않아 무슨 일이 일어나고야 만 것을 짐작할 수 있었다.

"들었사옵니다."

"허면, 오늘 아침 일어난 일은 알고 있느냐?"

"예?"

"이곳에서 열렸다는 엽전 고드름이 온 백성들의 안마당에도 열렸다는구나! 그것도 황실의 창고에 손을 대서 말이다!"

"네?"

이번엔 난비뿐만이 아니라 공 상궁과 아랑 또한 고개를 쳐들고 경악했다. 감히 누가 황실의 창고에서 재물을 훔칠 수 있단 말인가! 게다가 또 고드름이라니! 그러다 곧 공 상궁과 난비는 서로를 마주 보며 짐작 가는 인물을 떠올렸다.

'성검이 살아 있구나!'

난비는 흥분한 얼굴을 감추느라 고개를 숙였다.

"대신들 말로는 너희가 그 도적놈들과 한통속이라 이번 일을 도모하였거나 도움을 주었다고 하는구나!"

"폐하! 그것은 있을 수도 없는 일이옵니다! 저희는 사람을 부릴 힘이 없사옵고, 누구와도 내통한 바가 없사옵니다!"

공 상궁이 앞장서서 억울함을 호소하자 황제는 그녀를 향해 다시 물었다.

"허면, 이곳에서 열린 엽전 고드름에 대해서부터 설명해 보거라."

"그, 그것은……."

"왜 말을 못 하느냐? 너희들은 뭘 하고 섰느냐? 당장 이 집안을 샅샅이 뒤져 도둑맞은 황실의 재물이 남아 있는지부터 찾아내야 할 것이 아니냐?"

"예, 폐하!"

금위장을 비롯한 여러 대신들은 별로 크지도 않은 단출한 폐비의 사가를 샅샅이 뒤지기 시작했다. 그 모습을 지켜보던 난비 일행은 조금도 겁내지 않고 멍하니 눈을 껌뻑거렸다. 당장 먹을 것을 걱정하고 있는데 나올 재물이 어디 있겠는가. 아나나 다를까 모두가 손을 털고 다시 황상의 앞에 다가왔다.

"이것들은 무엇이냐?"

금위장의 부하가 조그만 자루 하나를 내려놓자 황제가 물었다.

"곳간에서 찾은 것입니다. 곡식이랑 콩인 것 같습니다."

그러자 공 상궁이 재치 있게 나섰다.

"저희는 정말 아무것도 모르옵니다. 당장에 끼니가 없어 궁에서 주신 쌀을 콩과 바꾸었습니다. 그것이 죄이옵니까?"

"끼니가 없다니? 폐비라고는 하나 생계를 이어 가는 것이 힘들 정도로 황실이 박하게 구는 법은 없었다. 이게 어찌 된 일이냐?"

그러자 이번엔 난비가 죄인처럼 고개를 푹 숙이고 나섰다.

"폐하, 엽전 고드름은 저의 짓이 맞습니다."

난비는 그들의 앞쪽에 있는 아름드리 오동나무를 애잔한 눈으로 바라보며 말을 이어 갔다.

"제가 죄인의 몸이긴 하나 외로움을 이기지 못해 저곳에 올라 간혹 아이들이 노는 모습을 지켜보곤 했사옵니다. 헌데, 그들의 마른 행색이 너무 가여워 측은지심이 일었습니다. 그냥 가진 것을 나누어 줄 수도 있었으나, 나서서 백성들을 도울 수가 없는 몸이 아니옵니까? 아이들이라면 그저 신기하게 여기며 넘어갈 줄 알았습니다. 일이 이렇게 커 질 줄은 생각도 못했나이다. 더군다나 오늘 있었다는 그 일은……. 폐하! 저의 짧은 생각을 용서해 주시옵소서."

난비의 죄를 밝히겠다던 대신들과 병사들마저 진심 어린 난비의 하소연에 이끌리고 있었다. 그도 그럴 것이 집안엔 온통 먼지밖에 없었고, 난비뿐만 아니라 아랑이나 공 상궁의 표정으로 보아서는 이번 일과 아무 관계가 없다는 것이 느껴졌다.

말없이 그녀의 변명을 듣던 황제가 뒷짐을 지고 오동나무 앞으로 걸어갔다. 모두가 그 뒤를 종종걸음으로 따라갔다. 아름드리 오동나무는 녹다 만 하얀 눈을 가지에 이고 있어, 색이 한층 더 검어 보인다는 것 외에는 어딜 봐도 평범한 고목이었다. 황제는 담을 타고 넘어간 굵은 가지를 유심히 노려보다 버럭 화를 냈다.

"폐비는 집 밖을 나갈 수가 없다. 헌데, 가지를 타고 이 담 너머에 있었다는 게 아니냐!"

괜한 트집이나 다름없었다. 사람들은 가만있는 폐비의 사가를 발칵 뒤집어 놓은 것이 무안해서 저러신다 여겼다. 하지만 눈치 없는 금위장 왕정은 그 틈을 놓치지 않고 황제를 거들었다.

"예, 폐하. 이는 명백히 대죄이옵니다. 더군다나 담 위에서 도적의 잔당들과 무슨 밀담을 주고받았는지 알 수 없는 일이니 엄중히 죄를 물으시옵소서!"

"금위장. 그것 참 기가 막히게 좋은 생각이로구나. 내가 지금 이들을 끌고 가 죄를 물으면, 백성들이 나를 아주 성군이라 칭송하겠군?"

"그, 그것은……."

금위장의 말문이 막혔다. 백성들에게 엽전을 나누어 준 폐비 일행을 무슨 명분으로 끌고 갈 수 있겠는가. 황제는 금위장의 대답을 기다리지 않고 해일주에게 물었다.

"그대가 보기엔 이 나무가 특별해 보이는가?"

"제 눈엔 평범한 오동나무로 보이옵니다."

"헌데 백성들은 이것이 나무의 신묘한 힘이거나 폐비의 덕이라고 생각한다네."

"폐하. 아뢰옵기 황공하오나, 나무가 어찌 그런 짓을 할 수 있으오리까?"

"그럼, 내가 이 일을 어찌 결론지어야 하는가? 사가에서 참회하고 있어야 할 폐비가 나를 기만하고 백성들에게 환심을 사고자 이런 일을 벌였는데, 금위장의 말대로 끌고 가 문초라도 해서 도적들과 작당했다는 억지 자복을 받아야 하는 것이 옳은가! 그도 아니면 백성들 하나하나를 끌고 가 죄다 도적으로 몰아야 하는가!"

"폐하, 고정하시옵소서."

해일주는 황제가 무슨 짓을 벌일 것만 같아 걱정스러웠다. 황제가 된 이후로 개인사는 불행했고 앞날은 암울했다. 그가 나쁜 마음을 먹고 폭군이 되지 않은 것이 신기할 만큼 황제 강위의 인생은 절망의 연속이 아니었던가.

황제는 이제 폐비를 돌아보며 호통했다.

"네가 무슨 죄를 지었는지 아느냐!"

"……."

"금비와의 국혼이 진행되는 중이었다. 아무것도 몰랐다고 하나, 함부로 담을 넘어가 외인들과 이야기를 나누며 백성들을 호도했다. 그 결과 국혼을 방해한 것이 너의 죄이다. 지금 떠도는 노래 또한 너로 인해 만들어졌으니, 이것을 어찌 수습해야 옳다 보느냐? 너의 가벼운 행동 하나로 조정이 이토록 혼란에 빠졌다. 황실의 권위가, 나의 체면이 바닥으로 떨어지고 말았다!"

난비는 황제가 꼭 진심인 것처럼 저렇게 말씀하시자 손이 떨렸다.

공 상궁 역시 난비가 계속 매도당하는 것을 보고 있기 괴로워
졌다.

"폐하. 마마를 제대로 모시지 못한 저의 잘못이옵니다. 마마께
서는 담 너머 아이들이 귀여워 선물을 하시고 싶었던 것뿐이옵니
다. 저 또한 그것이 죄라 생각하지 못했사오니, 저의 죄이옵니다.
부디 외로웠던 마마의 마음을 헤아려 주시옵소서."

공 상궁의 하소연을 모두 들은 강위는 한결 누그러진 음성으로
명했다.

"모두 들어라. 폐비가 또다시 판단력을 잃고 외인들과 접촉할
지 모르는 일! 담을 넘지 못하도록 이 나무를 뽑아라!"

"예, 예?"

"폐하. 나무를 뽑으라 하심은……?"

"금위장!"

"예, 폐하!"

"이 나무를 당장 궁으로 옮겨 심도록 해라."

"예, 예? 이, 이 나무를 말입니까?"

금위장 왕정의 눈이 휘둥그레졌다. 그러나 황제는 금위장 쪽으
로는 눈길 한 번 주지 않고, 폐비를 노려보며 빈정대기만 했다.

"나무가 없으면 더 이상 괴이한 일도 일어나지 않을 테고, 폐
비가 오해받아 곤란에 처할 일도 없을 것이다. 오늘 중으로 옮겨
야 하니, 서둘러라."

"이것을……. 오, 오늘 당장 말이옵니까?"

"왜? 문제라도 있느냐?"

"폐하, 그러시면 차라리 그냥 뽑기만……."

"궁에 나무가 별로 없어 허전하던 참이다. 이 오동나무가 매우 마음에 들었다. 구하연 옆에 심을까 하니 당장 옮기거라."

왕정은 해일주를 힐끗 보며 자신의 심정을 잘 알려 달라 애원의 눈빛을 보냈으나 그는 슬그머니 먼 산을 바라보며 고개를 저었다. 한 번씩 돌변하는 황제의 심리가 참으로 난해해서 이제 저도 그 속을 제대로 들여다볼 자신이 없었다.

왕정은 다시 황상에게 매달렸다.

"병사들과 저만으로 어찌 이 큰 나무를 옮기겠나이까? 시일을 두심이 어떠시온지요?"

"병사들의 수가 수십인데, 왜 안 된다는 것이냐?"

"그런 것이 아니오라, 이를 실어 나를 것도 없고, 기술도 필요한 일이 아니옵니까? 저희는 이런 것에 무지하옵니다."

"밖에서 놀고 있던 백성들을 불러다 함께하면 되겠구나. 여기 대신들과 함께 의논하여 날이 저물기 전까지 궁으로 돌아갈 수 있도록 하라. 날이 추우니 나는 안에서 기다려야겠다."

황제는 제 할 말만 하고 일행을 이끌고 집 안으로 돌아가 버리셨고, 폐비 일행도 허둥지둥 서둘러 그를 따라갔다.

자라기도 쑥쑥 잘 자라는 오동나무는 두 사람이 안아야 할 정도로 컸으니, 이 뿌리는 또 얼마나 깊을 것인가. 왕정의 한숨은 땅을 꺼지게 할 것처럼 깊었다. 녹상서사가 그의 어깨를 툭 치며 위로했다.

"황상이 괜한 심통을 부리는 모양일세. 자네가 지은 죄가 있어
더 저러는 걸세. 그래도 파직당할 위기에 놓인 대사농보다는 나으
니 힘 좀 써 보시게. 백성들에게 삶을 주고 일을 시키면 불가능할
것 같지도 않고……."

"예, 그래야지요."

금위군을 지휘하는 장수, 황궁과 황실을 보호하는 자긍심 높은
직책 금위장이 병사들에게 삽질을 지휘하는 처지가 되었다. 왕정
의 자존심이 와르르 무너지는 것을 병사들은 은근 즐거워하고 있
었다.

폐비의 처소로 들어간 황제가 술을 대령해라 일렀다. 없는 살
림에 술이 있을 리가 없으니 아랑은 사모달이 서둘러 사 온 술을
한참 만에 받아 들고 술상을 차려야 했다. 그런데 안으로 들어가
던 그녀는 처소 안에 아직도 무거운 기류가 흐르고 있는 것을 보
고 절로 몸이 움츠러들었다.

의자에 앉은 황상 앞에서 난비는 고개를 조아리며 그의 질책을
받고 서 있었다. 아랑이 떨리는 손으로 탁자 위에 술과 잔을 놓
자, 황상이 술병을 낚아채듯 가져가 잔이 넘치도록 술을 따랐다.
그리고는 심하게 갈증 난다는 듯이 벌컥벌컥 술을 들이켜고 '탁'
소리가 나도록 잔을 내려놓았다.

그렇게 연거푸 넉 잔을 들이켠 황상의 눈빛에 총기가 사라져

갔다. 내관들이 불안한 눈으로 황상을 살펴보는데, 돌연 황상께서 폐비의 앞으로 술잔을 던지듯이 밀어 넣었다.

강위는 품위 없이 흐트러진 자세를 바로잡지 않고 한쪽 팔만을 쭉 뻗어 난비의 잔에 술을 따라 주었다.

"벌주다. 한 방울도 남기지 말고 넘겨야 한다."

내관들은 황상의 취기 어린 말투를 잠시 의아하게 생각했다가 대수롭지 않게 넘겼다. 술이 약한 분이 아니신데, 심기가 나쁘신 탓에 빨리 취하시나 보다 한 것이다.

두 손으로 술잔을 잡은 난비는 정말 한 방울이라도 흘릴세라 조심스럽게 입으로 가져갔다.

강위는 그녀의 도톰하고 붉은 입술이 술을 머금어 촉촉해지는 것을 보다 며칠 전 담 위에서 나누었던 청량한 입맞춤을 떠올렸다.

'오늘은 그렇게는 못 하지!'

"콜록! 콜록!"

합환주가 난비가 마셔 본 술의 전부였다. 그것들도 난비에게는 독했는데, 이번에 마신 술은 눈물이 찔끔 맺힐 정도로 맵고 썼다.

그러나 황제는 기어이 한 잔 더 따라 그녀의 앞에 말없이 밀어 놓았다. 기침으로 젖은 난비의 눈이 출렁거렸으나 차마 벌주를 거절하지 못하고 술잔을 들어야 했다. 투명한 술이 눈앞에서 찰랑거리는 것을 보며 황상을 원망할 때였다.

"모두 나가 있거라."

황제는 어리둥절해하는 사람들을 호통쳐서 기어이 밖으로 내보냈다. 우르르 밖으로 쫓겨난 사람들은 사모달과 무위비사 적운을 제외하고는 문 가까이에도 다가가지 못하고 저만치 물러나 있어야 했다. 그럼에도 불구하고 황제의 호통 소리는 문 밖의 모든 이들의 귀에 생생히 박혀 왔다.

"이제 나무를 치우고 나면, 또 무슨 괴상한 짓을 벌이는지 두고 보겠다!"

그러나 막상 안의 상황은 살벌함과 거리가 멀었다. 큰 소리로 문 쪽을 향해 소리친 강위는 난비를 마주 보도록 제 무릎 위에 앉혀 놓고는 지난번 다 하지 못한 입맞춤을 이어 가느라 바빴다.

"자중하며 죄를 뉘우쳐야 마땅하거늘, 날마다 나무 위에 앉아 소금이나 불었다니!"

난비의 입술을 핥아 가던 강위가 거친 숨을 몰아쉬고 또 밖을 향해 소리를 쳤다. 그리고는 뺨에 붙은 그녀의 머리카락을 떼어 주며 은근한 목소리로 소곤거렸다.

"이 입술로 말이지……."

"짓궂으십니다."

강위는 난비의 뺨과 귀에 손바닥을 대고 그녀의 얼굴을 꼭 붙잡아 두었다.

"한때는 황후였던 여인이 품위도 없이 나무를 타고 천것들과 어울리다니, 이 무슨 해괴망측한 일이란 말인가! 황실과 나의 체면을 조금도 생각하지 않았던 게 아니냐!"

난비는 황제가 귀를 막아 준 덕에 그의 호통 소리가 작게 들려 슬며시 웃음이 났다.

강위는 그 웃는 입술을 귀엽다는 듯이 깨물고, 입술이 닿을 듯 말 듯 한 거리에서 아슬아슬하게 중얼거렸다.

"그 소금은 나를 대하듯 하라 준 것이었다. 어디 내 입술도 내 줄 테니 연주해 보거라."

"왜 이러십니까……."

입술을 삐죽대는 난비의 붉어진 얼굴은 설렘을 숨기지 못했다.

"좋으면서."

"읍!"

강위는 난비가 내민 붉은 입술을 숨 막히게 빨아들였다. 난비에게서 싫지 않은 신음 소리가 흘러나왔고, 이제 입술을 충분히 적신 강위는 감질맛을 더 참을 수가 없었다.

그것은 난비도 마찬가지였던 모양이었다. 강위의 혀는 거칠 것 없이 그녀의 입술 새로 미끄러지듯 들어갔다. 그러자 난비는 알몸을 내보인 듯 수줍어하며 몸을 비틀었고 강위는 더욱 안달하며 그녀를 붙들었다.

혀가 옥죄이는 순간 난비는 어깨를 떨었다. 찌르르한 전율이 일며, 배꼽 아래에 뜨겁고 간지러운 기운이 차올랐다.

"흐음……."

강위 역시 매끈한 난비의 혀를 당기며 화끈 정염이 일었다. 자신의 무릎에 올라탄 채 젖은 입술을 열고 떨리는 숨을 뱉어 내는 난비의 모습은 미치도록 요염해 보였다. 결국 그는 난비의 가슴을 꽉 움켜쥐었다.

"읏!"

거칠게 더듬거리는 강위의 손끝이 그녀의 꼭지를 비틀자 옷 위로 그것이 도드라지게 솟아나기 시작했다.

'하아! 안 돼. 지금은 이럴 때가 아닌데…….'

난비는 자신이 감당할 수 없는 지경까지 그에게 잠식당할까 봐 두려웠다. 그래서 억지로라도 그에게서 벗어나려고 애써 보았지만, 질척대는 입맞춤에 완전히 취한 강위는 그녀의 가슴에서 손을 떼기는커녕 더 집요하게 가슴의 돌기를 비벼 댔다.

'안 돼. 나라도 정신을 차려야 돼.'

밝은 대낮에, 더군다나 주위를 에워싼 사람들이 몇인데!

난비의 손바닥이 그의 가슴 위에 올려졌다. 이대로 힘을 주어 밀어내기만 하면 된다.

그녀가 막 손에 힘을 주려 하는 순간이었다. 강위가 조금 더 빨랐다. 그는 그녀를 꽉 끌어안으며 제 앞으로 바짝 당겼다.

"윽!"

"어딜 가시려고?"

부리부리한 강위의 눈은 난비를 잡아먹지 못해 안달 난 맹수 같았다.

"밖에 있는 자들이 눈치채면 어쩌려고 이러십니까? 이성을 찾으십시오."

강위가 코웃음을 치며 입꼬리를 말아 올렸다. 그리고…….

쾅, 챙그랑.

"허억!"

방금 전까지 탁자 위에 있던 술병과 잔들은 황제가 긴 팔로 후려친 덕에 요란한 소리를 내며 바닥으로 내동댕이쳐졌다. 난비는 깨진 그릇들과 황제를 번갈아 보며 두려워했다.

"눈치채라지. 난 어차피 지금 거나하게 취해 있다."

난비는 그가 하는 말을 이해하지 못하는 눈치였으나 강위는 개의치 않고 좀 전에 그만둔 짓을 다시 이어 갔다.

한편, 뭔가가 깨지는 소리를 들은 내관들은 무슨 일인가 걱정되어 웅성거리며 다가왔다. 방 안을 들여다봐야 한다는 내관들과 다가오지 말라는 사모달의 실랑이가 이어지는 사이에 또 황상의 외침이 들렸다.

"감히 네까짓 게 황제를 거부하느냐!"

들리는 목소리는 평상시 차분했던 황제의 그것과 달랐고, 대강의 내용을 짐작하고도 남았다. 술에 취한 황상이 난비를 품으려 했고, 그녀가 이를 거부했다가 황상이 노하신 것이리라.

"당장 이리 오지 못하겠느냐!"

콰창.

연이어 들려오는 시끄러운 소리에 내관들은 다시 뒷걸음질로 물러났고, 사모달은 인상을 썼다.

'이제 아예 대놓고 안으시겠단 뜻이로구나!'

사모달의 추측대로 강위는 바깥의 눈치를 보지 않고 마음껏 그녀를 품을 생각이었다. 사람들은 황제가 강제로 폐비를 취하느라 폭력이라도 휘두르고 있는 줄 상상했다. 하지만 안으로 들어가 그 실상을 보자면 전혀 다른 광경이 펼쳐지고 있었다.

황제는 그녀를 올려다보며 장난스럽게 애원하고 있었다.

"이러면 너를 품는다고 해도 누구 하나 뭐라 하지 못한다."

"이걸 치우느라 아랑이 화낼 겁니다."

그러거나 말거나, 강위는 벌써 난비가 걸친 옷을 반쯤 벗겨 냈다. 윤이 반질거리는 동그란 어깨 아래 강위의 손안에 알차게 들어가는 봉긋한 젖가슴이 앙증맞게 고개를 내밀고 있었다.

"제 생각은 안 해 주십니까?"

"생각을 하니 이러는 게 아니냐?"

강위는 자신의 농담에도 끝까지 근심을 지우지 못하는 난비의 표정을 살피며 혀를 찼다.

"쯧쯧. 안 그런 것 같더니 쓸데없는 일에 대범하지 못하구나. 이래도 되는지 안 되는지 어디 한번 스스로에게 물어보거라."

강위는 돌연 무릎을 벌려 그 위에 앉아 있던 난비를 비틀거리게 만들었다.

"앗!"

난비는 그의 허벅지 위로 양다리만 걸친 꼴이 되어 균형을 잡느라 황제의 목을 끌어안고 말았다. 그러자 강위가 불쑥 그녀의 치마를 들춰 올리고 그 아래로 손을 집어넣었다.

"폐하!"

저도 모르게 큰 소리를 낸 난비가 다급히 한 손을 내려 허리에 걸쳐 있던 옷자락을 쭈욱 끌어내렸다.

"쓰읏! 감히 어딜!"

위협적인 목소리에 살짝 진심이 담긴 듯했다. 울상이 된 난비는 다시 그의 목을 끌어안고 그의 어깨 위로 얼굴을 묻어 버렸다.

그녀가 예상했던 대로 강위는 난비의 속곳을 헤집고 그녀의 꽃잎 사이를 만지작거렸다. 강위는 자신의 허벅지를 누르는 그녀의 무게와 목을 끌어안는 힘이 좋았다. 그 수줍고 긴장한 행동들이 사내를 더 미치게 한다는 걸 난비는 알고 있을까?

"내가 그대의 몸에 물어본 바로는, 이런 짓을 계속해도 된다고 하는구나."

그가 만지기 전에도 이미 촉촉했는데 지금은 그의 손가락을 젖게 할 정도였으니 난비는 고개를 들 수가 없었다.

"원래 몰래 하는 짓이 더 재미난다더니, 그래서 그런가 보다."

강위는 난비를 놀리면서도 손가락으로 그녀의 치부를 지분거리길 멈추지 않았다.

난비는 점점 숨이 가빠 왔다. 신음 소리를 참으려 할수록 호흡은 더욱 빨라졌고, 그녀의 뜨거운 숨결이 강위의 목에 닿을 때마다 그 역시 다리 사이가 점점 부풀어 올랐다.

점점 대범해진 그의 손이 꽃 속에 숨겨진 조그만 씨앗을 건드렸다. 난비는 순간 흠칫 놀라며 몸에 힘을 바짝 주고 부르르 떨었다. 점점 힘이 빠지려 하는데 그는 멈추지 않았고, 난비는 엉덩이를 들썩거리며 그가 건드릴 때마다 움찔거렸다.

강위는 난비가 바짝 긴장해 꽃잎을 오므리거나 부르르 떨 때마다 귀여우면서도 농염하다 느꼈다. 난비의 샘은 지난번보다 더 빨리 물이 고였다.

"저 밖에 있는 이들이 언제 들어올까 걱정된다면 네가 서둘러야 할 게다."

그러면서 강위는 그녀의 옷을 전부 벗겨 내 버렸다.

잠시 후 바닥에 떨어진 난비의 옷 위로 황제의 옷까지 포개졌다. 여전히 황제의 다리 위에 앉아 있는 난비는 어느새 그와 꽉 맞물려 있었고, 황제는 그녀의 가슴을 베어 물며 손으로 그녀의 엉덩이를 움켜쥐었다.

난비는 아래가 꽉 들어찬 묵직한 느낌이 그렇게 좋지는 않았다. 그의 우뚝 선 옥경은 그녀에게 조금 버거웠고, 덕분에 기껏 채워진 샘이 바짝 말라 가기 시작했다.

강위도 이를 느꼈다. 뜨거운 조임이 갈수록 심해졌고, 이러다간 그녀를 또 아프게 할 것 같았다. 혀끝으로 유두를 핥던 강위가 속삭였다.

"그대가 움직이지 않으면 끝나지 않는다. 설마 이 모습을 저들에게 보이고 싶진 않겠지? 나는 상관없다만."

"너무하십니다. 왜 하필 이렇게…… 흐읍!"

난비가 원망의 눈빛을 쏘아붙이는데, 엉덩이를 쥐고 있던 강위의 손이 뽀얀 복숭아의 틈을 찌르며 은밀한 곳을 향해 내려왔다.

"아! 흐으읏……."

난비의 눈앞을 각양각색으로 물들이는 자극이었다. 거기에 한 술 더 떠 이어지는 진한 입맞춤은 그녀의 정신을 쏙 빼놓았다. 그러나 강위가 그녀의 몸에 다시 불을 지피는 데는 생각보다 긴 시간과 공을 들여야만 했다.

불이 붙고 난 후에는 빨랐다. 바깥의 날씨와 상관없이 두 사람의 몸은 땀으로 촉촉했고, 오래 뜀박질한 사람마냥 숨을 헐떡거렸다. 강위는 터질 것처럼 숨이 가빴지만 자신의 뿌리까지 집어삼킨 그녀의 움직임에 숨이 멎어도 모를 것만 같았다.

쾌감에 취해 솔직해진 그녀의 몸은 강위의 옥경을 탐하는 데 최선을 다했다. 하지만 그녀가 위아래로 들썩일 때마다 번들거리는 그의 기둥은 조금도 수그러들 기세가 아니었다. 어서 빨리 절정의 기쁨 속으로 몸을 내던지고 싶었던 난비는 황제도 저와 함께 가 주길 간절히 바랐다. 그렇지만 그는 자꾸 더디게 가려고 한다.

그도 그럴게, 강위는 지금 꾹 참고 있었다. 오늘이 가면 또 언제 이런 기회를 만들어 그녀를 볼 수 있겠는가. 조금이라도 더 이 황홀경에 오래 머물고 싶었던 강위는 흥분을 억누르느라 그녀의 몸에 섣불리 손을 대기도 힘들었다. 그런데 이를 알고도 부러 그러는지, 난비는 그의 얼굴을 자신의 가슴속에 파묻을 듯이 끌어안았다.

'좋다. 누가 먼저 항복하는지 해 보자꾸나.'

그녀의 푹신한 가슴 사이에서 고개를 든 강위는 난비의 길고 하얀 목을 잘근잘근 깨물었다.

"으음!"

아플 만도 한데 그녀의 신음 소리에는 끈적한 욕정만 담겨 있었다. 강위는 얼마 전까지 사내를 모르던 순진한 여인을 이토록 변화시킨 것이 자신이라는 데 뿌듯해했다. 물론, 오늘 이렇게 된 것은 서두르지 않으면 부끄러운 꼴을 당할 거라는 협박이 있었기 때문이지만 말이다.

"시간 없다! 서둘러!"

"거참, 그렇게 깊이 막 쑤셔 댄다고 될 일이 아니라니까!"

"좀 더 빨리 움직이지 못해?"

"아이고, 허리야……. 뿌리가 너무 단단하게 박혀서……. 아이고, 오늘 허리 다 나가겠네."

일꾼들과 병사들을 재촉하며 한겨울에 땀을 뻘뻘 흘리는 금위장 왕정은 영락없는 일꾼의 모습이었다. 금위장이 나무를 실을 수레를 직접 구해 왔는데, 아직도 일이 진척이 없자 무장을 벗어 버리고 직접 삽을 들게 된 것이다.

"자, 봐! 이렇게, 엉? 조금씩 자주 빨리빨리 파란 말이야!"

금위장이나 되는 사람이 삽질하는 모습이 우스웠던지, 일꾼들은 느긋하게 일하며 금위장이 안달하는 모습을 비웃고 있었다. 해일주와 양자문이 그 아둔한 모습을 보고 혀를 끌끌 찼다. 해일주는 차마 더 지켜보지 못하고 황제가 들어간 방을 쳐다보았다.

'그나저나, 폐하께선 안에서 뭘 하고 계시는가. 어지간히도 폐비를 안고 싶었던 모양이군. 젊은 사람들을 당해 낼 수가 없구나.'

이제 튼실한 뿌리가 드러나고는 있었지만, 오늘 안에 끝날 일은 아니었다. 해가 기운 지도 제법 시간이 흘렀다.

난비와 강위는 이제 아예 침상에 드러누워 느긋하게 속삭이고 있었다. 그때 갑자기 난비가 무언가 생각난 표정으로 부스럭거리며 일어났다. 좀 전까지 격정적으로 그의 위에 올라탄 것을 잊었는지 돌돌 만 이불 속에 알몸을 숨겼다.

"왜?"

난비는 잠시 기다리시라는 눈짓을 하고 침상 아래로 내려와 바닥을 더듬거렸다. 그러더니 불쑥 서책 하나를 꺼내왔다.

"이게 무엇이냐?"

"읽어 보시옵소서."

강위는 여전히 누운 채로 서책을 펼쳐 들었다. 무심하게 책장을 넘기는 그의 모습을 보며 난비는 얼굴을 붉혔다. 어느새 책에 빠져들어 집중한 강위는, 부끄러움 없이 당당하게 매끈하고 단단한 몸을 쭉 뻗고 있었다. 책을 넘길 때마다 팔뚝과 가슴의 근육들이 번들거리며 움직였고, 난비는 괜히 떨리는 가슴을 주먹으로 누르며 고개를 돌려 앉았다.

얼마나 시간이 흘렀을까, 쭈뼛대며 앉아 있던 난비는 가끔씩 그를 곁눈질로 힐끔거리며 시간을 보냈다.

"이건 혹시 네가 쓴 것이냐?"

마침내 마지막 장까지 모두 읽은 강위가 들뜬 목소리로 물었다. 난비는 돌아보지도 않고 대답했다.

"다 쓴 것은 아니나 또 언제 오실지 몰라 지금 드리는 것입니다."

"이 정도면 됐다! 과연 효문재의 여식이라 문장 또한 뛰어나구나. 사람들이 충분이 흥미로워할 이야기니, 노래만큼 금세 펴져 나갈 것이다. 잘했다."

"하오나, 미완성이라……."

"뒷이야기는 만들어 줄 사람이 따로 있……. 그나저나, 왜 그리 돌아앉아 있느냐?"

강위는 칭찬에도 돌아보지 않는 난비가 이상했다.

"아무것도 아닙니다."

아니란다고 그냥 내버려 둘 강위가 아니었다. 그녀의 팔을 당겨 가슴팍으로 안기게 하지 마주 보고 누운 모양이 되었다.

"내 칭찬이 부끄러운 게냐, 이러고 있는 것이 부끄러우냐?"

"내, 내려 주십시오."

"그냥 내려 주자니 섭섭하구나. 먼저 입맞춤이라도 해 줘야 내려 줄 수 있을 것 같다."

난비는 잠시 머뭇거리다가 침을 꿀꺽 삼키고 눈을 감고 그의 입술로 다가갔다.

"잠깐!"

다시 눈을 뜬 난비는 바로 코앞에서 황상과 마주 보게 되자 많이 당황한 표정이었다.

"눈을 감고 내 입술이 어디 있는지 어떻게 찾으려고?"

난비는 의심스러운 눈초리를 보냈다. 황제가 본래 이런 성품이셨을까? 저를 휘두르는 솜씨가 보통이 아니셨다.

"여인을 너무 잘 다루시는 것 같습니다."

"잘 다루어 나쁠 것은 없지."

잘나셨다고 드린 말씀이 아닌데 황제는 아는지 모르는지 마냥 스스로를 자랑스러워하는 것 같았다. 그래도 난비는 별말 하지 않고 시키는 대로 눈을 뜨고 그의 입술에 살짝 부딪히고 왔다.

"이게 뭐냐?"

'했습니다. 입맞춤.'

"장난하지 말고 제대로 다시. 그러지 않으면 거기서 내려오지 못한다."

난비의 뺨이 부풀어 올랐다. 그러나 누구의 명을 거절하겠는가. 난비는 제 입술을 한 번 깨물고 보란 듯이 그의 입술을 정성껏 애무했다. 강위는 보드랍고 촉촉한 난비의 입술이 사랑스러웠다.

"이제 되었습니까?"

강위는 대답 대신 더 세게 그녀를 끌어당겼다. 그녀의 보드라운 젖가슴이 바위 같은 강위의 가슴을 짓눌렀다.

"이런 법은 없습니다."

황상의 옥체에 주먹질을 할 수는 없고, 톡톡 두드리듯이 반항해 보았지만 이는 그를 더 자극할 뿐이었다.

"그렇잖아도 내려 주려 했다."

그 순간, 난비는 다리 사이에서 불쑥 솟아오르는 단단한 이물감에 흠칫 놀라 튀어 올랐다.

"유혹을 했으면 책임을 져야지."

강위는 난비의 엉덩이를 붙잡아 제 몸에 밀어붙이고는 그녀를 아래에 눕혔다. 이제는 제가 난비의 위에 있었다.

"약속대로 내려 주었다."

"사람들이 기다리고 있습니다!"

"아니. 내가 그들을 기다리는 것이다. 나무는 좀 더 오래 걸린다네."

"폐하도 그리 쉽게 쓰러지지는 않는 것 같습니다."

강위는 제 농담을 받아치는 난비의 재치에 소리 없이 큰 웃음을 지었다.

붉은 노을이 지고 있는 환궁 길은 올 때보다 덜 요란했다. 대신들은 자신의 집으로 돌아갔고, 나무를 옮기느라 병사들을 반쯤 남겨 두고 와서 그런지, 휑한 행렬은 꼭 패잔병 같았다. 강위도 급히 돌아가기 싫었으니 말을 모는 속도가 느릿했다.

사모달이 강력하게 돌아가자 재촉하지 않았다면, 내관들을 비롯한 궁인들이 언제까지 밖에서 추위에 떨어야 했을까. 그들로부터 존경의 눈빛을 듬뿍 받은 사모달이지만 본인은 그런 것을 느낄 새가 없었다. 그들의 시선보다 도자기처럼 반질반질 윤기가 흐르는 황제의 용안이 더 신경 쓰였기 때문이다.

"사람들을 밖에 세워 두고, 안에서 그러시니 좋으셨습니까?"

"녀석. 어지간히 부러웠나 보구나. 내관 놈이 밝히기는."

"바, 밝히다니요? 폐하, 저는……."

억울한 사모달이 가슴을 탕탕 치며 말을 더듬는데 강위는 웃기만 했다.

"금위장!"

"예, 폐하!"

멍하니 걷던 금위장 왕정은 황제의 부름에 화들짝 놀라 잽싸게 뛰어왔다.

"예까지 왔는데 그냥 돌아가긴 그렇지 않느냐. 너희들도 목이 마를 터. 내 한턱 쏘마."

"예? 폐, 폐하. 이러시면 아니 되시옵니다."

"안 되긴? 내가 해서 안 되는 일이 무엇이냐? 황제인 내게 안 되는 일이 무엇이냐!"

금위장은 어찌해야 할지 난감해서 식은땀이 흘렀다. 내관들이 알려 주길, 황상이 술기운에 폐비를 취하셨다고 했다. 겉보기에 멀쩡해 보이셔서 이제 술이 다 깬 줄 알았더니, 이리 막무가내로 또 술을 마시자는 걸 보니 단단히 취하신 모양이었다. 마침 사모달이 그런 저를 구제해 주었다.

"폐하. 이 시간에 또 어딜 가시겠다는 말씀이시옵니까? 술동무가 필요하시면, 이 모달이 폐하의 벗이 되어 드릴 테오니 일단은 궁으로 돌아가시옵소서."

"적운아, 네가 말해 보아라. 너 같으면 내관을 끼고 술맛이 나겠느냐?"

"안 먹고 말겠습니다."

평소 농담을 모르는 적운이 한 말이다. 얼굴이 붉으락푸르락해진 사모달이 가만히 생각해 보니 적운이나 황제나 굳이 술을 먹으러 가려고 애쓰는 듯 보였다.

"금위장. 내 좋은 곳을 아니, 따라오게나. 병사들도 좋아할 걸세."

사모달은 황제의 능청스러운 표정을 살피다 문득 떠오르는 것이 하나 있었다.

도성 밖 낡은 객잔에 언제부터인가 젊은 잡부가 손님을 맞이하고 있었다. 피부가 좀 까무잡잡하고 키가 훤칠한 것이 흠이었지, 도도하게 치켜뜬 눈과 야무지게 생긴 입술 때문에 까칠한 매력이 돋보이는 계집이었다. 그 덕분인지 파리만 날리던 이름 없는 객잔이 바빠졌다. 얼마 전부터는 웬 노파까지 부엌을 드나들며 일손을 돕는 듯했다. 손님들은 다 쓰러져 가는 객잔에 무슨 수로 저런 월척을 잡부로 들였냐며 물었는데, 그럴 때마다 우락부락한 주인장이 도깨비 눈을 해 가지고선 손님들을 위협했다.

"내 누이요, 건들기만 해 보쇼!"

넙대한 주인장의 낯짝과 호리호리한 잡부가 전혀 닮은 구석이 없었으니 그 말을 곧이곧대로 믿는 이가 없었다.

'지가 반해서 꼬드겨 왔나 보군.'

누가 점찍었든 어쨌든 지금은 임자 없는 몸이란 얘기다. 주인장의 선언이 오히려 사내들의 포부에 불을 당겼다. 그래서 잡부의 손이라도 한 번 잡아 볼까 하루가 멀다 하고 찾아오는 손님들로 득실거렸다.

파리만 날리던 객잔에 하나둘 손님이 늘어 가건만 주인장과 잡부의 표정은 펴지지 않았고, 날이 갈수록 객잔은 더 더럽고 불친절해졌다.

"막녀야. 오늘은 언제 일이 끝날 것 같냐?"

음탕한 추파를 던지던 단골손님 하나가 은근하게 물어보았지만 막녀는 입술을 꼭 붙이고 못 들은 척 술병을 올려놓고 돌아섰다.

아직 막녀의 이름을 모르던 사내들은 그녀의 이름을 알고 고개를 끄덕였다. 이름을 들으니 까무잡잡한 피부가 이해가 된다. 어지간히도 사는 게 힘든 집에서 태어나서 어릴 때부터 고생이 많았을 것이다.

측은지심이 이는 것까지는 좋았다만, 저들 마음대로 펼친 상상의 나래는 막녀의 의사와 상관없이 한 이불을 덮는 데까지 펼쳐

지고 말았다.

"이보…… 아이쿠!"

손님 한 명이 그 상상을 현실로 착각하고 지나가는 막녀의 손목을 잡으려다 그만 허공만 휘저으며 의자에서 쿵 떨어졌다.

"이 사람이! 벌써 취했나!"

"아니, 그럴 리가 없는데……. 어, 마, 막녀!"

막녀는 쓰러진 사내를 한심한 눈길로 쏘아보곤 찬바람을 일으키며 돌아섰다. 벌써 열 번도 넘게 똑같은 광경을 구경한 주인장 넙대는 제가 사내라는 사실이 부끄러워 얼굴을 감쌌다.

그때였다.

"저, 저게 뭐야?"

"뭐? 헉! 화, 화, 황제의 행차 같은데?"

"황제다!"

다들 난리가 났다. 사람들은 방금 마신 술값도 계산하지 않고 줄행랑을 쳤다. 고귀하신 황상과의 만남이 얼마나 진귀한 경험이겠냐만, 황궁이 털린 이런 날 맞닥뜨렸다가 괜한 일에 휘말릴까 두려웠기 때문이었다.

손님들이 뛰쳐나가자 막녀는 안으로 숨어 들어가 바깥의 동태를 살폈고, 넙대는 쩔쩔매며 귀하신 손님들 앞에 넙죽 엎드렸다.

"우리가 손님을 다 쫓은 모양이구나. 확실히 사람들이 나를 별로 좋아하지 않는 것 같지?"

"그, 그, 그런 것이 아니오라……."

황제가 그냥 떠보는 소리인지 진심인지 알 길이 없어 넙대는 한겨울에도 진땀을 흘렸다.

"아니긴…… 황후를 셋이나 보낸 저주받은 황제가 백성들에게 도적질이나 해 간다고 욕하는 줄 내 모를까 봐?"

"아, 아니옵니다! 저는 아무것도 못 들었습니다요!"

안 했다가 아니라 못 들었다니, 강위는 순박한 모습에 실소를 흘렸다.

"됐다. 자리나 안내해라. 이곳 경치가 좋다 해서 일부러 여기까지 왔으니 밖에 자리를 내어 주고, 무엇이 되었든 좋으니 이곳에서 제일 맛있고 좋은 음식과 술을 내어 오너라. 아! 그리고 나는 갑자기 곤하니 안에서 좀 쉴까 한다. 자리가 있느냐?"

"예, 예! 자리는 있사옵니다!"

"폐하! 곤하시면 환궁하시지 않고 이 누추한 곳에서 어찌 쉬시겠다 하십니까……. 지금이라도 돌아가시옵소서!"

금위장이 펄쩍 뛰며 돌아가자 청했으나 강위는 손을 내저었다.

"아니다. 궁이 갑갑하여 돌아보고자 한 것이다. 이곳에 오고 보니 낮에 마신 술기운 탓인지 졸린 것뿐이다. 잠시만 쉴 테니 병사들의 피로를 풀어주고 편히 놀거라."

적운과 사모달이 안으로 따라 들어가니 금위장은 더 이상 말릴 수가 없었다.

잠시 후 술과 기름 냄새를 맡은 병사들은 피로를 잊고 희희낙락 떠들어 댔다. 금위장 역시 긴장이 풀려서 그런지 배가 심하게 고팠다. 아니, 그만큼 힘을 썼으니 배고픈 것이 당연했다. 사실 이 객잔이 맛으로 유명한 곳은 아니었는데도 그들은 산해진미를 먹는 듯 허겁지겁 음식을 먹어 치워 갔다.

그들이 그렇게 정신을 못 차리고 있을 때였다. 부엌에서 나온 막녀가 스윽 주변을 둘러보더니 황제가 계신 방으로 잽싸게 들어갔다.

막녀가 들어간 방 안에 당혹스러운 침묵이 감돌았다.

"그것……참……."

황제가 차마 뒷말을 잇지 못하고 막녀를 뚫어지게 바라보자 그녀의 입에서 걸쭉한 목소리가 튀어나왔다.

"참 못할 짓인 거 나도 압니다!"

막녀로 변장한 성검이 눈썹을 치켜 올리자 제법 새치름한 여인네 같았다.

"아니다. 잘 어울려서 하는 소리다. 금위장이 보아도 못 알아보겠구나."

위로 아닌 위로에 입이 툭 불거진 성검이 앉으란 소리도 없는데 제멋대로 황상의 앞에 걸터앉았다.

"그래, 잘 내어 썼더구나. 이제 나도 내 것을 받으러 왔다."

"어째 제가 속는 기분인 거 아십니까?"

"무엇을? 네가 원하는 대로 해 주었다."

"밤새 죽어라 뛰어다니며 한숨도 못 잤습니다. 그 개고생을 했는데 가만 생각해 보니 전부 폐하만 이득 보는 일이 되지 않겠습니까? 완전히 놀아난 거죠."

강위는 퉁명스러운 성검의 말투가 반가웠다. 이제 제게 골이 난 것이 좀 풀렸는지 예전처럼 잘도 투덜투덜거렸다.

"내가 널 이용하겠다고 하지 않았느냐? 새삼스럽긴."

"네, 네. 제가 모자란 놈이라 그렇습니다."

"여하튼 네 복수에도 도움이 되는 일이니 억울하다 하지 말고 어서 얘기하거라."

하지만 성검은 별말 하지 않고 가만히 앉아 있었고, 황제가 더 보채려는 순간 문이 열렸다. 그리고 겁에 질린 노파가 안으로 들어와 바닥에 털썩 꿇어앉아 머리를 조아렸다.

"폐, 폐하……."

"은호가 찾던 노파더냐?"

"예. 제가 바로 은호 선비님 덕에 천한 목숨을 부지하게 된 늙은이옵니다."

"그래. 다행히 살아 있구나. 그럼 이제 연월장이 너를 죽이려는 이유를 말해다오."

"폐하! 죽여 주시옵소서! 이년이 죽을죄를 지었나이다. 흐윽!"

노파가 갑자기 흐느껴 울자 강위는 성검을 바라보았다.

하지만 그는 노파가 스스로 말하기를 기다리며 한 마디도 거들지 않았다.

"무슨 일인지 천천히 말해 보아라."

노파는 회한에 젖은 눈을 바닥으로 떨어트리고 무겁게 가라앉은 목소리로 숨겨 왔던 그날의 일을 말하기 시작했다.

"소연 아씨는 참으로 참하고 심지 굳은 아씨였습니다. 저는 효문재 어르신과 소연 아씨가 잘 어울린다 생각하였기에 혼사를 거절한 서찰을 받고 무척이나 실망하던 참이었습니다. 헌데 얼마 지나지 않아 마음이 바뀌어 혼인을 하겠다는 연락이 왔습니다. 오히려 그쪽에서 혼사를 서둘렀으나 가난한 살림이 힘들어 그렇거니, 이상하게 생각하지 않았습니다. 본래도 사람들 앞에 잘 나서지 않는 분이시라 자신의 혼사도 미앙이라는 계집종에게 모두 맡겼는데, 그것도 그러려니 했었지요. 헌데, 혼례 전날 고진이란 호위무사가 저를 그 집으로 끌고 가지 않겠습니까?"

"고진이라면 지금 연월부인의 호위무사구나. 꽤 오래 함께했나 보군."

"아니옵니다. 그런 것이 아니옵니다. 제가 끌려갔을 때 이미 소연 아씨는 고진과 미앙에게 죽임을 당하고, 미앙 그것이 소연 아씨가 되어 있더란 말이지요."

강위는 제가 잘못 들었는가 싶어 일순 머리가 멍해졌다.

"미앙이…… 소연 아씨라니?"

"연월부인은 소연 아씨가 아니라 미앙이라는 천하디천한 종년이옵니다, 폐하!"

"그게…… 무슨……. 자세히 말해 보라!"

노파는 미앙과 고진의 협박에 못 이겨 두 사람의 천인공노할 죄상을 숨겨 준 이야기부터 시작했다.

"이 무슨 말도 안 되는⋯⋯!"

"효문재 어르신은 새로 맞은 부인을 위해 혼례날 동강 사람들에게 크게 베풀었습니다. 그 덕에 미앙은 사람들의 선망을 받았고 젖먹이 애기씨에게도 최선을 다해 잘해 주었지요. 그래서인지 날이 갈수록 동강 사람들은 그녀가 애기씨의 친모인지 계모인지에 관심을 두지 않았습니다. 그 모습을 보고 부끄럽게도 저는 죄책감을 덜 수 있었습니다. 헌데, 금비 애기씨가 태어나자 미앙은 초조해 보였지요. 제 배에서 태어난 아이와 난비 애기씨가 어찌 비교가 안 되겠습니까. 그때 저는 비밀을 알고 있는 저를 죽일지도 모른다는 생각이 들어 도주하게 된 것입니다. 폐하! 사실이옵니다. 소인의 말을 믿어 주시옵소서!"

사람을 죽이고 그 신분까지 빼앗는단 이야기는 처음 들어 보는 것이었다. 남의 인생을 도둑질하고서 의적들을 밀고하다니 참으로 뻔뻔하고 악독한 소행이 아닌가!

충격에 휩싸인 황제가 아무 말도 하지 않자 보다 못한 성검이 거들었다.

"폐하. 믿기 힘드시겠지만 모두 사실입니다."

황제의 고개가 성검을 향해 서서히 돌아갔다.

"확실한 증좌가 있더냐?"

"아쉽게도 없습니다."

"허면 너는 어찌 장담하느냐?"

"그들의 입에서 나온 말을 직접 들었습니다."

"뭐라! 그들이 직접 말했단 말이냐!"

강위는 방금 들은 이야기가 하도 추악해 믿기지가 않을 지경이었다. 그런데 성검이 더 기가 막힌 이야기를 들려주었다.

"그 정도로 놀라시긴 이릅니다."

"이보다 더 놀랄 것이 남았다?"

"제가 연월장에 끌려갔을 때 들은 이야기입니다."

성검이 연월장에 붙들려 간 것은 아랑이 말해서 알고 있었지만 그때 거기서 무슨 일이 있었는지는, 심지어 그가 죽었는지 살았는지조차 아무도 모르고 있었다. 그런데 그곳에서 중요한 사실을 알아낸 모양이었다.

"고진과 부인이 하는 말을 들었는데, 금비가 효문재의 핏줄이 아니라 두 사람의 여식이라 합니다."

"……!"

말도 나오지 않을 만큼 충격적인 이야기였다.

"네, 네가 잘못 들은 게 아니고?"

"뭘 어떤 부분을 잘못 들으면 그리 들릴 수 있습니까? 금비도 같이 들었습니다."

"이, 이……! 참으로 찢어 죽여도 시원찮을 놈들이구나!"

강위는 흉흉한 살기를 내뿜으며 분해서 어쩔 줄 몰라 했다. 고작 그런 것들에게 농락당해 온 구하국의 황실과 조정을 떠올리자니 속이 뒤집어질 것 같았다.

"이것들을 당장에!"

"고정하십시오. 밖에 금위장이 있습니다."

"하! 하아……. 천하에 두려울 게 없는 계집종이로구나. 천륜을 거스르고 살인을 밥 먹듯이 하고도 죄책감은커녕 사리사욕을 더 채우지 못해 안달이라니!"

"출신을 감추느라 더 그러는 게 아니겠습니까? 미앙이 아무리 소연 아씨의 탈을 써도 계집종일 뿐이지요. 그것을 본인도 알기에 더 광적인 집착을 보이는 겁니다."

"그래서 네놈은 미앙의 자격지심을 이해한다는 게냐?"

"그럴 리가 있겠습니까. 단지……!"

성검은 제가 하려는 말을 깨닫고 흠칫 놀라 입을 다물었다. 미앙의 집착이 여러 사람을 불행하게 만들었다. 미앙에게 휘둘려 살아온 금비 역시 안타깝다는 이야기를 하려 한 것이다.

'미쳤구나. 내가 왜 그 계집 걱정을…….'

"단지……? 무슨 이야기를 하다 말고 그러고 있느냐?"

"아! 그냥 죄가 죄를 낳는다는……. 뭐 그런 얘기였습니다."

성검이 우물거리는 행색이 영 수상했던 강위는 이제야 의문점이 떠올랐다.

"그러고 보니, 금비는 어쩌다 같이 들었느냐? 게다가 넌 도대체 거기 붙들려 간 놈이 그런 얘기를 어찌 들었어?"

"……."

성검은 난처하다는 듯이 머리를 박박 긁어 댔다. 막녀로 분한 성검의 그런 거친 행동은 썩 보기 좋지 않았다. 잠시 후 어쩔 수 없이 그날 밤의 일을 소상히 털어놓게 되었다.

"하! 이것 참! 믿어야 하는 것인지……."

강위는 황후가 되겠다고 설쳐 대던 금비가 성검에게 연정을 품었다니 도무지 쉬이 믿을 수가 없었다.

"뭐, 안 믿으시면 어쩔 수 없지요. 하여튼, 지금 문제는 그게 아닙니다. 우리가 알고 있는 사실을 증거도 없이 누가 믿어 줄 것입니까? 결정적인 증거가 없으니 그들이 아니라고 부인하면 그만이 아닙니까."

"음…… 그렇지……. 죽은 자가 살아 돌아오지 않는 이상 그 죄상들을 밝히긴 쉽지 않지. 만약 이것들이 밝혀지기만 한다면 대신들도 어쩌지 못할 것인데……."

모든 것이 미앙이란 계집종이 저지른 만행들이었으니, 미앙의 죗값에 대해 효씨 가문이 연좌제를 질 필요가 없어졌다. 난비의 복권은 두말할 필요도 없음이었다. 그러나 이것을 밝혀 낼 길이 지금은 요원했다.

"일단은 진실을 안 것만으로도 충분하다. 기다려 보자. 그러나 방책을 찾을 동안 저들이 한 짓을 미리 알려 두는 것도 나쁘지 않겠지. 자신들만 알고 있는 일들이 사람들 입에 오르내리면 저들이 크게 동요할 것이다."

"어찌하시려구요?"

강위는 품속에서 난비가 준 서책을 꺼내 성검에게 전했다.

"뒷골목을 헤매다 보면 단우현이라는 유명한 개망나니를 찾을 수 있을 것이다. 그자에게 이것을 전하고 방금 네가 해 준 이야기도 함께 들려주어라."

"이게 뭡니까?"

"난비가 쓴 우화집이다. 단우현에게 노래 훈수를 두던 자가 주었다 하면 알 것이다."

"대체 무슨 짓을 하고 다니시는 겁니까?"

"이제부터는 얌전히 궁을 지킬 것이다. 그러니, 이제는 네가 난비를 지켜야겠다. 본래 너는 황후의 호위무사가 아니었느냐?"

"제가 어찌 거길……! 서, 설마, 이 꼴을 하고 들어가란 말씀은 아니시지요?"

강위는 당연하다는 듯 긍정의 웃음을 지으며 성검의 어깨를 토닥였다. 그러다 그의 어깨를 힘주어 잡고는 또 다른 당부의 말을 꺼냈다.

"헌데…… 네놈은 되도록 난비와 너무 가까이 지내지는 마라."

"예에?"

이건 또 무슨 수작이실까 성검은 머리가 지끈 아파 왔다.

"천하의 금비가 황제를 마다하고, 미천하고 가진 것 없는 네놈 따위에게 반하지 않았느냐? 혹시 모르는 일이니 조심해서 나쁠 것이 없다."

"거 말씀이 너무 지나치신 것 아니십니까? 그렇잖아도 까마득히 높으신 황제 폐하께서 굳이 사람을 이리 깎아내리셔야겠습니까?"

"여하튼! 나는 이제 네놈을 못 믿겠으니, 알아서 잘 처신하라."

성검이 가슴을 치며 분하고 억울해했으나, 마지막 말은 그래도 꾹 참아야 했다.

'이런 씨이⋯⋯. 자기가 능력 없는 걸 가지고 왜 날 볶아?'

황제에게 들들 볶이고 있는 사람이 그날 밤은 좀 많았다. 난비는 어두워지기 전까지 녹초가 되도록 일한 일부 병사들과 인부들에게 미안했다. 아랑에게 일러 사모달이 넉넉히 채워 준 곳간을 풀었다. 마당에다 술상을 차려 주었더니, 다들 벌떡 일어나 술상 앞에 모여들었다.

"아휴, 차린 게 별로 없죠? 여긴 있는 게 많이 없어서요."

아랑이 잔망스런 애교를 부리며 술을 갖다 주자, 털이 덥수룩한 병사 한 명이 아랑의 옆으로 찰싹 붙어 앉았다.

"어머, 왜 이렇게 바짝 앉으세요? 저쪽에 자리도 많은데."

"저 자리는 너무 어두워서 말이지. 여기가 훤하네. 누구 때문에 이렇게 훤한가."

"털보 저, 저 잡놈이! 일루 안 와? 처자가 놀라는 거 안 보여?"

작달막한 키에 어딘가 야무지게 생긴 병사가 털보를 끌어당겼지만, 그는 꿈쩍도 않고 수작을 부렸다.

"나는 털보라고 부르면 되오. 옆에 이놈은 짱돌이라고 생긴 거에 비해 무른 놈이니 신경 쓰지 마시게."

아랑은 오랜만에 받는 뭇 사내들의 관심이 싫지 않아서 두 사람의 생긴 건 따지지 않기로 했다.

"아니, 이것들 좀 보게. 신입들이 어디서 설치고 있어!"

아랑의 등장에 갑자기 분위기가 후끈 달아올라 마당 안이 시끌 벅적해졌다. 공 상궁이 무슨 일인가 하고 창문을 열어 봤다가 경악을 했다. 아랑이 함께 어울려 하하호호 웃음을 흘리고 있는 것이 보였기 때문이었다.

'저것이 무슨 추태를 보이고 있는 게야!'

소매를 걷어붙이고 달려가려는 공 상궁의 어깨를 누군가 잡았다.

"마마!"

"그냥 두시게. 저 아인 원래 나인도 아니고. 다들 저렇게 즐거워하는데."

"저 꼴을 어찌 그냥 둡니까? 마마의 위신을 깎아내려도 유분수지!"

"폐비가 깎일 위신이 어디 있다고."

그러면서 난비는 소금을 빼 들었다.

"설마 그걸 연주하시려구요?"

"오랜만에 나도 흥이 나는구나."

"마마! 천것들과 어울리시다니요!"

"어울리다니, 그저 소금을 가지고 노는 것뿐이다."

난비가 씨익 웃으며 기어이 소금을 입에 갖다 대니, 공 상궁은 손가락으로 이마를 짓눌렀다.

소금의 공명 소리가 높고 깨끗하게 밤하늘을 날기 시작했다. 술잔을 입에 대던 사내들이 잔을 든 채로 귀를 쫑긋 세웠다. 술독에 녹아 가던 정신이 찬물을 맞은 것처럼 쾌청해졌다. 너무 고고한 상청이 생소했는데, 듣다 보니 하나둘씩 얼굴에 익살맞은 표정을 지었다. 누군가 걸쭉한 목소리로 노래를 따라했다.

얼음 위에 댓잎 자리 만들어 님과 내가 얼어 죽을망정,
시린 얼음 누운 자리 다 녹아 님과 내가 더워 죽을망정,
정 나눈 오늘 밤 더디 더디 새시라. 더디 더디 새시라.

공 상궁은 소금을 부는 폐비와 즐거워하는 사람들의 모습을 번갈아 보다 그만 웃고 말았다. 제가 모시는 분은 백성들과 어울려 놀기를 즐기시는 그런 분이셨다. 사치와 향락만 아니라면 뭐 어떨까 싶었다. 백성들이 저렇게나 좋아하는데…….

공 상궁은 문득 폐비의 하얀 목덜미에 유난히 새빨간 자국을 보며 그녀의 선곡에 이유가 있음을 눈치채고 의미심장한 미소를 띠었다.

'백성들이 노래하는 나라라…….'

폐비가 그리는 나라가 아닐지도 모르나, 공 상궁이 보기에는 그랬다. 그녀의 음악이 세상에 널리 알려지면 그녀의 덕과 사람을 아끼는 고결한 심성을 모두가 알아줄 것이다.

난비의 짧은 연주가 흥을 돋구었는지 사람들은 소금 소리가 없

어도 어깨를 들썩이며 돌아가면서 노래를 시작했다.

"어얄꼬 빼앗긴 소리 어얄꼬 서글피 우니, 봉황의 한스런 사연 하늘이 알아주었네. 헐벗은 날개 황금색 깃털로 날게 하시고, 고결한 봉황의 노래 온 세상 듣게 하셨네. 둥지를 찾은 난새의 노래가 꽃비가 되고, 찬란한 난새의 날개 세상을 품어 주노라."

함부로 불러선 안 될 노랫말이지만 아무도 말리는 이가 없었다.

14.

음이 짙어지면 향기가 핀다

눈이 펑펑 쏟아진 다음 날로부터 갑자기 날씨가 포근해졌다. 한겨울의 추위가 한풀 꺾이자 집 밖을 나다니는 사람들도 부쩍 늘었다. 시전에 활기가 도니 말도 많이 옮겨 갔다. 요 근래 최고 의 화젯거리는 역시 고드름 사건이었다.

황제와 조정의 여러 대신들이 함께 조사한 고드름 사건은 백성 들에게 폐비의 신망을 더욱 두텁게 만들어 준 계기가 되고 말았 다. 궁에서 넉넉하게 돌봐 주지 못해 폐비가 빈곤한 처지에 놓인 것이 알려져 동정을 산 것이다. 그럼에도 불구하고 천민의 아이들 에게 엽전 고드름을 선물한 따뜻한 마음씨가 사람들을 감동시켰 다.

백성들은 난비가 진정한 국모감이라고 입을 모아 추앙했다. 게

다가 의적들이 폐비가 한 일을 흉내 내어 많은 이들을 도왔으니 그들이 폐비를 따르고 있다는 의지를 보인 것이라. 민심은 참담했던 은호의 죽음을 다시 한 번 떠올렸고, 항간에 떠도는 노랫말처럼 폐비의 계모가 그녀를 음해한 것이 틀림없다고 믿기 시작했다.

그 와중에 도성 안팎에 괴이한 우화집이 음지에서부터 나돌기 시작했다. 겨울날 한가한 사람들에게 우화집의 이야기는 순식간에 돌고 돌아 퍼져 나갔다. 그것은 노래보다 좀 더 구체적이고 다양한 이야기들로 난비와 연월장을 빗대고 있었는데, 사람들은 까마귀의 치 떨리는 악행에 크게 분노하며 제 일처럼 울고 웃었다.

흰 까마귀를 죽이고, 그 깃털을 빼앗은 검은 까마귀가 봉황의 둥지에 날아들었다. 그곳에 틀어 앉은 까마귀는 독수리와 간통하여 낳은 알을 봉황의 알인 양 품었다. 그러나 알이 깨어나면 검은색 까마귀 깃털을 들킬 테니 그전에 봉황을 죽여 버린다. 아무것도 모르는 봉황 새끼는 까마귀 모녀와 독수리에게 갖은 구박과 천대로도 부족해 목숨을 잃을 위기까지 맞는다. 처음에는 황금색 깃털을 빼앗아 어린 까마귀에게 입히고 봉황의 노래 소리가 탐이 나 그마저 가지려 든 것이다. 하지만 노래만큼은 아무리 해도 빼앗아지지 않으니, 목을 쪼아 둥지에서 밀어 버리고 만다. 결국 하늘이 이 모든 사실을 알게 되어 봉황을 다시 날게 하고 목소리를 찾아 준다.

이야기 속에서는 하늘이 까마귀들을 벌하는 것으로 결말이 나서일까. 사람들은 그 권선징악을 통쾌해하며 현실에서 이루지 못한 것을 만족해했다. 사악한 연월부인. 난비를 시샘하여 모든 것을 빼앗으려 하는 표독스러운 금비. 백성들의 뇌리에 이와 같은 반발심이 깊이 뿌리 내리고 있었다.

난비는 요즘 나무가 뿌리째 뽑혀 나간 자리 곁에서 서성거렸다. 일꾼들이 구덩이를 메운다고 제법 많은 흙을 갖다 날랐는데도 움푹 파인 자리는 여전했다. 한겨울에 흙을 구하기도 어려워 그냥저냥 떨어져도 죽진 않겠다 싶을 만큼만 메워 주고 갔기 때문이었다.

'심심해.'

나무에 올라 밖을 구경할 수도 없게 됐으니, 이 순간만큼은 황상이 원망스러웠다. 게다가 아직 제가 쓴 우화가 어떤 파장을 일으키고 있는지 모르고 있는 난비는 하루하루가 의미 없이 지나가는 것만 같아 초조했다.

지겨운 시간이 보름 가까이 흘렀다. 황상이 안아 주셨던 뜨거운 감각도 이제는 잘 떠올려지지 않는다. 뿌리가 뽑혀 나간 횅한 땅처럼 제 마음에도 허전한 바람이 일었다.

'언제쯤 다시 궁으로 갈 수 있을까…….'

생각해 보면 우습다. 궁에서 지낸 것이 몇 달이라고. 평생을 감옥 같은 연월장에서 지냈는데, 지금 이곳은 천국이나 다름없었다. 그러나 모르면 몰랐을까. 한 번 알아 버린 연정은 주책없게 그리워하고, 보고 싶어 했다. 황상을 믿고 기다려야 하는데 실은 금비가 황후가 될까 봐 자꾸만 겁이 났다.

황궁 안 구하연 나루터에 아름드리 오동나무 한 그루가 뿌리를 내린 것은 열흘 전 일이었다. 파서 옮기는 데만 이틀, 언 땅을 파서 그 커다란 나무를 심는 데 또 사흘 밤낮을 허비하였다. 그나마 황명이 아니었다면 더 오래 걸릴지도 모르는 일이었고, 하지 않아도 될 고생이라 까닭을 알 수 없는 황명은 여전히 의문으로 남았다.

'폐비를 벌할 수도 없으니, 괜히 나무에다 심통을 부리시는 게지.'

오동나무를 볼 때마다 사람들은 그렇게 생각하고 지나갔다.

어쨌거나 덕분에 구하연의 풍광은 더욱 멋들어져서 나루터에 피리 부는 목동이라도 앉아 있다면 이곳이 황궁인 줄도 모를 만큼 고즈넉해 보였다.

황제는 아침 일찍 구하연에 산책을 나왔다가 제가 만들어 놓은 그림 같은 풍경에 감탄했다.

"모달아, 풍경이 참 좋지 않으냐?"

"구하연에 나무가 없는 이유는 살수들이 몸을 숨길 것을 염려하신 태황제께서 직접 내리신 명이었사옵니다."

사모달은 기분 나쁜 일이라도 있는 사람처럼 딱딱한 말투로 황제의 물음에 동조하지 않았다.

"역시, 나무가 있어야 한다. 여름이 되면 녹음이 시원할 테니, 황후를 데리고 소풍이라도 와야겠다."

"한여름에 여기까지 소풍 오다 푹푹 쪄서 쓰러지겠습니다."

"황후와 함께 오래 머물 수 있게 옆에 정자라도 하나 만들까……."

사모달이 불만이 있거나 말거나 황제는 저 혼자 즐거운 상상에 빠져 중얼거렸고, 참지 못한 사모달이 볼멘소리를 했다.

"저는 요즘 폐하의 위태로운 행보가 걱정되어 밤잠을 이룰 수가 없사옵니다. 대체 무슨 생각이시옵니까? 게다가 연월장의 그런 추악한 비밀을 모두 알게 되셨는데, 이리 가만히 손 놓고 나무타령이시니 제 속이 타들어 가지 않겠습니까."

며칠간 꾹 참았던 사모달의 원망이 터졌다. 무슨 생각이신지 제게라도 말씀을 해 주시면 좋으련만. 결국 서운하고 답답한 마음을 결국 내비치고 말았다.

"모달아."

사모달은 귀를 쫑긋 세웠다. 이제야말로 황제가 무언가를 말씀해 주실 것이라 잔뜩 기대하며…….

"네가 보기엔 말이다."

"예. 하문하소서."

"음…… 내가 만약…… 내가 황제가 아니라면 성검이 놈보다 못나 보이느냐?"

"예에?"

"금비가 황후의 자리를 내팽개칠 만큼 성검이 잘난 것인지, 아니면 내가 황제임에도 불구하고 못난 것인지 묻는 것이다. 내 얼굴이 너무 못난 게 아닌가…… 하는 생각이 들어서…….”

궁에서만 살아온 강위로서는 진지한 물음이었다. 다들 저를 떠받들어 주기만 했으니, 제 얼굴이 잘났는지 못났는지, 여인들이 좋아할 성품인지 아닌지 알 길이 없었다. 먼저 간 세 황후도 실은 좋아하는 이가 따로 있었을지도 몰랐다. 난비만 해도 저한테 오지 않았다면 그렇게 따르는 은호의 아내가 되었을지 누가 알겠는가. 그렇지 않으면 그의 제자인 성검과 잘되었거나……. 생각이 거기까지 미치니 절로 눈이 찌푸려졌다.

강위가 그 찌푸린 얼굴로 사모달을 바라보니, 사모달의 얼굴도 함께 일그러졌다.

“왜 대답이 없느냐? 말도 못 할 정도로 심하단 뜻이냐?”

쓸데없이 진지한 황상의 질문에 당황했던 사모달이 간신히 정신을 수습했다.

“성검이 놈이 확실히 잘나긴 하였습니다만, 폐하의 용안이 더 출중하옵니다. 무엇이 걱정이십니까? 사람의 얼굴은 다 제각각이라 누가 더 잘났는가를 판가름하기는 어렵사옵니다.”

“그럼 금비는 뭣 때문에 성검에게 반했다 보느냐? 내 보기엔 성격도 그리 좋은 놈 같진 않은데…….”

“그거야 뭐, 여인네들이 그렇게 거칠게 막 다뤄 주는 것을 좋아한다는 이야기는 들었습니다. 자존심도 강하고 어딘가 위태로운 삶을 사는 듯한……. 큼. 한 마디로 나쁜 사내라고 불리는 자들이 대체로 여심을 흔든다지요. 아니면 저기 저 적운처럼 아예 목석이거나……."

"나쁜 사내라……. 흐음……."

사모달은 진지하게 생각에 잠긴 황제를 보고 머리가 아파 왔다. 지금이 이런 고민이나 할 때가 아니니 말이다.

"폐하, 지금은 그런 것보다 다른 것을……."

"모달아, 만약에 말이다. 금비가 성검이 놈을 그리 좋아하는 게 사실이라면 말이다."

"예?"

"성검이 그놈 말을 다 믿을 수는 없지만, 연모가 맞다면 우리의 일이 조금 더 수월해지지 않겠느냐? 어쩌면 피를 흘리지 않고 황후의 복권이 가능할지도 모르겠다는 생각이 들어서 말이다."

"허면 금비를 설득해 보시면 어떻겠습니까?"

강위는 깊은 한숨을 내뱉으며 고개를 저었다.

"하아……. 그것이 황제로서 나의 고민이다. 때로는 피를 흘려야 얻을 수 있는 게 있다."

성검과 금비를 설득해 두 사람을 맺어 주고 난비가 복권하면 그것만큼 보기 좋은 그림도 없을 테지만 사실 그렇지 않았다. 더 위험하고 힘든 길이나 옳은 길로 가야만 한다. 사건의 진상을 모두 밝혀 함께 작당한 대신들을 모두 색출하여 그간 잘못된 것을 바로잡는 것이 황제로서 자신이 해야 할 일이었다. 세상을 등지고 두 사람이 함께 사랑만을 논할 수 있다면 얼마나 좋겠는가.

사모달은 강위의 무거운 어깨를 바라보다 그의 심정이 전해져

와 문득 저도 모르게 중얼거리고 말았다.

"나라가 바로 서야 두 분도 마음껏 연모를 이룰 수 있지 않겠습니까."

그 말에 강위가 돌아보며 웃었다.

"네 말이 맞다. 사랑하는 이가 발을 딛는 곳이 이왕이면 고운 땅이어야지."

산 아래 허름한 객잔에 불이 꺼졌다. 날이 저무는 이때야말로 하루의 피로를 푸는 술꾼들이 찾는 시각이건만 일찍 장사를 파한다니 발길을 돌리는 손님들의 불만이 이만저만이 아니었다. 성검은 손님들이 돌아가고 나자 막녀의 모습 그대로 객잔을 나섰다.

"그럼 당분간은 못 보는 게요?"

술에 쩌든 단우현이 몽롱한 눈으로 떠나는 성검에게 인사를 건넸다.

"아마도. 사고 치지 말고 죽기 싫음 얌전히 지내시오."

"걱정 붙들어 매시게. 나도 죽기는 싫은 놈이오."

성검은 아무래도 단우현이 불안한지 단단히 충고를 해 두고 길을 떠났다. 약 열흘 전 시전 뒷골목에서 단우현을 만난 이후로 자주 내려가던 길이었으나 이번이 아마도 마지막일 것이다.

도박으로 가진 돈을 날리고 두들겨 맞고 있는 단우현을 꺼내오면서 성검은 과연 이 작자가 무슨 도움이 될까 싶어 고개를 갸

우뚱했었다. 발끝으로 툭툭 차서 단우현을 깨우자, 눈을 뜬 단우현이 갑자기 감격한 목소리로 성검에게 달려들어 와락 껴안고 말았다.

"은인이 아닙니까!"

성검은 그가 하는 소리를 다 듣기도 전에 기겁을 하고 밀쳐 냈다. 제가 막녀 분장을 하고 있나 제 몸을 다시 확인해 볼 만큼 단우현의 애정 어린 눈빛에 소름이 돋았다.

"이게 뭐하는 짓이오!"

"왜 기억 안 나시오? 그 천하의 악녀한테 두들겨 맞고 있을 때 구해 주지 않았소?"

단우현의 얼굴을 아무리 쳐다봐도 성검은 알 수가 없었다. 그날 그 한심한 공자의 얼굴은 제대로 보지 않았기 때문이었다.

"그건 그렇다 치고, 오늘 내가 온 것은 그 때문이 아니오."

황제와 무슨 일이 있었는지는 모르지만, 서책과 황제의 전언을 들려주었더니, 이자는 금세 낯빛이 똥색이 변하며 투덜댔다.

"내가 그 노래 때문에 관에 끌려가 죽다 살아났는데, 이번엔 또 뭐요! 명예는 개뿔! 사람 죽게 생겼는데, 또 험한 일을 시키려고!"

"그래서 못 하겠다 이거요?"

성검이 눈을 부라리자, 단우현은 언제 그랬냐는 듯 눈웃음을 쳤다.

"어허! 생명의 은인이 부탁하시는데, 난 그리 은혜를 모르는 놈이 아니라오. 그래서 어찌 수정을 해 주면 된다고?"

성검의 이야기를 듣고 난비가 쓰다 만 우화집을 읽은 단우현은 재미있는 장난거리를 발견한 아이처럼 눈을 반짝였다. 그는 성검의 앞에서 봇짐을 풀어 당장 먹을 갈고 붓을 잡았다.

붓을 든 단우현은 다른 사람 같았다. 좀 전까지 제정신이 아니었던 사람이 붓을 잡고 나서는 무슨 선현이나 대학자라도 된 마냥 진지하게 빈 종이를 마주했다. 그러더니 일필휘지로 겨우 한 시진 만에 우화집 한 권을 써낸 것이다. 물론 그러고 나서는 또 본래 성품으로 돌아왔다. 관에 끌려갈지 모른다며 비굴하게 매달리는 통에 성검이 어쩔 수 없이 객잔에 숨겨 주게 되었던 것이다.

그날 이후로 성검은 시전을 자주 돌아다녔다. 단우현이 서책을 필사하면 성검이 그것을 서점에 돌렸던 것이다. 그래서인지 이제는 여장이 어색하지 않았다. 익숙하게 치마를 부여잡고 산을 내려온 성검은 마을 안으로 들어가지 않고 쭉 돌아서 외진 오르막을 오르기 시작했다.

막녀가 오르막을 다 올랐을 때는 이미 날이 저물어 어둑해진 후였다. 길 끝에는 폐비의 아담한 사가가 자리하고 있었는데, 막녀는 그 집이 누구 집인지 모르는 사람처럼 요란하게 대문을 두들겼다.

"누구시기에 남의 집 대문을 부서지게 두들겨요? 여기가 어딘 줄 알고!"

아랑이 투덜거리며 문을 열고 나오는 것과 동시에 막녀가 그녀의 앞에서 픽 쓰러졌다. 아직 녹지 않은 눈에 막녀의 얼굴이 반쯤 파묻혔다.

"에구머니! 이봐요! 이봐요! 아이참, 여기서 이러면 어쩌라고!"

꼬질꼬질한 옷에 까무잡잡한 피부를 보니 거렁뱅이인 것도 같은데, 여기서 죽게 내버려 두자니 찝찝했다.

"미치겠네. 여긴 왜 올라온 거야! 산에서 내려왔나……. 공 상궁님! 공 상궁님!"

아랑이 공 상궁을 데리러 간 동안 막녀는 차가운 눈밭에 계속 쓰러져 있어야 했다. 그런데 미동도 없던 막녀의 얼굴이 갑자기 획 돌아갔다. 이제는 반대쪽 뺨을 눈 속에 파묻은 막녀는 시린 눈보다 굼뜬 아랑과 공 상궁을 욕하며 기절한 척 기다렸다.

공 상궁과 아랑에게 질질 끌려 높은 대문턱을 넘어온 막녀는 대문턱과 마당의 돌부리에 등이 긁혀도 죽은 사람처럼 꼼짝도 않더니, 침상에 눕혀 놓고 의원을 부르겠다는 소리에 벌떡 일어났다.

"에구머니! 놀래라! 야, 너 괜찮아?"

얼마 전까지 뱁새눈을 치켜뜨고 잡부 일을 하던 막녀가 겁에 질린 눈으로 아랑의 시선을 피해 몸을 움츠렸다.

"괜찮냐니까?"

아랑이 계속 다그치자 막녀는 아예 벽 쪽으로 바짝 붙어 버렸다. 그런데, 이때 공 상궁의 눈에 이채가 서렸다.

'이상하다. 어디서 본 듯한 얼굴인데…….'

그런데 자세히 보니, 일단 여인의 몸이 어딘가 어색했다. 얼핏 봤을 때는 그냥 건강해 보이는 몸이었는데, 그런 건강한 여인이 쓰러졌다는 것도 이상했지만 유난히 봉긋한 가슴과 단단해 보이는 목선이 거슬리는 것이다. 사내들이 보기에는 색기가 흘렀을지 모르나 같은 여인이, 그것도 여인들 틈에서만 지낸 공 상궁이 보기에는 부자연스러운 구석이 있었다.

아랑이 막녀의 몸을 흔들며 자꾸 괜찮냐고 묻자, 막녀는 아랑을 피해 몸을 돌리면서 공 상궁을 향해 장난스런 미소를 보냈다.

'세상에!'

공 상궁의 가슴이 철렁 내려앉았다. 이제야 저 이목구비가 누구의 것이었는지 기억이 났으나, 도무지 믿기지가 않았다. 해쓱해진 얼굴로 상황을 정리해 보려고 애썼지만 머릿속이 뒤죽박죽이었다.

"너 왜 대답을 안 하니! 멀쩡해 보이는 것 같으니까, 정신 차렸으면 얼른 나가! 여기가 어딘 줄 알고!"

아랑이 막녀의 어깨를 잡아끌려고 우악스럽게 소매를 올려붙였다. 그러자 공 상궁이 다급하게 아랑을 말렸다.

"그, 그러지 마라!"

"네? 왜요?"

"너는 마마를 그리 오래 옆에서 모시고도 모르겠느냐? 말을 못

하지 않느냐!"

"아, 그래요? 정말? 야, 너 정말 말 못 해?"

이때다 싶은 막녀가 연신 고개를 끄덕였다. 아랑이 안됐다는
얼굴로 막녀의 머리를 쓰다듬으며 말했다.

"얘는……그럼 그렇다고 말을 하지……."

성검은 자신의 연기력에 내심 뿌듯하며 공 상궁을 향해 안심
하라는 듯 웃어 주었다.

'호위무사장이 어째서?'

그가 살아 있다는 것은 최근 고드름 사건으로 눈치채고 있었지
만, 이렇게 여장을 하고 찾아올 줄은 생각지 못했기에 공 상궁은
이 상황을 어찌 받아들여야 할지 혼란스럽다.

공 상궁의 혼란을 전혀 눈치채지 못한 아랑은 막녀의 긴 가발
을 쓰다듬으며 말을 건넸고, 성검은 혹시라도 가발이 떨어질까 봐
머리카락을 꽉 붙들고 있었다.

"안됐다. 말도 못 하고. 우리 마마도 그래서 어릴 때부터 고생
이 이만저만이 아니셨는데. 배고프니? 밥 줄까?"

성검은 아랑의 말이 끝나기도 전에 고개를 끄덕였다. 어떻게든
아랑을 보낼 수만 있다면야! 아랑은 뭐가 그렇게 신이 나는지 쏜
살같이 밥을 가지러 나갔고, 공 상궁은 성검의 곁으로 다가가 목
소리를 한껏 낮추며 말했다.

"이, 이게 무슨 꼴입니까! 어찌 된 일이에요?"

"말하자면 긴데……."

비록 작은 목소리였지만 말을 할 수 있게 된 성검은 속이 시원했다.

"그 긴 이야기가 뭡니까, 대체? 폐하도 아십니까?"

"일단, 폐하께서 이리하라 하신 것이니 그리 알고 계십시오."

때마침 난비가 들어와 성검을 보게 되었다. 아랑이 소란을 떨어 손님을 보러 왔던 난비는 낯익은 얼굴에 눈이 휘둥그레졌다.

"마마, 폐하께서 보내셨답니다."

"오랜만입니다."

"……."

난비가 다시 말을 잊은 사람처럼 입만 벌리고 있자 성검이 씁쓸한 표정으로 말했다.

"다시 말을 찾으셨다 들었습니다. 왜 그리 보고만 계십니까?"

난비의 눈에 눈물이 그렁그렁 차올랐다. 저 때문에 스승님이 죽고, 성검이도 죽은 줄 알았었다. 고개를 들고 있기조차 미안한데 무슨 말을 꺼낼 수 있을까?

"마마가 아니셨으면, 저는 더 많은 친구들을 잃을 뻔했습니다. 마마 덕분에 스승님의 가시는 길을 지켜보았습니다. 마마 때문이 아니라 제가 못나 스승님을 지켜 드리지 못했으니, 저야말로 죄인입니다. 그리고 마마 앞에서는 스승님도 죄인이니, 그러실 것 없습니다. 저희들 때문에 이런 일을 겪게 되셔서…… 죄송합니다."

성검이 이렇게 진지하게 말하는 것을 들어 본 적이 없었다. 난비는 눈물을 줄줄 흘리면서 힘겹게 울먹거리며 말했다.

"그런 꼴로…… 사과하지 마……. 웃음만 나오잖니……."

말과 달리 난비는 펑펑 소리 내어 울었다. 그러나 계속 마음을 짓눌러 온 죄책감을 눈물과 함께 떨쳐 낼 수 있었다.

❀

황제가 폐비의 사가를 찾은 날로부터 두 달 남짓한 시간이 흘렀다. 그 시간 동안 도성에서부터 시작한 기묘한 이야기와 노랫말이 온 나라에 퍼진 상태였다. 발 없는 말은 바람처럼 빨리 옮아갔다. 누가 썼는지 알 수 없는 짐승들의 이야기는 사실이라 믿어진지 오래였고, 금비와 황제의 국혼날이 다가올수록 사람들의 분노가 더욱 끓어올랐다.

연월부인이 이런 백성들의 동태를 모를 리가 없었다. 당연히 그녀는 크게 분노했다. 하지만 분노의 내면에는 다른 이들이 눈치채지 못하는 두려움이 있었다. 추측만으로, 단순히 지어낸 이야기로는 자신이 저지른 일들을 그렇게 정확히 알 수가 없었다. 이는 매파가 살아 있고, 성검이 살아 있다는 이야기였다. 비밀을 아는 사람이 둘이 되었고, 온 나라의 백성들이 그 둘의 이야기를 믿고 있었다. 덕분에 악몽을 꾸는 횟수도 잦아졌고, 초조함은 이루 말할 수가 없었다.

스산한 밤. 연월호에 비친 달에 귀기가 서렸다. 삐걱 하는 기분 나쁜 소리가 들리는가 싶더니 연월부인의 처소에 문이 열렸다. 누군가 들어갔는지 다시 쾅 소리를 내며 문이 닫혔다. 자고 있던 부인은 그 소리에 놀라 눈을 번쩍 떴다.

"헉!"

눈을 뜨자마자 보이는 것에 부인은 소스라치게 놀랐다. 생전에도 어딘가 음침했던 소연 아씨가 혀를 빼물고 나타난 것이다. 핏발 선 흰자위를 번뜩이며 다가오는데 부인은 꼼짝도 할 수 없었다. 곧 부인의 몸에 올라탄 소연 아씨가 그녀의 목을 조르기 시작했다.

"허……윽! 윽!"

부인은 섬뜩한 손길에 소름이 돋고 숨 막히는 괴로움에 발버둥치며 고개를 돌렸다. 그런데 시뻘건 눈동자가 그녀를 보고 있다.

"히익!"

그녀의 옆에 나란히 누운 것은 죽은 효문재였다.

"네년도 곧 이리될 것이다."

효문재의 말이 끝나기 무섭게 그의 얼굴이 녹아내리기 시작했다. 금세 구더기가 바글거리더니 눈동자를 파먹고 기어 나오기 시작했다.

"히, 히익!"

구더기가 제 얼굴로 기어 오자 기겁한 부인이 쌕쌕거리는 숨소리로 비명을 대신했다.

"아악!"

목소리가 터지며 침상에서 벌떡 일어났다. 숨을 쉴 수 있었다.

땀에 젖어 끈적끈적했지만 악몽에서 벗어난 것만으로도 살 것 같았다.

"또 악몽이냐?"

어느새 고진이 들어와 있었다.

"……."

"비명 소리가 들리기에 들어와 보았다. 마음을 좀 편히 먹는……."

"죽었다지 않았어!"

연월부인이 발작하듯 소리치는 것과 반대로 고진은 담담하고 씁쓸하게 읊조렸다.

"죽었을 거라고 생각했다."

고진의 침착함이 부인을 더 분하게 만들었던 것 같다. 그녀는 자신을 속인 고진의 어리석음이 한심했고, 배신감마저 느껴져 파르르 떨었다.

"왜 그런 거짓말을 했어, 왜!"

"어디로 숨었는지, 죽었는지, 살았는지조차 알 수 없는 상황이었다. 그놈들을 잡는다고 들쑤셔 봤자 일이 더 커질 뿐이라 여겼다. 녀석도 부상이 컸고, 은호도 죽은 마당에 그 늙은이는 당연히 죽었다고 생각했다. 또 만약 그들이 살아 있다 해도 도적놈들이 하는 말을 누가 믿어 줄 것이냐? 은호가 죽었으니 그것으로 충분할 줄 알았다."

"누가 믿긴 누가 믿어! 백성들이 모두 믿고 있지 않아! 대사농이 쫓겨난 마당에 대신들이 예전처럼 우리를 무턱대고 밀어 줄 것 같아? 어제도 녹상서사가 찾아와 의심스럽게 이것저것 캐묻고 갔잖아! 내일은 또 누가 올까? 승상? 거의 날마다 대신들이며 귀족들이 찾아와 나를 살피고 견제하고, 약점이라도 잡을 게 있을까 승냥이마냥 어슬렁대는 꼴이 안 보여!"

대사농이 하루아침에 재산의 대부분을 몰수당하고 관직에서 쫓겨난 것은 부인에게 무척 충격적인 일이었다. 떵떵거리던 그가 하루아침에 내몰렸으나 도와주는 이가 아무도 없었다. 이미 더 이상 오를 곳이 없다 할 만큼 세를 불린 대사농에게는 내심 그가 물러나 주길 바라는 정적들이 많았고, 황제가 적절한 시기에 그 틈을 이용했던 것이다. 그러니 대사농과 공생하던 연월장은 하루아침에 대신들의 눈치나 보는 처지로 전락하고 말았다. 물론 금비가 황후만 되어 준다면 또 상황은 달라지겠지만, 만약 상황이 더 악화된다면 국혼도 취소되고 말 것이다.

"일이 이리될 줄은…… 생각 못 했다."

"하! 이 멍청한 인간!"

고진은 이제 대놓고 저를 욕하는 미앙 때문에 울컥하고 억울한 마음이 들었으나 고개를 들고 그녀를 바라보는 것 외에 아무것도 하지 못했다.

"당장 찾아! 지금이라도 잡아내서 요절을 내야 해! 모두가 그놈의 헛소리였다는 걸 밝혀야 해! 잡아서 고신을 하든 뭘 하든 다 제 놈의 착각이었다는 소리가 나오게 해! 백성들이 다 보는 앞에서 밝히게 하란 말이다!"

"노래를 퍼트렸다는 단우현이란 작자는 사라진 지 오래다. 이미 도성을 빠져나갔다는 소리도 돌고 있어. 게다가 서점 주인들이 하나같이 누군가가 쥐도 새도 모르게 놓고 간 서책이라는데, 단서가 있어야 찾을 게 아니냐!"

"그럼 가만히 손 놓고 있자는 게야?"

"금비가 황후가 되는 것만 생각하자. 저들이 뒤에서 무슨 작당을 하든, 증거가 없는데 무슨 걱정이냐? 도적들의 허튼소리만으로는 아무것도 못 해. 차라리 금비를 이용해 연월장의 힘을 키우는 게 나을 것이다. 국무들의 참언에 좀 더 힘을 싣고, 백성들의 신망을 얻을 방법을 찾자."

씩씩대던 부인도 고진의 냉정한 판단에 마음이 끌린 듯했다. 방에서는 더 이상 큰 소리가 나지 않았다. 그리고 방문 밖에서 이야기를 엿듣고 있던 금비는 다리에 힘이 풀린 것처럼 털썩 주저앉았다.

'살아 있다고? 성검이?'

저도 언제부터인가 그가 살아 있을지 모른다고 생각했었다. 자신이 괜한 마음을 품을까 봐 고진이 거짓말했을지도 모른다고…… 그렇지 않으면 누가 난비를 도우며, 누가 저희들밖에 모르는 출생 비화까지 상세히 퍼트릴 수 있을까……!

'너는 결국 난비를 위해 나를 비참하게 만드는구나…….'

사람들이 저를 추잡한 까마귀 새끼라고 욕하는데, 그것을 퍼트

린 자가 제가 좋아하는 사람이었다니 가슴이 넝마가 되었지만, 그
래도 금비는 씁쓸하게나마 웃을 수 있었다. 두 달 만에 짓는 그
미소에는 그가 살아 있다는, 다시 볼 수 있다는 안도가 서려 있었
다.

다음 날, 연월부인은 오랜만에 금비를 대동하고 밖으로 나왔다.
전과 달리 그네들에게 길을 비켜 주는 사람들의 시선이 곱지만은
않았다.

사람들의 시선이 부담스러울 만한데도 연월부인은 태연하게 걸
으며 금비에게 다정하게 말을 건네곤 했다. 물론 금비는 그녀만큼
이런 일에 능청스럽지 못했다. 한순간에 변해 버린 사람들이 잘
적응되지 않았다. 게다가 혐오스럽게 바라보는 사람들의 눈빛에
서 성검이 겹쳐 보일 때마다 가슴이 따끔따끔 아파 왔다.

"저건 뭐지?"

금비 모녀를 손가락질하기 바빴던 사람들은 그녀들을 따르는
수레를 보고 뒤늦게 호기심을 드러냈다. 그 소리를 들은 연월부인
이 턱을 치켜 올리며 뿌듯한 미소를 그렸다.

수레 안에는 올 가을 수확한 햅쌀 가마니가 그득했다. 많이 아
깝긴 했지만 적선을 하려거든 손이 커야 생색을 내기 좋았다. 엽
전 고드름? 코흘리개들이나 하는 장난질로 민심을 얻으려 하다니
가소로웠다. 제가 하질 않아서 그렇지 하려고 들면 민심을 얻는
것 정도야 식은 죽 먹기였다.

그렇게 부인은 위풍당당한 걸음으로 빈민촌을 향했다. 그곳은

황제와 난비가 불공을 드린답시고 곡식을 베푼 곳이기도 했으니, 그 기억을 뿌리 뽑기에도 그만이었다. 부인은 그때보다 더 좋은 쌀을 더 가득 싣고 빈민촌에 들어섰다.

"자, 이것은 앞으로 황후가 될 내 딸 금비가 네놈들의 딱한 처지를 듣고 준비한 것이다. 내 그간 세상일에 어두워 너희들의 사정이 이리 힘든 줄 몰랐다. 진즉에 알았다면 이리 배를 곯는 일도 없었을 것을……. 쯧쯔……. 자, 어여들 줄을 서서 받아 가거라."

빈민촌의 사람들은 퀭한 눈으로 꿈인가 생시인가 곡식 가마니를 뚫어지게 쳐다보다 그녀의 일장연설이 끝나자마자 앞으로 달려들었다. 침이 꿀꺽 넘어가는 소리가 들릴 만큼 흥분한 사람들이 서로를 밀쳐 가며 앞다투어 수레 앞으로 몰려왔다.

"자, 자! 줄을 서야지!"

가마니를 여는 연월장의 종복도 덩달아 어깨에 힘이 들어갔다. 온갖 생색을 내며 거드름을 피우더니 천천히 가마니의 것을 덜어 주기 시작했다. 그런데!

"뭐야 이게?"

"이씨……. 이거 순 겨랑 돌 아니야!"

"씨발. 우리가 뭐 개돼지야? 배고프면 겨나 씹어 먹으라 이거야?"

사람들의 욕설에 놀란 연월부인이 곡식을 나눠 주던 종놈을 쳐다보았다.

"무슨 일이냐?"

"뭐, 뭐가 잘못됐나? 자, 잠깐만⋯⋯. 다른 가마니를 열어 보겠습니다!"

종복이 횡설수설 쩔쩔매며 다른 가마니를 풀었으나 그도 마찬가지였다. 시커먼 돌가루와 겨가 섞인 가마니에는 쌀이라고는 한 톨도 보이지 않았다.

"이, 이럴 리가 없는데⋯⋯."

종복은 아예 수레 위로 올라가 가마니들을 쑤시고 다녔지만 쌀이 든 가마니는 보이지 않았다.

"이럴 리가 없는데⋯⋯. 이게 아닌데⋯⋯."

"대체 무슨 일이야! 어찌 이런 일이 있을 수 있어! 내 쌀이 다 어디로 간 게야?"

연월부인은 자신들을 에워싼 살벌한 분위기는 눈치채지 못하고 사라진 곡식이 아까워 종복을 닦달하고만 있었다.

"마님. 그건 저도 모르⋯⋯ 헉! 마님!"

종복이 먼저 위기를 느꼈다. 팔을 걷어붙이고 씩씩대는 사람들은 도무지 말이 통할 것 같지 않았다. 그럴 만한 것이, 가뜩이나 늘 무시당하고 배고팠던 사람들은 가축 취급도 못 받은 싸구려 동정에 울컥하고 말았다. 가진 자들의 조롱은 늘 이런 식이 아닌가. 쓰레기를 던져 주면 그것도 좋다고 꼬리를 살랑살랑 흔들고 군침을 흘려야 했다. 저희들에겐 당장의 한 끼가 사느냐 죽느냐가 달린 문제인데, 그것을 이용해 사람을 가지고 놀거나 위선을 떨곤 했다. 지금 연월부인이 한 짓은 딱 그 둘 다였다.

"네 이놈들! 어디서 이런 무엄한 짓들이냐! 썩 뒤로 물러가지 못해! 감히 누구를 위협하려 드는 게야? 황후가 되실 분께 예를 갖추지는 못할망정!"

부인은 이 상황에서도 큰소리를 쳤고, 그녀의 표독스러운 기세에 성난 사람들도 잠시 움찔하긴 했다. 그러나 금비는 그럴 때가 아니라는 걸 직감하고 그녀를 말렸다.

"어머니, 이러시면 안 됩니다. 뭔가 착오가 있다 설명하셔야 해요."

"흥! 천한 것들이! 기껏 생각해서 도와주러 왔는데, 이 무슨 행패냐! 내 딸이 황후가 되면 네놈들 모두를 벌할 것이다!"

"어머니!"

재물과 권세를 믿고 떵떵거리며 살아온 세월이 너무 길었던 탓일까. 부인은 그것들만 있으면 이런 천민들을 위협하고 굴종하게 하는 것이 하나 문제 될 게 없다 여기고 있었다.

결국 그런 어리석음이 화를 불러왔다. 연월부인이나 자신들이나 똑같이 천하다고 여기고 있던 사람들은 이성을 잃을 만큼 모멸감을 느꼈다.

"그래? 어차피 이래 죽으나 저래 죽으나 죽긴 매한가지란 소리 아냐? 네년들 목을 따고 연월장인지 까마귀 소굴인지 쳐들어가서 배불리 먹고 죽어 보자!"

"뭐, 뭐라? 이것들이 죽고 싶어 환장을 했나!"

"그래, 환장했다. 이년아! 종년 주제에 어디서 마나님 행세야.

더러운 화냥년 같으니!"

"하! 하아! 이, 이 잡것들이! 뭣들 하고 있느냐? 저것들을 당장 죽여 버리지 않고!"

하지만 부인의 호위무사들은 섣불리 앞에 나설 수가 없었다. 정말로 백성들을 죽여야 하는 것인가도 의문이었고, 저희들만으로 저 많은 성난 백성들을 상대했다가는 무사할 것 같지 않았기 때문이었다. 그제야 사태의 심각성을 깨달은 부인은 금비의 손을 잡아 제 뒤로 감추었다.

"그, 그…… 금비야! 어, 어서…… 아악!"

멍하니 서 있는 금비를 도망가게 하려던 부인은 누군가가 커다란 돌덩이를 던지려 하자 눈을 감고 비명을 질렀다. 묵직한 고통이 느껴질 것을 각오하는데 생각보다 긴 시간 동안 아무 감각이 없었다. 혹시나 하고 눈을 떠 보니 낯익은 검은 무복이 앞을 가로막고 있었다.

"고, 고진!"

"그러게 저를 데려가야 한다지 않았습니까."

고진은 부인에게 서운한 것이 많았다. 하지만 지금은 그런 것을 따질 때가 아니었다. 돌을 든 자를 베어 버렸더니, 피를 본 사람들의 눈빛이 더욱 흉흉해져 있었다.

"네놈들은 뭘 하고 섰어? 어서 마님과 아씨를 보호하지 않고! 내 손에 먼저 죽고 싶어?"

고진의 일갈에 정신이 번쩍 든 무사들이 칼을 뽑아 들고 두 사람을 에워쌌다. 그리고 시작되었다. 고작해야 돌과 몽둥이를 든 백성들은 서슬 퍼런 칼을 든 무사들에게 베어져 피를 흘리며 죽어 갔다.

"아악!"

"컥!"

아무리 수적으로 우세하다지만 고진이 가세한 이상 백성들에게는 살길이 없어 보였다. 살기 충만하던 그들의 눈빛이 두려움과 살고 싶은 욕망으로 물들어 갔다.

"아, 아…… 아, 안 돼."

새파랗게 질린 금비가 사방으로 튀는 핏물을 보며 중얼거렸다. 백성들을 구제하러 와서 그들을 죽이다니, 이게 무슨 일이란 말인가. 금비는 제 어미가 자신이 배워 온 상식과 전혀 다른 행보를 보이자 하도 기가 막히고 당혹스러워 넋이 나가고 말았다. 이 순간 그녀는 이것이 돈과 권력에 집착한 천한 여인의 한계임을 깨닫고 절망했다.

"안 돼. 이, 이러면 안 되는데……."

"금비야, 왜 이러니?"

"어머니. 이, 이러시면 안 돼요. 고진……. 고진! 그만해. 고진! 제발 그마안!"

금비의 비명에 고진이 잠시 칼을 멈추고 돌아보았다. 그 짧은 순간 살길이 열린 사람들은 뿔뿔이 흩어져 도주했다.

"이게 뭐야. 도대체 이게 뭐야……. 이게……."

도망가지 못한 것은 죽은 자들뿐이었다. 피로 질퍽거리는 땅 위에서 죽어 간 사람들……. 그렇지 않아도 오랫동안 마음고생으로 심약해져 있던 금비는 창백한 얼굴로 정신을 잃으며 쓰러져 갔다.

'성검이 알면 또 뭐라 나를 비난할까…….'

그에게 인정받고 싶다. 한 번이라도 좋으니 옳은 일을 했다고 칭찬받고 싶다. 사람으로 대해 주기라도 했으면……. 자신이 정말 바라는 것이 무엇인지, 그 가야 할 길이 선명해지는데 발밑은 어둠 속으로 푹 꺼져 버렸다.

"금비야!"

부인에게 안겨 쓰러진 금비에게는 부인과 고진의 외침이 들리지 않았다.

빈민촌의 칼부림은 다음 날 아침 조회에서 말이 나올 정도로 큰 문젯거리로 대두되었다. 국혼이라는 나라의 대경사가 채 보름도 남지 않은 상황에서 그 당사자인 연월장이 이와 같은 물의를 일으켰으니 말이 나오는 것은 당연했다. 가뜩이나 금비가 황후가 되는 것이 불만이었던 백성들에게는 기름을 끼얹은 것과 다름이 없었다. 연월장에서 준비한 쌀가마니에 겨와 돌뿐이었다는 빈민의 증언은 아무 소용없었고, 관인들은 힘없는 백성들을 연월장을 해하려 한 폭도로 간주하여 붙잡아 갔다. 살해된 이들이 죄인이 되고, 살수는 피해자가 되었으니, 이 기막힌 사건에 백성들은 울분을 토했다.

그러나 대부분의 대신들은 백성들을 폭도로 몰아 황제의 눈과 귀를 막고, 이번 일의 시작을 우화와 노래 탓으로 돌리고 있었다.

"폐하. 이 참극이야말로 백성들의 민심을 알 수 있는 사건이 아니겠습니까? 허황된 우화로 인해 백성들은 아무런 근거도 없이 연월장을 증오하고 있사옵니다. 오늘의 이 일도 가난한 백성들을 구휼하고자 한 일임을 시전에서부터 본 이가 한둘이 아니옵니다. 헌데 이미 연월장에 대한 반감이 깊이 박힌 우매한 백성들이 폭동을 일으키려 하였으니 그들을 벌하는 것이 옳은 줄 아뢰옵니다."

연월장의 고변으로 도적을 토벌하는 공을 세웠던 녹상서사는 아직은 연월장을 곁에 두는 것이 이득이라 여겼다. 그의 말이 끝나기 무섭게 연월장의 단물을 맛본 자들이 앞다투어 연월장을 두둔했다.

"폐하. 당장 우화집을 압수하고 이를 쓴 자를 찾아내 참수해야 마땅하다 여겨지옵니다. 장차 황후가 되실 분을 위협한 것은 황실에 대적하는 것과 다름이 없사옵니다."

"그렇사옵니다, 폐하. 어디 쓴 자뿐이옵니까. 감히 이런 것을 판매하여 돈 벌이로 이용한 자들 모두 황실을 기만한 대역죄인으로 보아야 하옵니다!"

누구보다 이 사태를 정확히 알고 있는 황제는 대신들의 작태가 한심하고 또 한심해 화를 낼 기운조차 없었다. 그런데 이 와중에 침묵하는 승상 해일주에게 눈길이 갔다.

"승상. 나의 백성들이 도적이 되고, 폭도가 되고, 역도가 되었다. 이들의 말대로라면 말이지. 그대는 어찌 생각하는가?"

"폐하. 신의 생각은 조금 다르옵니다."

여태 백성들을 벌하라고 입에 거품을 물던 자들이 승상을 향해 고개를 쳐들었다.

"어찌 다르냐?"

"우화집과 노래가 누군가가 연월장을 모함하려 한 것이라 해도 이번 일은 연월장에도 책임이 있사옵니다. 이럴 때일수록 더더욱 덕과 자비를 베풀어야 할 연월장이 국혼을 앞두고 백성을 살해한 일은 크나큰 실수라 여겨지옵니다."

"승상! 그 무슨 말씀이십니까! 연월장이 자비를 베풀려 했으나 백성들이 이를 거부하고 되레 추잡한 까마귀라며 죽이려 했다는 것을 듣지 못하였습니까?"

"나는 그것이 이상하네. 굶주린 백성들이 어째서 곡식을 눈앞에 두고 그런 일을 저질렀겠는가. 필시 무슨 사정이 있었을 게야. 게다가 항간에는 그 곡식들이 사람이 먹을 수 없는 겨와 돌밖에 없었다는 이야기도 있지 않았는가?"

"역도들의 간사한 거짓이 아니겠습니까!"

"허허! 아직 역도라 밝혀지지 않았네. 함부로 그리 말해선 안 되네! 또한 만약에 그 우화나 노래가 사실이라면 어찌할 것인가? 황후의 자리에 오르기 전에 이는 반드시 철저히 검증해야 할 문

제일세!"

과연 승상은 늙은 너구리였다. 만약을 대비해 그는 은근슬쩍 한 걸음 뒤로 물러났다. 백성들 사이에 떠도는 말이 그냥 나오는 말이 아니라는 것을 오랜 경험으로 알고 있는 것이다. 그가 오랫동안 이 혼란한 조정에서 권력을 유지할 수 있었던 것은 이와 같은 능력 때문이리라. 강위는 점점 목소리가 커지는 두 사람을 제지했다.

"내 생각엔 두 사람 말 모두가 옳다. 우화집이 백성들을 동요하게 한 것은 사실이나 그 순간 백성들의 화를 제대로 다스리지 못하고 칼부림이 난 것은 명백히 연월장의 실수이다. 그러나 이제와 또 황후를 새로이 간택할 수는 없는 일. 그대들과 백성들, 국무까지 그토록 원하던 효씨 가문의 딸이 이제는 더 없으니 말이다. 해서, 항간에 떠도는 그 우화와 노래를 이제부터 금할 것이니, 또다시 이런 것이 나돈다면 관련된 자들을 색출해 크게 벌할 것이다. 또한 이번 일은 피차간의 오해로 비롯된 것으로 마무리 짓고, 연월장으로 하여금 너그러운 마음으로 백성들의 죽음을 위로케 하라."

황제의 이런 판결은 언뜻 듣기에는 현명한 판단 같았지만 실상은 그렇지 않았다. 백성들 입장에서는 연월장이 죄인들을 용서한 것처럼 보이는 결과였고, 연월장의 입장에서는 자신들이 죄 없는 백성들을 실수로 죽인 것처럼 보였기 때문이었다. 어느 쪽에도 원치 않는 불만스러운 결론임을 해일주가 가장 먼저 눈치챘다.

'대체 폐하께서 원하시는 것이 무엇인가?'

현 황제 강위는 신하들의 힘에 억눌려 제대로 뜻을 펼치지 못하신 것일 뿐, 누구보다 황제의 자질이 뛰어나신 분임을 알고 있었다. 그러니 이번 판결이 어떤 파문을 일으킬지 황상 본인께서 가장 잘 아고 계실 터였다. 게다가 이번 일에 황제는 한 번도 큰소리를 내지 않았다. 국혼을 앞두고 이런 불경한 일이 벌어졌는데 너무도 이성적으로 판결을 내리시지 않았나. 마치 모든 것을 알고 있는 사람처럼. 혹시 황상은 우화집에 관해서도 뭔가 아는 게 있지 않을까 하는 생각이 들었다.

너무나 구체적인 우화의 내용은 일부러 지어내기도 힘들었고, 지금 상황과 너무 잘 들어맞았다. 계모에게서 핍박받으며 살아온 난비의 고통스러운 삶과 억울함이 꼭 사실인 것만 같았다.

제가 모르는 연월부인의 비밀이 있을지도 모른다고 생각하니, 짙은 안개가 낀 것처럼 앞으로의 일이 막막하게 느껴졌다. 이 와중에 과연 황상은 무엇을 얻으셨을까? 그것이 지금 승상 해일주가 가장 우려하는 일이었다.

이른 새벽. 서리 맺힌 세상은 그야말로 뼈저리게 추웠다. 성검은 입에서 뿜어지는 입김이 그대로 얼어버리는 건 아닐까 하는 망상을 하며 담을 훌쩍 뛰어넘었다. 치마가 다리에 휘감기는 실수는 더 이상 없었다. 그러나 멋지게 착지에 성공해야 할 성검이 삐끗거리며 뒤뚱뒤뚱 우스꽝스럽게 땅을 밟았다.

"헉! 여긴 왜 나와 계십니까? 사람 놀라게!"

난비가 귀신처럼 서 있는 통에 벌어진 일이었다.

"너야말로 어딜 나갔다 오는 거야?"

"그런 게 있습니다. 여인들은 몰라도 되는 바깥 사정…… 아!"

성검은 피할 수 있음에도 난비가 귀를 비트는 것을 내버려 두었다.

"어서 말 못 해?"

"폐하께서 시키신 일이 있습니다. 뭘 그리 자꾸 알려고 하십니까? 알면 다쳐요."

"하아! 대체 너와 폐하는 무슨 일을 꾸미시기에 비밀도 많고……."

황제가 하시는 일을 더 캐물을 수 없었지만 난비는 제게 비밀로 하는 두 사람에게 서운하기도 하고 미안하기도 했다. 제 일인데 저는 이리 편하게 손을 놓고 있으려니 신경 쓰일 수밖에…….

성검도 난비의 씁쓸한 표정을 보며 그 마음을 눈치챌 수 있었지만 그래서 더욱 말할 수가 없었다. 그렇지 않아도 요즘 통 식사가 시원치 않아 다들 걱정하는 중인데 어제처럼 위험 일을 하고 다니는 줄 알면 그녀는 잠도 제대로 못 잘 것이다.

성검은 이틀 전 다른 동료들과 함께 연월장의 곳간을 털었다. 연월장이 빈민촌에 곡식을 나눠 준다는 사실을 미리 알게 되었기 때문이다. 그래서 황제와 함께 이번 일을 계획했다. 훔친 쌀가마니가 있던 자리에 흙과 쌀겨를 채운 가마니를 넣었다. 그때 옮겨 놓은 쌀들을 방금 백성들에게 나눠 주고 오던 길이었다. 그러나 무사히 모든 일을 끝냈음에도 성검과 강위는 어제부터 줄곧 기분이 좋지 않았다. 설마 연월장이 이렇게까지 무식하게 나올 줄은 몰랐다. 예상치 못한 백성들의 죽음이 안타깝다 못해, 괜히 연월장을 들쑤셔 생목숨을 희생시킨 것 같아 죄책감으로 마음이 무거웠던 것이다. 그런데 이것을 난비에게까지 짊어지게 할 필요는 없었다. 물론 곧 그녀도 알게 되겠지만……

"요새 왜 이리 새벽잠이 없으십니까? 들어가 더 쉬십시오."

"성검아……."

"예?"

"……."

난비는 선뜻 하고 싶은 말을 꺼내지 못하고 망설였다. 어쩌면 그냥 모르는 척해 주는 것이 더 나을 수도 있다는 생각이 들었다. 섣부른 격려나 걱정은 주제 넘는 짓이었다.

"무슨 어려운 말씀을 하시려고 뜸을 들이십니까?"

"너…… 대체 언제까지 아랑한테 숨길 작정이냐?"

"글쎄요……. 되도록 오래 숨기는 편이 낫지 않겠습니까? 큼……."

불러 놓고 할 말이 없으니 괜히 딴소리였다. 들키면 할 수 없지만 아랑에게는 성검의 정체를 숨기는 편이 더 나았다. 공 상궁도 그러는 편이 좋겠다고 했는데, 아랑이 워낙에 어수룩하고 입이 가벼운 데다 시전에도 자주 나다니기 때문에 혹시라도 실수로 말이 새어 나갈 수도 있었다. 하지만 난비는 처음엔 그들의 생각을 동조했으나 이제는 아무것도 모르고 막녀를 동생처럼 아끼는 모습이 안쓰럽게 느껴지고 있었다.

"그래도 너무 놀리지 마라. 나중에 어쩌려고."

집안일이며 요리며 성검이 제대로 할 수 있는 게 없었으니, 잡일이나 도우며 같이 살자던 아랑은 요즘 부쩍 할 일이 더 늘었다. 그래도 바보같이 제가 이용당하는 줄도 모르고 막녀의 일을 다 떠맡고 있었으니 가엾은 일이었다.

"그것도 다 지 깜냥이죠."

난비와 달리 성검은 아랑을 별로 신경 쓰지 않았고, 막녀 행세로 이곳에 머무는 것이 편안했다. 징그러운 사내들 앞에서 잡부일을 하는 것보다야 몸도, 마음도 훨씬 편하니 말이다.

"그럼 전 좀 자야겠습니다."

하늘에 푸른빛이 감돌았다. 성검이 하품을 하고 자러 들어가자 추위를 느낀 난비 역시 종종걸음으로 들어갔다.

하지만 성검은 얼마 자지도 못하고 아랑에게 끌려 나왔다.

"얘! 아직도 자고 있으면 어떻게 해? 나 아침 장 보러 가야 하니까 마당 좀 쓸고 있어. 알았지?"

아랑이 손에 빗자루까지 쥐여 주고 갔지만 잠이 덜 깬 성검은 입이 째져라 하품을 하며 기다란 빗자루에 몸을 지탱하고 졸았다.

'아, 이러다 처박히겠네. 잠 좀 깨야지.'

성검은 잠도 깨고 수련도 할 겸 오랜만에 빗자루를 검 삼아 몸을 풀기로 했다.

창문을 열어 둔 난비가 그 모습을 지켜보았다. 진지하게 빗자루를 들고 검무를 추는 모습이 우스꽝스러울 줄 알았는데 전혀 그렇지 않았다. 빗자루는 커다란 박도만큼 무거운 기운이 느껴졌고, 그럼에도 춤은 빠르고 유연했다.

성검은 콧잔등에 땀이 맺히고 제법 몸이 더워지자 본래 용도대로 빗자루로 마당을 쓸었다.

"성검아."

"헉! 언제부터 거기 계셨습니까?"

너무 열중했더니 난비가 뒤에 와 있는 것도 몰랐던 모양이다.

"나도 그거 좀 가르쳐 줘."

"네? 비질을 배워서 뭐하시게요? 그냥 쓸면 됩니다. 저도 잘하는 편이 아닌데요?"

"아니, 그것 말고. 너 방금 전에 하던 거. 나도 검술을 배우고 싶다."

"……."

성검은 눈만 껌뻑거리며 아무 말도 하지 않았다.

"왜? 내가 소질이 없을까 봐? 열심히 배울게."

"마마 손에 칼을 쥐게 한 걸 아시면 저는 폐하께 맞아 죽습니다."

"내가 남의 칼에 죽는 것보다야 좋아하실걸?"

"제가 못 미더워 그러십니까?"

"아니. 네가 없을 때도 있을 테니까. 분명히. 내 몸은 내가 지켜야 하지 않겠니?"

가발인 걸 깜빡한 성검이 머리를 박박 긁어 댔다. 곤란할 때마다 머리를 긁적이는 게 성검의 버릇이었다. 그러고 나서는 늘 곤란한 부탁을 거절하지 못했다.

"그럼 적의 방심을 틈타 공격하는 법을 알려 드리겠습니다. 웬만하면 쓰지 마십시오. 어설프게 대처하면 더 위험한 법입니다."

"응!"

두 사람이 검술을 익힐 시간은 많지 않았다. 아랑이 오기 전에 틈틈이 익혀야 하니 가르치는 사람이나 배우는 사람이나 열성적이었다.

밖이 시끄러워 공 상궁이 슬쩍 내다보러 나왔다가 흐뭇한 미소를 지었다. 요즘 폐비께서 입맛도 없으시고 우울해하시는 것 같았는데 저렇게 몸을 움직이는 게 나쁘지 않아 보였다.

그런데, 성검의 막대기가 난비의 명치를 살짝 찔렀을 때였다.

"자, 여기가 바로……!"

"욱!"

갑자기 난비가 가슴을 누르며 구역질을 했다.

"마마!"

공 상궁이 달려와 난비를 부축하자 성검은 제 막대기와 그녀를 번갈아 보며 당황했다.

"어라? 왜, 왜 이러십니까?"

"왜 이러긴! 감히 마마께 이게 무슨 짓이오! 장난을 할 것이면 좀 살살 하지 않고!"

"아니, 그러니까 나는……. 와, 내가 무슨 전설의 검기를 쓰는 것도 아니고. 살짝 닿았을 뿐인데……. 이상하다. 그새 내가 실력이 많이 늘었나?"

"우욱!"

"마마, 괜찮으십니까? 어디 다치신 건 아니시고요?"

"괜…… 우욱, 괜찮아. 속이 좀……. 성검이가 그런 게 아니야……. 요즘 계속 속이 안 좋았다."

"아니, 뭘 드신 게 있다……!"

난비의 등을 쳐 주던 공 상궁은 불현듯 머리를 스치는 생각에 말을 멈추고 난비를 빤히 들여다보았다. 그 시선을 느낀 난비도 구역질을 멈추고 공 상궁의 놀란 얼굴을 마주 보았다.

"왜……?"

"마, 마마……. 이, 일단 안으로 들어가셔야겠습니다."

공 상궁이 폐비를 모시고 바삐 안으로 들어가자 혼자 남은 성검이 고개를 갸웃했다. 아무래도 공 상궁의 행동이 수상했던 성검은 팔짱을 끼고 마당을 오고 가다 주먹으로 손바닥을 탁 쳤다.

"진짜? 와, 말도 안 돼. 이게 진짜라면……하! 이제 어떻게 되는 거지?"

곧 의원이 다녀갔고, 난비는 펑펑 소리 내어 울었다. 아랑도 따라 울었지만 공 상궁은 환하게 웃었다.

그날 저녁, 공 상궁은 스스로 입궁하여 여러 대신들과 황제에게 폐비의 회임 사실을 알렸다. 나무를 옮겨 심던 날 황제가 폐비를 품은 것을 모르는 이가 없었으니 아무도 토를 달 수 없었다. 조정은 순식간에 대혼란에 빠졌다. 오직 황제만이 순수하게 기뻐하며 그 난리 통에서 유유히 빠져나왔다. 곧 정식으로 행차를 꾸린 황제 일행이 긴 꼬리까지 등불을 밝히고 폐비의 사가를 향했다.

춥고 어두운 밤, 사람들은 길게 이어지는 등불의 노란 빛에 따뜻함을 느꼈다. 폐비의 사가에 다녀간 의원이 누구보다 발 빠르게 기쁜 소식을 알렸다. 황제의 후사를 바라던 구하국의 백성들이 우르르 몰려나와 황제의 행차를 지켜보았다.

화려한 불빛의 행렬을 보며 사람들은 폐비가 복권할 날이 멀지 않았다고 고개를 끄덕였다. 여태 어떤 황후도 품지 못한 황실의 귀한 씨를 폐비가 품었다니 모두가 입을 모아 참언의 진정한 주인공은 역시나 난비라고 말했다. 이제 연월장은 닭 쫓던 개 신세마냥 난새의 둥지를 올려다보며 황후에게 머리를 조아릴 것이다. 누군가 신명을 참지 못하고 노래를 부르기 시작했다. 황제가 금지했다는 난새의 노래를 불러도 아무도 막지 않았다.

강위는 기쁨이 출렁이는 이 밤길을 지나며 누구보다 설레었다. 오늘따라 길이 너무 멀어서 마음은 먼저 난비를 만났다. 수줍어하는 난비의 얼굴을 쓰다듬으며 아무 말도 하지 못하는 바보 같은 자신의 모습이 보였다. 자꾸만 히죽히죽 웃음이 났다.

그러나 마침내 사가에 도착한 황제는 얼굴을 붉힌 난비가 아니라 눈 주변이 벌겋게 부어오른 난비를 만났다.

"꼴이…… 이게 뭔가?"

"흑. 폐하……."

난비는 멍하니 서 있는 황제의 허리를 와락 안아 왔다. 강위는 순간 놀라서 그녀를 껴안지도 못하고 어정쩡하게 팔을 벌리고 서 있었다.

그녀는 늘 자신이 황제임을 의식해 왔다. 옷깃을 잡는 것도 조심스러웠던 그녀가 이렇게까지 힘주어 먼저 안겨 온 것이 처음이라 미처 따뜻이 품어 주지 못한 것이다.

하지만 곧 강위는 그녀를 자신의 가슴 안으로 깊이 끌어안았다. 드디어 그녀가 자신을 그저 사내로, 부군으로 믿어 주는 것 같았다. 그동안 힘들었노라, 기다림의 시간이 너무 고되었노라, 솔직히 제게 기대어 오는 것이 아니겠는가.

"폐하. 이제 어쩌면 좋습니까. 제가, 제가 감히 황상의 아이를 가졌나이다. 이 아이를 어찌해야 합니까?"

마치 오랫동안 참아 왔던 감정들을 비틀어 짜듯이 난비는 그렇게 자신의 존재를, 자신의 나약함을 고백해 왔다.

"원래 아이를 가지면 아이를 닮는다더냐?"

강위는 오면서 수도 없이 만남의 순간을 그려 놓고 이런 기운 빠지는 물음을 던지고 만 자신이 부끄러웠다. 그러나 난비는 그의 말을 듣지 못한 것처럼 떨리는 목소리로 근심을 털어놓았다.

"제가 잘한 것인지 모르겠습니다."

"알긴 아는구나. 내가 더 애썼으니 내가 잘 한 것이지."

난비가 무엇을 걱정하는지 알면서도 강위는 모르는 척했다. 그러자 난비는 그의 허리를 감았던 손을 놓았다.

"정말 괜찮으십니까?"

"괜찮다니? 그런 말이 어디 있느냐? 너무 기뻐 심장이 터질까봐 염려되느냐?"

"두렵습니다. 이 아이로 인해 그나마 견뎌 온 이 아슬아슬한 상황이 완전히 무너질까 두렵습니다. 폐하께 짐만 될까 봐……."

"나를 믿지 못하는구나."

"폐하를 믿지 못하는 것이 아니라, 상황이, 운명이 두렵습니다."

강위는 겁에 질린 난비의 어깨에 크고 따뜻한 손을 얹었다.

"이 아이는 어쩌자고 하필 지금 이런 때에 찾아왔을까요? 왜 더 좋은 때에 오지 않고 이런 때에 말입니다. 만약 이 아이에게 무슨 일이 생긴다면……."

난비는 제가 무슨 말을 하는지조차 모르고 동요하고 있었다.

"왜 그런 무서운 생각을 하는 게냐?"

"제가 늘 그렇게 당해 오지 않았습니까? 제 한 몸도 제대로 지키지 못하고 당해만 오지 않았습니까? 헌데 꼭 지켜야만 하는 황상의 아이를 저 같은 것이 어찌 감당해야 할지 모르겠습니다."

"그 마음가짐이면 되었다. 너는 나의 아이를 지켜 줄 것이다. 물론 너 자신과 함께. 그래 줄 수 있지 않느냐?"

"모르겠습니다. 왠지 운명이 저를 자꾸 벼랑으로 모는 것 같다는 생각이 듭니다. 제가 행복한 것을 시기하는 것만 같습니다."

"너는 결국 이렇게 살았다. 어찌 살 수 있었느냐?"

"그거야 스승님과 성검이……."

"아니다. 그들이 도와서가 아니야. 그들이 반드시 도와야 할 사람이기에 그렇다. 너는 황후의 운명을 타고났다. 그리 믿어라."

난비는 대답하지 않았다. 그의 말은 너무 달콤해서 무턱대고 의지하고 싶어졌다.

"믿어라. 그렇지 않으면 우리가 서로를 만나기 전에 겪었던 불행들이 너무 비참하지 않느냐? 운명을 믿지 않으면 앞으로 남은 위험 역시 두렵기만 할 뿐이다."

"하지만……. 연월장이 무슨 일을 저지를 것만 같습니다. 보이지 않는 운명보다 보이는 사람의 탐욕이 더 가까이 있지 않습니까? 저는 이 아이를 어떻게 해서든 지키고 싶습니다. 그래서 두렵습니다. 제 노력이 실패하면 어쩌나……. 결국 황상의 믿음을 저버리게 되면 어쩌나……. 믿어 왔던 운명 따위는 처음부터 없었던 거면 어쩌나……."

난비는 뺨이 따가워지도록 울어 놓고 또 뜨거운 눈물을 흘렸다. 강위가 그 눈물을 손으로 닦아 주었지만 눈물은 손가락을 적시고도 멈추지 않았다.

"그래서 너는 지금 겁이 나서 우는 것이냐?"

"흑. 그럴 리가 있겠습니까? 너무 좋아 우는 것입니다. 너무 좋아서, 믿어지지가 않아서 두려운 것입니다. 제가 가진 것이 너무 커서 이것을 빼앗기면 살 수가 없을 것 같아서……."

"그런 거라면 더 울어도 되겠다."

"살려는 마음으로 지키겠습니다. 폐하도, 아이도 지키겠습니다."

"나를 지키려면 너부터 돌봐야 할 것이다. 나는 네가 없으면 이제는 살 수가 없다. 황제의 허울 따위는…… 개나 줄 것이다."

난비는 환하게 웃었다.

❀

홀로 침상에서 눈을 뜬 난비는 천장을 바라보며 눈을 깜빡이다 실망스러운 한숨을 내쉬었다.

'그럼 그렇지. 꿈이었구나.'

회임을 하고 황상이 찾아오시는 꿈을 꾸었다. 그 꿈속에서 황상의 품에 안겨 밤새도록 재미난 이야기를 들었다. 따뜻하고 달콤했지만 깨고 보니 이리 허무하다.

"후우……."

다시 한숨을 뱉어내고 몸을 일으켰다. 덩그러니 앉아 있자니 오늘따라 침상이 더 크게만 느껴졌다. 꿈이면 차라리 기억조차 없으면 좋을 텐데, 실제보다 더 선명하니 허전함을 이루 말할 수가 없었다.

"아……. 차라리 깨지나 말걸……."

난비는 이불을 끌어안고 앞으로 푹 꼬꾸라졌다. 저한테 그런 행운이 따를 리가 없지 않은가! 투정부리는 아이처럼 얼굴을 이불에 부비며 제 철없는 생각을 탓했다. 뜬금없이 회임이라니, 참으로 야무진 꿈이었다.

'때가 어느 때인데 사사로운 감정에 빠져 이런 꿈이나 꾸다니! 정신 차려라!'

이젠 아예 머리를 콩콩 찧기까지 했다. 한참 자책에 빠져 있는데, 문이 열리며 사람이 들어왔다.

"곧 나갈 테니 거기 두고 가렴."

아침마다 세숫물을 데어 오는 아랑이니 오늘도 그럴 거라 생각했다. 헌데 대답이 없었다.

'응? 아랑이 아닌가?'

느낌이 이상해 고개를 돌리려던 순간이었다.

'헉!'

누군가가 제 머리를 푹 누르는 게 아닌가. 커다란 손이 머리를 감싸자 소스라치게 놀란 난비는 비명도 못 지르고 얼어 버렸다. 그런데 그것도 잠깐이었다. 곧 누르는 힘이 사라지고 머리를 쓰다듬는 부드러운 손길이 느껴졌다.

'서, 설마?'

난비는 조심스럽게 고개를 들었다.

"!"

"아침잠이 이리 많으니 궁에서 살 수 있겠느냐?"

싱글벙글 웃는 황상의 용안이 바로 제 얼굴 앞에 있었다.

"폐……하?"

"이제 일어나면 어쩌느냐? 나 혼자 심심해서 혼났다."

강위는 침상 끝에 팔을 올려놓고 무릎을 세워 앉아 난비와 눈 높이를 맞추고 있었다.

어제 있었던 일 전부를 꿈이라 여겼던 난비는 제가 지금 어떤 모습으로 황상을 뵙고 있는지도 모르고 눈만 멀뚱거리고 있었다.

"……"

강위는 헝클어진 난비의 머리카락과 멍한 눈을 보다 귀여워서 참을 수가 없었다.

"아무래도 내가 깨워 줘야겠구나."

강위가 난비의 벌어진 입술에 입을 맞추었다. 입술을 포개는 따뜻한 촉감에 난비도 정신이 번쩍 들었다. 그러나 그것도 잠깐. 한 번 시작한 입맞춤은 멈출 줄 몰랐고 난비의 눈동자가 다시 몽롱해졌다.

격렬한 아침을 맞은 후, 난비는 뺨을 복숭앗빛으로 물들이고 마당에 들어섰다. 곱게 차려 입고 수줍게 등장한 황후의 모습에 모두가 의미심장한 눈빛으로 황제를 바라보았다.

강위는 뭐가 그리 뿌듯한지 어깨를 으쓱거렸다.

"왜 다들 나와 계십니까?"

"주인공을 기다리느라 이러고 있다."

"예?"

난비가 고개를 갸웃하자 강위가 그녀의 손을 잡아끌고 대문 앞으로 갔다. 대문 앞에 산더미처럼 쌓인 것들을 보며 난비의 눈이 휘둥그레졌다.

"이게 다 뭡니까?"

"그러게 말이다. 전부 네 회임을 축하한다는 백성들의 선물이라는구나."

기쁘게 말하고는 있지만 사실 강위는 조금 씁쓸하고 미안했다. 궁에서 회임을 했더라면 더 많은 축복을 받았을 것이다. 화려하고 값비싼 선물들을 받지 못해서가 아니었다. 못난 자신 때문에 축하조차도 떳떳하게 받지 못하는 것이 가여워서 그런 것뿐이었다.

"네? 백성들이 말입니까?"

난비는 생각지도 못한 값진 선물들을 둘러보았다. 궁핍한 살림에도 나누고픈 마음에 정성껏 준비한 것들이 대부분이었다. 소박한 음식들과 장작이 제일 많았고, 그 외에도 자신들 손으로 직접 만든 생필품이 한가득이었다.

"이 귀한 것을 어찌 받을 수 있겠습니까……."

"네가 그들에게 보여 준 정을 그들도 갚은 것이다. 이럴 때는 기쁘게 받는 것이 예의지."

"아무리 그렇다 해도 너무 과합니다."

"저런. 그럼 돌려주어야겠구나. 난 음식이 이리 많은 걸 보고 오늘 거하게 잔치나 벌일까 했더니……. 그냥 돌아가야겠구나."

황상의 이야기를 곰곰이 되씹어 보니 하루 더 있다 갈 수도 있단 뜻이었다.

"아, 아닙니다! 이미 주고 간 거라 찾아 주지도 못합니다!"

"하하하하! 하하하!"

난비가 서둘러 말을 바꾸자 강위는 저절로 웃음이 터져 나왔다.

황제의 시원한 웃음소리가 들리자 사모달과 적운이 가장 놀랐다. 황제의 태자 시절에도 들어 본 적이 없는 큰 웃음이었다.

"……부끄럽습니다."

속마음을 들켜 버린 난비가 얼굴을 붉히며 쭈뼛댔다.

"난비야."

"예, 예?"

이름을 불린 난비가 무심코 대답을 하다 다시 반문했다. 강위는 선물이 쌓여 있는 곳을 뒤적거리며 비단보에 싸인 함을 꺼내왔다. 한눈에 보기에도 가난한 백성들이 준비할 수 있는 물건이 아니었다.

"이건 또 무엇입니까?"

"네 부친, 효문재를 흠모하는 자가 보낸 것이란다. 이런 것이 여럿 보이더라. 효문재를 기억하는 이가 이리도 많으니 네 편이 없다고 외로워할 것 없다."

비록 백성들이 난비를 추앙하고 있으나 귀족들과 대신들로부터 난비는 인정받지 못하고 있었다. 그것이 마음에 걸렸던 강위는 몇몇 귀족들과 문인들이 보낸 선물들을 보고 힘을 얻었다. 숨어 지내는 수많은 은호의 제자들처럼 자신들을 지켜보는 이들이 더 많을 것이다. 때가 되면 그들 역시 힘이 돼 주지 않겠는가.

"……."

강위로부터 비단보를 받아 든 난비는 눈물을 글썽거렸다. 돌아가신 아버지께서 아직도 저를 보살피고 계신 것 같았다. 그러고 보면 이제야 아버지의 마지막 눈빛이 이해가 된다. 제가 말을 못 할 때처럼 아버지 역시 쓰러지신 후부터 목소리를 잃으셨다. 몸져 누우신 아버지의 손을 잡으면, 제 손을 맞잡아 주지도 못하시고 슬픔과 회한의 눈빛만 보내셨다. 추악한 사실들을 홀로 안고 떠나야 할 아버지의 근심이 어떠하셨을까?

'난조는 신성한 새가 아니더냐……'

입버릇처럼 하시던 말씀을 마지막 순간에도 읊조리셨을 것이다. 항상 웃으며 하시던 그 당부를 그날만큼은 울면서 하셨다. 굵은 눈물방울이 베개를 적시고 사라지자 아버지 역시 숨을 거두셨다. 차마 감지 못한 잿빛 눈동자에 분노와 근심이 가득했는데도 아버지의 그 마음을 헤아리지 못했었다.

"울지 마라. 이제 부터는 웃을 일만 남았다."

강위가 짐짓 엄하게 다그치자 난비는 눈물을 흘리면서도 웃으며 말했다.

"폐하……. 배가 고픈 것 같습니다."

그러고 보니 해가 머리 위에 있었다.

❀

폐비의 사가에서 잔치가 벌어지는 동안 연월장은 초상집처럼
침울해 있었다. 아랫것들은 감히 연월부인의 방 근처를 지나다니
지도 못할 만큼 부인의 신경이 잔뜩 곤두서 있었다. 그 많은 쌀을
도둑맞은 것으로도 모자라 천것들에게 험한 꼴을 당하고도 그것
들을 위로하기 위해 돈을 써야 했다. 금비가 황후가 되려면 이 정
도는 감수해야 한다는 생각에 황제의 명을 군말 없이 따랐다.

'그런데 난비가 회임을 해? 하! 이건 사기야! 이럴 수가 없어!
황제, 황제가 다 계획한 것이 틀림없다. 아닌 말로 회임도 꾸며
낸 짓인지 어찌 알아? 암, 이건 아무도 모르는 일이지. 금비와의
국혼이 얼마 남지 않자 어떻게 해서든 피하고 싶었던 게지.'

한참 틀어박혀 머리를 굴리던 부인은 당장은 자신들이 불리한
입장에 놓였음을 인정해야 했다. 그러나 부인은 거기에서 포기하
지 않았다.

'무슨 일이 있어도 금비는 황후가 되어야 한다. 내가 그리 만
들어야 해!'

신분이란 건 어차피 사람이 만들어 낸 것이다. 제가 비루했던

종살이에서 벗어나게 된 것도 스스로가 그리 만들었기에 가능했다. 황후라고 다를까. 천한 계집종이 낳은 딸년이라도 세상 사람들이 우러러보는 황후가 될 수 있다. 그렇게 마음을 다잡은 부인은 또다시 무서운 계략을 생각해 냈다.

'일단은 난비를 다시 궁으로 보내 달라 내가 먼저 청하는 편이 낫겠다. 황상의 손을 잉태한 귀한 몸이시니 후궁으로라도 들이자 해야 금비의 국혼을 취소하는 일이 없을 테지. 그래, 그래야만 난비가 죽는다 해도 나에 대한 의심이 줄어들 게야. 증거 없이 죽이려면 궁에 들어가기 전에 손을 써야 하는데…….'

여기까지 생각한 부인은 나름 자신의 계책에 만족해하며 고진을 만나기 위해 일어났다. 밖으로 나온 부인은 금비의 처소 앞을 지나다가 멈칫하고 돌아보았다.

금비의 방에 불이 꺼져 있는 것은 새삼스러울 게 없었지만 부인은 눈살을 찌푸렸다. 요즘 금비는 자나 깨나 방 안을 이렇게 깜깜하게 해 두고 사람이 들어오는 것도 꺼려했다.

"대체 누굴 닮아 저럴까. 쯧!"

의외로 모질지 못한 딸년은 사람이 죽는 걸 본 후로 의기소침해 있더니, 황후의 회임 소식을 들은 후부터는 한심한 소리까지 지껄였다. 출신이 천한데 어찌 황후가 되겠느냐, 되지 않을 일에 더 이상 죄를 짓지 말자며 눈물을 보이며 국혼을 반대하는데, 복장이 터질 것 같았다. 상황이 불리해진 것은 맞지만 국혼 후 달라질 것이라 설득했다. 하지만 금비는 들으려고 하지 않고 식음까지 전폐하고 방에 틀어박혔다.

이러다가 약한 마음을 먹고 포기하면 여태 해 온 일이 물거품이 될 테니 우선은 금비를 다독이는 것이 우선이라. 난비와 뱃속의 아이를 없애면 이제 황후감은 너밖에 없다고 설득하면 금비도 마음을 달리 먹을 것이다.

연월부인은 아무도 오지 말라며 걸어 잠근 금비의 방문을 두드렸다.

"금비야, 나 좀 보자."

안에서 들려오는 대답이 없자 그녀는 문을 당겼다. 그런데 잠겨 있던 방문이 스윽 열렸다.

'그럼 그렇지. 이제 많이 풀린 모양이구나.'

부인은 금비가 마음을 다시 먹었구나 안도의 한숨을 내쉬며 안으로 들어갔다. 어두컴컴한 방 안에서 침상에 돌아누운 금비는 부인이 들어오는 소리를 못 들은 것처럼 꼼짝하지 않았다.

"금비야, 어미랑 얘기 좀 하자꾸나."

그러나 침상에서는 아무런 대답이 들려오지 않았다. 참을성 없는 부인이 성큼성큼 다가가 이불을 젖혔다.

"금비야, 내게 좋은 생각이……!"

없었다. 당연히 금비가 누워 있을 줄 알았던 침상은 텅 비어 있었다.

"밖에 아무도 없느냐!"

아무래도 단순히 바람을 쐬러 나간 것 같지 않았다. 불길함을 느낀 부인은 서둘러 아랫것들을 불러 집 안을 샅샅이 뒤졌으나 금비를 찾을 수가 없었다.

"그 착한 아이가 마음이 심란하여 어디선가 헤매고 있을 것이다. 추운 날 병이라도 나면 큰일이다. 멀리 가지 못했을 것이니, 서둘러 데려오너라."

"예, 마님!"

"잠깐! 국혼이 얼마 남지 않았다. 이럴 때에 금비가 사라졌다는 것이 알려지면 좋을 게 없다는 걸 알고들 있겠지? 소문나지 않게 찾아와야 한다. 절대 이 일이 새어 나가선 안 돼! 알겠느냐!"

이 순간에도 연월부인은 딸의 안위보다 국혼에 차질을 빚을 것이 더 걱정되었다. 만약 그녀가 이때라도 금비의 마음을 이해하고자 했다면 비극은 일어나지 않았을지도 몰랐다.

금비는 화려한 의복 대신 물 빠진 평복을 입고 무작정 걸었다. 사람들 눈에 띄어서는 안 된다는 생각밖에 없었다. 특히 연월장의 사람들에게는……. 어머니가 소연 아씨 행세를 한 덕에 저는 여태 귀한 아씨 대접을 받으며 호의호식하며 살았으니 어머니를 탓할 수가 없었다. 하지만 제가 태어나지 않았더라면 어머니의 욕심은 거기서 끝났을지도 몰랐다. 지금도 자신만 없으면 어머니는 어쩔 수 없이 욕심을 버릴 것이다. 난비가 회임을 했으니 이제 어머니는 난비를 죽일 생각을 하고 계실 게 뻔하지 않나…….

암울한 생각으로 언덕을 오르던 금비는 느린 걸음인데도 많이 지쳐 있었다. 야트막한 오르막도 한 번에 오르지 못하고 숨이 차올라 주저앉았다. 불현듯 죽은 은호 선생의 가르침이 떠올랐다.

'옳은 길은 험하고 힘이 들지만 오르고 나면 세상을 굽어볼 수 있고, 사특한 길은 편하고 빠르나 내려가고 나면 늪을 만날 뿐이다.'

그때는 저 가르침이 와 닿지 않았는데, 늪에 빠져 허우적대고 나니 그제야 길을 돌아가고 싶다. 왜 스승님은 늪에서 나오는 법은 가르쳐 주지 않으셨을까, 한 번 내려가면 다시는 돌이킬 수 없다는 뜻일까, 절망으로 자신을 내모는 스승의 말씀이 원망스러워졌다.

입술을 깨물고 다시 일어난 금비는 악에 받친 사람처럼 언덕을 다 올랐다. 그리고 낡은 대문 앞에 서서 한참을 망설였다. 난비를 만나 용서를 비는 가식을 떨려는 게 아니었다. 저는 아직도 난비는 미웠다. 아무 노력도 없이 고귀한 혈통이란 이유 하나로 모든 사람들이 바라는 자리를 거저 갖고 저를 이렇게 비참하게 만든 장본인이니까. 하지만 알고 싶은 게 있었기에 난비를 만나야 했다. 이대로 사라지면 저는 아무 목표도 없이 살아야 하는데, 그건 죽는 것보다 싫었다. 제가 지금 유일하게 매달리고 싶은 사람. 그 사람을 찾는 목표라도 가져야 어떻게든 살아갈 수 있을 것 같아 문을 두드렸다.

쾅쾅.

안에서 못 들은 것 같아 좀 더 크게 몇 번을 두드렸더니 아랑의 목소리가 들렸다.

"아이참! 이 밤에 누구세요? 여긴 아무나 들어올 수······. 어머나! 금비 아씨!"

"잘······ 지냈느냐?"

"아, 아씨가 여긴 어떻게?"

"마마를 뵈러 왔다."

"그러니까······ 마마는 왜, 왜요?"

이제는 아랑도 항간에 도는 이야기들을 귀에 못이 박히도록 들었기에 연월장에 끌려간 일이 아니더라도 금비가 꺼림칙했다.

"여기 세워 둘 것이냐?"

"마마께 한번 여쭤 보고······."

"비켜라!"

금비가 막무가내로 안으로 들어서자 당황한 아랑이 막녀를 불렀다.

"막녀야! 막녀야!"

성검은 아랑이 하도 호들갑을 떨며 불러서 무슨 일이 일어난 줄 알고 침상에서 벌떡 일어났다. 황후가 회임한 후 황상은 연월장이 무슨 일을 벌일 것을 기다리고 있었다. 그리고 일이 벌어지면 황후를 구할 사람은 자신밖에 없었다. 성검은 품 안에 넣어 둔 단검을 다시 확인하고 냅다 마당으로 달려갔다. 그런데,

퍽.

"악!"

급히 뛰어나가다 반대쪽에서 달려온 부드러운 무언가와 부딪쳤
다. 여인의 비명 소리와 함께 철퍼덕 바닥으로 넘어지는 소리가
들렸다.

"헉! 마, 막녀?"

넘어진 여인이 누군지 확인하기도 전에 아랑이 자신을 보면서
경악에 찬 목소리로 중얼거렸다. 무슨 일인지 정신이 하나도 없는
데, 이번엔 넘어진 여인의 입에서 가슴이 철렁한 소리가 튀어나왔
다.

"서, 서, 성검?"

낯익은 목소리, 오랜만에 듣는 제 이름.

성검은 금비의 손에 들린 막녀의 가발을 보고는 일그러진 얼굴
로 욕설을 뱉었다.

"제기랄!"

하필이면 금비에게 들키다니 최악이었다.

15.

모란꽃 향기를 품다

금비를 비롯한 난비의 식구들이 모두 한자리에 모였다. 금비는 여장을 던져 버린 성검에게 붙들려 왔고, 아랑은 눈이 휘둥그레져서 쫓아왔으며 공 상궁은 제 발로 찾아왔다. 오밤중에 다들 정신이 혼미해져서는 누구 하나 먼저 입을 열려고 하지 않았다. 어쩔 수 없이 난비가 먼저 나섰다.

　"니가 여기 어쩐 일이냐?"

　모두의 시선이 금비를 향했다. 성검을 뚫어지게 보고 있던 금비는 그가 화난 표정으로 자신을 내려다보자 고개를 돌려 버렸다.

　"네가 올 곳이 아닌 줄은 아는 모양이구나. 대답을 못 하는 걸 보면!"

　금비는 어른이 되고는 처음 들어 보는 난비의 목소리가 샘이

날 정도로 맑고 곱다고 느꼈다. 잃었던 목소리를 찾았고, 이번엔
또 황후의 자리를 찾을 것인가⋯⋯. 질투가 일었다. 마음을 고쳐
먹었다고 해서 난비 앞에 주눅 들고 싶진 않았다. 어릴 때부터 그
녀를 시기하고 미워했던 것이 달라질 것 같진 않았다. 하지만 지
금은 그렇게 당당할 수 없는 입장이었다.

"저⋯⋯ 저는⋯⋯."

금비가 말문을 열고도 한참 머뭇거렸지만 모두들 별말 없이 기
다려 주었다. 물론 그것은 그녀를 생각해서가 아니라 무슨 말을
하더라도 믿지 않겠다는 일종의 경계였다. 그 분위기를 모를 리
없는 금비는 제가 이곳에 온 단 하나의 이유를 조용히 털어놓았
다. 거짓을 말한다 해도 통하지 않을 테지만, 이 거짓 같은 진실
은 또 누가 믿어 줄 것인가. 그녀가 생각해도 어리석은 대답이었
다.

"성검을 찾으러⋯⋯."

다들 예상하지 못한 대답이었고, 금비의 예상대로 아무도 그
말을 믿지 않았다. 금비는 그들이 코웃음을 치지 않은 것만으로도
다행이라 여겼으니까.

"네가 성검을? 왜?"

"그건⋯⋯."

"성검이 여기 있는 줄은 어찌 알고?"

"알고 온 게 아니라 어쩌면 마마께서 뭔가 아시는 게 있지 않
을까 해서⋯⋯."

"부인께서 그걸 알아오라 보내셨더냐?"

"어머니는 제가 어디 있는지 모르세요."

난비는 더 캐묻지 않고 차가운 눈빛으로 금비를 뚫어져라 쳐다보았다. 금비는 제 속 깊숙한 곳까지 파헤쳐 보는 그 눈빛이 싫어서 체념한 투로 말했다.

"집을 나왔습니다. 성검이 죽은 줄 알았어요. 제게는 죽었다고 했는데, 얼마 전에 살아 있다는 걸 알게 되었어요. 저는 이제 황후가 되고 싶은 마음이 터럭 한 올만큼도 남아 있지 않아요. 그냥…… 성검을 만나고 싶었어요. 보고 싶었습니다."

금비의 진실 어린 호소에도 난비는 눈 하나 깜짝하지 않았다. 오히려 몇 달 전 그 참극을 불러온 금비의 가식적인 청이 떠오를 뿐이었다.

"그날 나에게 한 것처럼 눈물로 호소해 보지 않고? 성검이를 좋아하는 척해 보지 않고? 모두 어머니의 계략일 뿐 저와는 상관이 없었습니다, 저도 모르는 일이었습니다! 그리 변명해야지! 그러고 나서 무사들을 데리고 쳐들어와야 하는 게 아니냐! 그럼 무뢰한 도적을 숨겨 준 나를 이번에야말로 사약이라도 내려 죽일 수 있을 테니 말이다!"

"마마! 고정하시옵소서. 태중 아기씨께 해가 될 수 있사옵니다."

공 상궁은 난비가 이렇게 화내는 모습을 본 적이 없었다. 그 만큼 심기가 불편하고 불안정하다는 얘기였으니, 용종에 그 화기가 미칠까 봐 전전긍긍했다. 난비는 치밀어 오르는 노기가 감당이 안 되는지 크게 심호흡을 하며 공 상궁의 말대로 안정을 취하고자 노력했다. 헌데 금비는 다급했다.

"저를 보내 주세요. 마마!"

"뭐?"

"성검과 함께 보내 주세요. 저희 둘이 도망가서 살게 해 주세요!"

"뭐? 너 지금 그게 무슨……!"

난비는 화도 나고 어이도 없어 말을 잇지 못했고, 성검은 아예 눈을 부라리며 금비의 머리가 어찌 된 건 아닌지 살폈다.

"가게 해 주세요. 다시는 마마 앞에 나타나지 않을 거고, 제가 없으면 마마도 다시 황후가 돼서 폐하 곁에 있을 수 있지 않겠어요? 저는 이게 최상의 길이라고 생각합니다."

"이 미친……!"

성검의 입에서 험한 일갈이 터져 나올 것을 예상 못 했을까 금비는 크게 움츠러들며 한풀 기가 꺾인 표정이었다.

"왜, 왜?"

"왜? 왜인지 몰라서 묻습니까? 내가 왜 같이 도망가야 하는데요? 진짜 미치셨습니까, 아씨?"

성검의 잔인한 빈정거림이 또다시 금비의 마음을 찢어 놓았다. 주춤 물러서던 금비의 눈에 독기가 서리는가 싶더니 잠시뿐이었다. 설움을 참지 못한 금비가 울먹거리며 외쳤다.

"내가…… 내가 널 살린 거다! 설마, 왜 그러는지 정말 몰라 하는 소리냐!"

성검의 감정도 폭발했다. 난비의 앞이 아니었다면 욕지거리까지 같이 튀어나왔을지도 몰랐다.

"구해? 날 잡아서 가둔 게 구한 거라고? 누구 때문에 스승님이 죽었는데! 내가 더 빨리만 갈 수 있었어도……!"

"빨리 갔어도 스승님은 죽을 운명이셨어! 고진이 악착같이 찾아가 죽였을 테고, 네가 또 죽어라 막았다면 너도 죽었겠지!"

"닥치지 못해! 어디서 함부로 운명 타령이야! 네놈들이 사람을 죽이는 게 운명이라면, 이제 네놈들이 내 손에 죽는 것도 운명이겠군!"

"호위무장!"

공 상궁이 큰 소리로 두 사람을 멈추게 했다. 점점 오고 가는 말들이 도가 지나쳤다. 이곳에 회임하신 폐비가 있는 것도 문제지만, 금비를 어찌해야 할지 모르는 마당에 죽이겠다는 말까지 나왔으니 말이다.

성검은 입을 다물었으나 금비를 노려보며 눈을 떼지 않았다.

금비 역시 성검의 시선을 피하지 않았지만 그녀는 울고 있었다.

"날, 죽이겠다고? 네가?"

"못 죽일 것 같애?"

"그만하라지 않습니까!"

공 상궁이 아무리 말려도 두 사람은 멈추지 않았다.

"어떻게 나한테 이럴 수 있어? 나는 너에게만큼은 진심이었다. 왜 그걸 몰라 줘?"

"자업자득이다! 네가 한 짓을 잘 돌아보면 알 수 있을 텐데."

"내가 어떤 맘으로 여기까지 왔는데! 너 때문에 황후 자리를 포기할 수 있었다. 겨우 욕심을 버리고, 내 모든 걸 다 포기하고 이곳에 왔단 말이다! 그런데 끝까지 이럴 작정이냐? 내가 널 마음에 두고 있다는데 한 번쯤은 돌아봐 줘도 되지 않아!"

"그 마음, 접어! 진짜라면 접고, 우릴 속이려는 가짜 마음이라면 포기해! 마마도, 나도 두 번 다시 너한테 속지 않아."

"그날 널 꺼내 준 건 나야! 인질이 되어 널 살려 보낸 것도 나라고! 날 데리고 사라지는 게 모두에게 좋을걸? 내가 있으면 어머니가 욕심을 버리지 않을 테니까."

"웃기시네. 왜 그 방법밖에 없다고 생각해? 네가 사라지는 방법이 어째서 나하고 도망가는 거 하나밖에 없겠어?"

낮게 으르렁거리는 성검의 목소리는 평소와 너무 달랐다. 난비도 따가운 살기를 느낄 정도였으니 금비는 제대로 서 있지 못하고 주저앉아 버렸다.

"호위무장! 제발 정신 좀 차리세요. 마마의 앞입니다!"

성검은 공 상궁의 목소리에 퍼뜩 정신을 차렸지만 성난 모습이 크게 달라지지는 않았다. 그는 주저앉은 금비의 팔을 잡아 그녀의 몸을 끌어 올렸다. 그리고는 누가 말릴 새도 없이 금비를 밖으로 끌고 갔다.

"어쩌시려고요?"

"이게 무슨 짓이야! 이거 놔! 놓으라고!"

금비는 겁도 나고 서운해서 악을 쓰며 발버둥 쳤지만 결국 성검에 의해 광에 가둬지고 말았다.

"열어! 당장 못 열어? 열라고 어서!"

"입 다물어. 아니면 입도 막아 버릴 테니까."

"흑. 너무하잖아……. 내가 너한테 어떻게 했는데……. 흑."

성검의 경고가 먹혔는지 금비는 더 이상 소리는 치지 않고 주저앉아 펑펑 울기 시작했다.

모르는 척 돌아서던 성검의 얼굴에 씁쓸함이 감돌았다. 그리고 몇 발짝을 옮겼을 때, 성검은 자신을 따라 나온 세 사람과 마주칠 수 있었다.

"어쩔 작정이냐?"

난비가 차분한 목소리로 물었다.

"사실이건 아니건 이제 돌려보낼 수 없게 되었습니다. 제가 여기 있는 것을 알아 버렸으니까요."

"그래서 언제까지 저리 두려고?"

"……."

"저……. 제 생각엔 말입니다."

아랑이 눈치를 보며 조심스럽게 말을 꺼내자 모두의 이목이 집중되었다.

"저는 금비 아씨가 저러는 것을 처음 봅니다. 어쩌면 호위무사 장님을 정말 좋아해서 그러는 게 아닐까요……."

어린 시절부터 금비와 함께 자라 온 아랑은 미우나 고우나 상전이었던 금비에게 동정이 갔다. 제가 그렇게 당한 것은 다 잊어버리고.

"그래서 어쩌자고? 정말 호위무장님과 둘이 도주하라 보내라고? 생각해 보아라. 제가 좋아한다고 마음에도 없는 사람을, 그것도 큰일을 해야 할 사람을 보내 달라 생떼를 쓰는데, 이게 무슨 심보냐?"

"호, 호위무장님은 정말 요 만큼도 마음이 없으세요?"

이번에는 성검을 향해 시선이 모아졌다. 성검은 순간 당황한 듯 그녀들을 쳐다보다 퉁명스럽게 말을 던졌다.

"무슨 대답을 기대하는 눈빛들입니까? 좋아하고 안 좋아하고 지금 그런 배부른 소리들을 하게 생겼소? 난 저 계집이 여기 온 것 자체가 불안한데! 아무래도 연월장을 살펴보고 와야 안심이 될 것 같소."

"살펴보고 진짜인 것 같으면요? 그럼 같이 도망가려고요?"

"이……잇!"

성검은 이럴 때 갑자기 영특해진 아랑이 괘씸했지만, 순진한 눈망울을 깜빡거리며 진심으로 걱정하는 그녀에게 화를 낼 수가 없었다.

다음 날, 혼란에 빠진 조정을 구제해 줄 한 통의 서찰이 궁에 당도하였다.

[……황실의 핏줄이 폐비의 뱃속에 있으니 부디 자비를 베풀어 폐비의 죄를 사하여 주시옵소서. 누추한 사가에서 귀한 황손께 무슨 일이라도 생길까 걱정되는 마음뿐이옵니다.]

연월장에서 보내온 서찰은 난비를 후궁으로 만들어 줄 것을 애절하게 청하고 있었는데, 이것이 가식인 것을 모르는 자가 한 명도 없었다. 그럼에도 대신들은 서찰의 내용을 반가워했다. 자신들이 하고 싶었던 말이었으나 감히 할 수 없었던 말이다. 당사자가 명쾌하게 해답을 내놓았으니 속이 확 풀리는 기분이었다.

이제 황제의 대답만이 남았다. 폐비의 사가까지 다녀올 정도로 회임을 기뻐하셨으니 폐비를 당장 황후로 복권하자 하실 게 분명했다. 하지만 쉽지 않다는 것 또한 누구보다 잘 알고 계신 분이시다. 연월장에서 보인 성의를 받아들여 황상께서도 한발 물러나 주시면 긴 소모전이 없을 것이다. 그렇게만 해 주신다면 황후 다음이라는 황귀비의 자리라도 내줄 수 있다는 것이 대신들의 생각이었다.

"경들의 생각은 어떻소?"

황제는 이미 대신들의 생각을 꿰뚫어 보고 있으면서 기어이 대답을 듣길 원했다. 그러니 대신들은 막상 대답을 하기가 꺼려졌다. 이럴 때마다 어쩔 수 없이 나서야 하는 해일주가 안타까운 심정을 고했다.

"폐하, 신들은 오랫동안 적통 황자를 고대해 왔나이다. 어찌 폐비의 회임이 감격스럽지 않겠나이까. 허나 아직은 태중 아기씨의 성별을 알 수 없으며, 폐비의 죄가 가볍지 않아 환궁은 쉬이 결정할 문제가 아니라 여겨지옵니다. 하지만 연월장과 백성들의 지지가 있으니 환궁이 무에 그리 어렵겠습니까. 다만, 황귀비가 될 수 있을지 여부는 시일을 두었다가 결정하심이 옳다 여겨지옵니다."

"돌려 말하지만, 태어날 아이가 아들이라면 황귀비를 허락할 수 있단 이야기군."

"폐하께서 그리 말씀해 주시니 신들도 굳이 부정하지는 않겠나이다."

"그렇군. 황귀비라……. 내가 생각했던 것보다는 나쁘지 않은 반응들이군."

대신들은 황제의 말에 고개를 끄덕였다. 이 정도로 물러나 주었으니, 황제도 충분히 만족할거라 자신했다. 그러나 그것은 대신들의 착각일 뿐이었다.

"물론 내 의견은 다르다. 처음으로 얻은 귀한 황손에게 최상의 대접을 해 주고 싶은 것이 아비 된 나의 심정이다. 나는 폐비를 다시 황후로 복권시키고자 한다."

"예에? 폐하!"

협상에 능한 황상이 이렇듯 최악의 선택을 하실 거라곤 아무도 예상 못 했다. 막무가내로 고집부릴 일이 아닌데, 혹 뭔가 착각하신 것은 아닌지 황상의 결정을 믿을 수가 없었다.

물론 강위 역시 이것이 가능하리라 여기고 하는 말은 아니었다.

"이는 단순히 아비의 마음에서만 비롯된 결정이 아니다. 황후와 황귀비, 두 사람에게서 황자를 얻으면 어찌 되겠는가? 먼저 태어난 황귀비의 황자와 적자인 대군이 황위를 놓고 치열한 싸움을 벌일 것이 자명하지 않은가! 겨우 안정된 나라에 피바람이 몰아친다면 이번에야말로 구하국이 다시 일어서기는 힘들 것이다."

이 말은 핑계일 뿐이었다. 그는 그저 수세에 몰린 연월장이 뭔가 일을 저질러 주기를 바라며 막무가내로 떼를 쓸 작정이었다.

"폐하. 어찌 그런 최악의 상황만을 예견하시옵니까? 두 황자께서 돈독한 우애로 황실을 더욱 굳건히 하실지도 모르며, 황녀가 탄생하신다면 일어나지도 않을 일이 아니옵니까."

"일어나지도 않을 일이라……. 하하. 무녀의 참언은 믿으면서 일어나지도 않을 일을 걱정하지 말라는 건 모순이 아닌가?"

아무도 황제의 마지막 말에 반론을 제기할 수 없었다. 조회는 이렇다 할 결론을 내리지 못하고 파하였다.

강위의 계산은 틀리지 않았다. 틀린 게 있다면 연월장의 계획이 금비로 인해 조금 앞당겨졌다는 점이었다.

"안 되겠다. 금비 이것이 어딜 싸돌아다니는진 모르겠지만, 제 발로 돌아오게 하려면 갈 데가 없다는 걸 알게 해야겠다. 더 멀리 가기 전에 수를 써야지 안 되겠어. 이제 국혼이 채 두 주도 남지 않았는데, 기한 내에 돌아오지 못할 만큼 멀리 가 버리면 그거야 말로 낭패지!"

연월부인이 우왕좌왕 방 안을 맴돌자 보다 못한 고진이 그 앞에 다가섰다.

"너무 빠르다. 황상이 폐비의 복권을 바라고 있는 시점에서 일이 터지면 우리가 의심받게 돼. 금비는 내가 어떻게 해서든 찾아올 테니."

"이러다 내일이라도 당장 폐비를 복권하겠다고 하면 금비는 더 멀리 가 버릴 게야. 그럼 우리는 정말 끝이야! 여태껏 고생해 온 게 죄다 물거품이 된다고! 지금이라면 의심을 받더라도 증거가 없으니 우리를 어쩌겠어?"

"그렇긴 한데……."

"오히려 지금이 낫지. 우리가 이렇게 빨리 손쓸 거라 생각 못할 때, 허를 찔러야 해."

고진은 부인의 말에도 일리가 있다 여겼다. 무엇보다 금비를 돌아오게 하려면 이 방법이 최선이었다.

성검이 날이 어두컴컴해지도록 하루 종일 막녀의 분장을 하고 연월장과 시전을 돌아다니며 얻은 것은, 금비가 없어진 것을 아무도 모른다는 사실이었다. 물론 표면적으로 말이다. 연월장은 평소와 다른 움직임을 보이지 않았고, 시전에서도 금비에 대한 특별한 소문이 돌지 않았다. 그러나 확실히 연월장은 평소보다 부리는 사람들이 줄어 있었는데, 만약 금비 말대로 몰래 집을 나온 것이 확실하다면 그녀를 찾기 위해 사람들을 내보낸 것이리라. 하지만 그것을 장담할 수 없다는 것이 지금의 문제였다. 또 만약 그렇다 해도 자신은 금비와 도주할 마음이 없는데 어쩔 것인가.

머리가 복잡해진 성검은 다녀오자마자 가발을 집어 던지고 금비를 가둔 광 앞으로 다가갔다.

문 위의 조그만 창살 사이로 들어오던 빛이 사라지고, 인기척을 느낀 금비가 벌떡 일어서서 문 앞에 다가가 섰다.

"알아보았어? 아직도 내 말이 거짓 같아?"

"……."

"너한테도 좋은 일이잖아! 네가 그리 귀히 여기는 폐비가 아무 탈 없이 황후에 복권될 테고. 더 이상 연월장이 욕심 낼 게 없을 거야! 그럼 되잖아?"

"……."

"왜 아무 말 안 해? 할 말이 없어? 네가 생각해도 내 말이 맞지?"

성검은 태어나서 지금처럼 지쳐 본 적이 없었던 것 같았다. 스승님의 명으로 찬물에 뛰어들어 황상을 만났을 때도, 밤새 뛰어다니며 고드름을 만들거나 쌀을 나눠 줬을 때도 지금보다는 지치지 않았었다.

"대답하라니까!"

"도대체 여기 왜 온 거야? 집을 나왔으면 도성 밖으로 나갔어야지, 왜 나를 찾아다녀? 생각 해 봐. 우리가 널 어떻게 믿어? 그리고 내가 너랑 왜 도망을 가야 해? 나는……하아……."

버럭 화를 내며 금비를 다독이던 성검은 잠시 숨을 고르곤 차분한 목소리로 다시 물었다.

"제가 언제 아씨를 좋아한다 말한 적이 있습니까? 혹 제가 그런 오해를 살 만한 행동이라도 했냔 말입니다. 제게 아씨는 그저 스승님을 돌아가시게 한 원수이자, 폐하와 마마의 정적일 뿐입니다."

"……."

이번엔 금비가 말이 없었다. 그녀는 울음을 꿀꺽 삼키느라 입을 열 수가 없었다. 그 순간 성검은 표독스럽게만 보이던 금비의 얼굴이 애처로워 보였다.

"방법이…… 없는 것은 아니지요. 폐하와 조정의 대신들 앞에 연월장의 죄를 고하시고 뉘우치신다면 믿어 드릴 수 있습니다. 그러나 그건 불가능하지요. 아씨의 어미가 죽는 일이 될 테니까. 그 짓은 못 할 것 아닙니까."

"……."

"그래서 아씨와 저는 절대 함께할 수가 없습니다."

금비는 소리 내지 않고 눈물만 주르륵 흘렸다.

"가 보겠습니다. 불행히도 우리는 아씨를 이대로 돌려보낼 수도 없고, 우리 손으로 해하지도 못합니다. 당분간 이리 계셔야 할 게요."

"누가 믿어 달래?"

돌아서는 성검의 등 뒤로 물기 촉촉한 금비의 음성이 들렸다. 성검은 걸음을 멈췄으나 돌아보지 않았다.

"누가 믿어 달랬어? 나는 좋아해 달라는 거다. 복수니 권력이니 난 아무것도 생각하고 싶지 않아! 그냥 다 떨쳐 내고 너하고 둘이 살고 싶다고. 그게 조금도 생각할 수 없는 일이야? 다 포기하면 되잖아! 그럼 난비도 그냥 황후가 될 건데, 뭐가 문제야!"

"문제가…… 없는 게 문제죠. 죗값을 치러야 할 자들이 용서받는 세상이 문제가 아닙니까."

그 말을 끝으로 성검은 걸음을 옮겼다. 금비는 그의 등 뒤로 크게 소리쳤다.

"니가 언제부터 세상일에 그렇게 관심이 많았는데!"

악에 받친 금비의 목소리가 사가에 쩌렁쩌렁 울렸다. 성검뿐만 아니라 모두가 금비로 인해 심란해졌다.

그날 밤, 폐비의 사가는 늦도록 불이 꺼지지 않았다. 방은 밝지만 모여 앉은 사람들의 표정은 어두웠다.

"다른 방법이 없습니다. 일단은 황상께 아뢰어 붙잡아 두는 수밖에요."

성검이 결론을 내리고 일어서려 하자 난비가 근심 어린 말투로 물었다.

"성검아, 넌 어떠니? 도망가고 싶은 마음이 정말 하나도 없어?"

"마마! 절 모르십니까? 물을 걸 물으십시오!"

"나나 스승님 때문에 금비를 외면하는 게 아닌가 해서 말이다. 나는 네가 행복한 길을 찾으면 좋겠어. 꼭 금비 때문이라서가 아니야. 우리 때문에, 복수 때문에 네가 불행해지고 위험해지는 건 싫다."

"제가 행복해지려면 연월장의 몰락을 봐야 합니다. 제가 그리 만들겠습니다."

난비는 밖으로 나가 버리는 성검의 뒷모습을 물끄러미 바라보았다. 너무 어둡고 너무 무거워 보였다.

성검은 난비의 시선을 떨쳐 버리려는 듯 더 빨리 걸었다. 이런 시각에 사람들 눈에 띄기도 어렵지만, 제 방으로 가 막녀의 분장을 다시 하고 밖으로 나갔다. 해가 뜨기 전에 궁에 다녀오려면 많이 서둘러야 했다. 쏜살같이 언덕을 내려와 달리듯이 걸음을 재촉하던 성검은 저 만치 앞에서 다가오는 술주정뱅이를 보고는 여느 여인네처럼 조신하게 걸었다. 취객에게 잘못 걸려 시비가 일면 곤란하니 조심스럽게 그를 피해 몸을 움츠렸다. 다행히 취객은 자기 노래에 취해 막녀의 모습은 보지 못한 듯했다.

"난새의 둥지 찾아……끅. 힘들게 날아 오르…… 끅. 꽃비가 내리……어라? 저게 뭐야. 오호. 참 밝다. 우리 마마 집은 밤에도 참 밝아. 활활 타는 것 같네. 끅. 좋다!"

취객의 말을 무심코 흘려듣던 성검은 몇 걸음 걸어가다 제자리에 우뚝 멈춰 섰다.

'밝아? 타는 것 같다고?'

목이 돌아갈 정도로 세차게 뒤돌아본 성검은 멀리 언덕 위를 바라보다 눈이 크게 떠지고 말았다. 성검의 눈동자에 시커먼 연기가 몰려들고 붉은 불길이 치솟은 폐비의 사가가 비쳤다.

"이런, 젠장!"

성검은 취객을 밀치면서 부리나케 달려갔다.

자객만을 생각했지 불을 지를 거라곤 생각 못 했다. 건조한 바람이 부는 겨울밤은 작은 불씨도 굶주린 화마로 만들었다. 그런데 누가 일부러 불을 지른다면 집 한 채를 재로 만드는 것은 일도 아니었다.

'넙대가 잘해 줘야 할 텐데!'

만약을 대비해 넙대와 동료들이 번갈아 가면서 집 주변을 지키고 있었다. 그런데도 불이 난 걸 보면 한두 명의 짓이 아닐 것이다. 불길이 번지는 속도가 빠르니 마마를 무사히 구했다 하더라도 혹시 연기가 용종에게 해를 미치는 것은 아닌가. 성검의 심장은 더 빨리 타들어 가고 있었다.

넙대는 목청이 터져라 소리를 질렀다.

"빨리! 불을 끄는 게 중요한 게 아니야. 마마부터 찾아!"

성검의 예상대로 폐비의 사가는 큰 위기를 맞았다. 연월장은 이번에야말로 완전히 숨통을 끊어 놓겠다고 작정했는지 할 수 있는 최선을 다했다. 난비의 사가를 누군가 지키고 있을 것까지 예상해서 무사들을 여럿 딸려 보냈고, 몸이 날랜 자들에게 사가의 담을 넘어 불을 지르도록 했던 것이다. 그나마 난비 일행에게 다행이었던 것은 밤은 깊었으나 성검을 기다리겠다고 모두 한 방에 모여 자고 있지 않았다. 바깥에서 싸움이라도 난 듯 소란스러운 소리가 들리자 다들 벌떡 일어나 밖을 내다보았다.

"꺄악!"

"아랑!"

아랑이 다가간 창에서 불쑥 칼이 튀어나왔다. 칼이 닿기 전에 아슬아슬하게 피하긴 했지만 겁에 질린 난비 일행은 넘어진 아랑을 감싸 안고 방 안에서 꼼짝할 수가 없었다. 그런데 이번에는 어디선가 타는 냄새가 났다.

"이게 무슨 냄새지? 불…… 불이 났구나!"

난비가 가장 먼저 알아차렸고, 공 상궁도 이를 느끼고 가슴이 철렁 내려앉았다. 밖에는 무사들이 지키고 있고, 집은 불타고 있으니 꼼짝없이 죽게 생기지 않았나.

"마마, 저희가 어떻게 해서든 문 밖까지 호위할 것이니 도망가셔야 합니다."

"그러지 마라. 그런다고 해서 내가 살 것 같진 않다."

"마마, 해 보셔야 합니다."

공 상궁과 난비가 옥신각신할 때였다. 밖에서 칼이 부딪치면서 사람의 비명 소리가 들렸다. 여인들은 숨죽이고 바깥의 동태에 귀를 기울였다. 잠시 잠잠해지나 싶더니 덜컹 문이 열렸다.

"마마! 괜찮으시옵니까?"

"누, 누구냐!"

넙대의 험악한 인상에 놀란 공 상궁이 난비의 앞을 가로막았다.

"그럴 시간 없습니다! 성검이 없어서 저희들만으로는 벅찹니다. 어서 나오십시오!"

성검의 이름만으로 충분히 설명이 되었다. 넙대의 호위를 받으며 밖으로 나온 일행은 메케한 연기에 콜록거려야 했다. 집은 순식간에 타올라서 난비가 있던 곳에도 불길이 옮겨 붙었다. 조금만 늦었으면 큰일이었다.

"이쪽으로……."

대문이 불타고 있었기에 담을 넘어야 했다. 그러나 담 앞에서 일행은 더 움직일 수가 없었다. 딱 봐도 실력 있어 보이는 무사가 넙대를 공격해 왔기 때문이었다.

"마마, 어서 피하십시오!"

넙대는 칼에 찔리기 전에 마지막으로 크게 외쳤다. 이 소리를 들은 다른 동료들이 마마를 구하러 와주기를 기대하며…….

"컥!"

뜻밖에도 넙대를 공격하던 무사가 뒷목을 부여잡고 벼락이라도 맞은 듯이 괴로워했다. 그 틈에 무사의 배에 칼을 찔러 넣고 위기에서 벗어난 넙대는 무슨 일이 벌어진 것인가 싶어 쓰러지는 무사의 뒤를 살펴보았다.

"……!!"

"하아, 하아……."

손에 소금을 든 난비가 숨을 헐떡이며 쓰러진 자를 노려보고 있었다.

"마, 마마?"

"이, 이문혈이 통혈이라고……."

난비는 급박한 순간에 성검이 가르쳐 준 것을 기억했다. 뒷목의 이문혈(耳門穴:귓구멍 바깥쪽 뼈와 붙은 지점)을 훤히 드러내고 있는 사내의 모습에 저도 모르게 소금을 꺼내 들었다. 이문혈은 사혈이 아닌 통혈이라서 이곳을 누르면 죽지는 않으나 정신을 잃을 만큼 발끝까지 통증이 느껴진다 했었다. 넙대가 죽게 생긴 순간, 난비는 있는 힘껏 소금의 끝으로 그곳을 눌렀던 것이다.

"그 소금이 참 여러 가지로 쓸모가 있습니다그려."

"나도 그리 생각한다."

난비는 싱긋 웃으며 대답했다. 사람을 쓰러트렸다는 죄책감과 놀람, 지금은 그런 것에 마음을 쓰고 있을 때가 아니었다.

"자, 이 몸이 엎드릴 테니 한 분씩 올라가십시오. 밖에도 우리 사람이 있을 겁니다."

넙대가 엎드리자 공 상궁이 먼저 올라가 담 위를 살폈다.

"이를 어째!"

"왜 그러십니까?"

"내려갈 수 없을 것 같습니다."

밖에 사정도 좋지 않았다. 연월장이 무사들을 얼마나 많이 풀었는지, 살수들의 수가 너무 많았다. 넙대 일행이 필사적으로 막고는 있지만 당장이라도 담을 넘어올 기세였다.

"이런…… 젠장! 일단 나라도 나가 봐야겠습니다."

"안 되네! 여기도 아직 살수들이 있는데, 마마를 두고 어딜 간단 말인가!"

공 상궁이 넙대의 등 뒤에서 발을 동동 구르고 있을 때였다. 담 밖에서 조금 전과 다른 소리가 섞여 오기 시작했다. 사람이 죽어 갈 때 내지르는 단말마의 비명 소리 같은 것. 그 소리가 동료들의 것이라 생각한 넙대는 가슴이 무너지는 아픔을 느꼈다. 그런데 뜻밖에도 공 상궁의 입에서는 반가운 외침이 튀어나왔다.

"어! 사, 살았습니다."

"무슨 일이오?"

"호위무사장입니다! 광 호위 말입니다!"

가발과 치마를 벗어 던진 성검이 광폭하게 검을 휘두르자 판세는 역전되었다.

"거기서 뭐하고 있소! 당장 넘어오지 않고!"

그러면서도 성검은 안까지 다 들리도록 크게 외쳤다. 모두들 검은 연기에 눈이 매울 지경이었으니 서둘러 한 명씩 담을 넘어갔다. 넙대까지 모두 담을 넘었을 때, 바깥의 살아 있는 사람 중에 적들은 단 한 명도 없었다.

"더 몰려올지 모르니 몸을 피하셔야 합니다."

"성검아……."

난비는 도주하자는 성검을 할 말이 있다는 듯이 불렀다. 그러자 성검도 아차 하는 표정이었다.

"어, 어쩌면 좋지?"

"넙대 형님. 일단 마마를 모셔. 따라갈 테니까."

"뭐하게?"

"놓고 온 게 있다."

"성검아……. 굳이 가지 않아도 된다. 우리 잘못이 아니야. 어쩔 수가 없었잖아."

난비는 저 불길 속으로 성검을 가게 하기도, 제 발로 찾아온 금비를 죽게 둘 수도 없어 애가 탔다. 이제 보니 연월장은 금비가 이곳에 있는 줄 정말 모르고 있는 게 맞았다. 비록 뉘우친 기색은 보이지 않지만 성검이 좋다고 여기까지 온 아이를 불에 타 죽게 하려니 마음이 썩 좋지 않았다.

그리고 이는 성검이 더 한 심정이었다.

"그래도…… 저리 죽게 할 순 없잖습니까……."

"위험하면 바로 나와야 한다."

"압니다. 저도 살고 싶습니다."

안으로 들어간 성검은 난비의 방이 완전히 타오르는 것을 보고 섬뜩함을 느꼈다. 그리고 금비가 갇혀 있는 광을 보고는 조금 안도했다. 불씨가 광으로 옮겨 간 지는 얼마 되지 않았는지 지붕만 조금 타고 있었던 것이다. 하지만 그것은 성검의 착각이었다. 문제는 불길이 아니라 연기였다. 난비가 도주했던 담에는 연기가 별로 없었는데 바람이 그쪽에서 금비가 갇힌 광 쪽으로 향해 있었기 때문이다. 가까이 가서야 이를 알아차린 성검이 황급히 문을 열었다. 걸어 잠근 자물쇠가 뜨거웠지만 그런 것을 따질 때가 아니었다.

"아씨!"

"콜록……콜록……."

금비는 처음 불길이 솟을 때부터 광을 두드렸으나 지금은 그럴 기운조차 없었다. 숨 막히는 고통과 두려움에 지친 금비는 바닥에 쓰러져 마른기침을 뱉어 내고 있었다. 무엇보다 이 불길이 어머니의 짓인 것 같아 더욱 비참했다. 난비는 더 어릴 때 이런 끔찍한 죽음의 고통을 맛보았을 것이다. 그 죗값을 돌려받는다 생각하니, 그간 외면했던 죄의식이 떠올라 금비를 절망으로 몰아넣고 있었다.

"아씨!"

반가운 목소리가 꿈만 같아 가느다랗게 실눈을 떴다. 그러나 그게 다였다. 손가락 하나 까딱할 기운도 없었고, 성검의 얼굴이 잘 보이지도 않았다. 성검은 지체 없이 금비를 밖으로 끌어내 업고 뛰기 시작했다.

"콜록……! 끅…… 콜록……."

들썩거리는 성검의 등 위에서 금비는 마지막 힘을 짜내 탁한 공기를 내뱉었다.

"서, 성검…… 콜록!"

"밖에 나갈 때까지 아무 말 않으시는 게 좋소."

"자업자득. 콜록. 네놈이 한 말이었던가……."

"기억 안 나는데……."

"콜록. 나와 있었던 일은…… 아무것도 기억 못 하는구나."

"……"

성검은 더 이상 뛰지 않았다. 이상하리만치 금비의 음성이 편안해졌기 때문이었다. 방금 전 기침을 해 대던 탁한 그 목소리가 아니었다.

"아니지. 날 찾으러 왔지. 나쁜 놈, 마지막에나 기억해 주는구나."

성검은 금비를 내려 땅 위에 앉혔다. 그리고는 팔로 그녀의 머리를 안아 제 무릎에 눕혀 놓았다. 마지막 가는 길은 예우를 해 주고 싶었다.

"다 잊고…… 편히 가라."

"아무래도 이건 내 것이 아니었나 보다. 난비에게 전해 줘."

금비의 손에는 예전에 그 붉은 떨잠이 들려 있었다. 아무래도 난비를 만나러 올 때부터 전해 줄 생각이었던 것 같았다. 성검은 차라리 그때 이것을 전해 줄 것이지, 무슨 자존심이 남아서 고고하게 대들었냐며 따지고 싶었다. 그녀가 마지막 순간이 아니었다면…….

"진작 줄 것이지."

그래서 고작 저 한마디로 툴툴대고 말았다.

"그러게. 어머니도 이제 늦었겠지……."

"자업자득이다."

"홋. 그래. 그래도 나는 업혀도 보고 안겨도 보았다……."

금비는 성검의 품에서 그렇게 조용히 눈을 감았다.

폐비의 사가가 완전히 전소한 뒤, 검게 타 거의 뼈밖에 남지 않은 시신들이 발견되었다. 무사로 추정되는 시신들이 어지러이 널린 가운데, 단 한 구의 시신은 체구가 좀 작아 여인임을 알 수 있었다. 그러나 과연 그 여인이 누구인지가 문제였다. 폐비의 사가에는 세 여인이 있었으니 말이다. 폐비가 회임 중이긴 했으나 이렇게까지 타 버린 시신의 확인은 쉽지가 않았다.

강위를 제외한 대부분의 사람들은 죽은 자가 폐비일 거라 추정했다. 그렇지 않다면 벌써 나타나야 하는데 며칠이 지나도록 폐비가 살아 있다 알리질 않으니 말이다. 결국 사람들의 생각은 맞아떨어졌다. 마침내 여인의 시신이 폐비로 판명이 난 것이다. 시신의 체형과 나이, 몇 조각 남은 신발로 미루어 공 상궁과 아랑은 아니었던 것이다.

내심 조마조마하게 결과를 기다리던 부인은 크게 기뻐했다. 이제 금비가 돌아올 것이고, 죽은 무사들을 도적으로 몰아가면 될 일이다. 어차피 연월장이 외부에서 사 들인 무사들이라 추궁을 당할 리도 없었다.

연월부인이 크게 기뻐한 만큼 황제는 절망했다. 성검과 그의 사람들이 지켜 주리라 믿었기에 안심하고 연월장의 만행을 부추기고 있었는데, 자신이 그들을 죽음으로 내몬 것과 마찬가지가 되었다.

'이런 말도 안 되는 일이…… 이리 허망하게 간다고? 이리 비참하게? 아니다. 그럴 리가 없다. 무슨 일이 있었던 게 분명해. 아랑과 공 상궁이 난비를 그냥 버리고 갈 인물들이 아니야. 살아 있을 것이다. 오해가 있는 게 분명하다!'

그럴 리가 없다고, 아무리 부정해 봤자 난비가 살아 있다는 소식이 전해지지 않았다. 성검이 살아 있다면 누구보다 먼저 와서 제게 소식을 전할 텐데…….

"폐하, 이제 그만……."

사모달은 전소한 폐비의 사가를 배회하는 황상의 모습에 울컥하고 말았다.

"모달아, 말이 되지 않으니 포기가 되지 않는다. 너는 이게 믿기느냐?"

"폐하! 흑."

"너는 믿기나 보구나. 울음이 나오는 걸 보니. 난 울지 않을 것이다. 죽지 않았으니까."

"옥체가…… 상하실까 염려되옵니다. 일단은 궁으로 돌아가 뭐라도 좀 드셔야 합니다."

강위는 사모달이 하는 말이 하나도 들리지가 않았다. 수척해진 얼굴로 담 주변을 걷고 또 걸으며 혹 성검과 마주치지 않을까 배회했다.

"며칠째 침수도 들지 않으시고……."

사모달은 계속해서 황제의 뒤를 따르며 근심 어린 말로 그의 마음을 돌리려 애썼지만 강위의 머릿속은 오로지 난비, 난비, 난비밖에 없었다. 그때 그의 발에 뭔가가 걸렸다. 사모달의 목소리도 들리지 않는데 발의 감각이 느껴질 리 없거늘, 그것을 밟자 무심코 떠오르는 게 있었다.

'대나무…… 소금!'

강위는 걸음을 멈추고 아래를 내려다보았다. 발아래 그것을 보는 순간 강위는 심장이 멎는 듯한 충격을 받아야 했다. 대나무 소금에서 모란 문양의 금박 테두리가 빛나고 있었다.

'모란 소금! 이게 왜 여기……!'

가슴이 철렁했다. 떨리는 손으로 소금을 집어 든 강위는 이것이 난비의 죽음을 알려 주는 유품인 것 같아 조금도 반갑지 않았다.

"폐하 그것은!"

사모달과 적운의 눈도 휘둥그레졌다.

강위는 소금을 들고 잠시 넋을 잃었다. 수만 가지 생각이 머릿속을 떠다니다 문득 한 가지 의문이 들었다.

'왜 이렇게 깨끗하지?'

그 생각이 들자 좀 더 자세히 살펴보게 되었다. 소금은 화재 현장에서 발견된 것치고는 너무 깨끗했다. 가만히 생각해 보니, 제가 이곳을 며칠이나 다녀갔는데 오늘에야 이 소금을 발견했다는 것도 말이 되지 않았다.

"……!"

강위는 소금의 구멍을 살펴보다 안에 무언가가 들어 있음을 알게 되었다. 서찰이었다. 이 역시 잿더미 속에 있었다고 생각되지 않을 만큼 깨끗했다. 소금에서 종이를 꺼내는 강위의 손이 떨렸다.

"폐하, 그것은!"

"……."

강위도, 사모달도 서찰의 내용을 살펴보기 전에는 속단할 수가 없었다. 기대가 크면 실망도 큰지라 설레는 마음을 억누르며 서찰을 펼쳤다.

"……!"

곱게 말아 넣은 하얀 종이에 정갈한 검은 필체를 보는 순간 강위는 안도의 한숨을 내쉬며 눈물을 글썽거렸다.

[음이 짙어지면 향기를 품고, 향기가 짙어지면 꽃이 됩니다. 꽃은 피울 때를 기다리니, 활짝 피는 날에 꺾어 가소서.]

살아 있으니 울지 않겠다던 강위의 각오는 어디로 갔는지 서신은 점점이 젖어 갔다.

❀

이른 새벽, 눈 덮인 산기슭에 사람의 발자국이 어지러이 널렸다. 호기심 많은 노루 새끼가 발자국을 따라가다 분지의 입구에서 화들짝 놀라 달아났다.

"아! 놀래라. 노루 새끼네."

털보가 커다란 덩치에 어울리지 않게 가슴을 쓸어내렸지만 아무도 타박하지 않았다.

"언제까지 저러고 있으려나……."

짱돌이 걱정스럽게 분지 깊숙이 들어가 있는 성검과 난비를 바라보았다. 그러자 공 상궁의 얼굴에도 그림자가 졌다.

"그러게나 말일세. 몸이 상하시면 어쩌려고 저러실까."

그 자리에 모인 일행들의 눈이 성검과 난비를 향했다. 두 사람은 사람들의 시선을 의식하지 못하고 얼어 있는 봉분 앞에서 시간 가는 줄 모르고 앉아 있었다.

"예전에……. 스승님께서 이리 말씀하셨습니다."

"……?"

여태 입도 뻥긋하지 않았던 성검이 묻지도 않은 이야기를 풀기 시작했다.

"마마께서 황후가 되는 것이 순리라면 여태 마마를 지켜 온 자신에게 천명이 주어진 게 아니겠느냐고. 그때 이미 스승님께서는 이런 결말을 예견하고 계셨을 것입니다. 우리가 마마를 처음 뵀던 날. 그날부터 스승님께선 마마를 위해서 살아가시는 분 같았습니다."

"천······명. 천명이라······."

"예. 그러니 죄책감 같은 거 털어 버리십시오. 마마 때문이라는 생각 버리시란 말입니다."

"천명일 뿐일까······. 나는 말이다. 스승님이 내 아버지 대신이었다. 스승님 덕분에 말을 못 해도 사는 즐거움을 느꼈어. 그런데, 내게 삶을 가르쳐 주신 분이 나로 인해 목숨을 잃으셨다. 그런데도 나는······ 나는······ 폐하 곁에 있고 싶다는 욕심을 부렸단다."

"내리사랑을 모르십니까? 스승님께서 마마의 아비나 다름없으신 분이니 그런 겁니다. 스승님은 그런 결정을 내린 마마를 분명 칭찬하고 계실 테니 염려 마십시오!"

난비는 코끝이 찡해 오자 괜스레 은호의 봉분을 매만졌다. 성검도 저답지 않게 무게를 잡았던 것이 무안했는지 은호를 향해 투덜거렸다.

"매번 도적들 묘를 만들어 주시더니, 결국 이리되시는 거 아닙니까!"

덕분에 난비가 이제야 조금 웃을 수 있게 되었다.

"헌데, 성검아."

"예."

"금비 말이다."

"······."

"넌 정말 괜찮은 게냐?"

"괜찮지 않으면 어쩌겠습니까. 다 업보라 여기고 있으니 위로하지 마십시오."

성검은 아무렇지 않은 척했지만 머리를 긁어 대고 있었다.

"그래. 위로는 안 하마. 그런데 아무래도 금비가 널 진심으로 많이 좋아했던 것 같다."

"에잇! 차라리 위로를 하십시오!"

벌떡 일어나던 성검은 잠시 머뭇거리다 품속을 뒤적거렸다.

"하여간 끝까지 사람 귀찮게 하는 데는 뭐가 있다니까. 이런 걸 왜 줘? 기분만 찝찝하게!"

"뭔데 그러느냐?"

"마마를 드리라곤 했는데…… 죽은 사람 물건 가지고 있으면 좋을 게 없습니다. 그냥 여기 두고 가지요."

성검이 그것을 땅에 던지자 눈 속에 푹 꽂혔다. 하얀 눈밭에 붉은 떨잠이 반짝거렸다.

"이건……!"

난비는 화려한 떨잠을 알아보았다. 금비가 저것을 주겠다고 했다가 다시 가져가더니, 그것이 다 성검을 향한 갈등임을 이제야 눈치챘다. 황후를 포기하고 성검을 선택한 금비의 마음이 보였다.

그때였다.

"……!"

난비는 떨잠을 주워 들고 벌떡 일어났다.

"왜, 왜 이러십니까!"

"성검아! 이 떨잠. 내가 가져야겠다."

"예?"

"사람들을 불러다오. 의논할 일이 있다."

❀

황제 다음의 권력자라는 승상의 저택은 의외로 그리 으리으리하지 않았다. 그러나 오래되고 정갈한 저택은 어딘가 품위가 있어보였다. 밤길을 걷던 성검은 달과 저택의 운치 있는 풍경을 감상하다 담을 훌쩍 뛰어넘었다.

'이런 집일수록 숨긴 게 더 많은 법이지.'

성검은 입맛을 다시며 저 멀리 수상한 전각을 향해 눈을 빛냈다. 하지만 그는 그리로 가지 않고 승상 해일주가 잠든 방을 향해움직였다. 오늘 목적은 도적질이 아니니 아까워도 참아야 했다.

해일주는 코까지 골며 깊이 잠들어 있었다. 몰래 방 안으로 들어온 성검은 승상이란 자가 이런 뒤숭숭한 시국에 잠이 오는가싶어 혀를 찼다. 아마 해일주가 이 얘기를 들었다면 억울했을 것이다. 하도 잠이 오질 않아 의원을 불러 약을 처방받고 겨우 잠들었으니 말이다. 그런 사정을 모르는 성검은 혹시 그가 깨어나 소리를 지를까 봐 입부터 틀어막았다. 그랬더니 코골이는 멈췄는데눈은 뜨지 않았다.

"뭐야, 이래도 안 일어나?"

참 기가 막힐 노릇이라며 고개를 저으며 가지고 온 밧줄로 그를 꽁꽁 묶었다. 역시나 그래도 일어나지 않자, 생각보다 일이 수월해진 걸 좋게 생각하고 그를 들쳐 멨다. 이제부터가 진짜 조심해야 할 일이다. 혼자일 때는 기척을 감추는 게 어렵지 않으나 해일주를 데리고 들키지 않고 이 집을 나가려면 실력 발휘를 해야 했다.

'다들 잘하고 있나 모르겠네.'

명색이 승상의 집이다. 사병들이 수십이 지키고 있는데도 성검은 다른 사람들이 잘하고 있는지가 걱정이었다.

한편, 해일주는 제가 꿈을 꾸고 있다고 생각했다. 가위에 눌린 것처럼 자세가 불편했는데 희한하게도 말에 탄 듯 몸이 흔들렸다. 그러다가 점점 정신이 맑아지면서 이것이 꿈이 아니라는 걸 깨달았다. 불길한 예감에 번쩍 눈을 뜬 해일주는 제 머리 위에 땅이 지나가는 것을 보고 대경 질색했다.

"읍! 읍!"

"오, 이제 일어나셨소?"

성검이 능청스럽게 말을 건네자 해일주는 그가 미친놈이라고 확신하며 절망했다.

"으읍! 읍!"

악을 쓰듯 신음해도 자신을 데려가는 자는 들은 척도 하지 않았다. 원하는 게 무엇인지 알고 싶어도 꼼짝 없이 끌려가는 것밖에 도리가 없었다. 그런데 그렇게 당도한 곳에서 해일주는 더 놀라고 말했다.

"승상도 오셨구려."

"……!"

황상의 용안이 저를 내려다보고 있었기 때문이다.

얼마 전, 폐비와 황손을 잃은 황상의 슬픔을 위로하기 위해 연월장은 폐비의 죽음을 성대한 국장으로 치르자고 청해 왔다. 그리고 국장을 치른 후에 국혼을 하자 뜻을 밝혔는데, 대신들도 그 뜻에 모두 찬성했다. 불을 지른 진범을 찾아내자며 성난 민심이 들끓고 있었는데, 그들을 달래기 위해서라도 좋은 생각이었던 것이다. 그런데 이는 황상의 반대로 무산되었다.

"폐비의 죽음은 진범 조사가 아직 끝나지 않았다. 그것이 밝혀지기 전까지는 국장을 치르지 않을 것이며, 오랫동안 비워 둔 황후의 자리를 더 이상 미룰 수 없으니 국혼은 예정대로 거행할 것이다."

진범을 밝히겠다는 건 연월장을 의심하는 것인데, 또 국혼은 미루지 않겠다니, 황상의 속셈을 헤아리기 힘들었다. 그러니 연월장은 피가 마르고 있었다. 국혼이 코앞인데 금비는 코빼기도 비치지 않고, 황상은 시일을 미룰 생각이 없으시니 말이다.

그런데 마침내 기다리던 소식이 당도하였다. 국혼 이틀 전, 늦은 밤이었다. 처음 보는 자가 심부름을 왔다며 서신을 전했다.

[어머니, 오랫동안 심사숙고하였으나, 아직 마음을 정하지 못했습니다. 실은, 제가 이리 방황하는 것은 고진 때문입니다. 고진에 관해 할 이야기가 있습니다. 집에서는 어머니와 맘 놓고 말하지 못하겠으니 저를 만나러 와주세요. 마지막 부탁입니다.]

기다렸던 딸의 반가운 서신에 연월부인은 깊이 생각하지 않고 황급히 약속 장소로 떠났다. 축시(오전 1시 30분부터 오전 2시 30분)까지 오지 않으면 다시는 만나지 못할 거라는 글귀도 그녀의 걸음을 재촉하는 데 한몫했다.

안개가 자욱한 냇가에 도착한 부인은 마침내 금비의 모습을 발견했다. 금비는 평소처럼 화려한 옷을 입고 냇가를 바라보며 등을 돌린 채 서 있었다. 그녀의 머리에 꽂힌 붉은 떨잠이 달빛에 반짝이는 것을 보고야 부인은 자신의 딸임을 확신했다.

"금비야, 얼마나 기다렸는 줄 아느냐?"

"……."

"금비야, 어미가 왔다. 왜 그러고만 있어?"

좀처럼 돌아보지 않는 금비가 부인은 안타깝기만 했다. 아마 제 딴에는 가출을 한 게 미안했던 모양이라고, 얼마나 마음고생이 심했을까 안쓰러웠던 것이다. 부인은 한 발 더 다가가 부드러운 목소리로 그녀를 불렀다.

"화내지 않을 테니 어서 얼굴 좀 보여다오. 내가 요즘 너 때문에 얼마나 맘고생이 심했는지 아느냐?"

그러자 금비가 어깨 너머로 고개를 떨군 채 몸만 살짝 뒤로 돌렸다. 그것만으로도 부인은 한결 안심되어 기쁜 목소리로 말했다.

"그래, 잘 돌아왔어. 얼마나 고생이 많았니? 아픈 데는 없고?"

"고뿔이 조금……."

금비의 목소리는 들릴 듯 말 듯 작았고 평소 목소리와도 달랐다.

"저런! 심한 건 아니고?"

금비는 대답 대신 고개를 저었다.

"하아……. 이게 무슨 고생이야? 그래. 고진 때문에 나를 불렀다 했지? 무슨 말이 하고 싶으냐? 어서 해결하고 집으로 가자꾸나."

"고진이…… 제 친아비라는 걸 떠올릴 때마다…… 소름이 끼쳐요."

"그런 생각을 뭐하러 해? 그자가 함부로 입을 놀리는 바람에 너만 상처받았구나. 정말 딸년이라 생각했으면 평생 그런 소리를 입 밖에 내지 않았어야지! 그런 놈은 아비라 여길 가치가 없다! 너는 지금까지처럼 효문재를 아비라 여기고 살면 된다. 알겠니?"

"저는 그자가 두렵습니다. 제가 황후가 되면 저와 어머니를 협박하고 이용할 것이 틀림없어요."

"그래, 그럴 수도 있겠다. 그것은 내가 잘 해결하마. 넌 아무 걱정 말고……."

"어찌 해결하실 것입니까? 죽이실 작정이십니까? 제 친아버지라도요?"

부인은 고개를 갸웃했다. 조금 전의 부자연스럽고 힘들게 느껴지던 목소리와 달리 또렷한 음성에 힘이 들어가 있었다. 그럼에도 부인은 아직까지는 그녀를 크게 의심하지 않았다. 단지 고뿔로 달라진 목소리에 흥분이 들어가서 그렇다 여겼다.

"……친아버지라 생각하지 말라지 않았니……."

"방해되는 이들은 늘 그리 죽이셨지요. 저는 그 방법이 좋지 않다 여겨집니다."

"이런 바보 같은 소리가 어디 있어? 그리했기 때문에 지금 네가 황후가 될 수 있게 된 게야. 본래 높은 자리란 죽고 죽이고 그렇게 쟁취하는 것이다. 신분이 귀하다 해서 거저 되는 것이 아니지!"

"죽고…… 죽인다……. 허면, 이제 어머니가 죽을 차례입니까?"

"……!"

확연히 다른 억양과 섬뜩한 물음에 소름이 돋았다. 이것은 확실히 제 딸의 목소리도, 딸의 말투도 아니었다. 그리고 서서히 뒤로 돌아보는 금비의 모습에 심장이 철렁 내려앉았다.

"허! 헉!"

부인은 귀신을 본 것처럼 까무러치며 주저앉았다. 왜 아니겠는가. 죽었다던 난비가 저를 노려보고 있는데.

"어머니, 죗값을 받으셔야지요."

"너, 너, 너는……! 귀, 귀, 귀신!"

"불에 타 죽었어야 하지요. 형체도 알아볼 수 없게 새까맣게. 뜨거운 열기에 팔딱거리다 뼈가 뒤틀리고, 근골이 말라붙는 끔찍한 고통에 몸부림치면서 말입니다. 어머니가 지른 불 속에서."

"히, 히익! 저, 저리 가! 귀 귀신이라니……. 마, 말도 안 돼!"

다가오는 난비를 보고 부인은 더욱 기겁했으나 다리에 힘이 풀려 일어날 수가 없었다.

"왜 말이 안 됩니까? 사람을 죽일 때는 귀신을 만날 것도 염두에 두셨어야죠."

"귀, 귀신일 리가……. 사, 사, 살아 있을 리도…… 어, 없는데……. 누구냐. 누구야, 너!"

부인은 거칠고 마른 풀잎에 치맛자락을 끌면서 뒤로, 뒤로 물러났다. 그러다 무언가에 부딪치면서 다시 한 번 소름 끼치는 공포에 맞닥뜨렸다. 그녀가 그렇게 찾아 헤매던 매파가 구부정한 허리를 하고 저를 내려다보고 있었기 때문이다.

"허억!"

"이……찢어 죽일 년! 사람을 그리 많이 죽이고도 네년이 무사할 줄 알았더냐!"

매파의 호통에 부인은 꼼짝도 못 하고 벌벌 떨며 눈을 깜빡거렸다.

"마, 말도 안 돼. 말도 안 돼! 이, 이건 아니야."

"말도 안 되지! 천한 종년이 어딜 그 자리에 앉아 있어! 인두겁을 뒤집어쓴 요물 같으니라고! 이 짐승만도 못한 년!"

매파가 욕설을 퍼붓자 부인은 오히려 놀란 마음이 한결 진정되는 것 같았다. 곰곰이 생각해 보니 노파가 죽었는지 살았는지는 아무도 모를 일이었다. 이는 난비도 마찬가지였다. 그 시신이 난비가 아니라 아랑과 공 상궁이었다면 자신은 귀신을 보고 있는 게 아니었다.

"오라! 그렇구나. 이제 보니 네년들이 나를 놀래켜 죽이려던 참이구로나. 이제야 알았다. 살아 있으면서 죽은 척 귀신 놀음을 해? 내가 모를 줄 알고? 너희 둘만 있는 건 아닐 테지! 어디냐? 썩 나와라! 누가 나를 죽일 것이냐! 내가 그리 쉽게 죽을 줄 알고? 하하하!"

부인이 예리한 살기를 품은 단도를 꺼내며 발악하듯 외쳤다.

그러나 난비는 조금도 겁먹지 않고 오히려 그녀를 조롱했다.

"저는 죽은 귀신이라 말한 적이 없습니다. 어머니가 저를 죽은 사람을 만드셨을 뿐."

"흥! 질긴 년. 아무리 죽여도 죽지를 않는구나!"

"예. 이번에야말로 불에 타 죽었어야 했는데 말입니다. 독보다 더 끔찍한 것을 준비하셨더군요. 불에 타 죽는 고통은 얼마나 극심할까요? 당신 딸 금비에게 물어보면 알 수 있을 텐데 말입니다."

"흥! 살았으면 고맙다 여기고 숨어 지낼 것이지, 이런 작당들을 일삼으니 명을 재촉하는 것이다! 내 딸 금비가 사라졌다 했더니,

네년들이 데려간 것이렸다!"

"데려가다니요? 금비는 어머니가 데려가셨지요. 지옥불로 말입니다."

"네 이년! 어디서 수작질이야! 금비를 왜 끌어들여!"

"왜겠습니까? 어머니가 피운 지옥불에 하필이면 그 아이가 걸려들었으니 하는 말이지요. 먼저 죽은 금비에게 물어보십시오. 죽음의 고통이 어떠한지. 어머니 역시 미리 알아 두는 편이 좋지 않겠습니까?"

난비는 잔인한 말을 웃는 얼굴로 아무렇지 않게 말했다. 그래서인지, 부인은 난비의 말을 조금도 믿지 않았다.

"하! 금비가 뭐? 금비가! 하하하하하하! 이제 그런 얕은 수작을 부리느냐? 금비가 왜 거기서 죽어? 그 아이를 어디다 숨겨 놓았는지 썩 말하거라!"

"예. 그럼 거기 시신은 누구였을까요? 아랑?"

"마마, 아랑 찾으셨습니까!"

아랑의 이름이 불리자마자 수풀에서 아랑이 튀어나왔다.

"아니면 공 상궁?"

"마마, 여기 공 상궁 있사옵니다."

이번에는 공 상궁이었다. 그들을 바삐 둘러보던 부인은 점점 정신이 무너지고 있었다.

"금비가 아니다. 다른 이야! 내 딸 금비가 거길 왜 가 있어!"

"예. 그 심정 백분 이해 갑니다. 저희도 그랬으니까요. 믿으실지 모르겠지만 금비는 당신과는 조금 달랐습니다. 그 아이는 그래도 마지막에는 뭐가 옳은지 알았으니까요. 혼란스러워했습니다. 그런 금비의 마음을 당신은 조금도 알지 못했지요. 그 아이를 죽음으로 내몬 건 당신입니다. 불 때문이 아니라 불이 있는 곳으로 가게 한 당신 탓입니다."

"그, 그럴 리가 없다. 그럴 리가 없어! 금비가 죽다니, 그럴 리가 없어! 금비가 불에…… 불에……. 아니야! 아니야!"

"어느 쪽이 더 고통스러울 것 같습니까? 제게 먹인 독이 그나마 나을 것 같지 않습니까?"

"너희들! 네년들이 납치한 것이다. 내가 불을 놓을 것을 알고 먼저 금비를 납치한 것이야! 이 모두 네년들이 짜고 한 짓이렷다!"

이성을 잃은 부인은 자신의 죄가 점점 늘어나는 말을 서슴없이 뱉으며 광분하고 있었다. 시뻘겋게 충혈된 눈은 이미 사람의 것으로 보이지 않았다.

"아니야. 금비가 죽을 리가 없지. 금비가 왜? 금비가 왜 거기서 죽는단 말이냐! 죽어야 할 건 너였다. 네가 죽었어야지! 너는 지금 사람이 아니야. 귀신이야. 그렇지? 그렇다고 말해!"

마침내 이지력을 잃은 부인이 단검을 쳐들고 난비를 향해 찔러왔다. 하지만 난비는 피하지 않았다. 그녀의 발악을 한심하고 태연한 눈길로 지켜볼 뿐이었다.

"나의 다른 황후들도 너로 인해 죽어야 할 운명이었더냐?"

냇물이 흘러가는 소리 외엔 바람도 불지 않는 조용한 밤이었다. 황제의 목소리가 그 정적을 가르고 쩌렁쩌렁하게 울렸다.

부인은 방금 제가 들은 목소리의 주인을 찾아 눈알을 데굴데굴 굴리며 주변을 살펴보았다.

"화, 화, 화, 황상……!"

멀지 않은 억새밭에서 황상이 모습을 드러냈다. 게다가 황상뿐이 아니었다. 승상과 녹상서사를 비롯한 여러 대신들이 수족이 묶인 채 풀숲에서 끌려 나왔다.

이 모든 사람들이 제가 한 소리들을 들었을 거라 생각하니 흥분이 가라앉고 조금씩 상황이 이해되기 시작했다.

'함정이구나! 함정이었어!'

부인의 얼굴에서 핏기가 사라졌다. 그녀는 너무 놀라 단검을 손에 쥐고 있을 수가 없었다. 어쩌면 편하게 갈 수 있는 마지막 길을 놓쳐 버리고 그녀는 다가오는 사람들을 피해 뒷걸음질을 쳤다. 그러나 바로 뒤편에는 성검과 그가 데려온 수십 명의 의적들이 포위하고 있었다. 더 이상 갈 데가 없는 곳을 깨달은 부인은 악몽이라고 되뇌며 정신 나간 사람처럼 중얼거렸다.

강위는 그녀의 가엾은 몰골을 바라보며 싸늘한 비웃음을 지었다. 마침내 그가 원하던 순간이 온 것이다. 그러나 삽시간에 얼굴을 굳히곤 위엄이 깃든 목소리로 말했다.

"금위장! 뭘 하고 있느냐? 당장 저 계집을 포박하지 않고!"

"허억! 헉!"

완전히 공포에 휩싸인 부인이 숨을 헐떡였다. 병사의 차림을 한 털보와 짱돌이 금위장의 손발에 묶인 밧줄을 풀어주자 금위장은 일말의 동정심도 내비치지 않고 부인에게 달려갔다. 그동안 부인에게 뒷돈을 받았던 그에게까지 저 대역죄가 씌어질까 두려웠을 것이다.

이는 금위장뿐만 아니라 듣고 있던 모두가 같은 심정이었다. 한밤중에 날벼락을 맞는다는 게 어떤 것인지 이번 일로 제대로 경험하였다. 자다가 납치를 당한 것도 살 떨리는 일일진대, 연월부인의 입에서 이 경악스러운 사건의 전말을 듣게 되었으니 말이다. 그들은 입이 있어도 신음조차 흘리지 못하고 참담하고 허망한 표정으로 연월부인이 포박되는 모습을 지켜보아야 했다.

사람들을 충격과 허탈에 빠트려 놓고 강위는 언제 그랬냐는 듯 편안한 표정으로 난비에게 다가갔다. 한 걸음 한 걸음 가까워질수록 강위를 바라보는 난비의 미소도 짙어졌다. 서로의 발끝이 부딪칠 만큼 가까운 거리에서 그토록 그려 오던 오롯한 재회의 순간을 맞았다.

"그리움이 짙어지면 병이 되고, 향이 짙어지면 흩어지더라."

그 와중에도 난비가 보낸 서신을 빗대어 투덜대는 강위였다. 난비는 살짝 눈을 흘기며 대답했다.

"바로 그 향이 흩어진 자리에 꽃이 피는 것입니다."

강위는 그녀의 재치를 즐거워하며 짓궂은 질문으로 반가움을 대신했다.

"꽃이 다 피었느냐?"

보름달 아래서 난비는 달빛보다 더 환한 웃음을 보여 주었다. 티끌만 한 후회도, 원망도, 근심도 없는 가슴 벅찬 기쁨과 설렘이었다.

"예. 이제 품으시기만 하면 됩니다."

어차피 그럴 생각이었던 강위가 난비를 번쩍 안아 올렸다. 하나가 된 그림자는 가마에 올라 궁에 도착하고도 떨어지지 않았다.

사족

난비가 환궁한 지 딱 한 달째 되던 날이었다. 그날 아침, 미앙과 고진이 옥사하였다는 전갈이 당도하였다. 고신으로 팔다리가 너덜해진 두 사람이 어찌 목을 맬 수 있었는지 다들 의아해했지만, 이를 조사하자 제기하는 이는 아무도 없었다. 두 사람이 죽음으로써 피바람이 이 정도로 그칠 수 있었으니 가슴을 쓸어내리는 이가 많았기 때문이다.

　미앙을 포박한 그날 밤. 난비가 황제와 함께 가마를 타고 입궁하는 동안 금위장과 적운, 성검은 황명으로 죄인들을 잡아들이느라 바빴다. 도성은 그날 쑥대밭이 되었다. 연월장을 덮친 것은 성검이었다. 고진은 끝까지 저항했으나 성검의 칼에 한쪽 팔을 잃고서야 전의를 상실했다. 성검은 스승의 원한을 갚겠다고 핏발 선

눈으로 길길이 날뛰었다. 가만 뒀다간 고진을 찢어 죽일 기세라 털보 등이 간신히 말려 살인을 멈출 수가 있었다.

그렇게 잡혀 온 이들에겐 잠깐의 휴식이나 생각할 시간조차 허용되지 않았다. 즉시 국문이 열렸다. 전 대사농 서대호를 비롯한 수많은 관리들이 참형되거나 귀양을 갔다. 그럼에도 황상은 마치 폭군처럼 옥사의 죄인들을 하루가 멀다 하고 끌어내고 있었다. 남은 여죄와 다른 죄인들을 색출하겠다는 명목이었다. 미앙이 끌려 온 날로부터 밤낮으로 이어진 지독한 국문에 죄인뿐만 아니라 많은 사람들이 괴로워했다. 단 한 사람, 오직 황상만이 이를 즐기는 듯 보였으니, 대신들은 그의 새로운 모습을 발견하고 소름이 돋았다.

대부분의 죄상은 이미 국문이 필요 없을 만큼 드러났으나 그간 석연치 않았던 황후들의 죽음이 문제였다. 미앙과 고진은 끝끝내 다른 황후들의 죽음에는 입을 닫았으나, 황제는 그들을 쉽게 놓아주지 않고 집요하게 죄를 물고 늘어졌다.

미앙과 고진은 죄목만큼이나 지독했다. 사실 그들이 그렇게 견뎌 낼 수 있었던 이유는 단 하나였다. 금비의 죽음을 믿지 못한 것. 자신들이 금비를 죽게 했다고 믿고 싶지 않았던 것. 실상 그들에게 그보다 더 큰 벌은 없었다. 황제가 죄를 모두 밝히지 못한다 해도 능지처참으로 벌하겠다 했으나, 고신에서 벗어날 수 있는 기회마저 번번이 저버렸다. 금비가 살아 있을 거라는 희망에 모든 것을 걸고 있는 것처럼.

그랬던 그들이 모든 것을 내려놓고 자결했다. 아니, 금비의 죽음을 언제부터인가 인정하고 있었으리라. 부질없는 희망을 붙들고 있었던 것은 그들에게 남은 것이 그것밖에 없어서일 것이다. 자결의 이유는 충분했지만 누가 그들을 부추기고 도와줬는가가 의문으로 남았을 뿐이다.

황후전 뒤뜰에 볕이 들었다. 봄이 멀지 않았는지 햇볕이 앉은 자리가 참 따사로워 보였다. 난비는 돌계단에서 잠이 든 성검에게 다가가 슬쩍 옆에 엉덩이를 붙이고 앉았다. 볕에 데워졌을 줄 알았는데 한기로 응어리진 돌바닥은 여전히 차가웠다. 이런 데서 잘도 누워 있었다니 성검은 확실히 신기한 놈이었다.

"한 데서 자다 입이라도 돌아가면 여인들이 아무도 따르지 않을게다."

"……."

성검은 깊이 잠들었는지 미동도 없었는데 난비는 개의치 않고 계속 말을 걸었다.

"너는 참 뜨거운 사내구나."

"제발 그런 소리 황상 앞에서는 하지 마십시오."

눈을 뜨진 않았지만 성검은 귀찮은 듯이 중얼거렸다.

"그 잘난 얼굴이 미워지면 금비가 좋아할 것 같구나. 아무도 널 좋다 하지 않을 테니 말이다."

결국 난비의 마지막 말이 먹혀 들어가 성검을 벌떡 일으켰다.

"후! 스승님하고 마마는 참 닮은 데가 많습니다."

"그래? 어디가?"

스승과 닮았다는 말에 난비가 눈을 빛내며 성검에게로 바짝 다가갔다. 성검은 난비와 닿기라도 할까 봐 화들짝 놀라 몸을 피했다.

"웃는 낯으로 사람 괴롭히는 거 말입니다!"

"후훗. 네가 그리 보아주니 기쁘구나."

해맑게 웃는 난비를 보며 성검의 얼굴이 일그러졌다.

"칭찬 아닙니다. 알고 계시죠?"

"나도 널 일부러 괴롭히는 건 아니다. 이게 다 벌이지."

"벌이라뇨? 무슨 뜻입니까? 마마를 복권시키겠다고 사방팔방 뛰어다닌 저한테 상을 내리진 못할망정……!"

"죄상이 밝혀지지 않은 죄인의 자결을 도왔으니, 이 정도로 끝내 준 것이 상이 아니면 무엇이냐?"

"생사람 잡지 마십시오."

성검은 난비를 똑바로 보지 않고 고개를 돌렸다.

"고맙다."

"……."

"왠지, 고맙구나."

"원수를 그리 쉽게 보내 줬는데 화를 내셔야지요."

"것 봐라. 네가 한 짓이 맞구나."

"역시 스승님을 닮으셨습니다."

두 사람은 잠시 마주 보고 웃음을 터트렸다. 웃음이 잦아들자 난비는 귓등에 머리카락을 넘기며 중얼거렸다.

"음……. 나도 모르겠구나. 금비가 마지막에 우리를 참 심란하게 만들어서 그런가 보다."

"떨잠을 어찌 받았는지 얘기해 줬습니다. 쉬어 빠진 목으로 짐승처럼 울부짖더이다. 이미 사람의 몰골이 아니기에 그만하면 됐다 싶었습니다. 어쨌든 금비 그 계집 덕에……."

성검은 더 말할 수가 없었다. 그녀를 좋아했던 것은 분명 아닌데, 자꾸 입맛이 씁쓸했다.

성검이 말이 없어지자, 난비도 더 이상 말하지 않고 물끄러미 하늘을 바라보았다. 시린 하늘을 보니 아직도 봄은 멀리 있는 듯했다.

그 순간, 두 사람은 동시에 파란 하늘 위로 스승님을 그렸다. 어쩌면 그가 하늘에서 돕고 있었을지도 모른다는 생각에 사무치게 그리운 마음이 이는 것이다. 그의 가르침. 그의 웃음. 그의 음악……. 모든 것이 이 세상 구석구석에 남아 있는데, 그리움은 깊어지기만 했다.

"여기서 뭣들 하는 게냐!"

아련한 추억에 젖어 있던 두 사람은 찬물을 맞은 듯 정신이 번쩍 들었다. 저 뒤에서 황상과 그를 따르는 무리들이 다가오고 있었다. 황상의 성난 걸음을 맞추느라 꼬리들은 종종걸음으로 쫓아오고 있었다. 난비는 올 것이 왔다 여기고 벌떡 일어났다. 성검과 단둘이 이곳에 있다고 해서 황제가 저렇게까지 화낼 리는 없었다. 황후들의 죽음을 다 밝혀내지 못해 많이 분노하신 것이 틀림없으리라. 난비는 다가오는 그의 눈치를 보며 성검의 귓가에 속삭였다.

"성검아, 황상께 무조건 모르는 일이라 해라. 넌 옥사에 간 적이 없는 게다. 알았지? 이러다 정말 큰일 나겠다."

성검은 귀가 간지러워 어깨를 꿈틀거리며 툴툴거렸다.

"마마나 이런 짓 좀 그만하십시오. 황상의 눈이 뒤집어지시는 게 안 보이십니까?"

빠른 걸음으로 두 사람의 앞에 선 강위는 싸늘하게 굳은 표정으로 성검을 노려보았다.

"대체 너는 무슨 짓을 한 게냐!"

"무슨 짓이라니요……. 말씀을 이해하지 못하겠나이다."

보자마자 불같이 화를 내는 황상의 모습을 성검은 처음 접해보았다. 그래서 저도 모르게 난비가 시킨 대로 아무것도 모른다고 딱 잡아뗐다.

"몰라? 내 방금 공 상궁에게 다 듣고 왔다! 그런데도 잡아뗄 것이냐!"

공 상궁이 밤사이에 자신이 한 일을 어찌 안단 말인가! 성검이 야말로 놀라서 그녀를 쳐다보았다. 그러자 공 상궁은 뭔가 찔리는 게 있는지 스리슬쩍 눈을 피했다.

"글쎄……공 상궁이 뭐라 했기에……. 소신은 당최 무슨 말씀이신지……."

강위는 땀을 삐질삐질 흘리는 성검을 한껏 몰아붙이더니 갑자기 난비의 손목을 잡아채 성검의 눈앞으로 들어 올렸다.

"네가 감히 황후의 손에 피를 묻히려 했더냐!"

"예?"

"검술을 가르치다니 제정신이냔 말이다!"

"……."

난비와 성검은 황당한 얼굴로 눈짓을 주고받았다. 그 모습을 좋게 봐 줄 강위가 아니었다.

"어허! 이제 둘이 작당하고 나를 속이려 하는 게냐!"

"폐하. 제가 가르쳐 드린 작은 재주가 어찌 사람을 해할 만큼 되겠나이까. 그저 마마께서 적적해하시니……."

"감히 황후를 무시하는구나. 실제로 황후는 소금으로 혈을 제압할 만큼 성취를 보였다지 않아! 너는 지금 황후의 배움이 모자라다 말하고 있는 게냐! 감히 황후를 무시하는구나!"

"무, 무시라니요? 잘해도 안 되고, 못해도 안 된다니 이런 법이 어디 있습니까?"

"그러게 처음부터 가르치질 말았어야지!"

성검이 땅이 꺼져라 푹푹 한숨을 내쉬었다.

"왜 또 이러십니까? 저도 이제 엄연한 공신입니다. 저를 이리 핍박하시면 안 된단 말입니다."

"이젠 황제까지 협박하려 드는구나!"

"와, 죽겠네. 정말……!"

"훗!"

다른 사람이 들었으면 살 떨리는 두 사람의 대화 속에 난비의 웃음이 끼어들었다.

"웃음이 나오느냐? 그런 것은 왜 가르쳐 달래서!"

"그저 웃지요."

"무슨 뜻이냐?"

"화는 내고 싶으신데, 화내면 안 될 것 같아 억지를 부리고 있으시니까요."

"……."

강위도, 성검도 서로 딴 데를 바라보며 애꿎은 땅을 차거나 마른기침을 해 댔다.

"폐하, 저는 비로소 다 끝난 것 같아 이제야 마음을 놓았습니다. 폐하께서는 어떠십니까?"

"글쎄…… 아직 할 일이 많은 것 같은데……."

실컷 분풀이를 했는지 강위의 목소리는 평소처럼 부드러워졌다.

"뭐가 또 남았습니까?"

"첫째 아이의 이름을 지어야 하고, 둘째 아이의 이름도 지어야 하고, 셋째 아이의 이름은 뭐로 해야 할까……. 넷을 낳으면 둘은 딱 공주면 좋겠고……."

"그건 그렇습니다. 짝이 맞아야 외롭지 않으니까요."

두 사람은 죽이 잘 맞았지만, 성검은 차마 더 들어 줄 수 없어 헛기침으로 주위를 환기시켰다.

"큼! 전 이만 물러나 이번 일에 책임을 지고 근신하고 있겠나이다."

"가상한 생각이다! 허나, 근신보다 더 좋은 생각이 있으니 따라오너라."

성검은 쭈뼛대며 황제를 따라 정궁으로 들어갔다. 제가 저지른 일이 있으니 황제께서 무슨 벌을 내리시든 감수하겠다고 마음먹었다.

강위는 사모달을 불러 준비한 것을 가져오라 일렀다. 곧 사모달이 비단으로 싼 길고 네모난 것을 가져와 성검에게 주었다.

"받아라."

"이게 무엇입니까?"

"풀어 보거라."

성검은 의아한 얼굴로 주섬주섬 매듭을 풀었다. 평소 같으면 어차피 이 자리에서 풀어 볼 거 뭐하러 거추장스럽게 싸서 주시냐고 한마디 하고도 남았을 것이다.

보자기를 펼치자 안에서는 생각지도 못한 것이 나왔다.

"이건!"

[광해검문(光該劍門)]

현판의 글귀는 황상께서 직접 쓰신 것 같았는데 한 획 한 획 용의 기운이 느껴지는 힘차면서도 거침없는 필체였다.

"광씨 일가를 신원 복권해 줄 것이니, 연월장을 가지거라."

"네?"

"연월장에 광해검문을 세우란 말이다. 직책을 줄 것이니 겸하면서."

"......"

"왜?"

"그 말씀은…… 저를 묶어 두시겠다는……."

"묶어 두다니, 남들은 가지고 싶어서 안달인 자리다. 곧 금위장 자리가 빌 것이니, 그 자리를 너에게 주마."

갈수록 가관이라더니 겸하라는 직책이 금위장이란다. 성검이 펄쩍 뛰었다.

"금위장이면, 어마어마하게 바쁜 자리 아닙니까? 그리고, 연월장은 지금 귀신 나오는 폐가가 됐는데, 누가 거길 갖고 싶어 한답니까?"

"귀신은 칼을 무서워하니 검문을 세우는 게 딱 좋지! 황후의 부친께서 세우신 곳이다. 그곳이 폐가가 되고 있으니 황후의 마음이 어떻겠느냐? 게다가 지금 네 연치에 무관의 경험도 없는 너를 금위장에 앉혀 준다면 두말 않고 감읍할 일이지, 무슨 불만이 그리 많아?"

"불만일 수밖에요. 저는 당연히 이제 좀 편히 살려고 했는데! 얼굴도 기억 안 나는 부모님, 신원 복권되거나 말거나 제 삶이 더 소중한 사람입니다!"

"허허! 이놈이! 네 이놈! 옥사장을 불러 심문하길 바라느냐? 그만한 각오도 없이 사고를 쳐? 벌이다! 무조건 따르라!"

"이것 보십시오. 결국은 벌 아닙니까!"

어쨌든 모든 일이 마무리되었다. 미앙과 고진은 시신을 능지처참한 후 머리는 성문에 효수하고, 나머지는 사방 멀리에 버렸다. 승상 해일주와 녹상서사 양자문은 역적 미앙으로부터 불법적인 청탁을 눈감아 준 혐의로 가산을 몰수당했으나 그 직위만은 수행하여 죄를 갚으라 했고, 금위장은 봉고파직(封庫破職)당하여 낙향하였다. 직접적으로 미앙과 결탁한 대사농과 여러 대신들은 백성들의 혈세를 갈취하고, 고리대금을 비롯한 불법적인 일들을 행하는 과정에서 사람의 목숨까지 해한 일까지 드러나 결국 참형에 처해졌다.

고위 관직들의 사정이 이러하니, 실상 반 이상의 신하들이 관직에서 물러났고, 새로운 인물들이 대거 등용되었다. 단우현도 그중 한 명이었는데, 술을 끊겠다는 약조를 받고 울며 겨자 먹기로 태사부의 학자로 등용되었다. 그 와중에 성검 또한 공과 무를 인정받아 새로운 금위장으로 발탁되었고, 멸문했던 광씨검문의 현판을 연월장에 내걸었다. 물론 성검은 궁에서 벗어나고자 발버둥 쳤지만 그다지 소용없는 몸부림이었다.

구하연 오동나무에 연둣빛 새순이 돋아나고 있었다. 조금씩 배가 불러오는 난비는 요즘 들어 종종 이곳에 산책을 오곤 했다. 폐비 시절 동무가 되어 준 오동나무는 궁에 들어와서도 난비의 울적한 기분을 달래 주곤 했던 것이다. 이것을 옮겨 심은 황상의 참의도는 끝까지 알 수 없으나, 세차게 흐르는 구하연의 물소리와 듬직한 오동나무를 감상하는 것은 난비의 낙이 되었다.

비록 지금은 나무에 오를 수 있는 몸이 아니나 나무에 기대 소금을 부는 것 정도는 할 수 있었다. 소금 소리는 구하연의 물결을 거스르지 않고 함께 흘러갔다. 조화롭고 웅장한 연주로 황궁 생활의 울적함을 달래는 중이었다.

"쯧쯧. 아직 날이 차거늘. 또 여기 나와 있느냐?"

"……오셨습니까?"

난비는 폐하야말로 왜 또 이곳에 오셨느냐 따지고 싶었으나 말할 수 없었다. 말문이 열리면 뭘 하나, 차라리 말을 못 할 때가 나았다 싶을 만큼 황상이라는 존재가 원망스러울 때가 많았다.

"강바람이 차다 했거늘!"

"안에만 있으니 너무 갑갑합니다."

은호와 함께 하던 시절엔 산이나 강, 또는 사람들의 틈 속에 섞여 자유롭게 지냈던 난비는 아직 황궁 생활이 쉬이 적응되지 않았다. 그런데 황제는 유난스러울 만치 난비를 꼼짝 못 하게 했고, 그 때문에 그녀는 요즘 너무 갑갑하고 울적했다. 태의 말로는 회임을 하면 우울한 증세가 생긴다니 그 때문인 것 같기도 했지만, 황상에게도 불만이 많이 쌓이고 있었다.

사모달이 새초롬한 난비의 표정을 보고 황상을 거들었다.

"마마, 갑갑하셔도 이겨 내셔야 합니다. 아시겠지만, 얼마나 귀한 황손이십니까. 폐비의 사가에서 험한 일을 많이 겪어 황상의 근심이 크시옵니다."

"그러하다. 조심, 또 조심해야 한다."

"예. 명심, 또 명심하겠나이다."

난비는 이럴 때 죽이 잘 맞는 두 사람을 내버려 두고 슬그머니 자리를 떠났다. 저더러는 이래야 한다, 저래야 한다, 시끄러운 사람들이 황제의 잘못은 아무도 지적하지 않으니 그 순간 완전히 토라지고 말았다.

"어허! 어딜 혼자 가려고!"

"따르는 이들이 이리 많은데 어찌 혼자입니까?"

"나와 함께 가자는 뜻 아니냐? 천천히 좀 가자."

강위는 그녀를 따라잡을 수 있음에도 서두르지 않고 그 뒤를 졸졸 쫓아왔다. 그러자 여태 참을 만큼 참았다 싶었던 난비는 조금 냉랭한 음성으로 돌아보지도 않고 말했다.

"폐하, 제가 청한 것을 잊으셨습니까?"

강위는 난비의 질문을 못 들은 척하고 제가 하고 싶은 말만 했다.

"상구죽의 사신단이 온 것을 알고 있느냐?"

"네."

황제의 고약한 심보에 뿔이 난 난비는 심드렁한 목소리로 대답하며 여전히 같은 속도로 걸었다.

"오늘 큰 연회를 베풀 것이다. 너도 준비하거라. 오랜만에 그 연주 실력도 자랑할 겸."

"황후가 체면이 있지, 연회에서 어찌 소금이나 분단 말입니까? 저를 그리 깎아내리시면 좋으십니까?"

"사신단이라고 해도 다들 젊고 허례허식을 싫어하는 이들이라 상관없을 것 같은데? 황후의 재주를 자랑하고 싶은 마음뿐이지."

"그래도 그건 안 됩니다. 법도에 어긋납니다. 지금 폐하께서 제게 하대를 하시는 것처럼 말입니다."

마침내 난비는 황상이 외면하고 제가 지금 가장 불만인 그 문제를 다시 꺼냈다.

"거참, 입에 붙지 않아 그런다……오. 그냥 하던 대로 하면 안 되겠……소?"

"안 됩니다. 또 제게 하대를 하시면 저는 오늘 하루 황상을 뫼시지 않을 것입니다."

"아니, 말을 놓는 게 훨씬 친근감 있고 좋지 않…… 끄응…… 않소? 왜 굳이 거리감을 두려는 게요?"

강위는 난비가 제게 존대를 해 달라 조르는 것을 대수롭지 않게 여긴 것을 후회했다. 생각보다 존대가 입에 붙지 않았고, 하면서도 몸이 근질거렸다. 예전 황후들에게는 이러지 않았는데, 역시 이래서 첫 단추가 중요하구나를 깨달았다.

"제게 하대를 하는 이유를 잊으셨습니까?"

"하대의…… 이유?"

웃음기가 사라진 난비의 굳은 얼굴을 보니 뭔가 떠오를 듯 말 듯 하면서도 잘 짚이지가 않았다.

"능행에서 제게 하신 말씀 말입니다."

"능행…… 능행에서라면…… 아!"

내가 왜 너에게 하대를 하는지 궁금하지 않느냐? 네가 저기에 묻히지 못하기 때문이다. 만약 네가 죽는다면, 너는 황후로 죽지 못할 테니 말이다.

제가 했던 말을 기억해 내고 강위는 이마를 짚으며 난감해했다.

"으음…… 뭘 그런 걸 다 기억하고 있소? 그때야 오해가 있어 그러한 것이니 마음에 두지 말고 털어 버리시오."

"지금처럼 존대를 해 주시니 좋기만 합니다. 저는 황후입니다. 앞으로 다음 황제의 모후가 될 몸이니 당연히 존중받아야 마땅하지요. 폐하께서 저를 존중해 주지 않으시면 이는 자연스럽게 황실의 위엄을 실추시키게 될 것입니다."

"누가 존중하지 않는다 했……소? 내가 황후를 어찌 아끼는지 모르는 이가 없거늘, 그리 생각하는 자가 어디 있겠소!"

"아끼는 것과 존중하는 것은 다르옵니다. 제가 소금을 아끼는 것과 폐하께서 저를 아끼시는 게 뭐가 다르겠습니까?"

"지금 내가 그대를 악기나 다름없이 취급한다 이거요?"

"비약하자면 그렇다는 얘기입니다."

황제는 고작 말버릇 때문에 그녀가 저를 이렇게나 몰아세우는 것이 살짝 억울했다.

"허! 아무래도 그대 그 딱딱한 성정은 은호의 영향이 틀림없소!"

"아무래도 폐하의 그 지나친 자유분방함은 성검에게서 옮은 것이 분명합니다!"

"나는 가끔 말이오. 아주 가끔…… 그대가 말을 못 할 때가 그

립소."

"정 그리하시면 오늘부터 말을 하지 않겠습니다."

"이……잇! 시간을 좀 다오!"

"얼마나 드리면 되겠습니까?"

"개군(价君)이 태어나기 전까지는 고쳐 보겠다."

난비는 얄궂게도 태명을 하필 개군이라고 지으신 것도 불만이었다. 뜻이야 어떻든 어감이 좋지 않았으니까.

"그럼, 꼭 지켜 주십시오."

난비는 뚱한 얼굴로 돌아서서 가던 길을 걸어갔다.

"흠……. 자꾸 그리 돌아보지도 않고 걸을 것이냐? 내 선물을 가져왔는데……."

선물이라는 소리에 귀가 번쩍 뜨인 난비가 걸음을 멈췄다.

호기심 어린 눈동자가 아직 소녀처럼 귀여워 강위는 웃지 않을 수가 없었다. 그 얼굴 앞에 품속에서 꺼낸 복주머니를 들이밀었다.

"이건……."

은근한 목소리로 사람을 불러 놓고 웬 복주머니를 내보이시니 난비는 어쩐지 살짝 김이 빠졌다.

"모란 자수다. 제법 고급스럽지 않느냐?"

"예. 그렇긴 한데, 제가 이것을 쓸데가 있을지는……."

서운해서가 아니라 하필 복주머니를 선물하신 연유를 몰라 난비는 고개를 갸웃거렸다. 그 모습을 예상했다는 듯이 강위가 씁쓸하게 입맛을 다셨다.

"실은 내가 준비한 것은 아니고, 상주국의 황후가 직접 수놓아 보냈다는구나. 황후의 선물치곤 소박하지. 그리고 또…… 좀 묘한 선물이지. 보통 자수는…… 흠……. 뭐 그냥 좋게 생각하자꾸나. 이 나라가 원체 저주받았다는 소문이 파다했으니 복이라도 받으라 줬나 보지."

보통 자수 선물은 여인이 정인에게나 하는 것이지, 여인들끼리 주고받기에는 참으로 난감한 선물이었다. 강위는 이것을 전하던 상주국의 간의대부 연길재의 표정을 떠올렸다. 어느 집안에나 문제는 있다고 했는가. 지독히도 맹하고 답답한 여인이 황후라니. 성질이 불같은 황제 광운의 속이 어떨지 알 것도 같으면서도 한편으로는 위안이 들어 웃음이 나왔다.

"제가 황후가 된 지 얼마 되지 않았는데, 그 먼 상주국에서 어찌 알고 제게 이것을 준단 말입니까?"

"글쎄다. 뭐, 세 번째 황후에게 준 게 아닐까……."

"안 가지겠습니다."

"음…… 그럼 이걸 다시 돌려보내야 하나……. 교역을 하자던데. 광운이 그놈이 보기와 다르게 공처가라는 소문도 있고……. 전쟁이라도 일어나려나……."

"갖고는, 있겠습니다."

강위는 난비의 질투가 유쾌해서 웃음을 참을 수가 없었다. 요즘 회임을 한 그녀가 많이 힘들어하는 것을 알고 있었지만, 그 투정도 나름 귀여운 구석이 있어 내버려 두고 있었다. 하지만 계속

이렇게 두자니 위험수위가 높아진 듯했다. 오늘 밤에야말로 그녀를 즐겁게 해 주리라.

"잘 간직하게. 나름 그쪽 황후는 모란이 귀한 꽃이라 정성껏 수놓았다 하니."

"예. 참 곱긴 합니다. 솜씨가 보통이 아닌가 봐요."

"허면, 저녁에 보자꾸나. 중요한 자리니……. 흠…… 한껏 꾸며 오면 더 좋고."

"……."

난비는 생전 제 겉모습 가지고는 별말 없던 황상이 오늘따라 그런 것까지 신경 쓰시자 멀어지는 그의 등을 한참이나 지켜보고 서 있었다.

대국이라 자칭하는 상주국에서 사신단을 보내 온 것이 근 십 년 만이었다. 전쟁이 일어나지 않는 것만으로도 다행이라 할 만큼 선대 황제들의 기 싸움이 대단했었다. 그런 상주국에서 사신단을 보내기로 한 것은 지금의 황제 광운이 황위를 얻는 과정에서 상단의 도움을 받았기 때문이었다. 물론 이로 인해 상주국과 황실이 얻는 이문도 컸기에 명리보단 실리를 취하자는 젊은 황제 광운의 약삭빠른 한 수도 있었다.

그러나 처음 이 일을 주도하였던 상주국의 간의대부 연길재는 제가 이곳에 오게 될 줄은 몰랐기에 땅을 치고 후회했다. 동문수학하던 오랜 절친 황제 광운에게 약간의, 정말 사소한 실수를 범

하였는데, 성격 나쁘기로 유명한 황제는 이를 그냥 넘기지 않았다. 결국 황제의 사심 가득한 인사로 인해 사신단을 이끌게 되어 이 먼 구하국까지 오게 된 것이다. 머리로 하는 일은 눈을 빛내며 좋아하나 몸을 움직이는 일에는 황명에도 온갖 핑계를 대고 거부하던 게으른 길재는 오는 길의 고생을 생각하면 이가 갈렸다. 더군다나 한창 신혼이었다. 막 태어난 딸의 얼굴과 드세지만 애교 많은 아내 자애의 얼굴이 걸음을 붙잡았다. 여기까지 오는 동안 어찌하면 황제에게 복수할 수 있을까만을 고심했고 이제 바라던 바가 코앞에 왔다.

"나리, 정말 하실 겁니까?"

"해야지! 내 꼭 복수하고 말 것이다!"

"아이고, 황상께서 아시면 나리를 찢어 죽일걸요? 나와 계시는 동안 그 성정을 잠시 잊으신 것 같사옵니다. 정신 차리십시오!"

"너야말로 무슨 산적 출신이 그리 겁이 많아? 쯧쯧……. 그리고 나라를 위해 한 일이다. 황상께서 그 정도도 이해 못 해 줄 것 같으냐? 성정이 아무리 그러하셔도 나름 한 나라의 황제이시다."

역시나 광운이 황제가 되는 길에 함께했던 산적 출신 권사익은 금뢰장 상단의 총관 자격으로 이곳에 오게 되었다. 그는 지금 길재의 결정이 사뭇 불안했다. 광운의 태자 시절 아무것도 모르고 실수한 일로 얼마나 오래 괴롭힘과 괄시를 당했던가!

"그래도…… 그건 좀……. 아무래도 나리의 사적인 감정이 있었다고 생각하실 것 같은데요⋯⋯."

길재는 사익이 아무리 말려도 요지부동이었다. 하기야 이제 와
말려 봤자 소용없었다. 이미 구하국의 황제 강위의 허락이 떨어졌
고, 옥쇄가 찍힌 문서만 주고받으면 끝날 일이었다.

"자, 가 보자. 구하국에서 연회를 준비했다 하니 마음껏 먹고
마셔 주자꾸나! 일이 잘 해결됐으니 오랜만에 회포를 풀자!"

"거참, 무슨 선비께서 그리 노는 것을 좋아하시는지⋯⋯."

길재가 술에 취한 것을 한 번도 본 적 없는 권사익이 중얼거리
며 따라왔다. 말은 그렇게 해도 그도 지금 황실의 만찬이 어떤 것
인지 잔뜩 기대하고 있었다.

연회장은 생각보다 조촐한 자리에 마련되었다. 그렇다고 해서
요리나 가무에 소홀함이 있었던 것은 아니었다. 워낙에 모인 인원
이 적었기 때문에 연회장의 규모가 작았을 뿐이었다.

길재는 이곳에 모여 있는 황제의 최측근들을 기묘한 표정으로
바라보았다. 구하국의 황후는 소문대로 혀를 내두를 미모였다. 상
주국을 혼란에 빠트렸던 천하절색 귀비 홍화가 천상의 선녀와 같
았다면 구하국의 황후 난비는 옥으로 깎아 만든 인형 같았다. 그
녀를 처음 본 순간 권사익이 길재의 귀에 대고 소곤거렸다.

"나리. 아무리 양위장 나리가 우리 황후마마에게 일편단심이라
지만, 저분을 뵈 오면 눈이 절로 돌아갈 것 같지 않습니까?"

"어허, 큰일 날 소리!"

언감생심 황후 소군을 동경한 호위무사 양위장은 혼례를 치르

고도 황후를 충심으로 모시는 지조 있는 무인이었다. 그런 사정은 상주국에서나 통하는 것이니 남의 나라 황후를 함부로 입에 올려서야 되겠는가. 정색을 하고 사익에게 주의를 준 길재는 황제의 뒤에서 석상처럼 움직이지 않는 호위무사 적운에게로 눈을 돌렸다. 길재가 이곳에 온 지 사흘이 되었는데 적운이 말하는 것을 들어 본 적이 없었다. 심지어 황상의 물음에도 고개를 숙이는 것으로 답을 대신했는데, 그것이 그리 무례해 보이지 않고 절도와 품위가 배어 있었다. 그에 반해 금위장 광성검이라는 자는 그 직책과 어울리지 않게 곱고 앳된 용모로 사람을 놀라게 하더니, 무례한 말투와 게으른 행실도 고개를 젓게 만들었다.

'대체 구하국의 황실은 어찌 돌아가는 판인가?'

구하국에 올 때 가능하면 대학자라는 은호 선생을 한번 뵙고 싶었으나 그는 이미 죽고 없었다. 대신 은호의 제자라는 성검이 궁에 있다기에 그를 만나 함께 학문을 논하며 은호에 대해 듣기를 원했었다. 그런데 뜻밖에도 광성검이라는 자는 학문과 거리가 먼 무관이었는데, 그렇다고 양위장 같은 듬직한 강골이거나 무관의 품격 같은 것도 보이지 않았다. 쉽게 표현하자면 뒷골목의 껄렁껄렁한 무뢰배 같은 냄새가 풍겼다. 남의 나라지만 어찌 된 인사가 이 모양일까 걱정스러울 만큼 길재의 기준에서 성검은 마뜩찮은 놈이었다.

"자, 내가 있다 해서 괘념치 말고 많이들 드시게. 편히 쉬고 놀자고 만든 자리이니, 긴장들 할 것 없네."

길재가 가장 신기해한 것은 황제 강위였다. 버럭 하는 상주국의 황제를 모시다 보니, 이리 부드럽고 인자한 황제가 존재한다는 게 믿어지지가 않았다. 처음엔 잔뜩 경계했으나 성검이나 다른 자들이 황제를 대하는 것을 보고 본래 성품이 어진 분이구나 고개를 끄덕였다. 지금도 황제의 말이 끝나기 무섭게 성검이 아무렇게나 무장을 벗어 놓고 술병을 잡는 것을 보았다.

"어디, 상주국의 간의대부는 지금 시작하실 텐가? 연회를 즐기다가 하실 텐가?"

"편히 즐기십시오. 저는 자연스러운 화풍을 좋아하니, 제가 알아서 때가 되면 시작하겠나이다. 폐하께서도 그리해 달라 하시지 않으셨습니까?"

"좋다. 그리하시게."

황제는 보는 사람도 함께 미소 짓게 만들 만큼 차분한 미소로 선선히 대답하고 황후의 앞에 술잔을 놓았다. 황후의 커다란 눈이 더 휘둥그레졌다.

"폐하, 저는 지금 회임 중입니다."

길재는 본래 말씀을 못 하셨다던 황후의 목소리를 듣고 화들짝 놀랐다. 어눌하고 탁한 목소리를 예상했는데, 흔한 말로 은쟁반의 옥구슬이 내는 소리였다. 백성들이 난새의 노래라 칭송하는 것이 소금 연주만일 줄 알았는데, 노랫말이 딱 맞아떨어졌다. 저런 목소리를 몇 년이나 내지 못했다니 지난날들이 안타까울 지경이었다.

"설마, 내가 그런 것도 모를까 봐 그러오? 우리끼리만 술을 마시면 적적할까 봐 내 미리 준비해 둔 과실차요. 시원하게 만들어 두었으니 맘 놓고 즐기시오."

난비는 살짝 눈을 흘겼다. 낮에 존대를 해 달라고 그리 조를 때는 안 해 주시더니, 사신들 앞이라고 부러 더 극존칭으로 대해 주시는 걸 알아차렸기 때문이었다. 저를 놀리고자 하는 꿍꿍이가 훤히 보이니 얄미울 수밖에.

"여기 계신 손님들이 황후의 그 소금 연주가 듣고 싶다니 한번 들려주는 게 어떻겠소? 나도 황후의 솜씨를 자랑하고 싶어 근질거리네."

"제가 어찌, 이런 자리에서……. 다들 욕할 것입니다."

"아니옵니다, 마마. 저는 그런 것을 아주 좋아합니다. 마마께 누가 될까 그것이 염려될 뿐이지요. 상주국에까지 유명한 대학자 은호 선생께 그 소금을 배웠다 들었습니다. 음의 깊이를 모르는 천한 제 귀를 일깨워 주시옵소서."

길재가 스스로를 낮추어 황후와 은호를 띄워 주자 그녀는 볼을 빨갛게 물들이며 쭈뼛거렸다.

"뭐 그리 어렵다고 뜸을 들이십니까? 소금을 끼고 사시는 분이면서."

술 한 잔을 털어 넣으며 격 없이 말하는 성검이었다. 그런데도 아무도 타박하지 않는 이 분위기가 이제 길재는 제법 익숙해지고 있었다. 어쨌거나 성검 덕분에 난비가 소금을 꺼내 들었다.

포오. 포.

사신을 맞이하는 뜻에서인지 경건한 첫 울림으로 시작되었다. 음이라곤 문외한인 사익 역시 입 안의 고기를 씹지도 않은 채 넋을 잃고 감상했다. 소금 특유의 맑고 높은 음이 금빛을 흩날리며 날아다니는 듯 화려한 연주였다.

황제는 소금을 연주하는 황후에게서 눈을 떼지 못했다. 황후는 그 애정 어린 시선과 미소가 자신을 향하는지조차 모르고 연주에 빠진 듯했다.

그 광경을 본 길재가 퍼뜩 정신을 차리고 얼른 준비해 온 화구를 늘어놓았다. 소매를 걷어붙이고 붓을 잡은 길재는 미리 갈아 놓은 먹에 붓을 찍어 은색 비단 위에 검은 먹선을 그려 나갔다.

난비의 연주가 끝날 때 즈음, 길재의 그림도 대강 윤곽이 잡힌 듯했다. 그는 만족한 얼굴로 붓을 내려놓았고, 난비는 술자리에서 그림을 그리는 길재를 희한하게 쳐다보았다.

"잘 나왔는가?"

황상의 묻는 말에 난비가 그를 향해 고개를 돌렸다. 황제는 간의대부를 보고 있었는데 서로 무언가 약조가 오고 간 듯했다.

"그런 대로 잘 나온 듯합니다."

"언제쯤 되겠는가?"

"떠나기 전까지는 충분하옵니다."

"기대해 보지. 그럼 이제 맘 놓고 즐기시게."

"예, 폐하. 그렇지 않아도 주향에 침이 넘어가던 참입니다."

길재가 너스레를 떨며 술잔을 비웠다. 강위가 황제의 권위를 내려놓고 함께 어울려 준 덕에 연회는 밤늦도록 이어졌다. 길재는 맘에 들지 않는다던 성검과 몇 순배의 술을 나누고 원하던 대로 은호의 이야기를 들을 수 있었다. 거기에 난비까지 합세해 은호에 대해 많은 것을 알려 주자 길재는 처음으로 구하국에 온 보람을 느끼고 있었다. 중간에 난비는 자리를 뜨긴 했지만 사내들끼리 어울리는 자리에서 저를 끊임없이 챙겨 주는 황상 덕분에 기분이 좋아져서 돌아갔다.

며칠 후, 사신단이 떠나는 날이 되었다. 길재는 떠나기 전 황상께 족자 하나를 올렸다. 족자를 펼쳐 든 황제는 무척 흡족한 표정으로 길재를 칭찬했다.

"과연, 자신한 만큼 솜씨가 뛰어나구나."

"부끄럽게도 몸 쓰는 것 외에는 뭐든 잘하는 편입니다."

길재는 부끄럽다고 말하면서 부끄러운 줄 모르고 제 입으로 스스로를 칭찬했다. 그러거나 말거나 황제 역시 별로 개의치 않았다. 두 사람은 서로가 약조한 것만을 다시 확인하고 훗날을 기약했다.

날씨조차 화창해서 떠나는 길재의 발걸음이 가벼웠다.

"그래. 기어이 일을 치셨습니다요."

길재가 품속에 넣어 둔 또 하나의 그림 족자를 확인하자 사익이 못마땅한 투로 말했다.

"두 분이 인품도 훌륭하시고 인물도 이리 빼어나시니, 황상께
서도 흡족해하실 것이다. 무엇보다 이게 다 나라를 위한 길이 아
니냐. 황제라는 자리가 원래 일신의 행복을 위하는 자리가 아니라
많은 것을 희생해야 하는 고독한 자리인 것이다."

듣기 좋게 번지르르한 말이었으나 막말로 황제도 생이별을 해
보란 심보라는 걸 사익은 알고 있었다.

"하여간 말은 잘하십니다. 전 모르겠습니다. 우리 폐하께서 과
연 그리 나와 주실지."

그렇게 두 사람이 논쟁을 펼치며 성문을 나갈 때였다.

"간의대부님!"

저 앞에 바삐 말을 몰아오는 상주국의 파발이 보였다. 길재의
가슴이 철렁했다. 저리 급히 달려오는 것을 보면 나라에 무슨 큰
일이 생긴 것이 분명했다.

"무슨 일이냐!"

"황명을 전하러 왔습니다!"

"황명?"

"예. 폐하께서 이것을 전해 주시라 하셨습니다."

길재는 불길한 예감이 들어 서둘러 공문을 펼쳤다.

[간의대부는 들으시게. 그대가 없어도 그대의 가정이 화복하고
상주국도 매우 편안하니 염려 푹 놓아도 될 것 같네. 이왕지사 거
기까지 갔으니 한 바퀴 더 돌고 와야겠다. 구하국을 뚫었거든 해

월국과도 트고 지내 보자.]

"이런, 제……!"

알고 있는 욕도 별로 없는데, 젠장이라고 말할 뻔한 길재는 공문을 들고 부들부들 떨었다. 그러면서 품속에 있는 그림 족자를 다시 한 번 움켜잡았다.

"내 이거라도 없었으면 억울해서 어쨌을까! 후우! 두고 봅시다. 해월국에서도 내 반드시 일을 성사시키고 나의 복수도 완성시킬 것이니!"

야심찬 길재의 지휘 아래 상주국의 깃발이 해월국을 향해 펄럭이며 나아갔다.

사신단이 떠나고 나자 구하국의 궁은 다시 적막해졌다. 강위는 길재가 주고 간 선물을 난비에게 보였다.

"마음에 드느냐?"

"예. 제가 너무 곱게 그려진 것 빼고는 다 좋습니다."

그림 족자에는 소금을 부는 난비와 이를 바라보는 강위의 모습이 금방이라도 튀어나올 것처럼 섬세하게 그려져 있었다.

"너는 참 자신을 모르는구나. 이런 종이 따위에 네 아름다움을 다 담아낼 수 있을 것 같으냐? 내 눈에는 실물이 백배 천배 낫다."

"무슨 그런……. 그만하십시오. 어지럽습니다."

강위는 난비의 하얀 얼굴에는 역시 옅은 홍조가 잘 어울린다고 생각했다. 그런데 흐뭇한 웃음을 머금었던 강위의 표정이 조금씩 곤란한 얼굴로 변해 갔다.

"이걸…… 어찌 받았는지 아느냐?"

"그냥 선물이 아니었습니까?"

"실은 이게 말이다……."

강위가 조심스럽게 간의대부와 약조한 일들을 털어놓았다.

구하국의 입장에서도 민간무역을 허하자는 상주국의 제안이 나쁘지 않았다. 강위는 흔쾌히 허락하려 했고, 구체적인 사안들을 정하는 과정에서 누가 더 이문을 남길 것인가가 쟁점의 핵심이 될 터였다. 헌데 간의대부 길재는 뜻밖의 제안을 해 왔다.

"상주국의 황녀를 나의 황자에게 주겠다?"

"아, 물론 저희 상주국에는 아직 황녀가 없사옵니다. 구하국에서도 아직은 황자님이 없으시지요. 그러니 생긴다면 말이옵니다."

"황녀를 걸 정도라면 내게 바라는 것이 많을 것인데?"

강위는 풍요로운 상주국에서 뭐하러 이리 저자세로 나올까 경계했다. 이를 눈치챈 길재가 솔직하게 대답했다.

"이는 상주국 황상의 뜻이 아니라 저의 독단이옵니다."

"그런 것을 독단으로 결정해도 괜찮은 겐가?"

"물론, 괜찮지가 않습니다. 허니, 제가 돌아가 죽지 않으려면 구하국에서 많은 것을 얻어 가야 합니다."

"내가 왜 그렇게까지 해야 하는가?"

"상주국의 황녀를 얻는다는 것은 적어도 다음 대까지의 화친이 보장되는 것입니다. 지금의 구하국은 역사상 가장 어려운 때가 아니옵니까? 멀리 보시옵소서."

"흠……."

손해 볼 것은 없었다. 간의대부의 음흉한 속내를 알 수 없는 것이 영 꺼림칙했지만, 구하국으로서는 무역을 할 수 있다는 것만으로도 큰 이득이었다.

그렇게 해서 구하국은 무역을 통해 얻을 수 있는 이문을 상주국에게 더 많이 넘겨주었으나 보장된 오랜 평화와 상주국의 황녀를 얻게 되었다. 그리고 길재는 아직 태어나지도 않은 황자의 용모 대신 강위와 난비를 그림에 담아 갔다. 그리고 똑같이 하나를 더 그려 황후에게 선물한 것이다.

"허면, 황상께서는 제게 묻지도 않으시고 덜컥 허락하셨단 말씀이십니까?"

"나쁠 게 없지 않느냐? 우리 황녀가 가는 것도 아니고, 그쪽에서 오겠다는데."

난비는 진심으로 순간 화가 났다. 제 부군이 황제라는 것을 잠시 잊을 만큼.

"어찌 이러실 수 있사옵니까? 크게는 나라의 행사이며, 작게는 인륜지대사입니다. 폐하께서는 저를 조금도 황후로서 존중해 주지 않고 계시옵니다!"

"또 존중 타령인가? 난 정말 우리에게 좋은 일 같아서……."

"좋은 일이든 나쁜 일이든, 황후인 저와 의논하셨어야 합니다. 저는 그냥 황궁을 장식하는 인형일 뿐입니까? 늘 이러셨습니다.

전에도 어머니, 아니, 미앙이 새어머니라는 것을 제게만 숨기지
않으셨습니까?"

"그 얘긴 왜 또 꺼내느냐!"

"과거의 잘못이 조금도 나아지지 않으니, 꺼내고 또 꺼낼 수밖
에요. 저는 당분간 폐하를 뵙고 싶지 않습니다. 무엄하다 벌하셔
도 어쩔 수 없습니다. 저를 진심으로 존중해 줄 수 있을 때까지
이곳을 찾지 말아 주십시오."

"오냐! 나도 그럴 작정이다!"

강위는 난비가 자꾸 존중해 달라며 제 맘을 몰라주자 그것이
화가 났다. 실수로 의논하지 않은 일은 사과하려 했는데, 그녀가
자신을 너무 몰아세우는 게 아닌가.

그러나 어쨌든 지위와 상관없이 약자는 황제 강위였다. 밤새
뒤척이며 생각을 보니 제가 잘한 것도 없는 것 같고, 회임한 난비
가 마음고생하고 있진 않을까 걱정되었다.

다음 날, 강위는 조회를 마치자마자 곧장 난비를 찾아갔다. 그
녀는 또 구하연 오동나무 아래에서 심란한 마음을 달래고 있었
다. 난비는 강위를 보자마자 공손하고 정중한 자태로 인사를 올
렸다.

"크흠! 나오지 말라 했거늘……."

"이제 들어가려던 참이옵니다."

찬바람이 풀풀 날리는 대답이었다. 강위는 떠나려는 난비의 손
목을 냉큼 붙잡았다.

"큼! 미안하오. 내 진심으로 그 순간 실수했소. 상주국의 황녀가 솔직히 탐이 났소."

난비는 자연스러운 존대로 미안함을 전하시는 황제에게 더 이상 화를 낼 수 없었다.

"보십시오. 존대를 이리 잘하시는데 왜 못한다 하셨습니까."

"못한다. 저 말만 열심히 연습했다. 밤새도록."

황제가 다시 본래의 말투로 돌아가자 속은 기분이 든 난비가 입술을 깨물고 분해했다.

"하하하. 그 표정이 우습구나."

"저는 지금 화가 난 것입니다. 그리 웃으시면 제 기분은 더 나빠지기만 할 뿐입니다."

"네 기분이 좋지 않은 이유가 나 때문인 것이 기쁘다."

"폐하께서는 저를 이리 놀리고 괴롭히는 것이 그리도 즐거우십니까? 역시나 저는 황후가 아니라 폐하의 노리개인가 봅니다."

강위는 눈물까지 글썽이며 토라진 난비를 그윽한 눈으로 바라보았다.

"우리가 언제 이런 일로 다투어 본 적이 있어야 말이지. 처음이 아니냐?"

"……"

"여러 황후들을 먼저 보내며 내가 가장 화가 난 것이 무엇인지 아느냐?"

"……무엇입니까?"

황제의 눈빛은 옛일을 떠올리며 잔잔한 수면처럼 빛이 났다.

"그들이 나와 함께 살아왔던 짧은 시간을 내가 마음을 다해 잘해 주지 못한 것이 후회스럽고 화가 났다."

"……."

"왜 매번 나는 똑같은 실수를 했을까. 어째서 그리 노력을 했는데도 죽고 나면 아무것도 한 것 같지 않았을까."

난비는 아련하게 깊어지는 황제의 눈동자를 보면서 그가 스스로 상념에서 깨어나길 기다릴 수밖에 없었다.

"그런데, 너를 만나고 알았다."

고요했던 황제의 눈동자에 파문이 일렁였다. 난비는 그가 무슨 말을 하시려는 걸까 괜히 가슴이 뛰었다.

"연모란 노력한다고 되는 것이 아니라는 걸. 그래서 나는 어떤 황후도 행복하게 해 줄 수가 없었다는 답을 얻었다. 너 외에 말이다."

"……."

두근두근, 난비의 심장이 주책없이 마구 뛰었다.

"헌데, 얼마 전 또 다른 것을 하나 더 깨달았다. 연모란 혼자한다고 되는 것이 아니라는 걸. 너는 내게 행복한 얼굴을 보여 줄 수 있겠느냐? 나는 그것이 존중을 뛰어넘어 더 중하다 여긴다."

새삼 난비는 세상을 다 얻은 것 같은 행복감에 젖었다.

"지금 제 얼굴이 어때 보이십니까?"

난비의 되물음에 강위가 씨익 웃으며 대답했다.

"좀 전까진 화가 나 보이더니, 지금은 너무 좋아 죽을 것 같은 표정이구나."

"아닙니다. 아직 화가 덜 풀린 표정입니다."

얼음이 전부 녹아 구하연의 세찬 강물 소리가 크게 울리고 있었으나 두 사람의 웃음소리를 묻을 만큼은 못 되었다. 언제 다투었나 싶게 환한 얼굴로 마주 선 두 사람은 서로에게 서운했던 감정들을 강물에 흘려보냈다.

"네가 즐거워도 나 때문이어야 하고, 네가 화가 나도 나 때문이어야 한다. 그러나 네가 슬퍼하는 것은 나 때문이어선 안 된다. 내가 그렇게 만들지 않을 것이다."

난비는 강위의 당부가 고마웠으나 고개를 저었다.

"웃을 일이 있으면 노래하고 슬픈 일이 있으면 연주를 하겠습니다. 폐하. 당신께서 곁에 계시면 슬픔도 행복으로 여기며 살 것입니다."

따라오는 이들이 얼마나 되었든 강위는 신경 쓰지 않고 난비를 안았다. 약속이나 한 것처럼 자연스럽게 서로의 입술을 마주하자 어디선가 봄 향기가 느껴졌다.

입맞춤에 취한 난비가 황제의 목을 끌어안고 발끝을 곧추세우자, 강위는 그녀의 허리를 당겨 품에 끌어안았다. 그 바람에 헐렁하게 갈무리했던 모란 복주머니가 툭 땅으로 떨어졌다. 난비의 발끝에서 모란 자수가 진짜 향기를 품고 활짝 피어났다.

그리움이 짙어지면 남 몰래 꽃이 피고,
고운 음이 짙어지면 노래가 향을 품네.
바람결에 흩어지는 한겨울의 노래 소리
그리움이 짙어지면 모란꽃 향기를 품네.

〈모란꽃 향기를 품다 (完)〉

작가 후기

　모란꽃의 연재 시작은 2012년 4월 25일이었습니다. 잔인한 달 4월에 시작해서일까요? 이 글을 쓰는 동안 저와 제 주변에 크고 작은 사건들이 많았습니다. 그러다 보니 글 쓰는 일이 점점 지쳐 갔고, 농담조로 모란은 저주받았다는 말을 여러 번 했습니다. 이 래선 안 되겠다 싶어 결국 연중을 하고 처음부터 글을 새로 써 나 갔습니다. 정말 끝나지 않을 것 같던 완결을 11월 3일에 올렸지 요. 글 올리기 버튼을 클릭하고 나니 머리가 텅 비는 느낌이었습 니다. 그리고 나서는 마음껏 짜릿함을 느꼈습니다.

　이제 후기를 쓰면서 저는 또 한 번 그때의 기분을 느낍니다. 저 주받았다는 농담이 진짜 저주가 되었는지 수정하던 중에 병원 신 세를 지기도 하고, 제 담당 편집장이 손에 골절을 입는 부상을 당하기도 했습니다. 그래서 수정 역시, 중간에 두 번 중단돼 원래 계획보다 몇 달이나 늦게 출간하게 됐습니다.

덕과 기품이 깃든 미인꽃, 꽃들의 왕이라는 모란인데 위태롭고 아슬아슬하게 여기까지 데려왔습니다.

소목에 잇꽃을 피다, 모란꽃 향기를 품다, 그리고 아직 구상 중인 메꽃이 바람에 웃다, 이 세 작품이 제가 구상한 꽃 연작입니다. 제목에 꽃 이름이 들어간다는 공통점도 있지만 세 작품 속의 나라가 같은 세계관 속에 있고, 동시대의 이야기입니다. 물론 허구의 세계구요. 그리고 셋 모두 군주로서, 연인으로서, 인간으로서 미성숙한 주인공들이 시련과 여러 만남을 통해 이를 배워 가는 이야기입니다. 그래서 제 주인공들은 로맨스 소설의 주인공이 되기에는 많이 모자랍니다.

그중 모란꽃은 가장 불쌍하고 힘없는 인물들로 그렸습니다. 말 못 하는 난비는 현명하다기보다 감성이 뛰어난 여인이고, 황제 강위는 제가 어쩌지 못하는 상황에 내몰려 모든 걸 잃고 외로워하는 사내입니다. 그러나 겨울 모란이 꽃을 피울 때, 진짜 모란만 가지고 있다는 향기를 품을 때, 그 순간의 벅찬 감동을 그리고 싶었습니다.

제가 말하고 싶었던 이야기가 읽는 이들에게도 느껴진다면 더할 나위 없이 행복할 것 같습니다.

아직은 부족한 게 많은 솜씨라 작품으로 다 전하지 못하고 이렇게 사설을 남깁니다.

모란을 읽어 주신 분들께 감사드립니다. 연재 때도 많은 분들이 도와주셨고, 독자들의 응원도 힘이 됐습니다. 어려움 무릅쓰고 지적해 주신 분들께도 고마움 전합니다. 처음 써 보는 한시를 도와주신 한이경 작가님과 막힐 때마다 힌트를 주신 정찬연 작가님을 비롯해 중구난방의 많은 작가님께 진심으로 감사드립니다. 그리고 다친 손으로도 절 포기하지 않으시고 끝까지 함께해 주신 주 팀장님과 항상 믿어 주시는 손 팀장님께도 더 이상 나쁜 일은 일어나지 않을 거라고 위로의 말씀 전합니다(웃음).

그럼 또 다른 저주가 없길 바라며(진지), 행복한 마음으로 이 글을 마무리합니다.

모란꽃
향기를
품다

1판 4쇄 찍음 2016년 2월 1일
1판 4쇄 펴냄 2016년 2월 5일

지은이 | 류도하
펴낸이 | 정 필
펴낸곳 | (주)뿔미디어

출판등록 | 2002년 9월 11일 (제1081-1-132호)
주소 | 경기도 부천시 원미구 소향로 17, 303(두성프라자)
전화 | 032)651-6513 / 팩스 032)651-6094
E-mail | scarlets2012@hanmail.net
블로그 | http://blog.naver.com/dahyangs
홈페이지 | http://bbulmedia.com

값 9,000원

ISBN 978-89-6775-146-3 04810
ISBN 978-89-6775-144-9 04810(세트)